소설
손자병법

소설
손자병법
孫 子 兵 法

이동연 지음

창해

차례

제1부 ──────────

천하는 누구의 것인가?

제4부 ──────────

충신의 도리, 간신의 역리

제5부 ──────────

귀곡산장 동문의 혈투

───────────────────────────────

※일러두기 : 전문이 기원전 내용으로 왕의 재위 기간은 기원전 표기를 생략함.

소설《손자병법》주요 등장인물

손무孫武_주인공. 춘추시대 전략가로《손자병법》창시자. 제나라 출신으로 아버지 손빙을 따라 오나라로 이주했다.

손빙孫憑_손무의 아버지.

무미한武微汗_주나라 도서관 관리.

윤희尹喜_노자老子의 제자. 함곡관 수문장을 지내며 손무에게《도덕경道德經》을 주었다.

포강鮑姜_손무의 정혼녀, 손무가 진陳나라 공자 류柳에게 억류당해 있을 때 구출해내었다.

오자서伍子胥_국보회의 영웅. 초나라 출신이지만 초나라 왕이 아버지 오사伍奢를 죽이자 오나라로 망명해 손무의 도움으로 초나라를 징벌했다.

공자孔子_유교의 창시자. 병가의 창시자인 손무와 절친이다.

합려闔閭_오나라 왕으로 손무의 지략과 오자서의 무공으로 중원의 패권을 차지한다.

범려范蠡_월나라 구천勾踐의 책사. 구천이 오나라 부차夫差에게 당한 회계산의 치욕을 갚아주고, 토사구팽兎死狗烹이라는 명언을 남기고 대 실업가로 변신했다.

자공子貢_공자의 제자이며 세 치 혀로 중원의 정세를 뒤바꾸어 노나라를 위기에서 구했다.

귀곡자鬼谷子_귀곡산장에 은거하던 전국시대 최고의 스승.

금활리禽滑厘_묵자墨子의 제자로 수시로 귀곡산장에 들러 귀곡자와 담소를 나누었다.

방연龐涓_위나라 장수. 손빈과 더불어 귀곡자의 동문同門으로 이론에는 밝았으나 응용력이 부족해 늘 손빈을 질두했다.

손빈孫矉_손무의 5대손이며 방연의 모략으로 두 다리가 잘렸지만, 제나라에 등용되어 방연에게 통쾌하게 복수했다.

손무와 손빈의 가계도

순임금……규만(주나라 천자에 의해 진陳나라 1대 제후로 책봉받았다)

...

여공(진나라 14대 제후)

  - 진완(제나라로 망명해 성을 전田씨로 바꾸었다)

    - 전맹이

    - 전맹장

    - 전문자

    - 전환자

  - 전서(제나라 경공이 손씨 성을 하사해 손서가 되었다)

    - 손빙

    - 손무

    - 손명

    - 손순

    - 손기

    - 손조

    - 손빈

손무가 열여덟 살 되던 날 하루는 손빙이 물어보았다.

"무야, 《육도삼략》의 요점이 무엇이더냐."

"싸움 없이 적을 굴복시키는 것입니다

(부전이굴인지병不戰而屈人之兵, 선지선자야善之善者也)."

손빙이 빙그레 웃었다.

"그렇고 말고, 그러려면 어떻게 해야 되느냐?"

"상하가 같은 마음을 품어야

이길 수 있습니다(상하동욕자승上下同欲者勝).

이렇게 심리적으로 이겨 놓은 후에

전쟁을 하는 것입니다(승병선승勝兵先勝, 이후구전而後求戰)."

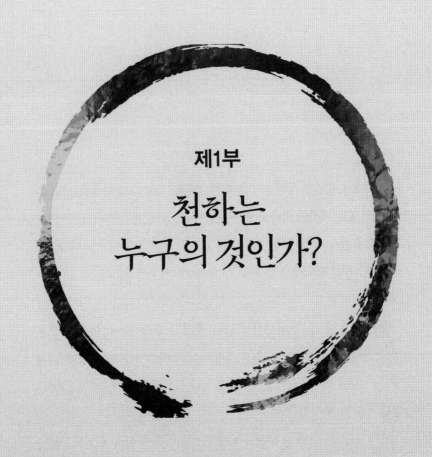

제1부

천하는
누구의 것인가?

손무 일족의 망명

티벳에서 출발한 장강長江(양쯔강)은 광활한 대륙의 중앙을 동서로 관통해 상해를 적시며 바다로 빠져나간다. 강의 중류 양쪽에 동량산東梁山과 서량산西梁山이 우뚝 솟아 있다. 그 두 산을 천문산天門山이라고도 하는데, 거센 파도가 하늘 문을 두 조각 냈다는 뜻이리라.

때는 춘추 후기, 무더위가 기승을 부리기 시작하는 초여름날 오후였다. 천문산을 휘돌아 내려온 강물이 도도하게 흐르는 하류에 늙은 뱃사공이 탄 작은 배 한 척이 떠 있었다. 그 배 위로 큰 키에 깡마른 청년이 훌쩍 뛰어올랐다.

아직 스물이 안된 손무(545~470)였다. 손무가 뱃머리에 털썩 앉자, 사공이 긴 장대로 강변을 쭉 밀어 배가 중원을 향해 미끄러지기 시작했다. 배는 끝없이 밀려드는 파도 위에 일엽편주一葉片舟가 되어 곡예하듯 넘고 또 넘어갔다. 물벼락이 쉴새 없이 사공과 손무의 온몸을 내리쳐도 둘 다 요동하지 않았다. 사공이야 장강에서 뼈가 굵고 늙어 그럴 수 있다지만 손무가 의외였다.

무엇에 그리 골똘히 빠져 거센 파도도 안중에 없었을까.

'난세를 정리할 원리.'

손무는 그 생각 외에 다른 여념이 없었던 것이다. 당시만 해도 인간의 길흉화복을 알기 위해 점치는 풍습이 만연하던 때였다. 주나라 이전의 상나라 때는 더 심했다. 아예 왕이 나라의 제일 큰 무당이 되어 국가 대사를 앞두면 거북 등에 손을 얹고 점을 쳤다. 그나마 주나라에 와서야 왕이 무당 역할은 하지 않았다. 하지만 주술적 분위기는 여전했다. 이런 분위기에 손무가 인간의 본성을 꿰뚫는 병법서를 쓰고자 했으니….

하기는 그즈음에 공자(551~479)나 노자(604~연도 미상)도 인의仁義와 무위자연無爲自然을 외치고 다녔다. 중원에 인간이 정주한 이후 처음으로 인문학적 사색의 풍조가 일고 있었던 것이다. 공자가 '인간다움이 무엇인가'를 설파하고 다녔다면, 노자는 '인간이란 어떤 존재인가'에 대해 언급했다.

온 천하가 두 현자가 내놓은 당위성에 주목할 때, 손자는 난마처럼 얽힌 현실의 타개책을 궁구하고 있었다. 그래서 매일같이 옛 전쟁터를 답사하고 다녔던 것이다.

황제와 치우가 싸웠던 탁록涿鹿의 들, 상商나라 탕왕湯王(1600~1589)이 하夏나라 걸왕桀王을 격파한 명조鳴條 벌판, 주周나라 무왕武王(1046~1043)과 상商나라 주왕紂王(1075~1046)이 결전을 벌였던 목야牧野 등, 주로 주나라 건국 이전까지의 유명한 전쟁처를 수차례 둘러보며, 양측의 지형地形, 군세軍勢, 작전作戰 등을 비교하고 분석했다.

그럴 때마다 품고 다닌 책이《육도삼략六韜三略》.

주 무왕을 도왔던 강태공姜太公이 지은 전략서이다. 이 책을 저절로 암송이 될 만큼 읽고 또 읽었다. 그러다가 오나라로 망명한 후부터 아버지 손빙孫憑의 가르침에 따라 주나라 건국 이후 춘추 말기까지 벌어졌던 전적지를 찾아다니기 시작했다. 그 와중에 이 배를 탄 것이다.

왜 손무는 병법 연구에 일생을 바치기로 했을까? 그의 집안 내력과 관련이 깊은데 먼 조상인 순舜임금까지 연결되어 있다.

기원전 1,046년이었다. 상나라를 무너트린 주 무왕이 완구宛丘(하남성 회양)를 순행하던 중, 우연히 순임금의 후손 규만嬀滿을 만나 사위로 삼고 진陳나라의 제후에 임명했다. 그렇게 세워진 진나라가 16대 선공宣公(692~648) 때 일대 혼란에 빠진다. 선공이 첩의 아들 규관을 후계자로 삼으려 태자 어구를 죽인 것이다. 어구의 최측근이던 진완陳完—14대 진여공陳厲公(706~700)의 아들—도 일가를 데리고 황급히 제나라로 망명했다. 이래서 손자의 선조인 진완이 제나라 사람이 되었다.

인구가 부족해 후덕한 군주가 다스리는 나라로 집단 탈주가 자주 일어나던 시대라, 진나라 왕족이 오자 제환공齊桓公(685~643)이 달려나가 맞이했다. 자신의 덕을 중원에 알릴 수 있는 기회로 보고 진완에게 전국의 수레 생산 등 수공업을 관리하라며 공정工正이라는 벼슬을 주었다.

그 뒤 진완은 제나라에 영구히 정착한다는 뜻으로 성까지 바꾸어 진완田完이라 했다. 이렇게 탄생한 진씨 일족은 백여 년간 빈성하기도 했거니와, 출중한 인물이 많아 제나라에서 세력을 떨치기 시작했다.

그중 전완의 4대인 전환자田桓子가 특히 유명했는데, 기원전 545년에 자신의 씨족 전씨를 중심으로 포씨鮑氏, 고씨高氏, 난씨欒氏와 뭉쳐 명문거족 경씨慶氏를 제거했다.

몇 년 뒤 다시 포씨와 연대해 또 고씨와 난씨를 쫓아냈다. 그러면서도 춘궁기면 백성에게 대두大斗로 양식을 빌려주고 추수철에 소두小斗로 돌려받았다. 이로써 과도한 세금에 시달리던 민심이 전환자에게 몰리기 시작했다.

전환자에게 다섯 아들─전개田開, 전걸田乞, 전소田昭, 전서田書, 전자단田子亶─이 있었다. 그중 야심이 제일 큰 전걸이 제경공齊景公(547~490)에게 중용되더니 아버지 전환자처럼 세금을 거둘 때는 작은 되, 양식을 줄 때는 큰 되를 사용해 은근히 민심을 모았다.

이를 본 경공의 명재상 안영晏嬰이 경공에게 "전걸의 민심 호도책을 금지시키시오"라고 권했지만 "별일 아니다"라며 무시당했다. 이래서 전걸의 세력이 계속 확대될 수 있었다.

그 뒤 기원전 547년 전걸의 동생 전서가 거莒 땅을 점령했다. 경공이 전서의 공을 치하하며 낙안樂安 땅을 영지로 주고 손씨孫氏 성을 하사했다.

무슨 뜻일까? 제경공도 욱일승천하는 전씨 세력에 내심 부담을 느끼고 전걸과 용맹한 전서를 분리시키고 싶었던 것이다.

그럼에도 전걸은 변함없이 권력을 독점할 궁리만 했다. 그런 전걸에게 손서로 성을 바꾸게 된 전서가 수차례 당부했다.

"형님, 진나라에서 제나라로 망명 온 우리 가문이 이만하면 크게 성공했습니다. 이 땅은 무왕이 강태공에게 준 곳으로 강씨의 봉읍지입니다. 이를 유념해 주세요."

그러나 전걸은 번번이 거절했다.

"하하하하. 그러냐. 잔소리 말고 형이 하는 대로만 따라오거라. 다 우리 가문이 잘되자고 하는 일이다."

만일 이대로 전걸이 세력을 계속 확장한다면?

그 끝은 제나라 군주 자리였다. 어느덧 나라 분위기도 내란에 준할 만큼 살벌해지고 있었다. 그 시기에 손서의 아들 손빙도 대부가 되어, 정치에 깊이 들어가 보니 매우 심각했다. 머지않아 군주에 대한 충忠이냐, 가문에 대한 의義냐를 선택해야 될 상황이던 것이다. 깊은 고뇌 끝에 손빙은 제나라를 떠나리라 결심한다.

어디로 갈 것인가?

선조의 나라 진陳이 있는 중원 쪽을 제외하면 남방으로 갈 수밖에 없어 초나라, 오나라, 월나라 중에서 선택해야만 했다. 그중 초나라는 제외했는데, 장왕莊王 이후 기울고 있던 데다가, 평왕平王이 간신 비무극費無極의 꾐에 넘어가 태자 건建의 며느리가 될 진晉나라 공주를 가로채며 내정이 혼돈에 빠졌기 때문이다.

그다음이 오나라와 월나라인데, 월나라는 너무 멀었다. 산동반도에서 해안을 따라 내려가면 장강 아래가 바로 오나라였고, 더 아래로 내려가야 월나라가 나온다. 그래서 피신하기에 가까운 오나라로 결정했다.

어떤 세상을 꿈꾸는가?

손빙의 일족이 제나라에서 종적을 감춘 뒤, 안영이 진晉나라에 사신으로 갔을 때였다. 영접 나온 숙향叔向에게 이런 말을 했다.

"앞으로 제나라의 실권이 전씨에게 넘어갈 것 같소. 전씨가 덕은 부족해도 사사로이 공권력을 이용해 백성에게 덕을 베풀어 민심을 모으고 있습니다."

그만큼 제나라의 실권을 전씨 가문이 장악해 가고 있었던 것이다.

제나라를 떠난 손빙 일족은 배를 타고 해안선을 따라 내려가다가 장강 하류의 고소姑蘇(소주蘇州) 근처에 내렸다. 그곳에서 멀지 않은 마을에 손빙이 미리 집을 마련해 두었던 것이다.

늦가을 달도 진 깊은 밤에 차디찬 흰서리가 사방을 덮고 있었다. 인적이 드문 곳으로 강의 퇴적물이 쌓여 땅이 새까맸다. 그만큼 비옥하다는 것이다. 여기에 손가둔孫家屯을 조성했다. 열다섯 채 가량의 집을 짓고, 생계를 위해 강가에 오리와 거위를 기르기 시작했다.

손가둔이 어느 정도 자리를 잡을 무렵, 손빙이 손무를 불러 "다시 천하의 전적지 답사를 시작하거라"라고 말했다. 그동안 배운 전술 전략을 다시 현장을 보고 확인해 보라는 것이다.

"손무야, 어떤 이론이든 현장 적용이 안 되면 환상에 불과하다. 병법이야말로 더욱 그러하다. 전적지를 볼 때 양측의 전략과 지형 등이 승부에 어떤 영향을 미쳤는지를 살펴보거라. 그래야 현실 감각이 생겨나는 것이다."

"잘 알겠습니다."

"또한 책략가들이 간과하기 쉬운 것이 세 가지가 있다. 첫째, 병법이란 수단이지 그 자체가 목적이 아니다. 두 번째, 나라 간 전쟁은 참전하되 공실 내부의 권력다툼만큼은 끼어들지 말아야 한다. 세 번째, 전공을 세우거든 반드시 물러나거라(공성이불거功成而弗居). 이 세 가지를 잊지 말거라."

"아버지, 병법의 목적은 어디에 두어야 할까요?"

"우리의 꿈이지. 모든 사람들이 고대하는 꿈. 바로 요순堯舜시대의 재현이다."

그러면서 손빙이 눈을 지긋이 감고 요임금 시절 촌로가 밭을 갈며 불렀다는 〈격앙가擊壤歌〉를 읊조리기 시작했다.

"해 뜨면 일하고(일출이작日出而作)

해 지면 쉬네(일입이식日入而息).

내 우물 물을 마시고(착정이음鑿井而飮)

내 밭을 갈아 음식을 먹으니(경전이식耕田而食)

임금이 내게 소용 있으리(제력우아하유재帝力于我何有哉)."

손무도 덩달아 부르기 시작했다. 이 노래는 요임금 때 생겨나, 손빙시대까지 전래해 왔으니 2천 년 이상 사람들이 이구동성으로 불렀다는 것이다. 손무도 그의 아버지도, 아버지의 아버지도….

춘추시대를 넘어 상나라와 하나라를 넘어 삼황오제시대까지 연결되는 이 노래는 입에서 입으로 전해져 내려왔다. 그만큼 〈격양가〉를 만들 수 있었던 요순시대가 동경의 대상이었다.

도대체 요순시대가 어떠했길래….

장구한 중원의 역사 중 가장 평화롭고 풍요로웠으며, 모두가 귀한 대우을 받았다. 물론 땅은 넓고 비옥한데 인구가 적은 것도 하나의 이유였을 것이다.

하지만 그것만으로 요순시대의 평화를 설명하기엔 부족하다. 아무리 풍요롭다 해도 일부만 특권을 누리는 한, 아비규환이 일어날 수밖에 없다. 한 사람이 특권을 누리기 위해서는 백 사람이 희생당해야 하기 때문이다.

또한, 하나의 특권은 또 다른 특권을 불러온다. 왕이 특권을 주장하면 할수록 귀족과 관리들까지 차례로 특권층화 되는 것이다. 그 결과로 사회 전체가 전쟁터로 변한다. 권력자일수록 무명의 서민들처럼 살고자 해야 한다. 요순이 그러했다. 왕부터 특권을 누리려 하지 않았다. 백성도 요와 순을 존경은 하되, 왕이라는 자리를 대수롭지 않게 보았다.

지난 2천 년간 중원에 수 없는 나라가 명멸하면서도, 바로 요순 사회에 대한 열망만큼은 한결같았다. 왕이나 농부나 별반 다를 것이 없는 그런 나라.

요임금이 그런 나라에서 70년 동안 천하를 다스렸다. 궁궐이랍시고 직접 만든 것이 초가집이었고, 여름에 삼베, 겨울에 사슴 가죽옷을 입었다. 흙으로 도자기를 만들어 두었다가 백성들에게 나눠주었으며 배고픈 백성을 보면 같이 굶었다.

"세상에 제일 귀한 것이 공기이지만, 누가 공기를 의식하더냐. 임금도 나라에 소중하나 아무도 의식하지 않는 것이 가장 좋다."

요임금은 자신을 공기처럼 여기며, 천하를 무위無爲의 치治로 다스렸던 것이다.

임금이 '사람 위에 사람 없고 사람 아래 사람 없다'는 신념을 가지고 있으니, 백성도 자연히 자존감을 지니고 생업에 충실할 수 있었다. 요임금이 천하를 다스린 지 50년째 되던 해였다. 평민복 차림으로 민심을 살피러 시장 거리에 갔다가 아이들이 손을 맞잡고 빙글빙글 돌며 부르는 동요를 듣는다.

우리가 잘사는 것은(입아중민立我烝民)
모두 임금의 은덕이라네(막비이극莫匪爾極).
우리가 깊이 다 알지는 못해도(부식부지不識不知)
임금의 방식대로 살아간다네(순제지칙順帝之則).

이 노랫가락에 요임금이 취해, 덩실덩실 춤을 추며 시장 거리를 빠져나가 들판으로 갔더니, 거기서도 한 촌로가 소를 몰고 밭을 갈며 노래를 부르고 있었다. 바로 손무 가족이 즐겨 부르는 〈격앙가〉였다.

가사로만 따진다면 〈격앙가〉는 왕도 별로 필요없다는 것으로 요임금을 무시하는 내용이었다. 하지만 요임금은 왕의 덕을 칭송하는 시장 거리의 동요보다 〈격앙가〉의 가사가 훨씬 더 좋았다. 그래서 촌로의 〈격앙가〉를 더 들어보려고 버들강아지가 수북이 자란 밭두렁에 주저앉았다.

얼마 뒤 풀섶의 여치와 풀무치가 다시 울기 시작했다. 풀벌레 소리와 촌로의 노랫소리가 묘하게 어울렸다. 촌로도 누군가 풀섶에 앉는 것을 보았지만, 그러거나 말거나 신경쓰지 않고 흥얼거리며 밭을 계속 갈았다.

요순시대 사람들이야 〈격앙가〉를 실감하며 불렀지만, 후대는 냉혹한 현실이 가사대로 변해주길 염원하며 불렀다. 〈격앙가〉를 실감 나게 부를 수 있고 〈격앙가〉처럼 왕이나 백성이나 높낮이가 없는 세상, 그래서 백성과 왕의 뜻이 한결같은 세상, 바로 그런 세상이 도道가 있는 사회이며 손빙 부자는 물론 지난 2천 년간 모든 사람들이 소원하는 사회였다.

훗날 손무는 병법의 첫 부분인 '계편計篇'에 그 꿈을 적어 놓았다. 이처럼 모두가 원하는 꿈이 곧 《손자병법》의 대원칙이라는 것이다.

'도道란 임금이 백성으로 하여금 자신과 일체감을 갖게 하는 것이다(도자道者 영민여상동의야令民與上同意也).'

벼슬하라는 말에
귀를 씻다니

요임금이 〈격앙가〉를 듣고 환궁하더니 신하들에게 소삼을 밝혔다.

"이들 보시오. 촌로도 내 눈치를 안 본다고 하오. 내가 특별히 뒤를 봐주지 않아도 행복하게 살고 있답니다. 나도 역시 무엇을 더 바라겠소. 난 늘 이러한 무위지치無爲之治를 원했소."

무위지치란 왕과 벼슬아치라며 특권을 누리려 해선 안 된다는 것 아니겠는가. 이런 왕의 통치 철학 때문에 벼슬을 출세라 여기던 신하들은 정치가 재미없다고 푸념하고 다녔다. 그렇지만 요임금은 재위 70년이 지나도록 변함없이 무위지치로 나라를 다스렸다. 무위지치라 하면 자유방임으로 오해할 수 있다. 손무도 처음에 그리 생각하고 손빙에게 물어보았다.

"아버지, 부위란 아무 일도 안 한다는 뜻 아닌가요. 일없이 밥만 먹을 때 무위도식한다고 하지 않습니까? 요임금처럼 검소하게 살고 백성들과 어울리기만 하면 무위지치가 저절로 되는 것인가요?"

"전혀 그렇지 않다. 잘 듣거라. 왕이 소박한 것은 무위지치의 시작일뿐. 무위지치의 과정은 인물을 적재적소에 배치하는 것이다. 요임금의 성공도 희중義仲, 희숙義叔, 화중和仲, 화숙和叔 등을 등용해 각자 재능에 맞는 직무를 맡겼기 때문이다. 그래야 나라를 억지로 다스리지 않고 자연스럽게 다스릴 수 있다."

"알겠습니다. 그런데 왜 요임금은 아들을 후계자로 삼지 않았을까요?"

"그야 핏줄보다 무위지치가 지속되기를 원하는 마음이 더 커서 그랬지."

손빙은 요임금이 순을 세울 때 어떤 과정을 거쳤는지 알려주었다. 평소 요임금이 벼슬을 줄 때도 그 벼슬에 맞는 자질이 있는지를 먼저 보았듯, 왕을 물려주기 전 누가 합당한지 시험해 보려 했다. 되도록이면 자신의 기력이 쇠해지기 전에 왕 자리를 물려주리라 결심하고 신하들을 불렀다.

"누구를 후사로 정했으면 좋겠소?"

이에 방제放齊라는 신하가 요임금의 아들 단주丹朱를 천거했다. 그러나 임금이 고개를 좌우로 저었다.

"왕이 충忠과 신信의 조언은 싫어하고 간姦과 쾌快의 조언만 좋아한다면 그 나라는 맨날 싸움만 하다가 망하게 되느니라."

무슨 뜻인가?

요임금도 물론 아들을 사랑했다. 하지만 단주가 지나치게 오만하고 다투기를 잘한다는 것을 알고 여러 번 고쳐보려 했지만 소용없었다. 신하들도 나서서 충언을 했지만 그럴 때마다 길길이 날뛰었다. 그렇게 분노 조절이 안 되는 단이 왕이 되면 툭하면 이웃 나라와 싸우려 들 것이 뻔했다.

여기서 손무가 큰 교훈을 얻고 이렇게 적어 두었다.

'군주가 자신의 분노 때문에 전쟁을 일으켜서는 안 된다(주불가이노이
흥사主不可以怒而興師).'

세습을 단박에 거절한 요임금이 만천하에 영을 내렸다.

"만백성은 제위를 물려받을 사람을 천거하도록 하라."

이때 가장 많이 천거 받은 이가 허유許由였다. 요임금이 허유가 은
둔한 곳으로 몸소 찾아가 몰래 지켜보았다. 과연 겸손했고 성정이 밝
은 것을 보고 간곡히 부탁했다.

"해가 뜨면 횃불은 끄는 법이라네. 그대처럼 덕이 있고 현명한 이
를 놓아두고 내가 천자의 자리에 있는 것은 어리석은 일이오. 부디
천자의 자리를 받아 주오."

깜짝 놀란 허유가 이렇게 아뢰었다.

"숲속 뱁새도 나뭇가지 하나면 족하고, 황하의 두더지도 물 한 모
금이면 족하옵니다. 저는 지금 이대로 만족하옵니다."

다시 요임금이 포기하지 않고 여러 말로 권하자, 허유는 아예 거처
를 기산箕山으로 옮겨 외부와 연락을 끊었다. 그런데도 요임금이 허
유에게 구주九州의 총리라도 맡겨보려 한다는 소문이 돌아 허유까지
알게 되었다. 허유는 곧바로 강가에 가 귀를 여러 번 씻어 내었다.

마침 소를 몰고 가던 친구 소부巢父가 보더니 물었다.

"이봐, 귀는 왜 씻고 있나?"

"더러운 말을 들었어."

"무슨 말인데?"

"임금이 내게 천하를 넘겨받으라 해서 거절했더니 이번에는 전국

의 총리로 삼는다고 하네 그려."

"그러니 이 사람아, 애당초 은둔의 현자라는 말이 퍼지지 않게 했어야지. 은근히 그런 소문을 퍼트려 놓으니 그런 더러운 부탁을 받는 것이야."

"자네 말도 일리가 있구면. 나도 모르게 내게 명예욕이 있었나 보다. 부끄럽구나."

그때 마침 소부의 소가 강물을 핥아먹으려 하자 소부가 고삐를 쎄게 당겨 끌어올렸다. 이번에는 허유가 궁금해했다.

"자네, 왜 소를 끌어 올리나?"

"내 소에게 더러운 귀 씻은 물을 먹일 순 없지 않은가. 상류에 가서 깨끗한 물을 먹여야겠네."

요임금도 끝내 왕 되기를 사양하는 허유를 포기할 수밖에 없었다. 대신 효성이 지극하고 인자하다는 가난한 농부 순舜을 새로 찾아내었다. 손빙이 여기까지 얘기하고 손무에게 또 말했다.

"무야, 인간의 기억력이라는 것은 부정확할 수도 있다. 그러니 수장실守藏室로 가서 순임금 이후의 역사에 대해 더 깊이 연구하거라. 여기 제나라 공실에서 우리 전서 장군의 가족에게 준 신표信標가 있으니 가지고 가거라. 이곳 장강은 3월이면 한 번씩 폭우가 내리고 돌풍이 불어 그 방향을 종잡을 수 없다고 한다. 거기 걸리면 아무리 노련한 어부도 꼼짝없이 고깃밥이 되는 것이다. 아직 2월초이니 얼른 떠나거라."

그래서 손무가 서둘러 장강에서 배를 타게 된 것이다.

주 왕실 도서관으로 간 손무

손무가 장강 연안의 소주에서 출발한 시각이 묘시卯時였다. 사시巳時에 중원 쪽에 있는 장강의 북쪽 해안에 내렸으니 강을 건니는 데 두 시간 이상 걸린 것이다.

낙읍의 도성은 정방형으로 둘레가 50여 리에 달했다. 각 방면마다 3개의 문이 있고 중앙에 3층 높이의 거대한 왕궁이 있었다. 왕궁 좌우로 4개씩 구역이 나뉘어 건물이 즐비했으며, 그 사이 대로는 오가는 우마차와 인파로 늘 북적였다.

수장실은 왕궁 바로 옆에 있어 경비가 삼엄했다. 손무도 전서 장군의 손자임을 증명하는 신표를 보여 주고서 들어갈 수 있었다. 그동안 아버지나 할아버지로부터 말로만 듣던 곳이었다. 과연 상상했던 대로 웅장했다.

2층으로 된 건물의 1층에 전설로만 듣던 황제의 사관 창힐蒼頡이 목탄으로 글씨를 써 놓은 곰 가죽부터 시작해, 하나라와 상나라에 이어 주나라의 공문, 복희씨의 음양오행, 《산해경》, 열국의 위치, 언어와 문화, 제후들, 전쟁 역사 등을 새겨 놓은 갑골甲骨(거북이나 소 등 동물 뼈), 도자기, 비단, 옥돌, 심지어 자작나무 껍질까지 잘 정리되어 있었다.

수장실의 2층에는 각종 청동 제기, 예복 등이 진열되어 있었으며 그곳 한가운데에는 청동기로 만든 뚜껑 없는 상자 안에 주공이 만든 주례周禮가 놓여 있었다.

누가 이 많은 사료들을 이토록 일목요연하게 정리했을까?

바로 노자였다. 노자가 이곳에 지난 30년간 수장사守藏史(도서관장)로 있으면서 문서나 도서뿐 아니라 각종 문물까지 일목요연하게 정리해 놓고 어디론가 종적을 감추었다.

손무는 매일같이 수장관이 열리면 바로 들어가 문을 닫을 때까지 끼니도 잊고 순임금 이후부터 서주 시기까지 역사를 탐독했다. 기억력이 좋아 숙소에 돌아가면 읽은 것 중에서 중요한 부분만 다시 기록해 두었다.

수장실의 관리들도 손무가 순임금의 먼 후손인 줄 알고는 친근하게 대했다. 그들의 도움을 받으며 손무가 갑골문 등을 만지며 읽었던 순임금 때부터의 역사는 다음과 같았다.

순은 본디 성姓도 없는 미천한 신분이었다. 동쪽 바닷가에서 태어나 어머니를 잃고 계모 아래서 자랐다. 계모는 앞 못 보는 아버지를 속여 순을 핍박했다. 이런 부모일망정 순이 정성을 다한다는 소문이 나서 요가 후계자로 생각하고, 더 지켜볼 요량으로 두 딸 아황娥皇, 여영女英과 결혼시킨 것이다. 과연 순은 가정도 화목하게 잘 꾸렸다. 이를 질투한 순의 이복동생 상象과 계모가 음모를 꾸미고, 계모가 아버지를 꼬드겼다.

"지붕에 물이 새니 순을 불러 고치게 하라."

순이 아버지 분부대로 지붕을 고치러 올라갔다. 그때 상이 사다리를 치우고 아래서 불을 질렀다. 이른바 상옥추제上屋抽梯의 계략이다. 지붕을 고치던 순은 불길이 올라오자 마당의 큰 은행나무로 훌쩍 건너뛰어 겨우 목숨을 건졌다.

첫 음모가 실패하자 계모는 두 번째 모략을 꾸몄다. 이번에는 직접 순에게 "가족이 먹을 우물을 파달라"고 했다. 그제야 순의 두 아내가 계모의 모략임을 깨닫고 교토삼굴狡兎三窟의 책략을 냈다.

"여보, 현명한 토끼는 세 개의 굴을 판답니다. 우물 옆에 통로를 몰래 파 두세요."

순이 그 책략대로 우물을 파면서 다른 통로도 파 두었다. 순이 우물을 다 파고 올라오려는데, 상이 우물 입구를 큰 바위로 막고 자갈과 흙으로 메워 버렸다. 이 소식을 들은 계모가 박장대소했다.

"역시 내 아들이로다. 이제야 집안 재물이 다 네 것이 되었다. 어디 그뿐이냐, 예쁜 두 형수까지 네 차지가 될 테니 너는 왕의 사위가 되는 것이야. 얼른 가서 형수들을 데려오거라."

신바람이 난 상이 두 형수를 차지하러 순의 집에 달려갔다. 그러나 이게 웬일인가?

초상집이어야 할 순의 집에 때아닌 잔치가 벌어지고 있었던 것이다. 의아해 들여다보니 우물에 묻혀 죽은 줄 알았던 형이 버젓이 악기를 타고, 형수들은 춤을 추고 있었다. 미리 계모의 의도를 간파한 아황과 여영이 순의 생명을 건진 것이다.

이 역사에서 손무는 전쟁에서 제일 중요한 것은 '적의 의도를 파악하고 대책을 세우는 일(재어순상적지의在於順詳敵之意, 병적일향幷敵一向)'임을 깨닫는다. 순상順詳은 일종의 독심술이다. 두 번씩 실패하고도 계모와 상이 반성하기는커녕, 더 집요하게 온갖 모략을 꾸며댔지만 이미 의도가 드러나 더 이상 순이 당하지 않았다.

그럼에도 순의 효성과 우애는 변함이 없었다. 하지만 아황과 여영이 견뎌내질 못했다. 매일같이 순에게 핍박을 피해 멀리 떠나가자고 졸랐다. 결국 순이 고향을 떠나 여러 마을로 이사를 다니기 시작한다.

순이 가서 사는 마을마다 1년 지나면 촌락이 되고, 2년 지나면 읍락이 형성되고, 3년 지나면 도시가 되었다. 그만큼 순이 지혜로웠고 백성에게 신뢰감을 주었다는 것이다. 게다가 아황과 여영까지 덕이 있어, 인근 각지에서 함께 살겠다며 몰려들었다.

요임금은 이런 순을 쭉 지켜보면서 이쯤 되면 왕 자리를 물려주어도 되겠다고 판단하고 마지막 테스트를 구상한다.

손무가 여기까지 읽는데 수장관의 문을 닫을 시간이 되어 갑골문을 반납했다.

갑골문의 교훈,
"물길은 막지 말고 뚫어라"

요가 순에게 왕을 양위하기 직전에 내놓은 마지막 시험은 과연 무엇이었을까? 손자가 궁금증을 품고 다음 날 아침에 열어본 갑골문에는 다음과 같이 적혀 있었다.

요가 양위하려고 결심한 그해 초여름부터 홍수가 그칠 줄을 몰랐다. 전답은 물론 웬만한 집들이 모두 침수되었다. 밤낮없이 장대비가 내려 세상이 온종일 칠흑 같은데 요임금이 순을 불렀다.

"너 홀로 산속에 들어가 국태민안國泰民安을 빌거라."

순이 아황과 여영이 마련해준 제수품을 들고 집을 나섰다. 결연히 깊은 산중으로 가서 제단을 쌓았는데, 쏟아지던 폭우가 그치며 태양이 떠올랐다. 이를 본 요임금이 순을 불렀다.

갑골문

"순아, 그만하면 충분하다. 너는 덕과 용기를 다 갖추었구나. 이제 제위에 오르라."

이때 순의 나이 60세. 요임금의 눈에 든 지 28년 만이다. 그와 동시에 요임금은 단주를 멀리 쫓아냈다.

"농관農官 후직后稷과 함께 남방으로 내려가 살라."

부왕의 명대로 단주는 후직의 경호를 받으며 창오蒼梧의 들판으로 내려갔다. 거기서 아버지가 준 뽕나무 바둑판과 물소 뿔로 만든 바둑 알로 소일하며 살았다. 이때 단주를 모시고 간 후직은 훗날 주周왕조를 건국한 문왕과 무왕의 시조가 된다.

순임금도 요임금처럼 성군이 되었다. 40년간 나라를 다스리며 백성에게 조금도 피해를 주지 않으려 손수 농사를 짓고 물고기를 낚아 생계를 꾸렸다.

광활한 중원을 열두 개로 나눠 제후를 임명하고 4년마다 불러 사문四門에서 엄격하게 심사하였다. 심사 기준은 오직 하나, 국태민안의 여부였다. 여기 통과하면 재임명장을 주었다. 그러고도 해마다 전국을 순행巡行하며 백성의 삶을 살펴보았다. 관리는 위엄으로 대했고 백성은 인덕으로 대했던 것이다.

이러한 순임금의 모습에서 손무는 장수가 갖추어야 할 다섯 가지 자질을 생각해 내었다.

'지혜, 신뢰, 인덕, 용기, 위엄(지신인용엄智信仁勇嚴).'

순임금도 여영이 낳은 외아들 상균商均이 있었다. 그러나 세습할 뜻이 없었던 데다가, 상균이 음주 가무에 빠져 지내자 우禹를 발탁해 대륙의 치산치수를 맡겼다.

우의 아버지 곤鯀도 치수 관리를 책임졌지만, 큰 강에 둑만 쌓으려다가 번번이 실패했다. 이 때문에 해마다 나라에 홍수가 휩쓸어 침수 당한 백성이 큰 나무로 집을 짓거나 동굴로 들어가야 했다.

이런 실패를 지켜본 우는 어떤 방법을 택했을까?

궁금해진 손무는 여러 갑골문을 뒤지다가 〈치수낙서治水洛書〉 편에서 '…수로이도해水路而到海'라는 구절을 발견했다.

'바다로 가는 수로를 연다'는 뜻으로, 기존의 물길을 막는 것이 아니라 뚫는 방식을 택했다는 것이다.

'그렇지. 군의 형세도 물과 같아야 한다(병형상수兵形象水). 물이 높은 곳을 피하고 아래로 흐르듯 작전도 적의 강한 곳을 피하고 약한 곳을 쳐야지.'

이처럼 손무는 무엇을 보든 병법과 연결 지어 생각했다.

우가 강줄기를 따라 막힌 물길을 뚫고 다니느라 무려 13년을 돌아다녔다. 무더운 남방에 가면 벌거벗은 원주민들과 함께 벗고 일을 하느라 손톱이나 종아리 털까지 닳아 없어졌으며 허벅지에 난 상처도 나을 틈이 없어 어기적거리며 다녀야 했다. 그 모습 때문에 우보禹步란 별명이 생겼다. 우가 신혼집에도 10년을 오지 못할 만큼 노력한 결과, 대륙을 가로지르는 황하와 장강의 물길이 잡히며 강변의 백성들도 한시름 놓게 되었다.

순임금이 크게 치하하며 우를 후계자로 공식화했다. 그 뒤 즉위 40년째에 남방을 순행하던 중 삼묘三苗 부속의 반란군과 장오의 늘녘에서 싸우던 도중에 병사했다.

순의 주검 앞에 따라갔던 아황과 여영이 서로 부둥켜안고 울다가 소상강瀟湘江에 몸을 던졌다. 이들의 눈물이 대나무에 떨어져 얼룩무늬가 되었다. 이를 소상반죽瀟湘斑竹이라 했다.

왕위에 오른 우는 나라 이름을 하夏로 정했다.

어느 날 우왕에게 한 시녀가 최상의 포도주를 바쳤다. 그 맛을 보더니 빠져들 것 같자 시녀에게 단단히 일렀다.

"다시는 이런 것을 가져오지 말라. 앞으로 이 술 때문에 망하는 왕들이 많이 나올 것이니라."

이후 일절 술을 입에 대지 않았다. 그만큼 우왕은 자기 절제력이 강했으며 요순처럼 손수 농사를 지어 식량을 마련했다. 권농일을 제정해 농산물의 증대에 힘을 쏟았으며 백성의 살림에 관심을 갖고 자주 순행하였다.

우왕이 어느 고을에 들렀을 때 도둑이 잡혀왔다.

"왜 남의 곡식을 훔쳤는가?"

사내가 울먹이며 대답했다.

"소인의 처자가 삼 일째 굶고 있습니다. 제가 배고픈 것이야 참겠지만 처자가 굶는 것만큼은 참기 힘들었습니다."

신하들은 왕이 아무리 굶어도 남의 것을 훔치면 되느냐고 호통칠 줄 알았다. 그러나 우왕은 성큼 도둑에게 다가가 두 손을 잡고 같이 흐느껴 우는 것이 아닌가?

당황하기는 어디 도둑뿐이랴. 신하들도 마찬가지였다. 일제히 황망히 엎드리며 아뢰었다.

"폐하, 어인 일로 우시나이까?"

"요순임금 때는 백성이 모두 풍족했건만 내가 임금이 된 뒤 배고픈 백성이 생겨났으니 내 부덕의 소치로다. 이 사람에게 왕실의 곡식을 나눠주어라."

이 대목에서 손무는 자기도 모르게 눈을 감고 깊은 사색에 잠겼다.

'왕이 도적질할 수밖에 없었던 백성의 처지를 자기 부덕으로 돌리기란 쉽지 않다. 백성이 왕을 위해 존재하는 것이 아니라 왕이 백성을 위해 존재한다는 철학을 가져야만 가능한 것이다. 이처럼 우왕이 자신은 백성을 위한 존재라 여기며 정치했기에 요순처럼 만백성으로부터 존경을 받았다.'

천하는 무위로 다스려야
태평하다

손무가 다시 눈을 떠 우왕은 어떻게 승계했는지를 찾아서 읽기 시작했다. 우왕도 역시 왕의 자리를 세습하지 않고 동이東夷의 백익伯益에게 물려주려 했다. 아들 계啓가 어리석어서가 아니었다. 대단히 영특해 왕 되기에 손색이 없었지만, 천하가 개인의 것이 되어서는 안 된다는 신념 때문이었다.

만일 계가 물려받으면 선례가 되어 천하가 한 혈통의 것이 되고 만다. 그 뒤엔 천자가 되는데 더 이상 능력과 인품은 중요치 않고 혈통만 보게 된다. 이리 되면 누군가 왕이 되고자 하면, 왕과 그 일족을 죽일 수밖에 없어 사생결단을 해야만 한다.

평소에 우왕이 그런 생각을 평소에 품고 있었다. 그래서 계가 비록 능력이 있다 해도 세습하지 않으려 했던 것이다. 하지만 이런 바람과 달리 역사는 정반대로 흘러갔다. 우왕이 갑작스럽게 죽게 된 것이다. 이 바람에 영리한 계가 선수를 쳐 왕위를 차지하였다.

《산해경》, 구미호

이때 백익은 기산岐山 속 깊은 곳으로 도망가, 중국 최초의 지리서인 《산해경山海經》을 지었다. 여기까지 읽은 손무가 《산해경》을 소장해 둔 옆방으로 갔다. 그 방을 관리하는 무미한武微汗이 비단에 옮겨 적어 놓은 《산해경》 책을 내주었다.

《산해경》은 백익이 우를 모시고 구주九州를 돌며 치수하러 다닐 때 산천초목을 분류해 놓았던 기록을 정리해 놓은 책으로, 각 지방의 특징과 역사, 신화, 종교 등이 담겨 있었다. 손무의 집안에도 이 《산해경》이 대대로 전해 내려왔는데 오나라로 이주하면서 분실되었다.

《산해경》에 삼황오제三皇五帝가 나오는데 동이족의 갈래인 숙신씨肅慎氏의 출신이었다. 삼황 중의 복희伏犧는 사냥 기술을, 수인燧人은 불 사용법을, 신농神農은 농사짓는 법을 개발했다. 그 덕에 중원 사람들이 불 사용과 사냥 법을 익히고 농사를 지을 수 있게 되었던 것이다.

삼황 이후 오제五帝가 나타났다.

첫째가 황하 중류에서 다스린 황제黃帝이며, 둘째는 황제의 손자 전욱顓頊, 셋째가 황제의 증손자 제곡帝嚳이다. 그다음이 요와 순이다. 삼황오제는 중원의 만국을 외인애지偎人愛之(남을 아끼고 사랑한다)로 통치했다. 중원의 평화가 그처럼 원시공동체적 평등사상을 지닌 삼황오제 덕분이었던 것이다.

그런데 언제부터 불평등이 번졌느냐. 하나라 시조인 우왕의 뒤를 이어 왕이 된 계로부터였다. 계왕이 즉위 후 제일 먼저 한 일은 백익을 잡으러 다닌 일이다. 일 년이 지난 뒤에 기어이 찾아내 죽였다. 그 다음에 선양宣揚 제도 자체를 없애고, 처음으로 부자계승 제도를 도입했다. 이로써 훌륭한 사람에게 선양하는 풍습이 끝나고 오직 혈통으로 세습하는 제도만 남게 되었다.

하 왕조 들어 역사상 처음 시행된 것은 세 가지.

첫째, 대형 궁전이 들어섰다. 왕의 위엄을 과시하려는 것이다. 두 번째, 사람의 귀천을 구별하기 시작했다. 이렇게 탄생한 제국은 왕 중심으로 일사불란해야만 유지할 수 있다.

그래서 세 번째가 역사상 처음으로 개최된 전국 제전祭典이다. 매해 왕이 사방을 시찰하며 각 지역의 명산에 올라 제주祭主가 되어 석경石磬(돌로 만든 악기)과 타고鼉鼓(악어가죽의 북) 소리가 울려 퍼지는 가운데 성대히 제사를 지내는 것이다.

손무가 보름가량 《산해경》을 읽고 난 뒤 무미한에게 돌려주었다. 무미한이 손무에게 머리 좀 식히라며 "잠시 나가서 차 한잔하자"고 했다. 함께 장서실 밖 광장에 나왔는데, 흙먼지가 일고 말 울음소리로 시끄러웠다. 전차부대가 집결하고 있었던 것이다.

"무슨 일이오?"

손무가 의아해하자, 무미한이 소리쳤다.

"북쪽에 산융이 쳐들어왔다고 해요. 분수汾水 상류에서 제후국들의 군사들이 모여 천자의 전차부대를 기다리고 있답니다."

주나라는 수시로 이민족의 침입을 받았는데 특히 북방이 더 심했다. 그럴 때마다 이런 식으로 물리쳤다. 무미한이 앞장서서 시끄러운 광장을 피해 뒷골목으로 한참을 올라갔다. 골목 언덕 위의 한 점포 입구에 '신농씨 차방神農氏 茶房'이라는 깃발이 휘날리고 있었다.

"내 동생 무미랑이 운영하는 차방이오."

무미랑이 따뜻한 녹차를 내왔을 때 아래 광장도 조용해졌다. 벌써 전차부대가 떠난 것이다. 녹차의 향내를 맡으며 무미한이 물었다.

"선생은 왜 그리 역사 공부에 열심이오?"

"우리가 만난 난세의 원인을 알고 그 해법을 찾기 위해서입니다."

"어느 정도나 뜻을 이루었습니까?"

"우선 난세의 원인 중 하나를 하나라 역사에서 찾았습니다."

"궁금한데요. 가르쳐 주십시오."

손무가 나름대로 파악한 난세의 원인을 설파하기 시작했다. 하나라 우왕을 세습한 계왕 때부터 왕이 백성을 섬기는 것이 아니라 백성이 왕을 섬기는 문화로 바뀌었다. 그 결과 하나라 때부터 왕도王都와 시골이 나뉘고, 왕족과 귀족, 평민, 노예가 나뉘어 차별하는 세상이 급속히 확산되었다.

여기에 지배층은 항거하는 피지배층을 구금하거나 본보기로 참벌斬伐까지 내렸다. 왕조가 세습되기 시작하면서 계급을 만들어 냈고, 갈등이 촉발되자 힘으로 억누르기 시작했던 것이다.

더구나 하나라 시기에 확산된 청동으로 낚싯바늘, 방울, 솥, 술잔 등은 물론 칼과 창이 대량 생산되며 무력통치가 훨씬 용이해졌다. 귀족늘이 돼지, 양, 닭, 말 등도 대량 사육하며 노비가 많이 필요했다. 이로 인해 백성과 귀족의 구별은 더 공고해졌으며, 세습이 왕위는 물론 여타 계층까지 확산되었다. 이때부터 가축을 기르고, 농사짓고,

물건 만드는 일은 백성의 몫이고, 혜택은 왕과 귀족의 몫이었다.

이처럼 하 왕조, 특히 계왕 이후부터 세상은 누리는 자 따로, 일하는 자 따로가 되었으며, 출생 전부터 왕후장상王侯將相의 씨를 차별하기 시작했다. 백성의 원성이 하늘을 찌르며 요순 때까지 고분고분했던 각국 제후들도 하 왕조 들어 툭하면 반발하였다. 천하에 난세가 시작된 것이다.

여기까지 손무의 이야기를 듣던 무미한이 들고 있던 찻잔을 내려놓으며 물어보았다.

"이러한 난세를 멈추게 하려면 어떻게…?"

"답은 요순 같은 정치입니다. 왕이 나라를 덕으로 다스리면 왕은 덜 누리고, 백성이 더 누리게 됩니다. 그러나 왕과 귀족의 권력이 억누르기 시작하면 난세는 더 가속화됩니다."

손무가 덧붙였다.

"두 왕은 현명했지만 유별나지 않았습니다. 신민들도 그런 왕이라면 존경은 하지만 굽실거릴 일이 없습니다. 그런 무위지치 속에서만 태평성대가 가능합니다. 그러나 하나라 계왕 이후 힘으로 다스리려다 보니 더 많은 힘을 가져야 했고, 동시에 천하 사람들의 선망도 받았지만 그만큼 질시를 받게 되면서 제후들의 준동도 극심해졌습니다."

권력이 클수록 미끼에 약하다

다음 날, 손무는 선양제도를 없앤 계왕 이후의 세상이 어떻게 변해 가는지에 중점을 두고 자료를 찾아보기 시작했다.

계왕이 아들 태강에게 세습한 뒤부터 더 이상 백성은 천하의 주인이 아닌 왕의 종이었다. 이런 현상은 더 심해져 왕은 하늘이 보인 사람, 즉 천자가 되었고 모든 사람은 그에게 절대복종해야만 했다.

덩달아 제후들의 불만도 커졌는데, 산동반도에 거주하던 동이족의 수령 후예后羿는 한때 태강太康왕(계왕의 아들)을 낙수 일대로 밀어내 통치력을 마비시키기도 했다.

태강 때 시작된 하나라와 동이족의 싸움은 중강仲康왕과 상相왕 때까지도 전개되다가 소강少康왕 때에야 겨우 안정되었다. 여기서 소강상태小康狀態라는 말이 나왔다. 그렇게 유지되던 하나라는 건국한 지 471년째 되던 기원전 1766년 걸왕桀王의 실정으로 문을 닫는다.

그래서 걸왕이 성군 요순과 대비되어 폭군의 대명사가 되었지만, 본래 명석한 달변가에 장사였다. 그의 55년 통치 기간 중 즉위 초에는 제법 선정을 베풀었다. 통치 중반기쯤 심심풀이로 한두 번 이웃 제후국들을 약탈하는 재미를 붙이더니 성격이 포악해졌다. 주변에 현명한 신하들이 못 견디고 떠난 자리에 아첨하는 무리로 채워졌다.

아첨배 중 조량趙梁은 여우라 불릴 만큼 간사했다. 걸왕의 향락을 위해 백성을 약탈하는 등 걸왕의 가려운 곳을 미리 긁어 주었다. 어느 날 조량이 걸왕에게 작은 나라 유시씨국有施氏國에 미녀가 많다고 꼬드겼다. 그렇지 않아도 무료했던 때라 군사를 일으켜 쳐들어갔다. 유시씨국에서 화의를 청하며 절세미녀를 바쳤다. 그녀가 걸왕에게 절을 올렸다.

"오, 네 이름이 무엇이냐? 뉘집 딸이더냐?"

"말희妹喜라 하옵니다. 제 아비는 폐하의 부하에 의해 돌아가셨습니다."

"오, 저런…. 미안하게 되었구나. 내 앞으로 너를 기쁘게 해 줄 것이니라."

이후에 걸왕의 새 취미가 생겼는데 말희의 소원을 들어주는 재미였다. "궁이 초라하다"고 한마디했더니, 바로 회랑을 상아로 장식하고 옥으로 누대, 침대, 방까지 만들어 주었다. 옥방에 기거하던 말희가 또 "정원에 시냇물이 없다"고 하자 '야궁夜宮'에 큰 연못을 만들었다.

하루는 말희가 "천하의 제왕을 모시는 궁녀 수가 너무 적다"고 응석을 부렸더니, 다음 3개월 동안 전국에서 3천 궁녀를 선발했다. 말희가 걸왕에게 3천 궁녀 환영식을 열어야 한다며 "대왕께서 친히 이 많은 궁녀들에게 술잔을 주기 어려우니, 연못에 물 대신 술로 채우고 나무마다 고기를 달아 두라"고 했다.

3천 궁녀가 모두 궁에 들어오던 날, 야궁에서 3천 악사의 연주 소리가 울려 퍼지는 가운데 축제가 벌어졌다. 잔을 든 말희가 걸왕의 수염을 비비 꼬았다.

"대왕, 보십시오, 오직 대왕의 수발을 들기 위해 모인 궁녀들이옵니다."

"아니다. 어디 나 뿐이겠느냐. 네 수발도 들어야 할 것이니라. 저 3천 궁녀들의 생사여탈권을 너에게 주노라."

이외에도 말희의 요구는 한도 끝도 없었다. 하나가 끝날만 하면 또 다른 요구를 내놓았다. 대부분 황당한 것들이라 나날이 국력이 기울어갔다.

걸왕 같은 영웅호걸이 이토록 끌려다니다니, 인간이란 얼마나 묘한 존재인가? 권력이 크면 클수록 강해 보이지만, 그만큼 속이 더 허약해 의지할 대상을 찾는다. 다행히 유익한 대상을 찾으면 좋으련만 그렇지 못한 경우가 더 많다. 그래서 권력이 커 견제 세력이 없을수록 미끼에 더 약한 것이다.

말희에게 코가 꿴 걸왕이 어느 날은 말희를 따라 시장의 한 옥상에 올라갔다.

"오늘은 호랑이 놀이를 합시다."

"어떻게…?"

"제가 다 준비해 놓았습니다."

잠시 뒤 시장 한복판에 중무장한 병사들이 호랑이 세 마리를 실은 수레를 끌고 와 호랑이를 풀어 놓았다.

호랑이들이 날뛰며 시장이 아수라장이 되었다. 많은 사람들이 도망쳤지만 일부는 호랑이에게 잡아먹혔다. 바로 그 광경을 보고 걸왕과 말희는 배꼽을 잡고 웃었다.

"말희야, 너 아니면 이런 기막힌 장면을 어찌 볼 수 있었겠느냐."

"이제야 아셨습니까. 공포스런 야수의 소리에 더해 야수에 찢겨 울 부짖는 소리가 빚어내는 전율이 무엇인지를……."

그날 이후 걸왕은 정상적인 즐거움으로는 만족하지 못했다. 말희도 걸왕을 만족시켜 줄 거리를 찾다가 시녀의 옷이 나뭇가지에 찢어지는 소리를 듣고 박수를 쳤다.

"바로 이 소리입니다. 비단 찢어지는 소리. 대왕, 이 소리를 매일 듣고 싶어요."

"그렇다. 자네는 새 흥밋거리를 찾는 데 천재구려. 여봐라, 앞으로 비단 찢는 소리가 끊이지 않게 하라."

다음 날 아침부터 왕궁에 비단 찢는 소리가 진동했다. 전국의 관료들이 비단을 긁어모으느라 다른 업무를 볼 수가 없었다. 걸왕은 비단 찢어지는 소리에 매몰되며 더더욱 이성이 마비되어 갔다.

말희가 걸왕에게 오기 전 사귀던 총각이 상봉桑丰이었는데, 그가 하던 일이 비단을 만드는 것이었다. 둘의 사랑은 주로 상봉의 뽕나무밭에서 키워 갔다. 말희가 걸왕에게 바쳐지면서 그 사랑이 끝나야 했다.

말희가 걸왕에게 비단 찢는 소리를 듣고 싶어 했던 것도 상봉과의 추억 때문이었다. 그뿐이 아니라 더 무서운 생각을 품고 있었다.

'내 나라 내 가족을 유린하고, 내 사랑과 생이별을 하게 만든 네 놈은 물론 하나라까지 망하게 하리라.'

말희의 의도를 알 리 없는 걸왕의 기행이 날이 갈수록 수위가 높아 갔다. 날이면 날마다 비단 찢는 소리가 궁중을 휘감았고, 급기야 왕은 궁중의 모든 남녀들에게 발가벗으라 명령했다. 제국의 궁중에서 발가벗은 사람들이 북을 치고 먹고 마시며 음행도 서슴지 않는 희대의 기행이 벌어진 것이다.

이미 걸왕은 정상이 아니었다. 말희의 말초적 자극이라는 미끼로 인해 이미 혼미해져 버린 것이다. 조회를 열지 않는 날이 더 많았으며 민심도 악화될 대로 악화되었다. 천하제일의 대제국 하나라가 말희에 의해 심장부에서부터 무너지고 있었던 것이다.

이와 같은 사례를 읽고 난 뒤 손무는 '적의 제후를 굴복시키려면 해로움을 보여 주거나, 쓸데없는 일에 국력을 낭비하도록 미끼를 던져 꾀어내야 한다.(굴제후자이해屈諸侯者以害, 역제후자이업役諸侯者以業 추제후자이리趨諸侯者以利)'라고 적었다.

말희로 인해 나라가 흔들리자 몇몇 신하가 걸왕에게 간언해 보았지만, 죽을 정도로 두들겨 맞았다. 이 신하들을 상商 부락의 제후 탕湯이 불러 위로하였다.

이 소식을 듣고 걸왕이 야수처럼 날뛰었다.

"이런 미친놈을 보았나, 감히 내가 벌준 놈들을 데려다가 위로하다니. 당장 잡아들여 가두어라."

탕이 깊은 옥에 감금되자, 놀란 상 부락민들이 수레 다섯 대에 황금을 싣고 와 걸왕과 측근들에게 바쳤다. 그제야 걸왕이 탕을 풀어주었다. 당시 탕은 걸왕의 요리사 이윤伊尹을 포섭해 궁중 내부의 일을 손바닥 들여다보듯 보고받고 있었다.

그래서 손무가 훗날 '용산用間' 편에 '은나라(상 부락이 세움)의 흥기에 하나라 이윤의 역할이 컸다(석은지흥야昔殷之興也, 이지재하伊摯在夏)'라고 기록했던 것이다.

탕을 풀어준 이후에도 걸왕의 기행은 그칠 줄 몰랐다. 다시 탕이 위험을 무릅쓰고 이윤을 통해 설득하려 했다.

"민심이 나날이 사나워지고 있습니다. 더 어지러워지면 나라가 망합니다. 저 요사한 계집을 참수하시어 민심을 수습하시옵소서."

순간적으로 왕의 얼굴이 일그러졌고, 곁에 있던 말희가 비웃었다.

"저놈이 요망한 말로 대왕을 현혹하고 소첩을 농락하고 있사옵니다."

"그래, 네 말이 맞다. 이놈아, 하늘의 태양이 망하는 것을 보았느냐. 하늘의 태양이 망하면 나도 망하겠지. 두 번 다시 망언을 지껄이면 그때는 용서치 않으리라."

걸왕이 홧김에 던진 술잔이 벽에 부딪혀 박살났다. 겁에 질린 이윤이 도망치듯 어전을 물러나와 골목을 도는데 아이들이 노래를 부르고 있었다.

"왜 박亳으로 가지 않는가, 왜 박으로 가지 않는가, 밝은 빛을 찾으려면 박으로 가야지, 박으로 가야지."

상 부락의 중심지가 박이었다. 그 길로 이윤이 탕에게 달려가 걸왕을 만난 일과 아이들의 노래를 전했다.

"그 정도면 민심이 걸왕을 떠나 우리에게 왔다는 것이다. 걸왕을 칠 때가 되었다."

폭군의 개는
성군을 보면 짖어댄다

하나라를 무너뜨릴 결심을 굳힌 탕은 날짜를 정해 하늘에 제사를 지낸 다음 포고문을 발표했다.

"천하에 알리노라. 내가 군사를 일으키는 것은 걸왕의 죄가 하늘에 닿았음이라. 하늘이 내게 용기와 지혜 주시어 흉악한 걸왕을 쫓아내 도탄에 빠진 백성들을 구하라고 명하셨다. 만천하는 나와 함께 천명을 좇을지어다."

탕과 2만 군사가 하나라 왕궁으로 쳐들어갔다. 이미 전의를 상실한 왕궁수비대는 도망가기에 바빴다. 그래도 상황 파악이 안 된 걸왕이 만취해 있다가 반란군이 오는 소리를 듣고서야 놀란다. 하지만 이미 수비대는 사라졌고 걸왕의 개 한 마리만 요란하게 짖어댔다.

탕이 복을 베려는 부하를 제지했다.

"개는 주인을 위해 짖는 것 뿐이니라. 이 개는 요임금이 와도 짖을 것이니라."

이것이 걸견폐요桀犬吠堯이다.

그 틈에 걸왕이 평복으로 갈아입고 보석을 챙겨 말희와 함께 와우산臥牛山으로 도주하려 했다. 말희는 따르는 척하다 도망쳤고 걸왕의 개만 따라갔다.

걸왕과 개가 할 수 있는 일이 무엇이랴? 산속에서 굶어 죽었다. 하 왕조의 멸망에 일조한 말희는 쾌재를 부르며 상봉을 데리고 남방 오랑캐 마을로 내려가 살았다.

탕이 하 왕조를 무너뜨리며 세습 군주를 하늘의 뜻으로 받들던 하 왕조의 민심에 일대 충격을 주었다. 이 사건이 중국 역사상 최초로 신하가 폭군을 몰아낸(이신벌군以臣伐君) 방벌放伐이었다. 이를 기점으로 후대에 폭정을 명분으로 많은 방벌이 발생한다.

아무리 걸왕이 말희의 미혹에 넘어갔다 한들 일개 제후인 탕이 이리 쉽게 방벌에 성공할 수 있었던 까닭은 무엇일까?

걸이 도를 버려 민심을 잃었다면 탕은 도를 행해 민심을 얻었기 때문이다. 그래서 손무는 승패를 예측할 때 '어느 쪽 군주가 도를 행하는가(주숙유도主孰有道)'를 보라 했다.

걸이 실정을 거듭할 때 탕은 백성을 아끼는 제후로 상 부락을 넘어 하나라 도성의 아이들까지 흠모할 정도가 되었던 것이다. 그러니 탕이 도성에 가볍게 입성할 수밖에….

탕은 천자에 오른 뒤에도 여전히 군주의 도를 지키려 대야에 '일신우일신日新又日新'을 새겨 놓았다. 세수할 때면 들여다보며 이렇게 반성했다.

'천자가 되었다고 타성에 물들지는 않았는가. 날이면 날마다 새롭

게 덕을 베풀어야 한다.'

어느 날 탕왕은 한 청년이 들판에 그물을 쳐 놓고 기원하는 것을 보았다.

"하늘의 새, 땅의 짐승들아, 모두 이 그물 속으로 들어오너라."

탕왕이 탄식하며 청년을 나무랐다.

"이런, 모든 것을 혼자 다 잡아먹겠다는 말이구나. 네가 탐욕스런 걸왕과 다를 게 무엇이냐. 그물 한쪽만 남겨두고 나머지는 걷어 내라. 그리고 이렇게 빌거라. 새야, 짐승들아, 좌로 가고 싶으면 좌로 가고, 우로 가고 싶으면 우로 가라. 그러지 않으면 잡으리라."

이 말을 전해 들은 백성들마다 탕왕의 덕을 칭찬했다. 또한 탕왕은 풍년이면 곡식을 비축했다가 가뭄 때 백성을 구제했고, 배회하는 고아들을 따로 보살폈다.

어느 때인가 7년 동안 가뭄이 계속되었다. 속이 탄 탕왕이 태사太史를 불러 점을 치게 했더니 인신공양人身供養의 점괘가 나왔다.

"비가 오게 하려면 아무래도 하늘에 한 사람을 제물로 바쳐야 할 것 같사옵니다."

"그러냐. 허나 백성을 제물로 삼을 수는 없는 일. 허물을 묻자면 마땅히 왕인 내게 있느니라. 일이 잘못되면 소인은 남 탓을 하나 대인은 자기를 살피느니라."

풀로 허리를 두른 탕왕은 백마 수레를 타고 상림桑林(뽕나무밭)의 들에 설치한 제대祭臺 위에 올라 자책하기 시작했다.

'정치를 바르게 했던가(정불절여政不節歟).'

'백성에게 일자리는 마련해 주었던가(민실직여民失職歟).'

'내가 너무 호화롭게 살지는 않았는가(궁실숭여宮室崇歟).'

'후궁들의 감언이설에 휘둘리지는 않았는가(여알성여女謁盛歟).'

'뇌물을 받은 적은 없던가(포저행여苞苴行歟).'

'혹 충신은 멀리하고 간신을 가까이하지 않았던가(참부창여讒夫昌歟).'

이것이 자책自責의 육사六事이다. 탕왕이 자기반성에 전념하는 가운데 정한 기일이 마치기도 전 폭우가 쏟아졌다. 손무가 이 장면을 읽을 때였다. 삽시간에 사방이 어두워지며 번개가 치고 소낙비가 내리기 시작했다. 더 이상 글을 읽을 수 없어 일어서는데 무미한이 토끼 가죽에 생선 기름을 바른 우산을 건넸다.

그날 손무는 자신의 병법 제1편 '오사칠계五事七計'를 작성하며 '자책의 육사'와 요, 순, 우임금의 행적을 참고했다.

전쟁을 시작하기 전 먼저 오사―도道, 천天, 지地, 장將, 법法―로 성찰하고, 칠계로 아군과 적군을 비교해 보아야 한다.

도란 이미 살펴본 대로 임금과 백성이 일체감을 갖게 하는 것으로 대의명분이라 할 수 있다. 천은 정세이며, 지란 환경이고, 장은 장수의 자질이며, 법은 조직, 규율, 군수물자 보급 등이다.

다음은 칠계이다.

첫째, 어느 쪽 군주가 더 민심을 얻고 있는가?

둘째, 어느 쪽 장수가 더 유능한가?

셋째, 어느 쪽이 천시天時와 지리地利를 얻고 있는가?

넷째, 어느 쪽의 조직이 더 안정되어 있는가?

다섯째, 어느 쪽이 병력의 수와 무기가 더 우수한가?

여섯째, 어느 쪽의 병사가 잘 훈련되어 있는가?

일곱째, 어느 쪽의 상벌이 엄격하고 공정하게 시행되는가?

어떤 전쟁도 무턱대고 싸워서는 이길 수 없다. 싸워야 할지 말지부터 먼저 결정해야 한다. 전쟁은 나라의 흥망이 달려있는 중대사이기 때문에 만부득이한 경우를 제외하고는 시작하지 말아야 한다.

탕왕도 그러했다. 제후로 있을 때 다른 제후들이 몰려와 탕의 덕을 칭송하며 걸왕을 당장 공격하자 했다. 그렇게 주위에서 부추겼으나 동요하지 않았다. 싸워야 할 시기가 아니라고 본 것이다. 그 대신 걸왕의 요리사 이윤을 간첩으로 삼아 동향보고를 받으며 시기를 노렸다.

과연 그때가 다가왔다. 걸왕이 바른말 하는 신하들을 죽이며 충신들이 모두 떠났다. 남은 자들은 간신, 그리고 손가락으로 사람을 죽이고 코끼리도 잡아 찢는 괴력의 거인들뿐이던 것이다. 걸왕 주변에 책사는 없이 싸움꾼들이 넘쳐나기 시작했고, 그와 달리 탕왕의 주위에 의로운 기운이 넘치는 신하들이 모여들었다.

그제야 탕이 전쟁을 개시했으며, 걸왕은 대항도 한 번 못 해보고 바람처럼 날아가고 말았다.

이런 생각을 하며 손무는 잠이 들었다. 다음 날은 여느 때보다 일찍 인시寅時에 눈을 떴다. 그만큼 탕왕이 세운 상나라는 어떤 역사의 궤적을 그렸을지 궁금했던 것이다.

신하가 지혜로워도
왕이 어리석으면

상 왕조의 기반은 일단 탕왕의 어진 정치로 탄탄해졌다. 그러나 흥망성쇠는 자연의 이치라 누가 막으랴. 상 왕조도 10대 중정仲丁 이후로 왕위 계승을 둘러싼 내분이 자주 일어난다. 자연재해까지 겹쳐 국력이 나날이 하강했다.

19대 반경盤庚이 국력을 상승시켜 보려 도읍지를 은허殷墟로 옮겼다. 이때부터 상나라를 은나라라고도 부른다. 반경의 바람대로 천도 뒤 얼마간 안정을 되찾았다. 하지만 22대 무정武丁 왕에 이르러 또 왕실에 내분이 발생한다. 무정은 장자 조경祖庚에게 왕위를 물려주면서, 똑똑하고 야심이 큰 차자 조갑祖甲을 먼 고을로 내쫓았다. 숨어 지내던 조갑이 반란을 일으켜 24대 왕이 되었다.

왕이 된 조갑은 천신天神, 황하신黃河神 등을 섬기는 제례를 폐지하고 오직 자기의 조상신에게만 제사하도록 했다. 이때부터 제사 지낼 때면 왕이 제주 역할을 맡는다. 또한 국가적 중대사, 자연재해, 수렵 등을 앞두면 꼭 하늘의 뜻을 물었는데, 짐승의 뼈나 귀갑을 불로 지져 생기는 빛깔, 균열 형태나 금이 간 숫자로 점을 쳤다.

은나라 마지막 왕은 30대 주왕紂王으로 이름이 제신祭辛이다. 외모가 준수했고 기골도 장대해 하나라의 걸왕처럼 영웅호걸의 풍모였다. 맨손으로 호랑이를 때려잡고 황소 여러 마리의 꼬리를 붙잡아 뒤로 당기도 했다. 모든 것을 골고루 갖춘 주왕이었지만 달기妲己에게 휘둘리며 끝내 폭군의 길로 갔다.

주왕이 달기를 얻게 된 과정도 걸왕과 흡사했다. 전쟁에서 전리품으로 얻은 달기가 하나라의 말희와 같은 역할을 한 것이다. 우선 주왕도 달기를 만나는 순간부터 넋이 나간다.

"지금까지 많은 여자를 겪어봤으나 달기에 비하면 목석에 불과했다. 달기야말로 하늘이 내려준 여자이다."

달기는 주왕이 자신에게 빠진 것을 알고부터 더욱 거침없이 요구했다.

"궁중 예술이 너무 단조롭사옵니다. 더 자유롭고 환상적인 춤과 음악을 만드소서."

이리하여 〈북리무北里舞〉와 〈미미의 악靡靡之樂〉이 탄생했다. 달기는 두 음악을 새로운 궁전에서 즐기고 싶다며 졸랐다.

달기

"폐하, 새 저고리를 헌 치마에 받쳐 입지 않듯이, 새 음악은 새 궁궐에서 즐겨야 제맛이 납니다."

그래서 주왕은 그 유명한 '녹대鹿臺'를 세웠다. 도읍에서 남쪽으로 십 리 떨어진 야산에 큼직한 별궁을 짓고 1,000척 높이의 녹대를 세우는 데에 7년간 10만 명이 동원되었다. 은과 보석으로 장식하고 유달리 꽃을 좋아하는 달기를 위해 정원에 사시사철 꽃이 피도록 화초를 골고루 심었다. 여기 소요되는 공사비는 백성의 고혈을 짜내 충당했다. 녹대가 완공된 날 달기가 꽃밭의 꽃잎 액을 짜내 얼굴에 발랐다. 이것이 연지臙脂의 기원이다.

또한 주왕은 하나라 걸왕처럼 연못을 술로 채우고 삶은 고기를 비단 끈에 묶어 나무마다 매달아 놓았다. 이 정원에서 밤낮없이 노닥거렸다. 이를 본 사관이 '장야음長夜飮'이라 기록했다. 보다 못한 황후 강씨姜氏가 녹대에 앉아 있던 주왕과 달기에게 달려와 독설을 퍼부었다.

"달기 네 이년, 구미호가 따로 없구나. 어디서 천것이 굴러와 군왕의 총기를 흐리게 하느냐? 요망한 짓을 그만두고 썩 물러가지 못하겠느냐!"

천것이라는 말에 달기가 파르르 떨며 일어서려는 것을 주왕이 감싸안았다. 그 모습에 더 화가 난 황후가 달기의 머리카락을 잡아당겼다. 주왕은 달기 편을 들며 황후를 밀쳤다. 그 바람에 황후가 녹대 아래로 떨어져 즉사했다.

엄청난 참사 앞에 주왕도 뜨끔했으나 태연한 척하며 새파랗게 질린 달기를 감싸고 녹대 아래로 내려왔다.

주왕이 황후를 죽였다는 것이 금세 퍼지며, 각지 제후들이 달기를 죽이라는 상소를 빗발치듯 올렸다. 어떤 제후는 직접 주왕을 찾아와 달기를 비난하기까지 했다.

사색이 된 달기가 주왕에게 짜증을 부렸다. 그런 달기를 달래주려 주왕은 누구든 달기를 비방하면 바로 죽였다. 하나라 말기와 유사한 일이 벌어지고 있었던 것이다. 위기를 느낀 중신 매백梅伯과 상용商容이 왕을 찾아왔다.

"폐하, 요임금은 매일 조회를 열어 만백성을 이롭게 할 방도를 의논했습니다. 하오나 폐하는 지난 일 년간 한 차례도 조회를 열지 않으셨습니다. 그러니 나라의 모든 일이 헛돌고 있습니다."

"그래서 나라가 뭐 잘못되기라도 했다는 거요?"

주왕이 심드렁하게 대답했다. 자신도 모르게 화가 치민 매백이 왕을 직시했다.

"신하가 아무리 현명해도 왕이 어리석으면 나라가 어지럽습니다. 폐하께서 여색을 멀리하셔야 혼군昏君이라는 소리를 듣지 않습니다."

상용이 매백을 거들었다.

"그러하옵니다. 날마다 왕이 궁중에서 음주가무로 세월을 보내는데 나라가 온전할 리 없습니다. 지금 왕께서는 하나라 걸왕의 길을 걷고 있습니다."

"저런, 저런. 감히 왕에게 못하는 소리가 없구나. 여봐라, 저 두 놈을 당장 끌어내 정신 차릴 때까지 내리쳐라."

진노로 부들부들 떠는 주왕에게 달기가 한술 더 떴다.

"감히 신하가 왕에게 눈알을 부라리고 삿대질하다니, 반역입니다. 이런 놈들을 곤장 몇 대로 다스리면 나라 기강이 무너집니다. 불기둥 위로 걸어가게 해야 합니다. 소첩이 미리 후원에 형구를 차려 놓았사옵니다."

"오 불기둥 형벌이라, 고거 참 고소하겠다. 당장 시행하라. 친히 가서 저것들이 고통당하며 죽는 꼴을 보리라."

형리들이 몰려와 두 중신을 묶어 후원으로 끌고 갔다. 후원에 숯불이 타오르고 그 위에 기름을 바른 구리 기둥이 가로놓여 있었다. 두 신하는 이 기둥 위로 걸어가야 했다.

이것이 포락炮烙의 형刑이다. 후원에 살 타는 냄새와 울부짖는 소리가 요동쳤다. 형리들도 얼굴을 돌렸다. 하지만 주왕과 달기는 괴성을 지르며 즐거워했다. 이미 두 연인은 잔인한 야수로 변해 있었던 것이다.

달기의 괴벽은 여기서 끝나지 않았다. 그녀는 미모만큼 질투가 강했다. 어떤 후궁이라도 주왕의 환심을 사면 그대로 두지 않았다. 발가벗겨 통나무에 대자大字로 묶어 독사와 전갈로 가득 채운 웅덩이에 던졌다.

만약에 어떤 후궁이 주왕과 정을 나누었다면 그 후궁의 둔부臀部에 미꾸라지 수십 마리를 집어넣게 했다. 주왕과 달기의 포악무도가 나날이 심해지는 만큼 이웃 나라로 야반도주하는 백성도 늘어났다.

함곡관 수문장 윤희가
손무에게 준《도덕경》

당시 상나라에 삼대 성현―미자微子, 비간比干, 기자箕子―이 있었다. 그중 주왕의 숙부 비간이 주왕에게 "이제 그만 자제하시라"고 점잖게 권했다. 하지만 이미 이성을 상실한 주왕이었다. 숙부에게 용상까지 집어던지며 화를 냈다.

"오호라, 숙부가 삼대 성인이랬지. 예부터 성인의 심장에 일곱 구멍이 있다는데 내 눈으로 확인해 봐야겠소. 여봐라. 당장 숙부의 심장을 꺼내 봐라."

그 자리에서 병사들이 비간의 심장을 도려냈다. 바른말 했다 하면 왕의 숙부도 이런 짓을 당하는데 누가 나설 수 있겠는가?

그때 한 제후가 새 희망으로 떠오른다. 주왕이 서백西伯(서방 제후의 장)으로 책봉한 희창姬昌이었다. 원래 주족周族의 장이었는데 서백이 된 뒤 오랑캐를 잘 막아냈고 백성들을 예로 대해 인심을 얻고 있었다. 그가 감히 주왕에게 사람을 보내 간청하였다.

"태풍이 불어 거목이 넘어지면 가지와 잎보다 뿌리가 먼저 끊어집니다. 하나라 걸왕을 교훈으로 여기시옵소서."

"이놈은 큰일이 나서 내가 끊어지기를 바라는구나."

주왕이 벌컥 화를 내며 당장 희창을 잡아들이도록 했다. 그렇지 않아도 세상 사람들이 주왕과 희창을 악마와 성인으로 비교한다는 소리를 듣고 질투로 부글부글 끓던 참이었다.

희창이 끌려와 감금되었다. 희창의 부하들이 서창의 미녀와 명마, 보석 등을 모아 주왕과 그 측근들에게 바치는 등 백방으로 노력했다. 하지만 주왕은 희창을 풀어줄 마음이 조금도 없었다.

희창은 기약 없는 옥살이를 하며 주역周易 정리와 칠현금七絃琴 연주 등으로 마음을 달랬다. 희창의 맏아들 백읍고伯邑考도 아버지를 구하기 위해 흰 원숭이, 향나무로 만든 수레 등 진귀한 선물만 모아서 주왕을 찾아왔다. 주왕이 정신을 팔고 있는 동안 달기는 백읍고에게서 눈을 떼지 못했다.

'어쩌면 저렇게 준수하고 늠름할까. 행동 하나 하나에 기품이 서려 있어.'

그날부터 달기는 백읍고를 사모하며 몰래 사람을 보내 자기 처소로 유혹했다. 그러나 거절당했다. 백읍고에 대한 애모가 수치심으로 변하는 순간이었다. 뇌물에 혹한 주왕이 달기를 불러 이제 그만 희창을 놓아주면 어떻겠느냐고 물었다.

"희창을 그냥 놓아주면 딴마음을 먹을 수 있습니다. 성인은 두 마음을 품지 않는다고 하니 먼저 희창이 성인인지 알아보소서."

"어떻게 알 수 있단 말이냐?"

"백읍고를 먹게 하소서."

"뭐라? 아들을 먹게 하라니, 어떻게 하란 말이냐?"

"백읍고를 푹 삶아서 그 국물을 희창이 마시게 하면 됩니다."

이로써 백읍고를 삶은 물 한 그릇이 희창 앞에 놓이게 되었다.

주왕이 희창에게 명령했다.

"백성이 너를 성인으로 추앙한다며…. 네놈이 성인이라면 이 국물을 마셔라. 자고로 성인은 사사로운 정에 매이지 않느니라."

얼굴이 백지장이 된 희창이 눈을 질끈 감고 국물을 받아 마셨다.

'애비가 되어 아들을 삶은 물을 마셔야 하다니…. 어차피 아들은 이미 죽었으니 어떻게 하든 여기서 벗어나 도탄에 빠진 백성을 구해내야 한다.'

희창이 속으로 피눈물을 흘리는 줄 알 리 없는 주왕은 만면에 희색이 가득했다.

'과연 희창은 성인이로다.'

그날로 희창이 석방되었다. 이 소식을 들은 백성들은 희창이 도를 아는 성인이라며 더 흠모한다. 이 장면에서 손무는 깊은 고뇌에 빠졌다.

'자식을 삶은 물을 마시면서까지 세상을 구원한다고 나서야 되는가. 마시지 말고 차라리 죽음을 택할 수는 없었을까? 과연 도를 아는 성인이란 무엇인가.'

그날부터 손무는 책이 손에 잡히지 않았다. 여느 때처럼 수장실에 오기는 했지만 서성이고만 다녔다. 무미한이 "왜 그러느냐"고 물어 "도대체 도가 무엇인지 모르겠다"고 실토했다. 무미한이 이해한다는 듯 고개를 끄덕이며 함곡관의 수문장 윤희尹喜를 찾아가 보라고 했다.

낙읍에서 멀지 않은 곳에 함곡관이 있었다. 손무가 찾아가니 윤희가 《도덕경》을 선뜻 내주었다. 《도덕경》을 윤희가 갖게 된 과정이 흥미롭다. 함곡관을 지키던 중 수장실을 떠나 서쪽 먼 곳으로 은거하러 가던 노자를 만났다.

"평소 흠모했던 제자입니다. 스승님의 생각을 세상에 남겨 주십시오."

노자는 두말없이 소에서 내리더니 단숨에 5천 자를 써 주었다. 이것이 《도덕경》의 탄생 과정이다. 그 뒤로 윤희는 시간 나는 대로 《도덕경》을 필사해서 함곡관을 출입하는 사람마다 나눠 주기 시작했다.

손무는 윤희에게 《도덕경》을 받은 그날로 다 외우다시피 했는데, 첫 문장 '도라 하면 이미 도가 아니고, 이름을 부르면 이미 그 이름이 아니다(도가도비상도道可道非常道 명가명비상명名可名非常名)'를 읽는 순간부터 벼락을 맞은 듯 전율했다.

함곡관을 다녀온 그날 밤에 손무는 희한한 경험을 했다. 손무가 그동안 답사 다닌 전적지들 위에 서 있는데 《육도삼략》과 읽었던 역사책, 《도덕경》의 글자들이 하나씩 튀어나오더니 마구 뒤섞였다. 그 글자들과 중첩된 전적지에서 구름과 바람과 비가 일어나는 가운데 용한 마리가 하늘로 솟구치는 것이었다.

다음 날 일어나 보니 꿈이었다. 이 체험이 《손자병법》의 저변에 '무위야말로 못할 것이 없다(무위이무불위無爲而無不爲)'는 노자의 철학이 깔리게 된 계기였다.

무위할수록 현명해지는 것이고 유위有爲할수록 무능해지는 것이다. 무위란 무능도, 무지도 아니고 천하의 이익을 백성에게 돌리는 것이며 유위란 왕이 자신을 위해 백성을 이용하는 것이다.

현명한 왕은 백성에게 무엇이 유익한지 또 누가 유능한 장수인지를 알고, 무지한 왕은 이를 모르기 때문에 무능한 장수를 선정하고 부당하게 간섭하는 것이다.

그래서 손무는 《손자병법》에서 왕의 결격사유로 '부지不知'를 수차례 강조했다. 동시에 왕이 '유능한 장수를 간섭하지 않아야 승리한다(장능이군불어자승將能而君不御者勝)'라고도 했다.

싸움 없이 70만 대군을 이긴
강태공의 비결, '벌모와 벌교'

노자의 《도덕경》에서 무위적 병법의 이치를 깨달은 손무는 다시 수장실로 가서 읽다 만 희창 부분을 들춰 보았다.

구사일생으로 석방된 희창은 아들을 죽인 주왕을 기어이 죽이겠다며 이를 악문다. 그런데 주위를 돌아보니 자신을 도와줄 인물이 마땅치 않아 백방으로 찾아 나섰다.

어느 날 사슴을 사냥하다가 위수渭水의 지류에 이르러 낚시하는 노인을 보았다. 아무래도 범상치 않아 보였다.

"노인장, 낚싯대를 던져놓고 강물만 보고 계시는구려."

노인이 쳐다보지도 않고 대꾸했다.

"군자는 그 뜻을 이루길 즐거워하나, 소인은 눈앞의 이익에만 급급합니다."

"무슨 뜻입니까?"

그제야 노인이 희창을 바라보았다.

"작은 물고기는 작은 미끼로 낚고, 큰 물고기는 큰 미끼로 낚는 법입니다."

"삼가 가르침을 받고 싶습니다."

"세상은 도道라야 다스려집니다. 만인의 이利를 구하는 것이 도道입니다. 그러려면 군자가 사심 없어야 하는데 이를 인仁이라 하고, 사람들과 함께 웃고 울어야 하는데 이를 의義라 합니다. 도가 있는 곳이라야 만인이 귀의할 것입니다."

희창의 귀가 번쩍 띄었다. 그토록 찾아다니던 인물을 이런 한적한 강가에서 만나다니….

"노인장, 제게 귀한 깨달음을 주셨습니다. 지금 주왕이 음탕하여 천하에 인, 의, 도가 사라졌습니다."

"천하의 주인은 한 사람이 아니라 만인입니다. 폭군은 자기 이익만 챙기고, 치자治者는 관리들만 챙기고, 패자霸者는 군대만 챙기는 것입니다. 성군이라야 백성을 돌봅니다. 천하를 도모하시려거든 이 점을 명심하옵소서."

의미심장한 한 마디, 한 마디에 희창이 감동했다.

"선생의 가르침을 가슴에 새기겠습니다. 한 치의 어긋남이 없도록 하겠으니 부디 저와 함께 천하를 도모해 주십시오."

이 말과 함께 희창이 벌떡 일어나 두 번 절했다. 이렇게 하여 팔십 대의 강태공이 희창의 책사가 되었다. 본명은 강상姜尙이며 태공망太公望 여상呂尙이라고도 한다.

희창이 강태공의 지략을 힘입어 견융犬戎, 밀수密須 등의 부족을 차례로 공략해 나가며 드디어 천하의 3분의 2를 차지하였다. 이로써 상나라는 껍데기만 남았는데, 희창이 중병에 걸려 대업을 아들 희발에게 맡기며 세 가지 유언을 남겼다.

첫째, 좋은 일은 미루지 말고 즉시 하라.

두 번째, 기회가 오면 머뭇거리지 말고 즉시 잡아라.

셋째, 나쁜 일은 빨리 피하라.

세상을 떠난 희창은 문왕文王으로 추존되었고 2년 뒤 희발이 전차 300대와 5만여 군사를 동원해 은나라 도성으로 향했다. 주왕의 학정을 견디다 못한 제후들도 전차 4,000여 대를 내어 후원하였다.

그때 하필 주왕의 주력부대는 동남쪽에 배치되어 이족異族과 싸우던 중이라, 희발의 군대가 도성의 요충지 목야牧野까지 별 저항 없이 전진할 수 있었다. 주왕이 급하게 70만 군사를 목야로 보냈다.

병력 수로는 희발이 주왕에 비해 14분의 1에 불과해 도저히 승산이 없지만, 싸움이 싱겁게도 희발의 승리로 끝났다. 양군이 격돌하기 직전 은나라 군사들이 일제히 창을 거꾸로 돌려버린 것이다. 전쟁사상 전무후무한 집단 반역이었다.

어떻게 이런 일이 일어났을까?

강태공 덕분이었다. 그는 정면충돌로 승부가 어렵다고 보고, 민심은 물론 군심까지 파악한 뒤 주왕의 장수들을 다음과 같이 포섭했던 것이다.

"아무리 해와 달이 밝다 해도 엎어놓은 항아리 속은 비추지 못하고, 아무리 칼이 날카로워도 죄 없는 사람은 베지 못하고, 뜻밖의 재앙도 조심하는 집에 들어가지 못하는 것처럼, 아무리 주왕이 괴팍스러워도 성군의 자질을 가진 희발을 어쩌지 못한다. 그러니 희발 편에 서라."

그렇지 않아도 주왕이 기분 내키는 대로 신하들을 죽이는 바람에 불안에 떨던 장수들이라 은밀히 희발에게 투항했고, 병사들까지 선동했던 것이다.

강태공에게 있어서 최선의 병법은 '싸우지 않고 이기는 것(부전이승不戰而勝)'이다. 그다음은 '이겨 놓고 싸우는 것'이고, 마지막으로 어쩔 수 없을 경우만 '싸워서 이겨야 하는 것'이다.

전쟁은 수단이지 목적은 아니다. 따라서 백 번 싸워 백 번 이기는 것(백전백승百戰百勝)만이 최선은 아니다. 최선이란 적을 온전히 놓아두고 굴복시키는 것이다. 전쟁의 참화로 재가 되어 버린 산과 도시를 차지한들 무슨 소용이 있을까? 따라서 무조건 이긴다고 다 좋은 것도 아니다. 하지만 싸웠다 하면 이겨야 하기 때문에 싸움을 결정하기 전에는 심사숙고해야 한다.

위와 같은 주나라 창업 과정을 살펴보며 손무는 모공謀攻 편에 적과 싸우지 않고 이기는 법을 적어 두었다.

벌모伐謀와 벌교伐交.

적의 모략을 미리 알고 봉쇄하는 것과 외교 수단으로 적의 동맹을 끊어 고립시키는 것이다. 강태공이 쓴 계책이 벌교로써 희발의 선한 품성을 사방에 알려 제후들끼리 분쟁이 생기면 해결해 달라고 찾아오게 했다. 그럴 때마다 공정하게 판결받은 제후들은 모두 희발이 천자가 되기를 내심 바라게 된 것이다.

그다음에 강태공은 견융犬戎, 밀수密須 부족를 정벌하고, 주왕의 절대 지지 세력인 려黎, 한邗, 숭崇을 꺾었다. 이런 소식을 듣고도 주왕은 "천명이 내게 있거늘 걱정할 게 뭐냐"라며 무시하는 바람에 패배의 길로 갔다.

벌모와 벌교가 여의치 않을 때에 비로소 벌병伐兵과 공성攻城에 돌입해야 한다. 벌병이 곧 전면전이며 공성은 성을 공략하는 것이다. 벌모가 안되면 벌교를 쓰고, 벌교가 안될 때 벌병을 쓰며, 그도 저도 안될 때 최후의 수단인 공성책을 쓴다.

희발은 강태공의 벌모와 벌교 전략으로 피 한 방울 흘리지 않고 주왕의 70만 대군의 항복을 받아내고 궁궐로 직격했다. 주왕의 근위대가 방어했지만 역부족이었다. 그제야 주왕이 술상에서 일어나 금은보석으로 온몸을 감싸고 녹대의 꼭대기로 올라갔다.

"녹대 아래 마른풀을 쌓고 불을 질러라. 나도 온 세상도 다 태워버려라."

불길에 녹대가 무너지며 주왕도 불 속으로 떨어졌다. 잠시 뒤 녹대는 재가 되었고 불길도 사그라들었다. 희발이 연기를 헤치며 까맣게 탄 주왕을 찾아내 높이 들고 외쳤다.

"자기 배만 불린 폭군의 말로를 보라."

백성들이 박수로 화답했다.

"왕이란 천하의 근심을 먼저 하고 즐거움은 나중에 누려야 한다. 주왕은 정반대였다."

희발의 선언에 백성들이 다시 우레와 같은 박수를 치며, 기쁨에 넘쳐 통곡을 하거나 덩실덩실 춤을 추기도 하고 연호했다.

희발의 군사가 숨어 있던 달기를 끌어내 강태공 앞으로 데려왔다.

이 지경이 되었는데도 달기는 큰소리를 쳤다.

"내게 무슨 죄가 있나? 난 공로자다. 내가 주왕을 유혹해서 너희가 상 왕조를 무너트릴 수 있었다. 나를 희발에게 데려가라. 직접 내 공로를 말할 것이다."

강태공은 병사에게 지체 말고 달기를 참수하라 명했다. 잠시 뒤 희발이 달기를 찾았을 때는 이미 불귀의 객이 된 뒤였다.

드디어 희발이 주周나라를 열고 무왕武王이라 칭했다. 이때가 기원전 1046년이다. 이로써 동이족이 세웠던 상나라는 600년의 역사를 끝냈지만, 한자의 원형인 갑골문자와 청동기 제조 기술을 발전시켜서 동아시아 고대문명에 크게 기여했다.

"손무야, 강태공의《육도삼략》을
요약해 보렴!"

상나라가 사라지자, 주왕의 숙부인 기자箕子는 새 왕조의 신하가 되기 싫어 유민 5천 명과 함께 선조의 고향인 고죽국孤竹國으로 향했다. 고죽국은 발해만의 북서쪽에 있었다. 가는 길에 상나라 도읍지를 둘러보는데, 화려했던 궁궐터에 보리와 벼 이삭만 무성했다. 기자가 탄식하며 〈맥수지가麥穗之歌〉를 불렀다.

> 황성 옛터에 보리 이삭이 무성하고(맥수점점혜麥秀漸漸兮)
> 벼와 기장도 기름지구나(화서유유혜禾黍油油兮).
> 주왕이 철이 없어(피교동혜彼狡童兮)
> 내 말 듣지 않았음을 한탄하노라(불여아호혜不與我好兮).

일찍이 기자는 주왕이 젓가락까지 상아로 만들어 달기에게 주는 것을 보고 만류했었다.

"대왕, 상아 젓가락을 쓰게 되면 주옥珠玉 그릇이 필요할 것이고,

그릇에 맞춰 호랑이의 태아나 코끼리 고기 같은 고량진미가 필요할 것입니다. 주옥에 콩이나 야채 따위를 담을 수는 없지 않습니까. 거기에 집도 옷도 맞춰야 합니다. 털가죽이 아니라 비단옷을 입어야 하고 나무집이 아니라 황금집에서 살아야 합니다. 그리되면 천하의 부를 모아도 부족해 결국 화를 입게 됩니다."

이처럼 기자는 상아 젓가락을 보고 장차 닥쳐올 혼란을 짐작했던 것이다.

상나라 충신 가운데 기자 외에도 고죽국의 왕자였던 백이伯夷와 숙제叔齊 또한 주나라의 통치를 거부했다. 두 왕자가 상나라로 온 경위는 다음과 같다.

고죽국 군주는 죽으면서 세 아들—백이, 중자仲子, 숙제— 중 막내인 숙제를 후계자로 지명했다. 하지만 숙제는 큰형 백이에게 양보했다. 백이는 아버지의 뜻을 거스를 수 없다며 망명했고, 숙제도 뒤를 따라갔다. 왕위를 놓고 형제끼리 싸우는 일은 많아도 망명하면서까지 양보하는 일은 유례가 없었다. 고죽국은 어쩔 수 없이 둘째인 중자를 왕으로 세워야 했다.

정처 없이 떠돌던 백이와 숙제는 인자하다는 희창에게 의탁하려 했으나 이미 죽고 아들 희발이 다스리고 있었다.

마침 희발이 희창왕의 3년상이 끝나기도 전인데 주왕을 징벌한다며 출전하려 했다. 그런 희발의 말고삐를 두 형제가 잡고 만류했다.

"부친상이 끝나기 전에 전쟁을 일으키다니요, 이것은 효孝가 아닙니다. 또한 제후로서 천자를 시해하려 하다니요, 이것은 인仁이 아닙니다."

군졸들이 백이와 숙제를 죽이려 하자 강태공이 '의인'이라며 제지시킨 다음, "왕이 백성을 이롭게 못하면 충忠의 대상이 아니라 징벌의 대상이다."라며 백이와 숙제를 설득해 말고삐를 놓고 물러가게 했다.

그 뒤로 희발이 기원전 1046년 주 왕조를 세워 천하의 인물들이 속속 투항했으나 백이와 숙제는 주나라 양식을 먹지 않겠다며 도피했다. 오직 고사리만 먹다가 〈채미가采薇歌〉를 남기고 굶어 죽었다.

오늘도 수양산에 올라(등피서산혜登彼西山兮)

고사리를 캐노라(채기미의采其薇矣).

폭력으로 폭력을 다스리면서도(이폭역폭혜以暴易暴兮)

잘못인 줄을 모르는구나(부지기비의不知其非矣).

신농과 요순우의 평화롭던 시대는(신농우하神農虞夏)

홀연히 사라졌으니(홀언몰혜忽焉沒兮)

나는 어디로 가야 하나(아안적귀의我安適歸矣).

아! 그러나 가야만 한다(우차조혜于嗟徂兮),

내 슬픈 운명과 함께(명지쇠의命之衰矣).

훗날 공자는 백이와 숙제에 대해 이렇게 보았다.

"그들은 불의를 미워했지 사람을 미워하지 않았다. 인仁을 구하여 인仁을 얻었으니 달리 무엇을 원망하겠는가."

한편 주나라 건국에 일등공신이 된 강태공이 집에 돌아오니, 오래전 집을 나간 마씨馬氏 부인이 달려왔다. 매일 책에 빠져 지내거나 낚싯대를 드리우던 남편을 참다못해 집을 나갔다가, 남편이 크게 출세했다는 소식을 듣고 온 것이다.

강태공이 마씨에게 물 한 통을 부탁했다. 마씨는 자기를 받아들이는 줄로 알았다. 신나게 우물로 달려가 물 한 통을 담아 머리에 이고 왔더니 강태공이 일렀다.

"그 물을 땅에 쏟아 보시오."

마씨가 물동이의 물을 땅에 쏟자 강태공이 "다시 양동이에 담아보시오"라고 했다.

허둥대는 마씨에게 강태공이 일렀다.

"이미 엎질러진 물은 담을 수 없소(복수불반분覆水不返盆)."

그 뒤로 강태공은 제나라 제후가 되어 궁팔십宮八十, 달팔십達八十이라 하여 160세를 살았으며 말년에 이르러 치국과 전쟁 경험을 담은 명저 《육도삼략六韜三略》을 펴냈다.

여기까지 손무가 주나라 도서관에서 읽은 중원의 역사이다. 다행히 《육도삼략》은 손무의 조상이 제나라로 이주하는 바람에 어려서부터 자주 보았던 책이다. 조부 손서나 부친 손빙이 《육도삼략》을 애독했고, 손무도 글을 배운 뒤부터 읽기 시작했다.

손무가 열여덟 살 되던 날 하루는 손빙이 물어보았다.

"무야, 《육도삼략》의 요점이 무엇이더냐."

"싸움 없이 적을 굴복시키는 것입니다(부전이굴인지병不戰而屈人之兵, 선지선자야善之善者也)."

손빙이 빙그레 웃었다.

"그렇고 말고, 그러려면 어떻게 해야 되느냐?"

"상하가 같은 마음을 품어야 이길 수 있습니다(상하동욕자승上下同欲者勝). 이렇게 심리적으로 이겨 놓은 뒤에 전쟁을 하는 것입니다(승병선승勝兵先勝, 이후구전而後求戰)."

"그렇다. 희발의 군대와 주왕의 차이점이 바로 상하가 같은 마음을 품었느냐이며, 여기서 이미 전쟁의 승패는 결정이 나 있었으며, 강태공이 이런 상황을 조성해 놓고 전쟁에 돌입했던 것이다."

"네."

이처럼 손무는 어려서부터 전쟁의 요체에 밝았으며, 그런 아들에게 손빙은 전적지와 함께 왕립도서관의 자료를 살펴보게 했던 것이다.

포사의 웃음소리에
재로 변한 도읍지

손무는 낙읍의 수장실을 떠나 무왕이 주나라의 첫 도읍지로 삼았던 호경(장안)으로 갔다. 이미 호경은 건국 후 275년이 지난 유왕幽王(782~771) 때 견융족의 침략으로 폐허가 된 상태였다.

여기저기 나뒹구는 기와 조각과 토기 조각이 한때 영광의 편린으로 남아 있었으며, 허물어진 담벼락 틈새를 비집고 자란 나무가 거대한 주춧돌보다 더 굵어져 세월의 무상함까지 더해주고 있었다.

주나라가 호경을 도성으로 삼고 있던 지난 275년. 어떤 일이 있었을까?

무왕은 주나라를 건국한 지 2년 만에 죽고 아들 성왕成王이 계승했는데 나이가 어려 무왕의 동생 주공周公 단旦이 섭정했다. 여기에 주공 단의 세 형제가 불만을 품고 은나라 주왕의 산낭들과 함께 반란을 일으켰다. 그 규모가 워낙 커 진압에만 3년이 걸렸다.

이후 주공은 드넓은 영토에 왕족과 공신을 제후로 파견하는 봉건

제도를 실시했다. 이 제도를 실시한 뒤에 나라 기반이 공고해지자 주공은 조카 성왕이 통치하도록 물러났다. 이런 주공을 훗날 공자가 사심 없던 이상적 인물로 추앙한다.

성왕 이후 주나라는 비교적 태평성대를 보내다가 10대 려왕勵王(877~841)에 이르러 내리막길로 향한다. 려왕은 직언과 비판에 극도로 예민해 그런 낌새만 보여도 곤장을 쳤다. 이러니 신하들이 왕을 만날까 두려워 피해 다녔다. 려왕의 통치이념은 이랬다.

"자고로 백성이란 세금을 많이 내서 임금을 부유하게 해야 한다."

이런 왕을 부추기는 신하가 있었으니, 간신 영이공靈夷公이었다. 그렇게 해서 영이공이 자기 욕심을 채웠던 것이다. 그래도 려왕은 자신이 정치를 최고로 잘한다는 착각에 빠져 지냈다.

어느 날 어전 회의에서도 여느 때처럼 으스대면서 물었다.

"어떻소, 내 국정 솜씨가. 탁월하지 않소? 어느 누구도 나를 원망하지 않으니 가히 태평성대라 부를 수 있겠소."

하도 기가 막혀 중신 소공召公이 불쑥 나섰다.

"강물을 억지로 막다가 터지면 감당하지 못합니다. 우임금도 물길을 막지 않고 물꼬를 터 주었습니다. 백성의 입을 막는 것은 강물을 막는 것보다 더 어려우니 하고 싶은 말들을 하게 해 주옵소서."

여기서 중구난방衆口難防이라는 명언이 나왔다.

그럼에도 려왕이 공포정치를 더 강화하다가, 3년 만에 집단 항거에 부딪쳤다. 도성민들이 농기구를 들고 왕을 때려죽인다며 몰려오는 바람에 종적을 감춰야 했다. 이 소동 속에 소공은 어린 태자 정靜을 자기 집에 숨겨 두었다. 소요 세력이 찾아와 태자를 내놓으라 윽박지르자 자기 아들을 내놓았다.

소요가 진정된 뒤에도 려왕이 무서워 나타나지 못했다. 그렇다고 엄연히 왕이 살아 있는데 태자가 계승할 수도 없어서 소공이 재상 주공周公과 더불어 나라를 다스리기 시작했다.

이렇게 신하들이 상의해 정치하는 공화정共和政이 시작되었다. 비록 나라에 왕이 없으나 백성의 언로가 열렸고, 나라는 더 편안했다.

공화정이 실시된 지 14년째 되던 해, 려왕이 은둔지에서 죽었다는 것이 확인되었다. 그제야 소공은 장성한 태자를 왕위에 앉혔다. 그가 선왕宣王이며 다음이 유왕이다. 이 유왕이 국정을 게을리하며 국력 또한 급격히 기울어갔다. 그래서 포褒(지금의 협서성陝西城)의 제후 포향褒珦이 유왕을 찾아와 간곡히 아뢰었다.

"소인배를 멀리하시고 더 이상 백성의 딸을 궁녀로 징발하지 않으셔야 합니다. 그래야 군왕의 도리를 지킬 수 있습니다."

"뭐라는 거냐. 내가 왕의 도리를 버렸단 말이냐. 저놈을 당장 가두어라."

포향이 옥에 갇힌 채 3년이 훌쩍 지났다. 애가 탄 아들 홍덕洪德이 유왕을 달래기 위해 절세미인 포사褒姒를 보냈더니 흡족해하며 포향을 풀어주었다.

그런데 웬일인가? 포사가 웃지를 않았다. 유왕의 아들 백복伯服을 낳고서도 무표정했나. 그럴수록 유왕은 포사의 웃는 모습을 보고 싶어 애가 탔다.

포사가 냉담했던 이유가 있다. 출신은 종의 딸이지만 미모가 남달랐다. 어려서부터 그 미모로 사람을 휘어잡는 법을 체득했는데, 바로 지체가 높을수록 냉정히 대해야 끌려온다는 것이다.

그래서 포사가 왕궁에 와서도 웃지 않자, 유왕은 나랏일을 버려두고 포사를 웃겨 보려는데 온 힘을 쏟았다. 나라는 그만큼 추락해 더 내려갈 바닥이 없을 정도였다.

그동안 질투한다는 소리를 들을까 봐 참았던 왕비 신후申后가 더 이상 두고 볼 수 없어 아들인 태자 의구宜臼와 중신들을 불러 다그쳤다.

"나라가 있어야 태자도 있고 귀족도 있는 법이다. 포사를 놓아두었다가는 나라가 사라질 것이니 당장 왕을 찾아가 충언을 하라."

이들이 유왕에게 포사가 걸왕의 말희, 주왕의 달기와 같다며 멀리하기를 간청했다. 유왕은 못 들은 척하고 보란 듯이 방방곡곡에 포고문을 붙였다.

"누구든 포사를 웃기기만 하면 큰 상을 내리겠노라."

괵나라 제후 괵석부虢石父가 유왕을 찾아와 잔꾀를 내었다.

"폐하, 여산에 봉화대의 불을 올려, 제후들이 군대를 끌고 허겁지겁 달려오게 하소서. 그 모습을 보면 포사가 웃을 것입니다."

여산의 봉화는 주나라 천자의 왕궁에 위급한 일이 발생할 때만 올린다. 이 불이 하늘 높이 치솟아 오르면, 전국의 큰 산봉우리들마다 연이어 봉화가 피어난다. 이 연기를 보고 수만 리 떨어진 제후들까지 왕궁으로 달려오게 되어 있다.

그래서 대신들이 괵석부에게 "이 무슨 해고한 망발이냐"며 반대했지만, 유왕은 여산 봉화대에 불을 피우게 했다. 여산의 봉화대에 불길이 치솟으며 연이어 각지의 산봉우리마다 불길이 올랐다. 천하의 제후와 군대가 삽시간에 몰려들었다. 막상 와 보니 도성은 조용했고 성루에 유왕과 포사만 한가롭게 앉아있어 제후들이 의아하게 여겼다.

"폐하, 오랑캐는 어디 있습니까?"

"별일 아니다! 그냥 돌아가거라."

"다행이옵니다, 폐하."

제후들이 별 싱거운 일 다 있다며 되돌아갔다. 그 모습을 보고서야 포사가 크게 웃어 젖혔다.

"어머, 폐하. 얄궂기도 하셔라. 호호호."

"그래, 네가 웃으니 이제야 살 것 같다. 네 웃음을 위해 무엇인들 못 하리. 천하라도 팔아넘길 것이니라."

흥이 난 유왕이 괵석부를 불러 천금의 상을 내렸다. 이것이 천금매소千金買笑로 한 번 웃음에 천금이 들었다는 뜻이다. 유왕은 포사의 웃는 얼굴에 황홀해졌다. 비극이란 언제나 그런 비정상적 쾌감에 집착하면서부터 시작되는 것이다.

"여봐라, 앞으로는 포사가 우울할 때마다 봉화를 올리도록 하라."

"아니 되옵니다. 거짓 봉화를 자주 올리시면 정말 급할 때 제후들이 오지 않게 됩니다."

신하들이 만류해도 유왕은 심심하면 봉화를 올리라 명했고, 그럴 때마다 달려오던 제후들도 어느덧 '제후를 놀리는 봉화(봉화희제후烽火戲諸侯)'라며 더 이상 오지 않았다. 그동안 유왕은 신후백申候伯의 일족인 왕비 신후와 태자 의구까지 폐위하고, 포사와 그의 아들 백복을 새 왕비와 태자에 책봉했다.

태자에서 쫓겨난 의구는 유랑하며 신세를 한탄하는 〈아궁불열我躬不閱〉을 지었다.

높으면 산이 아닌 것이 없고(막고비산莫高匪山)

깊으면 샘이 아닌 것이 없네(막준비천莫浚匪泉).

그대여, 아무 말이나 함부로 마시게(군자무역유언君子無易由言),

담장에도 귀가 있으니(이속우원耳屬于垣)

아무도 내 들보에 가까이 말고(무서아량無逝我梁)

누구라도 내 통발을 들지 말게(무발아구無發我笱),

내 몸 하나도 가누지 못하거늘(아궁불열我躬不閱)

내 어찌 뒷일까지 걱정하리오(황휼아후遑恤我後).

신후백은 여동생과 태자가 쫓겨났다는 소식을 듣고 기원전 711년 견융犬戎과 연대해 호경을 포위했다. 그제야 정신 차린 유왕이 봉화를 피웠으나 어떤 제후도 오지 않았다. 결국 호경은 함락당하고 유왕도 처형당했다.

천자가 죽고 주 왕실마저 오랑캐에게 빼앗겼다는 소식이 금세 중원에 퍼졌다. 진秦, 위衛, 정鄭의 제후들이 대군을 이끌고 도성에 도착하여 견융족을 몰아낸 다음 의구를 옹립했으니 그가 평왕平王(770~720)이다.

평왕은 폐허가 된 호경을 떠나 동쪽 낙읍으로 천도했다. 이리하여 천도 이전까지를 서주西周, 이후를 동주東周로 구분했으며 동주시대부터 주 왕조의 실권이 각 지방 제후들에게 넘어갔다. 이로써 춘추시대가 시작된 것이다.

동주는 이름만 남았을 뿐 통치력은 거의 상실한 채 진秦나라 시황제에게 멸망할 때까지 500년간 명맥만 유지한다.

주나라 초기에 1,800여 개 가량이던 제후국들은 춘추시대 초기에

120여 개로 줄어들었고, 그중 15개 나라—중산中山, 제齊, 진晉, 진秦, 오吳, 월越, 초楚, 위衛, 노魯, 송宋, 수隨, 추鄒, 기紀, 정鄭, 연燕—를 중심으로 합종연횡合從連衡이 활발하게 일어났다. 이들이 혼전을 거듭하며 차츰 춘추오패—제齊, 진晉, 초楚. 오吳, 월越—로 정리되어 갔다.

이렇게 되기까지 성군인 요순과 하, 은, 주를 일으킨 우, 탕, 무왕도 있었고, 수백 년 사직을 망친 하의 걸왕, 은의 주왕, 주의 유왕도 있었다. 전자는 왕이 왕도를 지켜 흥했고, 후자는 왕이 왕도를 버렸기 때문에 망했던 것이다.

이를 두고 후세에 '요풍순우堯風舜雨'라 하여 요순을 성군의 표준으로, '걸주桀紂'라 하여 걸왕과 주왕은 악덕 군주의 표상으로 삼았다.

정장공 모친의 편애가 낳은 비극

호경을 돌아본 손무가 간략히 소회를 죽간에 적었다.

'유왕이 도읍지를 구하던 봉화로 장난치다가 그 봉화로 도읍지를 망하게 했구나. 군왕이 나랏일을 희롱하면 자신도 곧 희롱당한다.'

손무가 중원으로 온 지 6개월째 되던 어느 여름날. 왕성 옛터에 가득한 밀밭이 따사로운 바람에 일렁였다. 왕족과 귀족들이 낙읍으로 떠난 자리를 농부들이 지키고 있었던 것이다. 손무는 못내 아쉬운 듯 그 광경을 한참을 바라보다가 다시 낙읍으로 발걸음을 옮겼다. 정鄭나라로 가기 위해서였다.

앞에서 살펴본 대로 주나라는 주공 때부터 광활한 영토를 다스리는 수단으로 봉건세도를 실시했다. 천자의 가족과 친족, 또는 공이 큰 장수들에게 지역을 분봉해 주는 것이었다. 그때부터 천자는 하늘, 동성同姓의 제후는 해, 이성異姓 제후는 달이라고도 비유했다.

천자와 같은 씨족인 '희성姬姓'이 제후가 되어 다스린 나라로 오吳, 위衛, 연燕, 노魯, 위魏, 정鄭 등이 있다.

이 중 정나라는 주나라 11대 선왕宣王의 이복동생 정환공이 시조로, 뒤늦게 세운 데다가 영토까지 작았다. 선왕의 아들인 유왕은 정환공에게 조카였다. 그래서 정환공은 견융이 침략했을 때도 제후 중 유일하게 유왕과 함께 전사할 만큼 충성을 다했다.

정환공의 아들 무공武公도 주나라가 동천할 때 따라가 낙읍 근처 신정新鄭을 새로운 근거지로 삼았다. 약해질 대로 약해진 주 왕실은 더욱 정나라 무공을 의지할 수밖에 없었다.

무공은 영토 확장 궁리를 하던 중 호胡나라를 노렸다. 호나라의 경계심을 무너뜨리기 위해 호나라 제후에게 자신의 딸을 시집보냈다. 정략결혼이었던 것이다. 그 뒤 신하들에게 어느 나라부터 정벌하는 것이 좋겠느냐고 물었다. 이때 대부 관기사關其思가 무공의 속을 읽고 선뜻 나섰다.

"당연히 호나라부터 점령해야 합니다."

"아니, 저놈이 사위의 나라를 공격하라니. 저놈을 당장 두 동강 내라."

호나라 제후는 이 소식을 듣고 방심했다. 그 틈에 무공이 급습하여 호나라를 점령했다. 그 바탕 위에 무공의 아들 장공莊公(744~701)이 제후가 되었으며, 주 왕실에서도 경사卿士를 맡아 실권을 행사한다.

정나라 장공은 가히 일세의 영웅이었다.

출생 과정부터 유별났는데, 거꾸로 나오는 바람에 어머니 무강武姜이 이름을 오생牾生(거꾸로 태어남)이라 지었다. 무강이 얼마나 고생했던지 장공을 싫어했다. 그 대신 순산했던 둘째 아들 단段에게 모정을 쏟으며 무왕에게도 단을 태자로 세우라고 졸랐다. 하지만 무왕이 무시하고 오생을 태자로 세웠다.

장공이 즉위한 뒤에도 무강은 장공을 볼 때마다 투정을 부렸다.

"너는 제후가 되었지만, 네 동생 단은 아무것도 얻지 못했다. 단에게 제읍制邑을 주거라."

"어머니, 제읍은 정나라에서 제일 중요한 곳입니다. 아버지께서도 제읍만큼은 누구에게도 주지 말라 이르셨습니다."

"그러냐. 그러면 경성京城을 주거라."

경성도 큰 도시였다. 장공은 물론 신하들도 경성을 단에게 줘서는 안 된다고 하자 무강이 머리를 풀어헤치며 날뛰었다.

"이 성도, 저 성도 못 준다? 차라리 동생을 굶겨 죽여라. 나도 같이 굶어 죽겠다."

장공도 어쩔 수 없이 물러서야 했다. 다음 날 대부 제족祭足이 달려와 극구 반대했다.

"경성은 대도시인 데다가 단이 태부인의 총애를 받고 있어 장차 큰 후환이 따를 것입니다."

"어머니가 저러시니, 어쩔 수 없소."

단이 경성으로 떠나는 날 무강이 손을 잡고 속삭였다.

"단아, 지금부터 에미가 이르는 말을 명심하거라. 경성에 가거든 군마를 조련하고 양초를 모아라. 때가 되면 연락할 테니, 네가 밖에서 공격하고 내가 안에서 호응할 것이니라. 네가 제후가 되는 것을 보아야만 내가 죽을 때 두 눈을 편히 감을 것 같구나."

경성에 간 단은 병사와 군마부터 모으기 시작했다.

이 소식이 알려지자 대신들이 장공에게 '호랑이 새끼가 크면 주인을 무는 법'이라며 단을 불러 주의를 주어야 한다고 했다. 그러나 장공은 도리어 대신들을 나무랐다.

"내 동생이 나라를 위해 군대를 조련하는 것인데 외람된 눈으로 보지 말라."

얼마 지나지 않아 단이 경성 주변의 두 성을 탈취했다. 제족이 대신들을 대표해 "이것은 반란입니다. 즉시 진압하셔야 합니다"라고 해도 장공은 태연했다.

"단은 내 아우이기도 하지만 어머니가 가장 사랑하는 아들이오, 이를 거스를 수 없소. 내게도 생각이 있으니 더 이상 왈가왈부하지 마시오."

대신들을 타이른 장공은 며칠 뒤 아무 일도 없다는 듯 낙읍의 주왕실로 떠났다. 곧바로 무강이 단에게 밀서를 보냈다.

"네 형이 천자를 만나러 낙읍으로 갔다. 신정이 비었으니 바로 쳐들어오거라."

단도 그 즉시 모후에게 답장을 보냈다.

"네, 어머니. 곧 군대를 정비해 달려가겠습니다."

이 내용이 장공에게 고스란히 전달되었다. 이미 장공이 모후 주변에 첩자를 심어 놓았던 것이다. 장공은 그럴 줄 알았다는 듯 낙양으로 향하던 전차 200여 대를 경성으로 돌려, 경성 근처 인적이 드문 곳에 매복했다.

얼마 뒤 단의 군마가 경성의 문을 활짝 열어 두고 신정으로 달려갔다. 단의 군마가 일으킨 흙먼지가 걷힐 때쯤, 장공의 군대가 경성으로 무혈입성했다.

단이 급히 회군했지만 이미 병사들이 사기를 잃고 흩어졌다. 절망에 빠진 단이 자결하며 한탄했다.

"아, 어머니가 나를 망쳤구나."

이로써 내정을 확실히 장악한 장공은 허許나라를 정벌하며 봉천토죄奉天討罪의 깃발을 내세우기 시작했다. 천자 평왕을 공경하지 않는 자는 죄를 묻겠다는 뜻이다.

이처럼 명분을 내세운 장공의 패권 정치에 제후들이 추종하기 시작했다. 그런데 하필 평왕이 장공을 은근히 경계하며, 장공만 가지고 있던 경사의 벼슬을 괵虢나라 제후 괵공虢公에게도 나눠주려 했다. 그제야 평왕의 속마음을 읽은 장공이 찾아가 원망했다.

평왕이 잔뜩 겁을 먹고 "오직 장공만 신뢰하고 있다"며 변명했다. 그러나 장공이 미심쩍어하며 자신의 아들 공자 홀忽과 평왕의 아들 호狐를 인질로 교환하자고 있다. 그래야 안심하겠다는 것이다. 주나라 천자의 권위가 무색해지는 순간이었다.

평왕이 장공의 그늘에서 벗어나지 못한 채 죽고, 평왕의 손자가 천자가 되니 환왕桓王이었다. 즉위 후 환왕은 정장공을 경사에서 파면하고, 대신 괵공을 경사로 임명하는 등 노골적으로 무시했다.

정장공도 역시 천자를 무시하고 5년간 일절 조현朝見하지 않았다. 양측 감정이 격화되자 희한한 일이 벌어졌는데, 환왕이 괵虢, 채蔡, 진陳, 위亓 등의 제후국 군대로 연합군을 만들어 정나라를 공격한 것이다. 이것이 기원전 707년에 일어난 수갈지전繻葛之戰이다.

환왕이 연합군의 총지휘관이 되어 중군에 서고, 우군에 괵공이 채, 위와 더불어 포진했으며 진은 좌군을 이루었다.

연합군 앞에 정나라는 원형의 진을 쳤다. 선두에 병거를 세우고, 뒤로 병사가 따르며, 다시 병거와 병사가 꼬리를 물듯 뒤따르는 식이었다. 이 원형의 진으로 연합군의 좌군부터 공격했더니, 삽시간에 허물어지면서 중군까지 혼돈에 빠졌다. 그 와중에 정나라 축담祝聃이 쏜 화살이 천자의 어깨에 박혔다. 이를 본 우군도 도망쳤다. 부상 입은 천자를 죽이려고 정나라 병사들이 몰려가는데 장공이 손을 들어 정지시켰다.

왜 연합군의 좌군이 쉽게 무너졌을까?

당시 진나라가 내분 중이어서, 좌군을 이루고 있던 진나라 병사들이 전의를 상실하고 있었던 것이다. 이를 정장공이 사전에 파악하고 있었다.

얼마 뒤 장공은 환왕에게 풍성한 예물과 함께 사절단을 보내 사죄하게 했다. 그냥 형식적이었다. 이렇게 주 왕실의 구심력은 바닥까지 내려왔고 장공의 위세가 중원을 진동했다. 정장공이 동생 단에 이어 천자까지 이길 수 있었던 요인은 한 가지. 형세를 미리 주도적으로 만들어 놓았던 것이다.

수갈지전의 현장을 둘러본 손무는 죽간에 '유능한 장수는 상황을 주도할 뿐, 주도 당하지 않는다(선전자善戰者, 치인이부치어인致人而不致於人)'이라 적었다.

그리고 정나라를 떠나 진陳나라로 향했다. 어차피 오나라로 가려면 진나라를 거치는 것이 빠르기도 했지만 아득한 선조의 나라가 궁금하기도 했으리라.

포박당한 손무

손무가 정나라에서 진나라로 가는 고갯길을 오르는데 젊은이들이 항아리를 들고 계곡으로 내려가고 있었다. 산은 깊고 땅이 좁아 계곡에서 물을 길어야 했던 것이다.

비바람도 쓸쓸한데(풍우처처風雨凄凄)
닭 우는 소리만 들리는구나(계명개개鷄鳴喈喈).
그래도 내 님을 만났으니(기견군자旣見君子)
어이 마음이 편하지 않겠는가(운호불이云胡不夷).

계곡 아래로 간 젊은이들이 부르는 노랫소리였다. 이 소리를 뒤로한 채 손무가 고개를 넘어가니 국경 지대인 개울이 나왔다. 개울이 그리 깊지 않아 어렵지 않게 건너 항성項城 가는 숲속 샛길로 들어섰다.

바로 그때. 뒤에서 인기척이 났다. 손무가 확 돌아보니 노루 한 마리가 뛰어가고, 새들이 날아올랐다. 누군가 수풀 속에 숨어 있다는 것이다. 손무가 뒤돌아 개울로 도망가려는데 매복 중이던 무사들이 우르르 뛰어나왔다. 이들이 던진 그물에 포박당한 손무는 자루에 담겨 어디론가 끌려가야 했다.

당시 진陳나라의 제후는 혜공惠公(529~506)이었다. 무사들이 혜공의 아들 공자 류柳의 저택 마당에 보따리를 털썩 내려놓았다. 류가 대청에 앉아 있었다.

"수고들 했다. 저놈의 봇짐부터 뒤져 봐라."

손무의 봇짐을 털어내니 죽간과 비단 백서가 와르르 쏟아져 나왔다.

"거기 뭐가 적혀 있는지 살펴 보거라."

"병법이 적혀 있고, 각 나라의 지형, 진법을 그려 놓았습니다."

류가 손무를 째려보며 다그쳤다.

"네 이놈! 오나라의 첩자가 틀림없구나."

당시 진나라는 어느 때보다 오나라의 동향에 민감해 있었다. 초나라가 진나라를 속국으로 만든 때가 기원전 534년이었다. 그때 초나라 영왕靈王이 천봉술穿封戌 장군을 진현공陳縣公(534~529)으로 임명해 진陳나라를 관리해 왔다.

초나라가 강대국으로 부상하자 각국 제후들이 앞다퉈 사절단을 보냈지만, 오나라만 초나라를 무시하고 있었다. 그 상황에서 초영왕이 동생에게 시해당했다. 그 동생이 평왕平王으로 하극상을 일으켜 놓은 터라 제후들의 인심을 얻어내려고 채나라도 독립시켜 주고 진나라도 혜공을 세우며 독립시켜 주었다. 그러니 진혜공으로서는 초나라와 밀접해야 했고 오나라와는 적대관계일 수밖에 없었다.

그런 데다가 손무가 중원을 탐사하기 직전에 오왕 요僚의 아들 공자 광光(합려)이 초나라를 기습한 뒤, 장강 하류에 수백 대의 전선을 배치해 놓았다. 초나라 가까운 진나라까지 동시에 노려 공격할 수 있는 위치였다. 이 때문에 오나라와 초나라의 긴장 못지않게 오나라와 진나라의 긴장도 고조되어 있었다.

삼국 간에 첩자가 급증한 시기도 이때였다. 더구나 약소국인 진나라는 초긴장 상태에 빠져 공자 류가 오나라 동향 파악과 첩자 색출에 직접 나섰다. 거기에 손무가 딱 걸려든 것이다. 손무도 할 수 없이 자신의 정체를 털어놓았다.

"오나라에서 와서 오나라로 가는 것은 맞습니다만, 본래 저는 오나라 사람이 아닙니다. 제 이름은 무입니다. 조부가 전서로 제나라에 공을 세워 손씨라는 성을 하사받아 저도 손무라 합니다. 여기 신표가 있습니다."

"뭣이라, 그 유명한 전서 장군의 손자라? 그렇다면…….”

류도 14대 여공의 아들 진완이 제나라로 가서 전씨 가문을 이루고 있다는 것을 익히 들어서 잘 알고 있었다. 그때부터 류의 태도가 한껏 달라지면서 더 확인해 보려고 물었다.

"그대 부친의 성함은?"

"네. 손빙이십니다."

"음…. 듣기에 그대 부친 일족이 제나라에서 종적을 감췄다는데…. 무슨 연고요?"

"제나라 경공께서 조부에게 손씨 성을 하사하신 것은 전씨로부터 독립하라는 뜻이었습니다. 제나라에서 전씨 일족의 세력이 워낙 커져서 감당하기 어려울 정도가 되었기 때문입니다. 머지않아 제나라의 주인이 바뀔 것도 같습니다. 우리 손씨는 여기 개입하지 않으려 오나라로 피했습니다."

그제야 이해했다는 듯 류가 고개를 끄덕였다.

"잘 알겠소. 그런데 왜 중원의 지리를 파악하고 다니는 것이오?"

"아시다시피 저희는 대대로 무장 집안입니다. 비록 피신해 있지만, 중원의 형세를 탐구하는 중입니다."

"그대의 뿌리는 우리 진나라의 규씨嬀氏요. 그러니 이 나라를 도와 줄 수 있겠소?"

"외람되지만 저희 가문의 원칙이 전략을 연구하되 공실 내부의 다툼에 개입하지 않고, 나라 간 전쟁을 그치게 하는 데 사용하되 만약 공을 세웠다면 물러나는 것입니다."

이 말은 손무의 7대조 진완이 공실의 분쟁에 휘말려 망명했다는 것과, 작금 진나라의 위기도 공실의 분열에 기인하고 있다는 것을 암시하는 것이었다. 그런 손무를 류도 더 이상 설득할 수 없음을 알고 객관에 머물도록 한 뒤, 측근들만 남게 했다.

"손무는 우리에게 협력할 의사가 없구먼."

"그럴 바에는 없애 버려야 합니다."

"아닙니다. 우리가 손무를 죽인 것이 알려지면 제나라는 물론 오나라까지 침략의 빌미를 삼을까 두렵습니다."

찬반양론이 일자 류가 결론을 내렸다.

"오늘은 늦었으니, 내일 날이 밝거든 무사를 강도로 변장시켜 영상潁上으로 먼저 보내라. 오나라로 가려면 손무도 영상을 지나쳐야 하니, 그때를 노리거라."

영상은 영수潁水의 강변이다. 영수를 따라 회수로 가면 바로 수춘壽春을 넘어 오나라로 갈 수 있다. 더구나 이 지역은 진, 정, 송, 채의 접경지대라 손무가 살해되어도 진나라만 의심받을 일은 아닌 것이다.

손무와 정혼녀 포강의 만남

진나라 공자公子 류의 무사들이 손무를 객관에 데려다주고 돌아갔다. 손무가 여장을 푸는데 누군가 방문을 급하게 열었다. 객관에서 일하는 여인이었다. 류와 무사들이 나눈 얘기를 전해주며 손무의 손을 잡더니 "서둘러 영수를 빠져나가야 한다"며 끌고 나갔다.

이들이 탄 말이 성문에 당도했을 때는 땅거미가 내리고 있었다.
평소 여인과 친숙했던 위병이 그대로 통과시켜 주었다. 서로 말을 나눌 새도 없이 영수의 강변을 지나 수춘까지 도망쳤다.
그제야 한숨을 돌린 손무가 궁금해했다.
"당신은 날 알지만 난 당신에 대해 모르오. 왜 날 도와주는 것이오?"
"저는 제나라에서 온 포강鮑羌으로 객관에서 잠시 머물고 있었습니다."
"제나라에서 온 포씨라면…. 전씨와 함께 실권을 쥐고 있는 가문 아니오?"

"맞습니다."

"그런데 왜 여기까지 왔습니까?"

어리둥절하는 손무를 보는 포강의 눈길이 따사롭기만 했다.

"이제부터 제가 하는 말에 놀라지 마세요. 포씨와 전씨 가문의 어른인 포국鮑國(594~ 501)과 전서께서 유대를 공고히 하기 위해 당신과 제가 장성하면 혼인시키기로 맹세했습니다."

전서는 손무의 조부이고, 포국은 포강의 조부였다. 그제야 손무도 어렴풋이 생각이 났다. 손무가 어렸을 때, 소녀를 데리고 조부 집에 왔는데 그 소녀가 포강이었던 것이다. 당시 동참했던 어른들이 자신과 포강을 가운데 앉혀 두고 주고받은 덕담도 또렷이 기억하고 있었다.

"잘 어울리는 한 쌍이 되겠다."

"손무는 의젓하고 포강은 야무진 것이 둘이 합치면 가문과 나라의 동량棟梁이 되겠다."

옛 생각에 손무의 얼굴이 발그레해졌다.

"그런데 어떻게 진나라 객관에서 일하고 있소?"

"당신 때문이죠. 우리가 결혼할 때가 되었을 때 당신 가족이 종적을 감추어 버렸습니다. 포씨 집안은 포숙아가 그랬듯 의리를 목숨처럼 중시합니다. 비록 어른들의 약조이지만 당신과 혼인 맹약이 된 내가 누군들 만날 수 있겠습니까? 그래서 당신을 찾아 나선 것입니다. 이 넓은 중원을 다 뒤질 수 없어 언젠가 당신이 조상 나라인 진나라에 들르리라 보고 이 객관에서 일하게 된 것입니다."

"그래도 이 나라에 낯선 사람이 오면 경계했을 텐데……."

"오래전부터 제나라 포씨 가문과 진나라 의씨 가문 사이에 왕래가 잦았습니다. 그런 데다가 진나라 대부 의행부儀行父의 손자 의삼랑儀三

良이 초나라에 의해 살해된 뒤 의씨 가문이 초나라에 악감정을 품게 되었습니다. 이들이 제 사정을 알고 이 객관에 머물도록 도와준 것입니다."

의행부가 누구이던가. 춘추시대 최고의 추문과 연관된 사람이었다. 기원전 600년, 의행부는 진영공陳靈公(613~599)과 대부 공녕孔寧과 더불어 셋이서 하희夏姬(정목공의 딸)를 두고 바람을 피웠던 것이다. 당시 하희는 진나라 대부 어숙御叔과 결혼해 하징서夏徵舒를 낳았지만, 어숙이 죽고 홀몸이었다.

그런 하희와 세 사람이 혼음을 벌이며 서로를 향해 하징서의 아버지 같다며 낄낄댔다. 이 추문이 파다해져 대부 설야洩冶가 영공을 만류했다.

"일국의 제후로서 체통을 지키소서. 어찌 신하들과 함께 통음하실 수 있다는 말입니까?"

낯이 뜨거워진 영공이 대부 설야를 몰래 죽여 체통을 지켜보려 했다. 하징서가 어머니의 추문을 알고 가병을 동원해 하희와 열락에 빠져 있던 세 사람을 습격했다.

영공은 반라의 몸으로 담을 뛰어넘다가 하징서의 화살에 죽었고, 공녕과 의행부는 초나라로 도망쳤다. 왕실까지 점거한 하징서는 공자오孔子午를 진성공陳成公(598~569)으로 옹립했다.

그다음 해 겨울 초장왕이 군주 시해범을 징계한다는 명분으로 진나라를 공격했다. 하징서가 맞섰으나 패배하고 거열형을 당했으며 진성공은 진晉나라에 가 있던 바람에 살아날 수 있었다.

초장왕이 진성공을 불러 "앞으로는 나라를 잘 다스리라"고 훈계한 뒤, 공녕과 의행부도 귀국시켰다.

그 일이 있고 난 뒤, 의행부 집안은 아들 대까지 숨죽여 지내야 했다. 진애공陳哀公(568~534) 대에 와서야 손자 의삼량이 다시 대부가 될 수 있었다.

진애공이 또 진영공처럼 분별없는 애정에 빠져든다. 정부인 정희鄭姬 사이에 도태자悼太子가 있었지만 둘째 부인을 얻고 사랑에 빠지더니 그 사이에서 태어난 공자 류留를 애지중지하며 도태자를 쫓아내려 한 것이다.

공실의 음란 때문에 멸망 직전까지 갔던 진나라가 또 혼돈에 빠지기 시작했다. 그 와중에 애공이 불치병으로 숨을 거두며 동생 사도司徒 초招에게 류를 부탁했다. 이에 초가 도태자를 암살하고 류를 군주로 세웠다. 도태자의 아들 공손오公孫吳가 초영왕에게 이 사실을 전했다.

초영왕이 동생 기질棄疾을 불러 "공손오를 대동하고 가서 진나라를 징계하라"고 명령했다.

결국 진나라가 또 초나라에게 멸망 당하고 초나라의 일개 현縣으로 전락하면서, 진현공에 천봉승이 임명되었던 것이다. 이때에 의삼량儀三良이 앞장서서 반대했다. 마치 자신의 조부가 나라에 폐를 끼친 것을 속죄라도 하듯.

이런 의삼량을 백성이 따르며 세력이 커져가자, 초나라가 의삼량을 끌고 가 처형해 버린 것이다. 그 뒤에 언급했듯 초나라는 천봉승을 소환하고 공손오를 진혜공에 즉위시키며 제후들의 환심을 사려 했던 것이다.

이처럼 진나라가 초나라의 속국과 다름없으니, 초나라와 다투던 오나라가 진나라를 노릴 수밖에 없었다. 그 상황에서 진나라 혜공의 아들 류柳가 오나라와의 첩보전을 진두지휘하던 중 손무를 체포했던 것이다.

손무가 체포되던 날 새벽에 포강이 버릇처럼 혼자 점을 쳐 보았다.

'어? 화명장장和鳴鏘鏘이라니….'

암수 봉황이 만나 합창한다는 점괘였다. 바로 그날 석양에 손무가 무사를 따라 객관에 들어설 때 포강은 그토록 기다렸던 사람임을 직감했다. 하지만 일절 내색하지 않고 손무에게 방을 안내하고 나오는데 무사 한 명이 귀띔해 주었다.

"내일이 저놈 제삿날이야. 아무래도 오나라 간첩인 것 같애."

이 말에 깜짝 놀란 포강이 손무를 데리고 진나라 도성을 탈출했던 것이다.

진평공이 유명한 맹인 악사 사광師曠을 불렀다.

"내 나이 일흔인데 공부하기에 너무 늦은 듯하구나."

"대왕, 어찌 촛불을 켜지 않으십니까?"

"어찌 왕을 놀리는가?"

"눈먼 신하가 감히 대왕을 놀릴 수 있겠나이까?

다만 어려서 공부는 떠오르는 태양과 같고,

장년의 공부는 중천의 해와 같으며,

늙어서 공부는 저녁의 촛불과 같사옵니다.

촛불을 밝히고 가는 길이

어두운 길을 그냥 가는 것과 같겠사옵니까?"

제2부

패권
전쟁

인사가 만사

손무와 포강이 장강을 건너 무사히 손가둔에 도착했다. 포강을 보는 손빙의 눈에 이슬방울이 맺혔다.

"이제 내 아버지가 정해준 며느리를 찾았으니 눈을 감아도 여한이 없다. 내가 너희들의 살림 도구는 마련해 줄 테니 열흘 뒤에 혼례식을 치르도록 하자."

춘추시대 혼례에 귀족들은 신부 쪽에서 종과 하녀, 선물을 함께 가지고 오는 풍습이 있었다. 포강은 그럴 입장이 못되어 대신 손빙이 초나라 호북湖北까지 가서 놋그릇과 주전자, 청동제 화로 등 신혼살림을 장만해 주었다. 결혼식은 온통 붉은 천으로 덮은 식장에서 손가둔의 가족만 참석한 가운데 조촐하게 진행되었다.

며칠 뒤 손빙이 손무를 불렀다.

"무야, 주나라가 동전한 뒤 처음에 강했던 나라가 어디더냐?"

"정나라입니다."

"작은 나라에 불과한 정나라가 어떻게 강국이 되었더냐?"

"장공의 걸출한 능력 때문입니다."

"그런 나라가 왜 다시 약해졌느냐?"

"장공의 사후 소공 때 일어난 내분 때문이었습니다. 소공은 용감했지만 너무 단순했습니다."

소공의 태자 시절 이름은 홀忽이었다. 홀에게 제나라 희공僖公(730~698)이 딸 문강文姜을 시집보내려 한 적이 있었다. 그때 홀의 측근인 채중祭仲 등이 찬성했다.

"장공과 애첩들의 소생인 열한 공자가 제후 자리를 노리고 있습니다. 제나라와 혼맥을 맺어 배경으로 삼아야 안심할 수 있습니다."

그러나 홀이 거절했다. 그때만 해도 정나라가 강했던 때라, 자신의 체면이 떨어진다는 것이었다. 그만큼 자존심이 완고해 제후가 되고도 마찬가지로 정세를 요리할 줄을 몰랐다.

그 틈에 나름대로 능력 있던 공자들이 제나라, 송나라 등 주변 열강과 손잡고 소공을 흔들기 시작하며 나라가 엉망이 되었다.

"손무야, 정확히 보았다. 정치든 전쟁이든 다 사람이 하는 일이니 인사가 만사인 것이다. 정나라도 그래서 약해졌다. 그런 정나라에게 무시당했던 제나라가 강국이 된 것도 같은 이치이다."

손빈은 손무에게 제나라가 춘추시대 첫 패자가 된 과정에 대해 다음과 같이 설명해 주었다.

기원전 685년, 주나라가 낙양으로 동천한 지 100년쯤 되던 해에 제나라에 걸출한 인물이 등장했다. 바로 제환공齊桓公(685~643)으로 원래 태자가 아니었지만, 포숙아의 지혜로 제후가 될 수 있었다. 공자 시절 이름은 소백召白이었다. 큰형 제아諸兒가 태자였으며, 또 다른 형 규糾와 누님 문강文姜이 있었다.

기원전 697년에 제아가 아버지 희공을 이어 양공襄公(697~686)이 되었지만, 말 못할 비밀이 있었다. 일찍이 이복동생 문강과 내연관계였으며, 문강이 노나라 환공桓公(711~694)에게 시집간 뒤에도 잊지 못했다. 문강도 역시 마찬가지라 환공의 아들 장공莊公(693~662)까지 출산한 뒤에도 이복오빠 양공을 잊지를 못했다.

그래서 문강이 노환공을 꼬드겨 수시로 제나라를 방문했다. 그럴 때마다 양공과 남몰래 밀애를 나누었다.

꼬리가 길면 잡히는 법. 어느 날 노환공이 수상하게 여기고 문강을 다그쳤다. 겁이 난 문강이 제나라 양공에게 알렸고, 양공은 팽생彭生에게 환공을 암살하라는 지령을 내렸다.

노환공이 술에 취해 있을 때 팽생이 부축해 마차에 태우는 척하며 늑골을 부러뜨려 죽였다. 노나라에서는 환공이 제나라에 갔다가 시체로 돌아오자 의혹을 품는다. 이에 제나라 양공이 팽생까지 제거했다. 하지만 발 없는 말이 천 리를 간다고, 양공이 문강과의 근친상간을 덮으려고 환공과 팽생을 암살했다는 소문이 번져 나갔다.

극도로 예민해진 양공이 기분 내키는 대로 주변 사람들을 죽이기 시작했다. 규와 소백도 견딜 수 없어서 각기 외가外家 나라인 노나라와 거莒나라로 망명해야 했다. 이때 소백의 스승 포숙아와 규의 스승 관중이 동행했다.

관중과 포숙아는 죽마고우로 포숙아가 늘 관중을 감싸주는 사이였다. 청년 시절에 동업할 때에도 부자인 포숙아가 가난한 관중이 더 많은 수입을 가져가도록 배려했다. 그때 포숙아의 하인들이 "관중이 공짜로 돈을 가져간다"고 불평해도 오히려 나무랐다.

"그런 말 하지 마라. 친구 사인데 없는 사람이 더 가져가는 것이 맞다."

그뿐 아니었다. 전쟁에 함께 나가서도 포숙아는 진격할 때면 자신이 앞섰고, 후퇴할 땐 관중을 앞세웠다. 주위에서 관중에게 '비겁하다'고 비난하자 포숙아는 또 나무랐다.

"함부로 관중을 평가하지 마라. 관중은 누구보다 용감하다. 병든 홀어머니를 봉양하고 있어 살아 돌아가야만 할 입장이라 그렇다."

이에 대해 관중도 늘 고마워했다.

"나를 낳아준 이는 부모이지만, 나를 알아준 이는 포숙아뿐(생아자부모生我者父母, 지아자포자야知我者鮑子也)이다."

그런 절친한 사이였지만 서로 다른 공자를 모시게 된 것이다. 게다가 양공의 핍박을 피해 달리 피난 가면서부터 정치적으로 적대적 입장이 될 수밖에 없었다.

한편 양공의 히스테리는 나날이 심해졌다. 급기야 정신착란 증세까지 보이자, 양공의 사촌동생 무지無知가 양공을 암살하고 군주 자리를 가로챘다. 무지 역시 기분파였다. 성질나는 대로 신하들을 학대하다가 원한을 품은 신하에게 살해당했다.

춘추시대 첫 맹주, 제환공

이제 제나라는 누가 다스려야 하는가?

규와 소백, 둘 중의 하나일 수밖에 없었다. 관건은 두 공자 중 누가 먼저 제나라 도성에 도착하느냐였다. 나이로 보면 규가 되어야 하지만, 이런 상황에는 통하지 않았다.

먼저 거나라가 소백을 급거 귀국하도록 했다. 이 소식을 들은 노나라 역시 군대를 동원해 급히 규를 귀국시키며, 관중으로 하여금 소백의 귀국을 방해하도록 했다. 관중은 소백의 귀국로에 먼저 달려가 잠복해 있다가, 거나라 기병들 앞에서 달려오는 소백을 향해 화살을 쏘았다.

소백이 말에서 굴러떨어져 땅바닥에 쓰러졌다. 포숙아와 거나라 병사들이 일으켜 보았지만 소용없었다. 그사이 관중이 도망쳐 규에게 소백이 죽었다고 보고했다. 경쟁자가 사라졌다고 본 규는 여유를 부리며 제나라 도성 임치를 향해 갔다.

그러나 소백은 죽은 것이 아니었다. 화살이 혁대에 맞았지만 죽은 척했던 것이다. 관중이 떠난 뒤에야 일어나 지름길로 쏜살같이 임치로 달려가 먼저 군주 자리에 앉았다. 그가 환공이다. 이렇게 소백이 먼저 제나라의 제후가 된 이상 공자 규와 관중은 다시 노나라로 도망갈 수밖에 없었다.

제환공은 노나라에 공자 규를 죽이고 관중을 송환하라고 요구했다. 제나라 군사력이 워낙 강해 노나라가 따를 수밖에 없어, 관중은 참수당한 규의 머리와 함께 수레에 실려 제나라로 압송당해야만 했다.

관중을 본 환공이 치를 떨었다.

"저놈을 당장 소금에 푹 절여 죽여라. 오늘에야 내 천추의 한이 풀리는구나. 아니다. 내 먼저 이놈의 대가리를 단칼에 자르리라."

환공이 가쁜 숨을 내쉬며 칼날을 관중의 모가지에 댔다. 이때 포숙이 극구 말렸다.

"잠시 고정하시옵소서."

"나를 사살하려 한 놈을 살려주라니 이해할 수 없다."

"관중이 공자 규의 사람인데 그리할 수밖에 없는 것 아니겠습니까. 제나라만 다스리시려면 저 하나로도 충분하지만, 천하를 호령하시려면 관중을 등용하셔야 합니다. 책사를 죽이는 일은 순간이나, 그 손실은 영원합니다."

그제야 환공은 칼날을 거두었다. 포숙이 관중에게 다가가 쇠사슬을 풀어주고 다시 아뢰었다.

"관중이 주군을 쏜 것은 그가 규를 섬겼기 때문입니다. 이제 왕께서 관중의 주인이 되신다면 관중은 주군을 위해 화살로 천하를 쏠 것입니다. 천하를 도모하시려면 반드시 관중의 지혜가 필요합니다."

환공도 큰 인물이었다. 포숙의 말을 듣고 화를 풀고 관중을 대부로 등용하였다.

포숙과 관중이 절친하기는 했지만 다른 점도 많았다. 포숙은 인간의 가능성을 믿는 반면, 관중은 인간의 한계를 직시했다. 그러기에 포숙은 사람에 대해 쉽게 절망하지 않으나 관중은 절망과 동시에 그 벽을 관통하고 나아가려 했다. 포숙은 그런 면에서 관중이 자기보다 뛰어난 책사라 보았던 것이다.

과연 관중은 명재상이었다. 냉엄한 현실주의자로 치밀하면서도 순발력이 뛰어났다. 그의 정치철학은 확고했다.

'백성이란 창고에 곡식이 찬 뒤에야 예절도 알고, 충분히 먹고 입을 수 있어야 명예와 수치를 알게 된다(창고실즉지예절倉庫實則知禮節, 의식족즉지영욕衣食足則知榮辱). 따라서 주는 것이 받는 것임을 아는 것이 정치의 보배이다(지여지위취자知予之爲取者, 정지보야政之寶也).'

한마디로 백성을 배고프게 해 놓고 애국심이니 예절이니 등을 강요할 수 없다는 뜻이다. 이런 기준으로 관중은 부국강병책을 서둘렀다.

바다를 끼고 있는 제나라의 지리적 이점을 충분히 살려냈다. 어떤 제후국도 소금 없이는 살 수 없어 곡물을 들고 제나라에 와서 소금을 바꾸어가야 했다. 제염에 이어 제철과 직물 등 상공업을 부흥시켜 제나라의 군사력과 국력이 나날이 증가했다.

관중의 노력으로 나라가 점차 강해지던 어느 날 환공과 부인 채희蔡姬가 뱃놀이를 나갔다. 수영에 능숙한 채희가 환공을 놀리느라 배를 흔들며 장난쳤다. 물을 무서워하는 환공은 얼굴이 새하얘져 "그만두라"고 소리쳤다.

그 모습이 재미있어 채희는 더 심하게 배를 흔들며 깔깔댔다. 기겁을 하고 환궁한 환공은 채희를 그녀의 고향 채나라로 쫓아냈다.

채나라에서는 환공의 행동을 졸렬하게 보고 채희를 재혼시켰다. 그러나 환공은 채희를 버릴 생각이 아니었던 터라, 화가 치밀어 채나라를 정복해 버렸다.

그 뒤 관중이 환공에게 "군주가 개인 감정으로 채나라를 점령함으로써 강대국의 체면이 손상되었다"며 걱정했다. 환공이 회복 방안을 물으니 이렇게 대답했다.

"중원의 제후국들을 위협하는 초나라를 공격해야 합니다. 그렇게라도 해야 중원의 제후국들이 다시 제나라를 존중할 것입니다."

당시 초나라는 천자만 사용하던 왕 칭호까지 쓰고 있었다. 기원전 704년, 18대 웅통熊通이 무왕武王이라 자처한 이후부터였다. 주나라의 통치 질서를 공개적으로 무시하는 것이었지만 제후국들이 함구하고 있었다. 그뿐이 아니었다. 다른 제후들과 달리 초나라는 주나라에 공납도 바치지 않고 있었다. 이런 초나라를 제나라가 제압하는 것이야말로 국위 선양의 최상책이었던 것이다.

제나라가 관중의 계책대로 초나라를 쳐들어갔다. 당황한 초나라가 사신을 보내왔다.

"우리를 침략한 까닭이 무엇입니까?"

환공 곁에 서 있던 관중이 대답했다.

"초나라가 주 왕실에 바치는 포아包茅(제사용 술을 빚을 때 사용하는 식물)를 소홀히 하여, 제사에 큰 지장을 주고 있소. 이 때문에 군사를 일으켰소."

초나라도 한창 국운이 왕성한 제나라와 싸울 때가 아니라고 보고 한발 물러섰다.

"환공, 주왕께 공물을 게을리 바친 잘못을 인정합니다. 앞으로 소홀함 없이 바치겠소."

역시 제나라도 초나라에게 공물 바치는 것만 요구했을 뿐, 왕 칭호 사용까지 문제 삼지는 않았다. 왕 칭호까지 거론하면 초나라도 물러서기 어려운 데다가, 제후들도 내심 왕 칭호를 사용하길 원했고 일부는 벌써 사용하고 있었기 때문이다.

제환공이 초나라의 양보를 받아내자, 초나라에 괴롭힘을 당하던 제후들이 환공을 존경하게 되었다. 그로부터 5년 뒤인 기원전 651년, 열국이 규구葵丘에 모여 환공을 맹주로 추대하는 회맹의식會盟儀式을 개최하였다.

환공이 맹주 자격으로 단壇 위에 제물로 잡은 황소의 머리를 올려놓고, 그 피를 사발에 담아 서열대로 제후들이 마시게 했다. 춘추시대 회맹의식 때면 제후들끼리 먼저 피를 마시겠다며 다투었지만, 이 회맹은 관중의 지혜로 무사히 잘 마쳤다. 이 의식에서 환공의 제안으로 제후들이 주 왕실을 잘 받들기로 하고 어기는 나라는 응징한다는 서약도 했다.

장수가 패배를 야기하는
여섯 경우

제환공이 주관한 규구의 회맹 이후 존왕양이尊王攘夷(주 왕실을 높이고 오랑캐를 쫓아낸다)의 구호가 춘추 300년 동안 중원에 울려퍼졌다. 종주국인 주나라가 동천 이후 장악력은 사라졌어도 주 왕실을 보호해야 한다는 명분만큼은 큰 호소력을 지니고 있었던 것이다.

제환공은 중원의 맹주답게 허울뿐인 주 왕실의 체면을 세워주면서, 열국의 질서를 세워 나갔다. 산융족山戎族이 연燕나라를 수시로 괴롭히자 환공이 직접 산융족의 거점인 고죽孤竹까지 쫓아가 물리쳐 주었고, 위衛나라가 북적北狄에게 도성을 잃었을 때는 초구楚丘에 정착하도록 했다.

이처럼 환공도 여러 전쟁을 치르기는 했지만, 큰 전쟁 없이 천하의 패자가 되었다는 것은 기적 같은 일로 관중 때문에 가능했던 것이다.

관중이 재상으로 있는 동안 세 번 병거兵車로 모였고, 여섯 번 승거乘車로 모였다. 전쟁 세 번에 칼 없이 예복만 입는 의상지회衣裳之會로 여섯 번 모였다는 것이다.

제나라가 첫 패권국이 된 지 6년째, 관중이 병으로 쓰러지자 환공이 황급하게 찾아 물었다.

"그대가 없으면 누구를 재상으로 삼아야 할까?"

"누구를 원하십니까?"

"개방開方은 어떻소?"

"그는 원래 위나라 공자입니다. 왕께 잘 보이려 가족까지 버린 사람입니다. 천륜을 가볍게 여기는 사람은 믿을 수 없습니다. 멀리하심이 좋습니다."

"역아易牙는 어떻소?"

"역아도 아들을 죽이면서까지 왕께 아첨했습니다. 출세를 위해 패륜도 마다 않으니 얼마나 사악하겠습니까."

"그럼 수조豎기는 괜찮겠소?"

"그도 출세하려 스스로 거세한 사람입니다. 인간의 천성을 버린 사람이 무슨 짓인들 못 하겠습니까."

환공은 대단한 호색가라, 수조가 환공의 환심을 사려고 스스로 고자가 되어 환관이 되었던 것이다. 세 간신은 눈엣가시 같은 관중을 제거하려고 끈질기게 모함했지만 환공이 거절했다. 관중도 쓰러지기 직전까지 세 간신을 쫓아내려 했지만 환공이 듣지 않았다. 그만큼 세 간신이 환공의 입맛에 맞추고 귀에 솔깃하게 처신했던 것이다.

그토록 영민했던 환공도 나이 들어 아둔해진 탓인가? 아니면 원래 아둔한 사람을 곁에서 관중이 잘 도와주었던 것인가? 관중의 말을 듣지 않고 세 간신을 곁에 두었다가 관중이 죽자 세 간신이 물 만난 고기처럼 설치기 시작했다.

이들이 작당해 환공의 총기를 흐려놓고, 관중이 천거했던 성보, 공손, 습붕처럼 보배 같은 인물들을 모조리 내쫓았다. 엄동설한에 노쇠한 환공이 드러눕자, 세 간신들이 궁궐 출입을 봉쇄해 환공을 굶어 죽게 했다. 그 바람에 후계자 자리를 놓고 환공의 여섯 아들과 간신들이 뒤엉켜 피비린내 나는 파벌싸움을 벌였다.

환공에게 사람 보는 눈이 없었던 것이다. 그마나 포숙아가 관중을 천거해 주는 바람에, 관중이 요긴한 인재를 추천했던 것이다. 관중이 사라진 뒤 환공은 용인에 실패했고 비참한 최후를 맞이했다.

천하를 움직이고 나라와 군대를 움직이는 것도 결국은 사람이다. 그만큼 어떤 사람을 쓰느냐가 중요하다. 환공이 관중을 등용했을 때 성공했으나 세 간신을 가까이한 뒤 나락에 떨어졌다.

여기까지 이야기를 한 손빙이 물었다.

"패배를 야기하는 장수의 특징이 무엇이냐."

손무는 제환공의 사례와 함께 평소 생각했던 바를 정리해 대답했다.

"네, 아버지. 여섯 가지 −주走, 이弛, 함陷, 붕崩, 난亂, 배北− 경우입니다. 주는 도망치는 것으로, 적과 세력이 대등한데도 장수가 아군의 세를 결집하지 못해 나타나는 현상입니다. 이런 장수일수록 아첨에는 능합니다. 이는 이완弛緩되었다는 뜻으로 병사는 강한데 장군이 약해서 아군이 해이해진 것입니다. 이와 반대가 함으로, 장군만 강하고 병사는 약한 경우입니다. 장군이 본인 관리만 치중하고 군사력 향상을 소홀히 할 때 이런 부대가 됩니다. 붕은 장군과 병사를 연결하는 중간 장교들이 제멋대로 하는 바람에 군의 지휘계통이 붕괴된 것이고, 난은 장수가 심약해 군대의 기율이 무너져 혼란에 빠진 것입니다. 장수가 용병의 원칙을 모르고 요령이 부족한 것은 배라 합니다. 이것이 장수로 인해 전쟁에 지는 육패六敗입니다."

손빙이 또 물었다.

"그렇다면 환공은 육패 중 어디에 해당하겠느냐?"

"네 번째인 붕입니다. 관중이 제후와 백성을 연결하는 역할을 할 때는 나라가 안정되었지만, 그 역할을 개방, 역아, 수조가 맡으면서 나라가 혼돈에 빠졌습니다."

"잘 보았다. 춘추시대의 서두를 풍미했던 환공이 측근을 잘못 등용해 본인도 말로가 비참했고 나라도 약해진 것이다. 나랏일이란 나라의 이로움을 구하는 것이다. 따라서 군주는 세 간신처럼 나랏일을 개인 오락거리로 만든 자들을 내치고, 관중 같은 공평한 인재를 활용할 때 백성도 믿고 따르는 것이다."

그리고는 손빙이 지도를 펴놓았다.

"무야, 제환공이 사라진 뒤 송양공이 잠시 위세를 부렸으나 패권은 진문공이 차지했고, 그 뒤 초장왕이 중원의 맹주가 되었다. 이 지도를 봐라."

손빙이 하남성의 홍수泓水를 가리킨 다음, 산동성 복현을 짚었다. 홍수는 송과 초가 전쟁을 벌였던 곳이고 복현은 진과 초가 성복대전을 벌였던 곳이다.

"이곳 중심으로 돌아보되, 필지전과 언릉대전의 전적지도 함께 둘러보거라."

그 무렵부터 손빙이 풍토병에 자주 걸리며 사경을 헤매는 일이 많아졌다. 이러한 아버지를 두고 멀리 가기 싫어했지만 손빙이 말렸다.

"군주들의 사리사욕으로 매일같이 죽어가는 사람이 부지기수다. 이 비극을 막기 위해 병법을 연구한다는 것을 잊지 말아라. 네가 평화로운 세상을 위한 병법을 만들어 내면 그것이 애비에 대한 최고의 효이다. 꼭 부모 곁에 있어야만 효라는 것도 다 형식에 불과한 일이다. 네가 전해준 《도덕경》에도 그와 같은 이치가 적혀 있더구나. 사실 이전에 나는 노자 선생을 뵌 적이 있었다. 오나라로 오기 전 제나라 왕실과 우리 가문 간의 긴장이 높아질 때 일시 현장을 떠나 객관적으로 보고자 낙읍의 수장실로 간 적이 있었다. 그때 마침 노자 선생을 만나 큰 깨달음을 얻었다. 인위적 욕망이 아니라 무위를 따라야 한다는 것을…. 아마 그 때문에 망명도 결심했던 것 같다. 그러니 어서 떠나거라."

"아, 아버지……."

며칠 뒤 손무는 차마 떨어지지 않는 발걸음을 뒤로 하고 다시 장강을 건너가야 했다.

송양공의 전쟁과 윤리

송양공宋襄公(651~637)과 초성왕楚成王(671~625)이 싸웠던 홍수는 하남성 초현에 흐르고 있다.

장강을 건넌 손무는 송나라 군대가 진을 치고 기다렸던 홍수 북쪽을 먼저 둘러보았다. 송군이 일부러 져 주지 않는 한 패배하기가 더 어려운 최고의 지세였다. 더구나 제환공 이후 송나라가 매우 강한 나라였는데 여기서 어이없게도 초나라에게 졌다.

그 이유가 무엇일까?

송양공의 지나친 양보심 탓이다. 태자 시절에도 부왕의 임종을 앞두고 이복형 목이目夷가 자신보다 더 어질다며 승계를 포기하려 했다. 그러자 목이가 뒤로 물러가며 사양했다.

"태자께서 나라를 양보하려 했으니 세상에 이보다 더 어진 것이 있겠습니까?"

그렇게 해서 제후에 오른 양공은 목이를 재상으로 삼았다. 그로부터 7년 뒤 제환공이 죽던 날 송나라에 운석隕石이 다섯 개나 떨어졌다. 이를 양공은 패업의 징조라며 기뻐하였다.

그 뒤 제나라에서 환공의 여섯 아들이 서로 후계자가 되겠다고 다투기 시작했다. 그들 중 역아와 수조가 미는 무궤無詭가 집권하였는데, 양공이 태자 소昭를 도와 무궤를 살해했다. 그 덕분에 소가 효공孝公(642~633)으로 집권할 수 있었다.

이 일로 양공이 한껏 고무되어 제환공 다음으로 중원의 맹주가 되겠다며 인근 나라들을 공격하기 시작했다. 목이가 누차 "작은 나라가 패권 다툼에 뛰어드는 것은 화근"이라며 말렸지만 소용없었다. 설령 양공이 주변국을 휘어잡는다 해도 문제는 남방의 강국 초나라였다.

더구나 송나라 주변의 정나라는 초나라의 편이었다. 그래서 정문공鄭文公(673~628)이 다른 제후들 앞에서 "송양공이 감히 초나라를 무시하고 맹주가 되려 한다"며 비웃기까지 했다.

공개리에 모욕당한 송양공이 정나라를 공격하고 나섰고, 초나라가 정나라를 구원하러 달려오면서 기원전 638년 홍수지전泓水之戰이 시작되었던 것이다.

송나라가 홍수 북변에 진을 치고 있는 상태에서 초의 대군이 도착해 강을 건너려 배에 오르기 시작했다. 목이가 양공에게 계책을 내놓았다.

"적이 강을 반절쯤 건넜을 때 공격하십시오. 그러면 적은 병사로도 능히 큰 적을 물리칠 수 있습니다."

하지만 양공의 대답이 의외였다.

"정당하지 않은 방법이오. 비겁하게 이긴다면 내 어찌 천하의 맹주가 될 수 있겠소? 세상의 비웃음만 살 뿐이오."

그렇게 머뭇거리는 사이, 초 군사들이 강을 건너기 시작했고 일부가 상륙해 진을 치려 했다. 속이 바짝 탄 목이가 또 건의했다.

"적이 진을 정비하기 전에 공격하셔야 이길 수 있습니다."

"싸울 준비도 안 된 적을 친다는 것이 온당치 않습니다. 군자는 사람이 어려울 때 괴롭히지 않는 법이거늘 어찌 적의 약점을……."

그러면서 전통적인 용병을 예로 들었다.

"옛말에도 군자는 부상자를 다시 다치게 하지 않고, 늙은 적은 잡지 않는다 했소(군자불중상君子不重傷 불금이모不禽二毛). 내가 망국의 후손이지만 전열도 갖추지 않는 적을 공격할 수는 없소(과인수망국지여寡人雖亡國之餘, 불고불성열不鼓不成列)."

비록 자신이 주나라에게 망한 상나라의 후손이지만 중원의 맹주가 되어 상나라의 영광을 재현하려는 마음이 있다는 뜻이다.

송양공이 '옛적 도리' 운운하는 사이 초나라 군대가 강을 건너 진용까지 갖추었다. 그제야 송양공이 공격에 나섰다.

그 결과는? 송나라의 대패였다. 양공은 군자의 도리 운운하며 절호의 기회를 두 번이나 놓쳤다. 그뿐 아니라 이 전쟁에서 양공도 다리를 크게 다쳐 2년 뒤에 죽었다.

이 전쟁 후 '싸움을 벌여놓고 불필요한 인정이나 대의명분에 집착해 망하는 사람들'을 송양지인宋襄之仁이라 했다. 그래도 춘추시대라 그런 발상이 가능했다. 당시 군자의 도가 전쟁의 승패보다 중요하다는 분위기도 엄존하며 선생에도 예법이라는 것이 있었나. 예를 들어 '물이 떨어진 적에게는 물을 주고, 강을 건너는 적은 공격하지 않는다'와 같은 것이다.

이를 종합해 보며 손무는 '전쟁은 이미 살육이 전제된 것인데 도道를 추구하는 자체가 모순'이라고 보고, 죽간에 이렇게 적었다.

첫째, 병자궤도야兵者詭道也.

전쟁은 기만술이다. 상대가 오인하도록 만드는 것이다. 싸우겠다고 나서 놓고 양공처럼 군자의 도리를 찾다가는 백전백패한다. 그러려면 애초에 전쟁을 벌이지 말았어야 했다.

두 번째, 반도이격半渡而擊.

적이 강을 건너려 할 때, 반쯤 건너게 한 뒤 공격하라.

세 번째, 이이유지利而誘之, 난이취지亂而取之.

이익을 주어 유인하고 혼란에 빠트려 탈취하라.

이것이 기만의 원리로, 여기서 다양한 기만술이 나온다.

'적이 충실하면 대비하고, 강할 때는 피하라(실이비지實而備之, 강이피지強而避之). 그리고 적을 화나게 해 이성을 잃게 하고, 약한 척하여 적을 교만하게 하라(노이효지怒而撓之, 비이교지卑而驕之). 또한 적이 쉬려 하면 피곤하게 만들고, 적들이 뭉치면 이간시켜라(일이노지佚而勞之, 친이이지親而離之). 그렇게 해서 방비가 허술해진 곳을 공격하고, 적이 예상치 못할 때 공격하라(공기불비攻其不備, 출기불의出其不意).'

진쟁은 인간의 생존을 위협하는 깃으로 동원 가능한 모든 기만술이 펼쳐질 수밖에 없다. 그럼에도 송양공이 인의를 고집하며 전쟁의 본질인 기만을 간과했다. 그 바람에 작전의 기본 원칙을 위배하며 패배했다. 일단 전쟁이 시작되면 기만술을 동원해서라도 빨리 끝내야만 한다. 장기화 되면 누가 이기든 별 의미가 없게 된다.

송양공이 초 군대가 도강 중일 때 공격했더라면 제환공에 이어 중원의 패자가 되었을 것이지만, 군자연君子然하며 작전의 원칙을 무시하고 '영원한 호구虎口' 소리를 듣게 되었다.

그 덕분에 진晉의 24대 군주 문공文公(697~628)이 기원전 632년 중원을 평정하게 된다. 홍수에서 전략의 교훈을 배운 손무는 진문공이 초나라 대군을 격파한 성복城濮으로 갔다.

65세에 천하를 움켜쥔 진문공

춘추 초기부터 초나라가 호시탐탐 중원을 노릴 때면, 제환공을 필두로 제후국들이 합세해 저지하였다. 그러나 환공이 사라지며 중원에 힘의 공백이 생겼다.

이때 송양공이 패자가 되겠다고 나섰다가 초성왕에게 홍수전쟁에서 크게 졌던 것이다. 여기에 고무된 초성왕이 6년 뒤에 중원의 맹주가 되겠다며 다시 장강 건너 송나라를 공격해 벌어진 전쟁이 기원전 632년의 성복대전이다.

당시 국력으로 볼 때 진秦, 초楚, 진晉의 3국이 패권 경쟁에 나설 만했다. 송나라는 이미 약소국으로 전락했지만, 초가 송을 차지할 경우 황하 유역의 다른 제후국들도 안심하기 어려운 위치였다.

그래서 송나라가 진晉나라에 구원을 청했을 때 거절하기 어려웠다. 또한 진문공晉文公(636~628)이 개인적으로 송의 도움을 거부할 수 없는 사연도 있었다.

진문공은 헌공獻公의 둘째 아들로 이름이 중이重耳였으며, 형으로 태자 신생申生이 있고, 동생은 이오夷吾였다.

어느 날 헌공이 여융驪戎족을 토벌하고 절세의 미녀 여희驪姬를 잡아왔다. 사소史蘇라는 점쟁이가 보더니 "말희와 달기, 포사와 같다"며 "멀리 하시라"고 권했다. 헌공이 비웃자 사소가 이런 말을 남기고 떠났다.

"나무를 벨 때 뿌리를 놓아두면 다시 살아나고(벌목불자기본伐木不自其本 필복생必復生), 물을 막을 때 원천을 놓아두면 다시 흐르며(색수불자기원塞水不自其源 필복류必復流), 화를 없앨 때 근본을 방치하면 다시 난리가 나는 법입니다(멸화불자기기滅禍不自其基, 필복난必復亂)."

헌공은 여희가 해제奚齊를 낳자 태자 신생을 죽이고 해제를 태자로 세웠다. 중이와 이오는 망명을 떠나야 했다. 이때 중이는 43세로, 외가인 적狄으로 피신했다. 12년이 흐른 뒤 무더위가 시작될 무렵 헌공이 병사하자 궁중 내분이 일며 해제가 살해되어, 막내 이오가 귀국해 혜공惠公으로 즉위했다.

그렇지만 정치가 어설퍼 '중이가 낫다'는 여론이 일어났다. 그렇지 않아도 형 중이가 부담스러웠던 혜공이 자객을 보낸다. 이를 알고 사소가 중이에게 먼저 달려가 알렸다. 중이가 부랴부랴 머나먼 제나라로 도망가며 젊은 부인에게 일렀다.

"내가 25년 안에 오지 않거든 재가하시오."

"무슨 말씀을 그리 하십니까? 더 긴 세월이 흘러 제가 죽고 제 무덤에 송백 나무가 자란 뒤까지라도 전 당신만을 기다리렵니다."

옷소매로 눈물을 닦고 있는 아내를 두고 중이는 일행과 함께 제나라로 도망친다. 변변한 식량도 챙기지 못한 채 열흘 이상을 달려 오록五鹿까지 갔지만 허기가 져 더 이상 움직이기 어려웠다.

마침 농가가 있어 구걸을 했는데 농부가 밥 대신 모래를 가득 담아 주었다. 중이가 야단을 치려 하자 조쇠趙衰가 말렸다.

"주군, 농부가 흙을 담아 바친다는 것은 멀지 않아 영토를 받게 된다는……."

조쇠의 말이 끝나기도 전에 중이가 힘없이 쓰러졌다. 마침 개자추介之推가 어디서 구운 고기를 들고 와 중이에게 먹여 정신을 차릴 수 있었다.

"이 맛있는 고기를 어디서 구해왔느냐?"

머뭇거리는 개자추를 살펴보니 오른쪽 다리에 피가 흥건했다. 넓적다리 살을 베어낸 것이다. 중이와 일행이 하염없이 눈물만 흘리며 다시 제나라로 향했다.

제환공은 중이에게 공주까지 시집 보낼 만큼 예우했다. 하지만 일 년 뒤 환공이 죽고 제나라에 내분이 일어나는 바람에 중이 일행은 또 정처 없이 망명길에 올라야 했다.

먼저 송나라로 가 보니 송양공이 초나라와 전쟁에 패한 뒤라 나라가 어지러웠다. 그래도 송나라에서는 말과 식량을 내주어 다시 정나라로 갔다가 박대를 받고 초나라로 갔다. 다행히 초나라 성왕은 중이를 국빈으로 모시며 우스갯소리로 물어보았다.

"하하하. 만약에 귀하가 귀국해 진나라 왕이 된다면 내게 무엇을 선물하겠소?"

"혹 대왕의 군대와 부딪치게 되면 제가 3사三舍(90리. 당시 군대가 하루 행군하는 거리가 30리)를 후퇴해 은혜를 갚겠습니다."

이 말을 초성왕이 가볍게 듣고 지나쳤다. 중이가 초나라에 5개월

가량 머물 때가 진晉나라에서 혜왕이 실정을 거듭하는 바람에 중이를 왕으로 모셔야 한다는 열망이 일고 있었던 시기였다. 그래서 초성왕이 중이에게 권했다.

"우리는 중원에서 멀리 떨어져 유사시 급히 귀국하기 어렵습니다. 진晉과 가까운 진秦으로 가 계십시오."

중이가 진秦으로 가자 진목공秦穆公도 역시 환대했다. 그해 9월 진晉 혜공이 죽고, 어린 아들 회공懷公이 계승했으나 국정은 더 혼란해져 수습하기 어려울 지경이 되었다. 할 수 없이 진晉나라 대부 난지欒枝와 극곡郤穀이 중이를 찾아와 귀국해 줄 것을 요청했다. 중이가 결심하고 목공의 군대와 함께 귀국했다.

중이에게 희공이 저항했지만, 이미 민심이 중이에게 쏠려 있어서 소용 없었다. 이로써 여희의 모함으로 기나긴 유랑생활을 해야 했던 중이가 62세의 나이로 집권한 것이다. 그가 바로 문공이다.

문공의 즉위 소식에 적狄국에 있던 아내가 두 아들을 데리고 달려왔다. 문공이 아내의 손을 어루만지며 물었다.

"부인, 지금 나이는 어떻게 되오?"

"25년을 기다렸더라면 50이 되었을 것을, 겨우 7년 기다렸으니 이제 서른두 살이옵니다."

"25년까지 기다리지 않게 해서 다행이오."

이미 회갑이 훌쩍 넘은 문공이었지만 국정을 탁월하게 관리했다. 그중 인사정책이 일품이었나. 여러 나라로 망명 다닐 때 눈여겨본 인물들을 등용했는데, 특히 초나라 사람이 많아 '초재진용楚材晉用'이라는 말까지 나왔다.

지역이나 가문을 불문하고 사람을 쓰면서 진나라는 부강해졌다. 옥에 티라고 그중 한 가지 실수가 있었는데 개자추를 배려하지 못했던 것이다.

뒤늦게 깨닫고 개자추를 찾았으나 사라지고 없었다. 이미 홀어머니를 모시고 면산縣山에 은둔했다는 것이다. 문공이 급히 사람을 보냈지만 나오지 않았다. 속이 탄 문공이 면산에 불을 지르게 했다. 그렇게라도 나오게 하려 했던 것이다.

그러나 개자추는 나오지 않고 타 죽었다. 문공이 한식寒食(찬 음식)을 먹으며 슬퍼했고 그 뒤로 개자추가 죽은 날은 한식일이 되었다.

한편 앞서 언급한 것처럼 중원을 지배할 욕심으로 초성왕이 송나라를 공격했는데, 그때가 진문공 4년 차였다. 문공의 입장이 난처해졌다. 망명 시절 환대해 준 송나라의 곤경을 모른 척하기도 어려웠고, 초나라에도 신세진 적이 있어 곤란해진 것이다.

이때 호언狐偃이 꾀를 냈다.

"초나라는 조曹와 위衛를 속국으로 거느리며 조공을 받고 있습니다. 우리가 조와 위를 치면 초는 송을 포위한 군사를 빼낼 것이고, 송나라가 위기를 벗어나게 됩니다."

"그러면 우리가 초나라와 싸우지 않아도 송나라를 도울 수 있겠구나."

문공이 무릎을 치며 좋아했다. 더구나 자신이 유랑할 때 박대한 나라가 초나라를 따르던 조, 위, 정이었다. 이 중 조와 위는 진과 송 사이에 있어 공격하기에도 좋았다.

문공의 군대가 조와 위를 점령해 들어갔다. 그랬더니 상황이 호언의 예측대로 전개되었다. 초성왕이 송의 포위망을 풀고 회군하기 시작하였다. 성왕은 문왕에게 호감도 있고, 전쟁터가 본국과 거리가 멀어 물자보급에 어려움이 있어 싸움을 피하고 싶었던 것이다. 하지만 장군 자옥子玉이 반대했다.

"대왕, 문공의 무례를 놓아두고 이대로 회군하시면 안됩니다. 문공을 혼내 주어야 합니다."

자옥은 문공이 초나라에 망명해 있을 때부터 사이가 좋지 않았다. 자옥이 강력히 결전을 주장하자 성왕이 군사 일부를 떼어주며, "되도록 싸우지 말고 진나라의 사과만 받아내라"고 이르고 먼저 회군했다.

뒤에 남은 자옥은 문공에게 원춘宛春을 특사로 보내 강화조건을 제시했다.

'진나라가 사과하고 물러가면, 초나라 군대도 물러나겠다.'

그러나 문공은 이 기회에 초나라를 꺾어 자신의 위세를 과시하고 싶어 '격장법激將法'으로 응수했다. 적장의 화를 돋구어 덤벼들도록 유인하는 것으로, 원춘을 감금한 채 오히려 초나라가 사과하라고 윽박질렀다.

발끈한 자옥이 마구잡이로 공격하기 시작했다. 문공은 맞대응하지 않고 30리를 후퇴했다. 자옥이 계속 쫓아오자 문공은 또 30리를 후퇴했다. 문공의 속을 모르는 진나라 장수들이 불평했다.

"싸워 보지도 않고 거듭 후퇴만 하면 초나라 병사들 사기만 높아집니다."

"내게도 생각이 있다."

문공이 또 30리를 후퇴하여 진나라의 변경 성복城僕에 다다랐다. 지난 30일 동안 90리나 후퇴한 것이다.

더욱 기고만장해진 자옥은 앞뒤 가리지 않고 쫓아왔다. 그동안 문공은 의도적으로 후퇴하면서 추격해오기에 급급한 초나라의 병세를 살펴보았다. 초나라 삼군 중 우군이 가장 약했다. 강제 징집된 외인 부대라 전투 의지가 없었던 것이다. 그런데도 자옥은 이 우군을 선봉에 세웠다.

문공은 숲속에 호피虎皮로 장식한 전차부대를 숨겨 두고, 다시 후퇴하는 척하며 초군을 유인했다. 이런 줄도 모르고 초군 선봉대가 정신없이 쫓아와 숲속에 들어섰다가 진나라 전차부대에 몰려 태반이 낙마사했고, 나머지는 뿔뿔이 흩어졌다.

이때 진나라 전차부대가 잎이 무성한 나뭇가지를 매달고 달려 흙먼지가 하늘 높이 치솟았다. 멀찌감치 뒤쫓아오던 자옥에게 초나라 선봉 부대원이 먼지를 뒤집어쓴 채 달려와 외쳤다.

"대장, 선봉대가 대승했으니 나머지 잔당을 재빨리 공격하십시오."

이 병사는 문공이 초나라 외인 부대원 복장을 입혀 보낸 자였다. 자옥이 말채찍을 들어 중군에게 뭉게구름처럼 흙먼지가 일고 있는 전장을 가리켰다.

"전력을 다해 돌진하라."

이들 역시 선봉대에 이어 진군의 매복에 길린 탓에 자옥과 측근 몇 사람만 살아 초나라로 갔지만, 성왕의 문책을 듣고 모두 목숨을 끊었다. 이것이 문공이 초나라를 물리친 성복대전이다.

그 뒤 문공이 천토踐土에서 회맹을 개최해 명실상부한 중원의 패자로 올라섰다. 이 대전에서 손무가 확신한 것은 '전쟁 장소와 전쟁 시간을 미리 알고 정할 수 있다면 천리 길을 행군해도 능히 이길 수 있다'는 것이었다.

싸울 장소와 시간을 어떻게 정할 수 있을까?

이 역시 진문공처럼 일부러 후퇴하며 적의 허점을 알아내면 된다. 즉 일사불란하게 물러서면서도 아군의 형세를 거짓으로 노출시켜 적의 약점을 파악하고 거기에 맞춰 공격 시기와 장소를 정해 두는 것이다.

성복대전 이후 상심에 빠져 있던 성왕이 또 다른 실책을 범한다. 애첩에게 휘둘려 태자 상신商臣을 추방하고 상신의 이복동생 직職을 태자로 앉히려 했던 것이다.

뜻밖의 사태를 당한 상신이 근위병을 동원해 성왕을 먼저 포위했다. 궁지에 몰린 성왕이 상신에게 엉뚱한 부탁을 한다.

"아들아, 마지막으로 웅장熊掌(곰 발바닥)이 먹고 싶구나."

웅장은 웅번熊膰이라 하여 초나라 최고급 음식이다. 곰 발바닥을 진흙으로 싸서 불에 구워 털을 제거한 뒤 3일간을 물을 바꿔가며 삶아내야 했다. 그만큼 시간이 많이 걸리는 요리였다. 성왕의 속셈은 그 시간에 구원군이 오기를 기다리자는 것이었다.

상신이 눈치채고 거절하자, 낙담한 성왕이 자결했다. 그렇게 즉위한 상신이 초楚 목왕穆王이다. 재위 14년간 하남성의 강江국, 안휘성의 육六국 등 약소국을 병합해 중원 진출의 기반을 닦고, 그의 아들 초장왕楚莊王(613~591)의 시대가 시작되었다.

진초의 전쟁터인 성복을 돌아본 손무는 필邲 땅으로 향했다. 성복

전쟁이 끝난 지 35년 뒤인 기원전 597년에 초나라와 진나라가 대결했던 곳이었다. 필의 전쟁에서 초나라가 성복의 패배를 설욕하고 패권국가로 등극한다.

날개를 펴는 대붕, 초장왕

곰을 숭배하는 원시 부족 웅熊씨가 세운 초나라는 오랜 기간 중원 열국에게 남방 오랑캐로 취급받아 제후들의 회맹에 초대받지도 못했다.

초나라도 굳이 주나라의 제후국 노릇을 하기 원치 않았다. 그러면서도 제후국 중 약체인 진陳, 채蔡, 정鄭을 도와주며 다른 나라들을 공격하는 등 중원으로 세력을 확대하려고 했다. 그럴 때마다 제나라, 진나라 등 중원의 패권국에게 저지당했다.

두 번째 패권을 쥐었던 진문공이 천토회맹 뒤 2년 만에 세상을 떠났고, 아들 양공襄公(627~621)이 진晉의 제후가 되었다. 이때도 초나라가 중원 쟁취에 욕심이 있었다. 하지만 진나라는 제나라가 환공 사후 바로 기울었던 것과 달리 여전히 강국의 면모를 유지했기에 초나라가 멈칫할 수밖에 없었다. 그만큼 진문공이 환공의 종말 이후를 타산지석 삼아 후계 구도를 분명히 해놓았기 때문이었다.

그 사례로 신양공이 즉위한 기원선 627년에 신秦나라가 성나라를 공격하자, 진양공이 즉시 군대를 보내 물리쳐 주었다. 그만큼 패권국으로서의 위세를 여전히 유지해 나갔던 것이다.

그랬던 진나라가 양공의 아들 영공靈公(620~607) 대부터 기울기 시작한다. 영공이 지나치게 사치를 부린 데다가 이를 만류하는 충신 조돈趙盾 등을 죽였다. 그러면서 맹주국 역할을 제대로 못 하자 드디어 초나라의 장왕이 활발한 북진정책을 추진했다. 그 뒤 초와 진과 수시로 충돌하며 중원은 두 나라의 각축장으로 변하기 시작했다.

초장왕은 즉위 초 3년은 정중동靜中動의 세월을 보냈다. 그 기간에 궁궐 정문에 다음과 같은 글귀가 붙어 있었다.

"감히 왕의 일에 간섭하는 자는 참斬하리라."

장왕은 환락에만 빠져 지냈다. 보다 못한 몇몇 충신들이 목숨을 걸고 간언했다.

"자고로 국왕이 유흥에 빠진 나라치고 망하지 않은 나라가 없사옵니다. 이미 강대국인 진晉나라 외에 진秦나라도 강성해져 우리를 언제 침략할지 모릅니다. 국정에 전념하여 주소서."

"저런 무례한 것들이 있나. 당장 끌어내 목을 쳐라."

그 뒤 아무도 입도 뻥긋하지 못했다. 이때 대부 소종蘇從이 상대부 오거伍擧를 찾아갔다.

"나랏돈을 받는 사람이 나라가 망해가는 꼴을 지켜볼 수만은 없소이다. 더욱이 상대부와 저는 집안 대대로 국록으로 먹고 살아왔소. 이제 나라를 위해 목숨을 초개처럼 버릴 때가 되었습니다."

오거의 아들 오사伍奢까지 국록을 받고 있었다. 만일 장왕이 계속 정사를 내팽개칠 경우 나라는 물론 자기 가문도 멸망할 것이 분명했다.

"좋소. 함께 죽기를 각오하고 왕께 가 봅시다."

두 노신이 들어오자 장왕은 또 잔소리를 듣겠구나 싶어 쳐다보지도 않았다. 소종이 먼저 말을 꺼냈다.

"대왕, 지금 중원에 맹주는 없습니다만 진秦나라가 동맹국을 거느리고 우리를 궁지에 몰고 있습니다. 이제 그만 나라를 보살피소서."

"에이, 또 그놈의 잔소리. 당신들 목이 몇 개 있소? 궁궐 대문에 써 놓은 글도 보지 못했소?"

장왕이 벌떡 일어나 칼을 빼려는 순간, 오거가 술상 앞에 무릎을 꿇고 조아렸다.

"대왕, 잠시만 고정하소서. 신이 수수께끼를 하나 내겠습니다."

장왕은 칼을 빼들고, "어디 한번 말해 보라"고 했다.

"깊은 산속 큰 고목나무에 대붕大鵬 한 마리가 앉아 있습니다. 나무는 썩을 만큼 썩은 데다 칡넝쿨까지 감고 있어서 언제 쓰러질지 모르건만, 대붕은 나무 위에 앉은 지 3년이나 되어도 울지도 않고 날지도 않습니다."

"하하하. 사람들은 그 큰 새를 뭐라 부른답니까?"

"치조痴鳥라 부릅니다."

"어리석은 새라? 큰 새가 한 번 날면 드넓은 하늘을 덮고, 한 번 울면 천하가 진동하겠구나. 무슨 말인지 알았으니 그만들 하세요."

장왕이 칼을 들어 기합 소리와 함께 내리쳤다. 오거와 소종은 목이 떨어진 줄 알았으나 뜻밖에 술상이 두 동강났다.

"그대들의 충정을 이해하겠소. 지난 3년간 내가 날지도 울지도 못하는 어리석은 대붕 노릇을 했구려."

그때부터 장왕이 나랏일을 돌보기 시작했다. 장왕의 성격은 뭐든 관심 가지면 몰두했다. 그 성격을 본인도 잘 알고, 일부러 유흥에 빠져 보았다. 즉위 초에 쾌락에 빠져 어떤 기분이지 실험해 보고 싶었던 것이다. 바람도 늦바람이 무섭고, 도둑도 늦게 배운 도둑질에 날 밤 새는 줄 모르는 법이다.

하, 은, 주가 그렇게 망했다. 군주가 뒤늦게 미색에 빠져 혼미해졌던 것이다. 이를 잘 아는 장왕은 그런 전철을 밟고 싶지 않았던 것이다. 그래서 즉위 초 쾌락에 빠져 보고, 3년 만에 끝냈다. 그 기간 누가 충신이고 간신인지를 구분해냈다.

자신의 쾌락을 부추긴 간신들이 누군지 분명히 드러나자 그들을 일일이 지목해 "왕은 역적보다 간신을 더 조심해야 한다. 역적은 드러나지만 간신은 표가 나지 않기 때문이다. 지난 3년 지켜보니 네놈들이야말로 나라를 좀먹은 놈들이다"라고 꾸짖으며 남김없이 죽였다.

그 뒤 널리 인재를 구하는 가운데 대부 소종이 천거한 손숙오를 영윤令尹(초나라의 재상)으로 영입했다.

동쪽에서 고함치고
서쪽을 정벌하다

영윤이 된 손숙오는 장왕에게 지난 3년간 실추된 군주의 권위부터
세워야 한다고 했다.

"대왕의 권위가 있어야 나라가 섭니다. 권위란 안으로 백성의 신임
과 밖으로 열국이 우리나라를 부러워하는 데서 나옵니다. 그렇지 않
으니 진晉나라가 우리를 정복한다고 호언장담하고 있는 것입니다."

"어찌해야 하겠소?"

"우선 주변 소국부터 정벌해 나가야 합니다."

그때부터 장왕이 친정에 나서, 기원전 606년 봄에 낙수洛水 서남쪽
의 융戎을 가볍게 정복했다. 마침 주周나라에 정定이 천자에 즉위하자
장왕이 낙수 근처에 머무른다.

낙수 너머로 주나라 낙읍이 있어 마치 낙읍을 공격할 것 같은 형세
였다. 가슴이 철렁한 천자가 장왕을 달래라며 왕손만王孫滿을 보냈다.
장왕이 왕손만에게 평소 궁금했던 정鼎(천자만이 소유하는 세발솥)에 대해

물었다.

"정의 대소경중大小輕重이란 무엇을 말하는 것이오?"

교묘한 질문이었다. 허약한 주나라가 계속 정을 가질 수 있느냐는 것이었으며, 강성한 초나라가 천자국을 대신하겠다는 암시였다.

"정은 하夏나라 우왕禹王께서 구주九州의 제후들에게 명해 구리로 만든 보물로 표면에 만물의 형상이 새겨 있습니다. 이 솥은 하나라에서 은나라로, 다시 주나라로 전승되어온 천자국의 상징입니다."

이렇게 정의 유래를 설명한 뒤, 왕손만이 뼈 있는 말을 덧붙였다.

"이 솥의 무겁고 가벼움이 뭐 그리 중요하겠습니까? 천자란 하늘이 덕 있는 사람에게 주는 자리입니다."

장왕처럼 무력으로 시위한다고 천자가 되는 것이 아니라는 은유였다. 주나라가 이미 힘은 잃었으나, 중원의 백성이 오직 주나라 천자만이 천명을 받았다고 믿고 있어서 함부로 내칠 수가 없었다. 장왕은 천자의 자리를 포기하는 대신 기원전 598년 진릉辰陵에서 회맹을 개최하여 제후국들의 인사를 받으며 정식 패자가 되었다.

하지만 한때 패권국이었던 진晉나라가 장왕에게 고분고분하지 않고 자꾸 덤벼들었다. 그래서 손숙오가 또 건의했다.

"진나라의 콧대를 꺾어 놔야 비로소 열국도 우리를 두려워할 것입니다."

"나도 그리 생각하오만……."

"하오나 직접 치기 부담스러우니 간접적으로 해야 합니다. 우리와 진나라 사이에 약소국 정鄭나라가 있습니다."

"그렇지. 우리를 섬겼던 나라인데, 진과 동맹을 맺었지."

"그 정나라를 공격하셔야 합니다."

"우리가 정을 치면 진나라가 가만히 있지 않을 텐데……."

"우리가 노리는 바입니다. 정은 진에게 구원병을 요청할 것이고, 진은 당연히 구원병을 보낼 것입니다. 보내더라도 자기 나라를 방어할 군사는 남겨두고 파병하겠죠. 그렇다면 구원병이라고 해야 고작 10만에서 20만 정도일 것입니다. 그 정도는 쉽게 이길 수 있습니다. 그리되면 대왕께서는 정나라는 물론 진나라까지 이기는 결과가 됩니다."

장왕이 손뼉을 치며 환히 웃었다.

"하하하. 좋소. 그대로 합시다. 드디어 진나라도 초나라의 위엄에 떨게 되겠구려."

그해 여름에 장왕이 20만 대군을 이끌고 정나라의 도성을 제외한 모든 성을 공략했다. 딱 삼일 만에 벌어진 일이었다. 다급해진 정나라가 진晉나라에게 도움을 청했고, 진성공晉盛公(606~600)이 순임보荀林父를 원수로 삼아 15만 병사를 모아 달려가기 시작했다.

진 군대가 정나라 도성에 다다르기도 전에 큰 변고가 생겼다. 성공이 진중陣中에서 돌연사한 것이다. 순임보는 불길한 징조라며 철군하려 했다. 장군 한궐寒厥이 결사코 반대했다.

"여기서 회군하면 앞으로 초나라의 기세를 무엇으로 막겠습니까? 왕의 유해만 본국으로 보내고 우리는 초나라를 꺾어야 합니다. 그것만이 대왕의 죽음에 보답하는 길입니다."

귀가 얇은 순임보가 며칠을 머뭇거리다가 회군 방침을 바꿨다. 그 바람에 출성한 지 열흘이나 훌쩍 지나 황하에 노착하는데, 앞서 갔던 척후병이 급히 달려왔다.

"더 이상 정나라로 진군할 필요가 없어졌습니다."

"무슨 말이냐?"

"이미 정나라가 초나라에 항복했습니다. 초왕이 정왕에게 다시는 배신하지 않겠다는 약조를 받고 회군 중이랍니다."

정나라가 구원병을 기다리다 지쳐 항복했고, 초나라는 귀국하는 중이라는 것이다. 이번에도 순임보가 또 이럴까 저럴까 망설였다. 장군들 사이에 설전이 오가는 중에 장군 사회士會가 초나라 군대를 추격하지 말아야 할 이유를 내놓았다.

"병법에도 군사는 틈을 보아 출동시키라고 했습니다. 약한 적이나 어지러운 적은 치되, 불리할 때는 물러남이 원칙입니다. 초나라 군대는 철통같습니다. 전군이 앞에서 복병을 제거하고 나가면, 중군은 전략을 짜고, 후군은 뒤를 단단히 지킵니다. 그리고 우군이 전차를 타고 진격하는 동안 좌군은 풀을 모아 야영을 준비합니다. 이렇게 철두철미한 적을 공격하기는 무리입니다."

사회의 전세 분석을 듣고 다른 장군들이 동의했으나, 조정 내 권력이 큰 조삭趙朔이 초군과의 결전을 주장했다. 여기에 부장 선곡先縠이 거들었다.

"조삭 장군의 말씀이 지당합니다. 작은 나라들이 우리와 동맹을 맺은 까닭은 그들이 어려울 때 우리가 지켜 주리라 믿기 때문입니다. 정나라가 초나라에게 당했는데도 수수방관한다면 후에 어느 나라가 우리를 따르겠습니까? 당장 초군을 쫓아가 박살내야 합니다. 소장이 목숨을 걸고 이번 싸움에 앞서겠습니다."

순임보는 조삭과 선곡의 말을 뿌리치지 못하고 황하를 건너 초를 추격한다. 승자의 여유를 가지고 회군하던 초장왕이 적지 않게 당황했다.

"이번 전쟁 목표는 달성했으니, 진나라와 부딪치지 말고 다음 기회를 노리는 것이 어떻겠소?"

그러나 오참이 다른 의견을 내놓았다.

"우리는 오랫동안 진나라의 비웃음을 받아왔습니다. 이번이 그 원한을 풀 절호의 기회입니다."

난감해진 장왕은 손숙오의 견해를 물었다.

"손 원수는 어떻게 생각하시오?"

"우리가 출병할 때 이미 진이 15만 정도 구원병을 보내리라고 예측했습니다. 그들과 싸울 각오를 하고 여기까지 왔는데 싸우냐 마느냐의 논쟁할 필요가 없습니다."

"그렇군. 그럼 싸운다면 승산이 있소?"

"세 가지 면에서 확실히 이깁니다. 첫째, 진의 원수인 순임보는 판단력이 흐려 군사들의 신임을 얻지 못하고 있습니다. 두 번째, 선봉장 선곡은 워낙 성미가 급하고 공명심이 강해 명령을 잘 따르지도 않고 다른 장수와도 불화합니다. 세 번째, 지금 진나라 군사들의 사기가 형편이 없습니다."

손숙오의 명쾌한 필승의 근거를 들은 장왕은 진나라와의 일전을 위해 말머리를 돌렸다.

"회군을 멈추고 다시 적을 향해 진군하라."

투구 끈을 뜯어내고
마음껏 마셔라

초장왕은 '적의 전방은 직격하고 적의 후방은 우회하여 타격하는 전략'을 세웠다. 선봉장 오거가 적을 치고, 그동안 손숙오는 우회하여 황하로 가서 후퇴하는 적을 기다려 섬멸하는 방식이었다.

이에 따라 오거와 장수 투월의 선봉대가 100여 리 가량 전진해 병저계곡으로 들어갔다. 중간에서 멈춘 오거는 투월에게 군사를 나눠 주어 매복시킨 다음 진나라 군대가 머무는 필鄴까지 진격했다. 이렇게 해서 기원전 597년의 필지전鄴之戰이 시작되었다.

오거가 진의 선봉장 선곡과 몇 번 싸워 보더니 겁먹은 듯 뒤돌아 병저계곡으로 도망쳤다. 기세등등해진 선곡이 오거를 좇아 계곡 안으로 들어가려 했다. 순임보 등 여러 장군들이 '적이 계곡에 매복해 있을지 모른다'며 만류했다. 하지만 공명심에 눈이 먼 선곡이 무시해 버렸다.

"이런, 도망가기에 급급한 것들이 매복할 정신이나 있겠소? 그렇게 몸을 사려서 어디 전공을 세우겠소?"

선곡이 발로 말의 배를 힘껏 차며 계곡 안으로 들어서자 병사들도 따라갔다. 이들이 계곡 안에 완전히 들어왔을 때 투월이 손을 번쩍 들었다. 계곡 좌우에 엎디어 있던 초 군사들의 화살과 창이 진 병사들을 향해 폭포수처럼 쏟아지기 시작했다.

그제야 선곡이 깨닫고 퇴각 명령을 내렸지만 이미 늦었다. 독 안에 든 쥐처럼 계곡 안에 갇혀 일방적으로 당해야 했다.

선곡의 부대가 전멸했다는 비보를 접한 순임보는 황하로 후퇴하라는 군령을 내렸다. 이들이 황하에서 배를 타려는데 갈대숲에서 큰 소리가 들렸다.

"이 어리석은 순임보야, 오늘 이 강이 네 무덤이 될 것이다."

순임보가 뒤돌아보니 손숙오였다. 초군들도 함성을 지르며 독수리가 병아리를 낚아채는 기세로 달려들었다. 그날 진나라 병사의 시체가 산을 이루자 장왕에게 어떤 장수가 이곳에 승전비를 세우자고 했지만 거절당했다.

"무武란 창戈을 거둬들인다止는 뜻이니라. 따라서 싸우지 않고 이기는 것이 최고의 무덕武德이거늘, 이렇게 많은 병사를 죽인 것이 무슨 자랑거리가 되겠느냐?"

귀국 후 장왕은 필의 전투로 자신의 권위를 충분히 내외에 과시했다고 자축하며, 내친 김에 송나라까지 치기로 선언한다. 정나라보다 더 빈약한 송나라는 장왕의 침공에 제대로 저항도 못하고 바로 무릎을 꿇었다. 송왕이 소복 차림으로 성문을 열고 나와 장왕 앞에 엎디어 항복문서를 바쳤다.

이제 장왕의 위세가 중원을 덮으며 명실상부한 맹주가 되었다.

장왕은 야망도 컸지만 포용력도 컸다. 야망은 크지만 포용력이 작으면 좌충우돌하다가 끝나게 되고, 포용력은 크지만 야망이 작으면 유야무야로 세월만 허송하게 된다. 장왕은 두 가지를 다 갖춘 불세출의 영웅이었다.

어느 날 장왕이 승전한 장수들을 위해 연회를 베풀었다.

한참 흥이 오르는데, 강풍이 연회장의 등불을 꺼트려 버렸다. 어둠 속에 한 장수가 장왕의 애첩을 희롱했다. 그녀의 허리를 껴안고 입맞춤을 한 것이다. 애첩이 소리쳤다.

"대왕, 어떤 놈이 나를 희롱했습니다. 그놈의 투구 끈을 뜯어 났으니 엄벌을 내려주소서."

연회장의 분위기가 찬물 끼얹듯 가라앉은 가운데, 장왕이 영을 내렸다.

"불을 켜지 말라, 모든 장수는 투구 끈을 뜯어내라."

모든 장수가 왕명에 따른 뒤에 불을 밝혔다.

세월이 흐른 뒤 장왕이 출전한 전쟁에서 퇴로가 끊겨 사지에 몰렸다. 그때 한 장수가 목숨을 걸고 구해냈는데 바로 연회에서 왕의 애첩을 희롱해 죽을 뻔했다가 살아난 당교唐校였다. 평소에도 장왕은 자신보다 뛰어난 신하를 원했고, 그런 신하를 찾지 못할 때면 나라가 위태롭다며 한탄했다. 이런 포용력 때문에 뛰어난 신하들이 모여들었다.

장왕의 그릇을 보여주는 또 하나의 사례가 있다.

한때 장왕도 하희에게 현혹당해 나라를 망가트릴 뻔한 적이 있었다. 하희의 아들 하징서가 진영공을 죽이고 집권했을 때, 장왕이 하극상을 빌미 삼아 군사를 일으켜 진나라를 징벌했을 때였다. 그날 밤 하희를 차지하더니, 깊이 빠져 첩으로 삼으려 했다.

그때 장왕의 신관神官인 굴무屈巫가 말렸다.

"대왕, 진나라를 친 것은 난신적자亂臣賊子를 주살하고자 함이었습니다. 만일 하희를 취하시면 미색을 탐하는 것이 되옵니다. 더구나 하희와 만나는 남자마다 비명에 죽었습니다. 그녀의 남편 셋, 두 임금, 아들 하나(삼부이군일자三夫二君一子)가 죽었습니다. 그녀에게 바람의 신風伯이 깃들어 도화살桃花煞이 끼었기 때문입니다. 왜 하필 그런 여자를 취하려 하십니까?"

그 말에 장왕이 정신을 바짝 차렸다. 당시 '하희를 취한 자가 천하를 취한다'는 말이 유행하기도 했지만 장왕은 즉위 초 환락의 허무함을 맛보았고, 쾌락 때문에 천하를 포기할 만큼 어리석지도 않았다.

장왕은 하희를 양로襄老라는 관리에게 주었다. 이때 하희도 난생처음 남자에게 버림 받았다. 그 양로마저 전사하자, 실의에 빠진 하희를 굴무가 데리고 진晉나라로 망명했다. 하희를 얻기 위해 굴무는 초나라의 벼슬도 버린 것이다. 이후 그들은 아들 굴호용屈狐庸과 딸 하나를 두고 해로하였다.

하희

필지전이 벌어진 곳은 황하 남쪽의 하남성 정주鄭州 부근이었다. 손무가 둘러볼 때 어제만 해도 쏟아졌던 폭우가 그쳐 맑은 하늘에 나른한 오후였다. 갑자기 불어난 누런 흙탕물에 황하의 소리가 요란한 가운데 나무 그늘에 앉은 손무는 초장왕이 승자의 형세를 미리 갖추었다며 이렇게 적었다.

'승자지전勝者之戰, 약결적수어천인지계자若決積水於千之谿者, 형야形也.'

누가 승자가 되느냐. 아군을 마치 켜켜이 쌓인 물이 천길 낭떠러지로 일시에 쏟아지는 형세처럼 만들어 놓는 자이다.

다음으로 손무가 찾아간 곳이 언릉鄢陵이었다. 필지전이 벌어진 곳의 아래쪽 지역으로 여기서 기원전 575년 봄에 진려공晉厲公(581~573)과 초공왕楚共王(590~560)이 싸웠다. 필지진이 끝난 지 22년 만에 진초가 또 자웅을 겨룬 것으로 세 번째 대전이었다.

언릉전투

초장왕의 뒤를 이어 왕이 된 사람이 공共이다. 무능했지만 선왕이 튼튼하게 닦아 놓은 덕분에 42년 재위 동안, 맹주 노릇은 그럭저럭 유지해 나갔다. 장왕의 신하 중 큰 공을 세운 손숙오가 일찍이 은퇴한 뒤 한가하게 살 무렵이었다. 이미 장왕이 죽고 공왕이 다스리던 때였다.

호구狐丘라는 동리에 유람 갔다가 한 노인에게 이런 얘기를 듣는다.

"속 좁은 왕은 현명한 신하를 질투하고, 가난한 사람은 부자를 질투하며, 신분 낮은 사람이 지체 높은 사람을 질투한다."

이 말을 듣고 손숙오가 생각했다. '장왕처럼 현명한 신하를 좋아하는 왕은 백 년에 하나 나오기 어렵다. 신왕은 아무래도 도량이 좁다.' 그래서 임종 때 아들에게 유언을 남겼다.

"나는 왕이 여러 번 땅을 하사했으나 받지 않았다. 필시 내가 죽고 나면 너를 공신의 후손이라 하여 땅을 주려 할 것이나 받지 말라. 도저히 거절할 수 없을 때는 기름진 땅이 아니라 척박한 땅을 받거라."

과연 손숙오가 죽자 공왕이 아들을 불러 나라에서 제일 좋은 땅을 주려 했다.

"대왕의 성은이 망극하오나, 아무도 거들떠보지 않는 땅을 받으라고 선친께서 유언하셨습니다."

그래서 초와 월의 국경 지역인 침구寢丘의 땅을 받았다. 그 뒤 공왕의 무능으로 국력이 쇠해져 타국이 침입할 때도 이 심구에는 관심을 두지 않았다.

공왕이 오직 선왕이 닦아 놓은 업적으로만 나라를 버텨나가던 중 기원전 575년 2월초, 공왕의 실력을 시험하는 사건이 터진다. 진晉나라가 초나라의 속국 정나라를 침입한 것이다. 공왕도 보고만 있을 수 없어 군사를 모아 북상했다. 그러자 진나라의 동맹국인 제나라, 노나라, 위나라도 군대를 편성해 정나라로 달려와, 그해 6월 양측이 정나라 영토인 언릉에서 대치했다.

양 진영의 망루에 각기 초공왕과 진려공이 올라 상대 군세를 살펴보기 시작했다. 공왕 옆에 진나라 귀족이었다가 초나라로 투항한 백주리伯州犁가 있었고, 려왕 옆에는 초나라 귀족인데 진나라로 투항한 묘분황苗賁皇이 있어, 각기 적의 내부 사정을 알려주고 있었다.

양측이 이틀 동안 서로 관망만 하다가 6월 29일 그믐날 새벽, 사방에 안개가 자욱한 가운데 초 군대가 먼저 진 군대를 공격하며 진면진이 벌어졌다.

공왕이 고대 병법에서 기피하는 그믐날인데도 공격에 나선 것은 진나라 응원군인 제, 노, 위군이 도착하기 전에 결판을 내기 위해서였다. 진나라에서 전차부대를 앞세워 초나라 군대를 막으려 했다. 하지만 안개로 시야가 가리운 데다가 진흙탕이라 나아갈 수가 없었다. 려공이 답답해하자 묘분황이 계책을 내었다.

"급할수록 돌아가야 합니다. 전진하지 마시고 후진하십시오. 우리 군대가 먹던 우물을 막고, 부뚜막을 메워 적을 수렁으로 유인하는 것입니다. 그다음 초나라의 취약한 좌, 우군을 공격한 뒤, 중군을 포위해 섬멸하십시오."

초공왕이 망루 위에 서서 진 군대가 서둘러 우물과 부뚜막을 메우는 모습을 보고 있는데, 옆에 서 있던 백주리가 박수를 쳤다.

"우리에게 겁을 먹고 후퇴하려는 것입니다. 다 도망치기 전에 진나라 중군부터 서둘러 공격하십시오."

"그러냐. 내가 직접 앞장서서 물리치겠다."

공왕이 망루에서 내려와 앞장서 진군 앞으로 달려갔다. 려왕도 이를 보더니 싸우려고 망루에서 뛰어내렸다.

양군이 진흙밭에서 엉겨 붙었다. 안개가 걷히며 떠오른 햇살이 서산에 넘어가도록 백병전이 계속되었다. 노을이 벌겋게 사방을 물들인 가운데 진려공의 전차가 깊은 수렁에 빠지니 초공왕의 아들 웅패가 진려공을 생포하려 달려들었다.

그 순간 려공의 호위병 난침欒鍼이 려공의 전차를 번쩍 들어 마른땅으로 옮겨 놓았다. 그 바람에 머뭇거리던 웅패의 뒷덜미를 난침의 아버지 난서欒書 장군이 휘어잡고 끌고 갔다. 웅패를 구하려 초나라 병사들이 몰려들었지만 진나라 병사들에 가로막혔다. 그렇게 해서 새벽부터 시작된 싸움이 일단 멈췄다.

다음 날 먼동이 트기도 전에 공왕이 웅패를 구하기 위해 직접 수레를 몰아 돌진하는데, 진나라 명궁 위기魏錡가 화살을 쏘았다. 화살이 공왕의 한쪽 눈에 깊이 박히자, 공왕 옆에 서 있던 양유기養由基가 화살로 위기를 쏘아 죽였다.

공왕이 부상 당하자 초나라 중앙군이 동요하였고, 그 틈에 진군의 좌우익은 앞의 진흙 수렁을 돌아가 초의 좌군과 우군을 공격하였다. 초의 좌우군은 진의 중앙군을 공격하는 초공왕의 중앙군을 지원하러 간 바람에 약해진 상태라 패할 수밖에 없었다.

할 수 없이 공왕은 멀찍이 후퇴하여 전열을 가다듬고자 했다. 지친 말에게 여물을 주고, 병기를 갈고 닦으라 명하고, 차후 대책 마련을 위해 사마자반司馬子反(초장왕의 숙부)을 불렀다. 하지만 자반은 술에 만취해 자고 있었고, 다른 장수들도 기가 꺾여 있었다. 실망한 공왕이 그날 밤에 철군 명령을 내렸다.

이로써 진晉은 필의 전투에서의 초나라에 졌던 패배를 설욕했다. 그 뒤에 누가 있느냐. 굴무였다. 굴무가 하희와 진나라로 망명했을 때 초나라는 굴무의 일족를 참했다. 반면 진나라는 굴무를 극진히 대우했다. 이에 굴무가 초나라에 앙심을 품고 초나라 내부 사정을 모두 진나라에 알려주었다.

그뿐이 아니었다. 남북으로 진, 초가 대결하는 상황에서 초의 배후인 오를 도와야 진나라가 이긴다며, 아들 굴호용을 오에 보내 전차전술, 궁병술, 진법 등을 전수해 주었다. 그 뒤 오나라의 전력이 대폭 상승했던 것이다.

이에 비해 초공왕은 전쟁 준비도 한 데다가 전쟁 결정까지 성급하게 내리며 정예부대인 중군에 훈련도 받지 않은 왕족을 배치했다. 그런 중군이라 선두를 치고 나가기는커녕 머뭇거렸고, 이에 여유를 갖게 된 진나라 중군이 일부를 빼내 초나라의 양 날개를 격파한 것이다.

또한 자반은 전쟁터에서까지 술에 취해 좌군사 중관重燼과 수시로 다투었다. 왕족이 그렇게 하는 바람에 군기가 흐트러질 수밖에 없었다. 그런데도 초공왕은 묵인했다.

그러나 진나라는 달랐다. 언릉대전 바로 직전에 려공에게 부원수 극지郤至가 초 군대의 5대 결점을 열거한 것에 잘 나와 있다.

'첫째, 군사 자반과 좌군사 중관의 불화가 심하며, 두 번째, 병사들이 늙어 투지가 부족하고, 세 번째, 군기가 엉망인 데다가, 네 번째, 진영까지 엉성하며, 다섯째, 그믐날 밤에 개전했다.'

언릉전투에서 손무는 왕 때문에 군대가 위태로워지는 세 경우를 생각해 내었다.

첫째, 실전 상황도 잘 모르면서 진격이나 퇴각명령을 내리는 것(부지군지불가이진不知軍之不可以進 이위지진而謂之進 부지군지불가이퇴不知軍之不可以退 이위지퇴而謂之退).

두 번째, 삼군의 내부를 잘 모르면서 사사건건 간섭하여 불신을 자초하는 것(부지삼군지사不知三軍之事 이동삼군지정자而同三軍之政者 즉군사혹의則軍士惑矣).

세 번째, 삼군의 권한을 알지 못하고 임무에 간섭하는 것(부지삼군지권不知三軍之權 이동삼군지임而同三軍之任)이다.

손무가 언릉을 둘러볼 때는 초진전쟁이 터진 지 반세기가 지난 뒤였다. 그런데도 진흙 수렁 곳곳에 부러진 전차 바퀴와 망루 조각, 깃발 등이 널려 있었다. 그 잔해를 보던 손무는 전쟁 그 너머로 만물의 기원을 떠올렸다.

'원래 세상은 알 모양으로 생긴 수렁이었다. 여기서 태어난 반고盤古가 1만 8천 년을 자란 뒤, 도끼로 알을 가르며 하늘과 땅이 나왔고, 그 뒤 반고가 죽어 두 눈은 태양과 달이 되고, 뼈는 산, 피는 강과 바다가 되었다 하지. 그렇다면 이 수렁이야말로 천지의 기원이 아니더냐.'

　여기까지가 손무가 병법 연구를 위해 답사한 전적지들이다. 언릉을 둘러보고 오나라 손가둔으로 왔는데 한 천사가 기다리고 있었다. 손무의 첫아들 손치孫馳였다. 손무가 언릉에 있을 때 태어난 것이다.

　한편 언릉지전 이후의 중원 정세는 다음과 같이 전개되었다.

진초晉楚 백년 전쟁,
그 끝에 열린 미병지회

언릉전투 이후 초나라의 국력은 가파르게 기울어, 중원 제후국들에 대한 통제력이 현저히 약화되었다. 더 심약해진 공왕은 왕위를 물려주는 것조차 신령의 뜻을 묻고자 했다.

초나라 시조를 모신 사당에 옥 보좌를 비치하고, 네 아들—웅초熊招, 자위子圍, 자비子比, 자석子晳, 기질棄疾—을 차례로 들여보냈다.

웅초는 옥 보좌를 뛰어넘어가 시조에게 절했고, 자위는 옥 보좌를 손으로 짚고 절했다. 자비는 옥 보좌와 멀리 떨어져 절하고, 아직 어린 기질은 옥 보좌 위에 올라 절했다.

이를 보고 공왕이 웅초에게 승계했다. 그가 강왕康王(559~545)이며 상당한 세월이 흐른 뒤, 기질도 왕위에 오르게 된다.

초공왕을 이기고 일시적이나마 중원의 최강자가 된 진려공도 무능하기는 마찬가지였다. 려공이 승전 후 대신들이 기다렸다는 듯 세력 다툼을 벌였는데도 정리하기는커녕 진절머리가 난다며 방치해 두었던 것이다.

이런 려공을 대신들이 독살하고 낙읍에 있던 양공의 손자 주周를 데려다가 왕으로 모셨다. 그가 도공悼公(572~558)이다.

나이는 열네 살이었으나 현명했다. 사마위강司馬魏絳의 도움을 받아 권력다툼을 벌였던 신하들을 제거하고 나라를 안정시켰다. 하지만 아쉽게도 재위 15년 만인 29살에 병사하고, 아들 평공平公(557~532)이 승계했다.

지난 100여 년간 양대 강국 초와 진이 용호상박龍虎相搏을 벌이며 두 나라가 함께 약해졌다. 그 바람에 중원에 뜻하지 않은 평화가 깃들었다. 하지만 구름이 비가 되어 내리면, 그 물이 증발해 새로운 구름으로 피어나는 법. 천하를 누르던 양대 세력이 약화되니, 장강 하류의 오와 월이 거세게 일어나기 시작했다.

여기에 놀란 중소 제후국들이 주선해서 기원전 546년 송나라 수도에서 미병지회彌兵之會를 열었다. 말 그대로 앞으로 '전쟁兵을 중지彌하자'는 것으로 특징은 제후들이 아닌 각 나라의 실세 귀족들만 모인 것이다.

회담 도중 초와 진이 다투는 바람에 무산될 뻔했다. 다행히 잘 수습되기는 했지만 두 나라의 신경전은 여전했다. 진나라는 은근히 오를 도와 초나라 견제 세력으로 키우려 했고, 초나라는 월나라를 도와 진을 견제하려 했던 것이다.

여하튼 겉으로는 평화가 유지되었다. 그런 가운데 진평공이 유명한 맹인 악사 사광師曠을 불렀다.

"내 나이 일흔인데 공부하기에 너무 늦은 듯하구나."

"대왕, 어찌 촛불을 켜지 않으십니까?"

"어찌 왕을 놀리는가?"

"눈먼 신하가 감히 대왕을 놀릴 수 있겠나이까? 다만 어려서 공부는 떠오르는 태양과 같고, 장년의 공부는 중천의 해와 같으며, 늙어서 공부는 저녁의 촛불과 같사옵니다. 촛불을 밝히고 가는 길이 어두운 길을 그냥 가는 것과 같겠사옵니까?"

그제야 평공이 깨닫고 다시 공부를 시작했다.

미병지회 전후로 명실상부한 패자가 없었다. 어떤 나라가 부상할는지 궁금해하는 가운데 서방 쪽 나라가 기지개를 켜기 시작했다. 바로 진晉, 초楚 다음으로 3강이었던 진秦나라였다. 진나라는 영嬴씨 부족이 세운 나라였다.

원래 영씨는 순舜임금이 황하 하류에 거주하던 동이족 중의 한 부족장인 백익伯益에게 하사한 성姓이었다. 그 뒤 영씨 일족이 상나라의 병권을 쭉 장악했다가 상이 멸망하고 주나라가 호경에 개국하자 서융西戎 땅으로 달아났다. 다시 주나라가 낙읍으로 이동할 때 호위해주고 공로로 정식 제후국이 되었던 것이다.

이처럼 진나라가 뒤늦게 제후국이 된 만큼 패권욕도 열렬했다. 하지만 제환공, 진문공, 초장왕 등 걸출한 인물들이 종횡무진하는 바람에 숨을 죽이며 기회만 노리고 있어야 했다. 그런데 마침 초나라에선 천하의 영웅 초장왕과 손숙오, 오거 등이 사라졌고, 진晉 또한 초와의 100년 전쟁 후유증으로 지칠 대로 지친 상태가 되었다.

물론 초나라에 오거의 아들 오사伍奢와 손자 오자서伍子胥가 있기는 했지만, 오자서는 아직 어렸고 오사 혼자만의 힘으로 강국을 유지하기란 무리였다.

그래서 진애공秦哀公(536~501)이 신하를 모아 놓고 물었다.

"이미 초나 진이나 힘이 쭉 빠져 있다. 우리가 천하를 호령할 때가 되었으니 좋은 계책이 없는가?"

공손후公孫逅가 맞장구쳤다.

"그렇습니다. 중원의 진초진秦楚晉 3대 강국 중 두 나라는 상처투성이고 우리만 온전하게 남아 있습니다. 이 기회에 열국의 제후들을 불러 조공을 바치도록 하옵소서."

"조공이라…. 우리가 종주국도 아니고 나 또한 천자가 아니거늘 어떻게…?"

"물론 천자의 이름을 빌려야겠지요. 주나라가 낙양으로 천도한 뒤, 천자에게 제대로 조공을 보낸 제후들이 없습니다. 이럴 때 우리가 천자에게 조공을 바치도록 해 준다면 좋아할 것입니다. 천자가 부르는데 어떤 제후가 감히 오지 않겠습니까?"

"묘책이오. 그럼 곧 대부께서 낙양에 가 천자를 만나세요."

공손후가 수레에 진상품을 가득 싣고 낙양으로 가 천자 경왕景王을 알현했다. 경왕은 요즘 들어 소국들도 조공을 바치지 않는데 강국 진나라가 조공을 바치는 데다가 천하 열국들까지 조공을 바치도록 해 주겠다는 말에 감격했다.

"귀국의 충심을 높이 사는 바이오. 속히 열국의 제후를 모아 국보지회國寶之會로 소집하도록 하시오."

이상이 언릉전투 이후에 전개되고 있던 중원 정세였다.

손무는 오자서를 불러

채소공과 당성공을 만나고 있는 합려를 찾아갔다.

"대왕, 여기 와 있는 채소공과 당성공은 물론

한때 초를 섬겼던 진陳, 허許, 돈頓, 호胡 같은 나라의

제후들께서도 지금은 초에 한이 사무쳐 있습니다.

이제야말로 초를 칠 때입니다. 부개夫槪(합려의 동생)공자를

선봉으로 삼으시고 당과 채를 좌우익左右翼으로 세우소서."

합려가 뛸 듯이 기뻐했음은 물론이다.

"으하하하, 이런 경우를 불감청不敢請이언정

고소원固所願이라 하지."

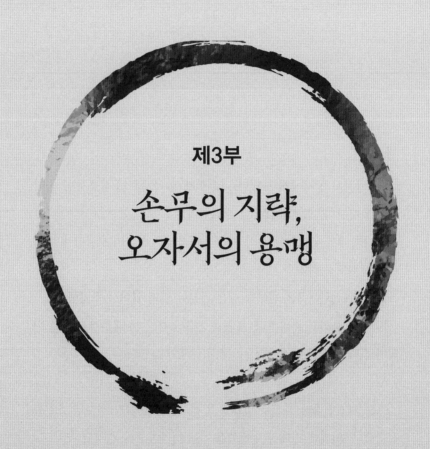

제3부

손무의 지략,
오자서의 용맹

국보회의 영웅 오자서

진秦애공이 천자에게 보냈던 공손후가 '열국제후 소집조서'를 받아 들고 돌아왔다. 조서의 내용은 이러했다.

'진나라에서 국보회를 개최하여 각 나라별로 최고의 보물을 천자에 게 진상하도록 하라.'

조서를 읽던 애공은 천하를 얻은 기분에 벌떡 일어나 호령했다.

"당장 국보회를 준비하라. 조공을 가져오지 않는 제후가 있거든 반 역자의 낙인이 찍힐 것이다."

그날부터 진나라 사신들이 17명의 제후들을 찾아가 천자의 조서를 전달했다. 단박에 진애공의 속셈을 간파한 제후들은 경악했다.

'이번 국보회는 어디까지나 애공이 천자의 조서를 이용해 맹주가 되려는 것인데 그렇다고 가지 않을 수 없는 노릇이고…. 참석했다가 안전하게 귀국한다는 보장도 없는데 어찌해야 하나.'

제후들 중에 초나라 영왕靈王(540~529)이 제일 안절부절하였다. 하락 세였던 국력을 겨우 진정시키던 때였던 것이다. 조서를 읽던 영왕의 낯빛이 하얘지며 대부 오사에게 조서를 건넸다. 오사도 역시 진나라의 흉계라고 보았다.

"대왕, 국보회에 진나라의 두 가지 숨은 의도가 있습니다. 첫째, 천자께 조공한다는 명분으로 각국의 보물을 차지하려는 것이고, 두 번째, 제후들의 항복을 받아내려는 것입니다. 무작정 가신다면 큰 화를 당하실 수도 있습니다."

"그렇다고 안 갈 수도 없지 않은가?"

"대왕께서 안 가시면 천자의 명을 어긴 대역죄의 누명을 얻게 되고, 가시면 겁쟁이라고 천하가 비웃을 것입니다. 하오니 참석은 하시되 목숨을 걸고 대왕을 지킬 맹장을 데리고 가셔야 합니다."

이에 영왕이 좌우를 둘러보며 혼잣말처럼 되뇌었다.

"목숨을 걸 맹장이라…. 누가 같이 갈 것인가."

평소 같으면 공명심에 들떠 앞다퉈 나서던 장수들도 이날은 침묵을 깨지 못했다. 그때 맨 끝줄의 새파란 장수가 나섰다.

"제가 대왕을 모시겠습니다."

오사의 아들 오자서였다. 그제야 다른 장수들이 안도의 한숨을 내쉬는데 영왕이 내려와 오자서의 손을 잡았다.

"오오, 그대 집안은 대대로 충신들이었지. 내 일찍 그대의 용맹을 들어 알고 있다. 나와 함께 가 준다니 든든하구나."

그날로 오자서가 수행 장군이 되었으며, 각 나라에 급보를 보내 함께 모여 진나라로 가기로 약조를 받았다. 17개국 제후들이 약조한 날에 동관童關에 모였다. 이 중 가장 강대한 초영왕이 만찬을 열고, 그 자리에서 오자서가 진애공의 음흉한 계략을 넌지시 알리며 함께 대비하자고 했다.

만찬이 끝난 뒤 초영왕을 필두로 제후들이 당산행궁滄山行宮으로 향했다. 이미 진애공이 행궁에 국보대國寶臺까지 설치해 놓고 나라별로 보물을 올려놓게 했다. 역시 오자서가 예상한 대로였다. 보물에 눈이 먼 애공이 독차지하려고 온갖 계략을 꾸미며 아귀다툼이 일었다.

국보지회가 투보지회斗寶之會로 변한 것이다. 하지만 어디까지나 진나라 영토 안이라 제후들이 예기치 못한 곤경에 거듭 빠져야 했다. 그럴 때마다 오자서의 지략으로 벗어나 각 나라로 돌아갈 수 있었다. 이를 계기로 오자서가 일약 중원 최고의 영웅으로 떠올랐다.

국보회가 남긴 여파는 의외로 컸다. 우선 열방 중 최강국이라 자처하던 진애공의 기가 꺾였다. 대신 그만큼 초영왕의 기세는 등등해졌다.

"내 부하 오자서 덕에 제후들이 목숨을 건졌으니 사례들 해야 한다."

이제 열국은 진애공이 아니라 초영왕의 심기를 살펴야 할 처지로 뒤바뀌었다.

제나라가 초나라의 비위를 맞추는 척하며 염탐해 보려고 안영을 사신으로 보냈다. 그동안 제나라는 환공 때 명신 관중 이후 걸출한 인물이 없어 고전 중이었는데 100년 만에 나타난 인물이 안영이었다. 그 뒤 안영은 3대－영공靈公, 장공莊公, 경공景公－를 거쳐 명재상으로 이름을 떨쳤다.

일국의 재상이면서도 여우 가죽옷 한 벌로 30년을 입고, 반찬은 누가지 이하로만 먹을 만큼 검소했다. 천하의 인물 관중을 작은 그릇이라 했던 공자도 안영 만큼은 인정했다.

"그는 사귀기를 바르게 하여, 오래되어도 서로 공경했다(선여인교善與人交 구이경지久而敬之)."

이런 안영을 초영왕이 시험해 보려 신하들에게 물었다.

"명성이 자자한 안영이 오는데, 골탕 먹일 묘안이 없소?"

"그는 키가 5척도 안 되는 단신입니다. 수문장에게 안영이 오거든 성문을 굳게 닫고 작은 구멍으로 안내하라 하소서."

안영이 초나라 도성에 도착하자 문지기가 보란 듯 성문을 닫으며 성곽의 작은 구멍을 가리켰다.

"재상, 보아하니 이 구멍으로도 충분히 들어갈 수 있겠소."

"이 구멍은 개가 출입하는 문이구나. 난 개의 나라에 사신으로 온 게 아니라, 사람 나라에 왔다. 설마 초나라가 개의 나라는 아니겠지?"

안영이 태연하게 맞받아쳤다. 새파랗게 질린 수문장이 주춤거리는데, 왕이 전해 듣고 성문을 열어 주라고 했다.

왕은 안영을 보고 또 짓궂게 물었다.

"제나라에 인물이 그렇게 없는가? 어찌 소인을 사신으로 보냈단 말인가?"

"제나라는 인물이 많기로 유명합니다. 도성 임치의 인구만 100만이 넘습니다. 다만 저희는 사신을 파견하는 규칙이 있습니다. 현명한 나라에는 현자를 보내고 아둔한 나라에는 아둔한 사신을 보냅니다. 대국에는 대인을 보내고 소인배의 나라에는 소인을 보내는 것이옵니다."

안영에게 두 번이나 당한 왕이 할 말을 잃고 있을 때, 마침 관리가 죄인 한 명을 끌고 왔다.

"무슨 죄를 지었느냐?"

"제나라 사람인데 도둑질을 했습니다."

왕은 안영에게 그거 보라는 듯 깔깔대며 빈정대었다.

"제나라 사람은 도둑질도 잘하느냐?"

안영이 아주 부드럽게 대답했다.

"강남의 귤도 강북에 심으면 탱자가 됩니다(귤화위지橘化爲枳). 그 토양때문입니다. 저 사람도 제나라에서 양민이었다가 여기 와서 도적이되었으니 다 풍속 때문이 아니겠습니까?"

이 말에 초왕이 박장대소했다.

"하하하하, 과연 성인이시구려. 감히 성인을 놀리려다 내가 허물을뒤집어썼소이다."

이처럼 국보회 이후 거세진 초영왕에게 제나라를 비롯해 각 제후들이 사례를 했으나, 오직 두 나라─진陳, 채蔡─만 감감무소식이었다.

자존심이 상한 초왕이 화를 냈다.

"내가 국보회 때 다 죽게 될 놈들을 살려 놓았더니…. 은혜를 모르는구나. 버르장머리를 고쳐 주리라."

오사가 말렸으나 초왕은 이복동생 기질棄疾을 시켜 진陳나라를 공격했다. 당시 진나라는 와병 중인 애공哀公을 누가 승계할지를 두고 내분 중이었다. 애공이 두 동생 규초媯招와 규과媯過를 불러 도태자悼太子의 승계를 도우라고 했다. 하지만 두 동생은 도리어 조카를 죽일 모의를 한 뒤 초나라와 내통하고 성문까지 열어준다.

무혈입성한 기질은 규초나 규과를 제후로 세우기는커녕 바로 죽이고, 초영왕의 병을 받아 천봉술 장군을 신현공으로 임명했었던 것이다.

하늘을 기만하고
바다를 건너라

진陳을 가볍게 정복한 초영왕은 곧바로 기질에게 채蔡를 토벌하게 했다. 기질의 모사 관종觀從이 기질에게 채나라와 직접 부딪치지 말라며 이렇게 말했다.

"진陳나라는 공자들 다툼으로 쉽게 접수할 수 있었습니다만 채나라는 다릅니다. 소국이라 하나 제후와 신민이 혼연일체입니다. 정규군만 해도 우리 5만 보다 많은 6만이 넘습니다."

"그럼 싸우지 말자는 건가? 채나라를 점령해야 나도 후백侯伯이 될 수 있단 말이오."

"채영후蔡靈侯는 단순한 인물입니다. 제가 우리나라 신申 땅으로 유인하겠으니, 미리 길목에 매복했다가 잡으십시오. 그러면 싸우지 않고도 이길 수 있습니다."

평소 기질은 관종의 능력을 믿던 터라 따르기로 했다. 관종이 단신으로 채영후를 만났다.

"우리 왕은 국보회 이후 진나라와 채나라가 은공을 무시했다며 매우 노여워하고 계십니다. 그래서 진나라를 멸망시킨 다음 채나라를 향해 오고 있습니다."

"큰일이구려. 어찌해야 귀국 왕의 노여움이 풀릴 수 있겠소?"

"마침 우리 왕이 신 땅을 순행 중입니다. 지금 가서서 사죄드리면 채나라의 사직이 보전될 것입니다."

이에 대해 채영후의 신하들이 속임수라 했지만, 고지식한 채왕은 신 땅으로 떠났다. 이들 일행이 신 땅으로 가는 산을 넘다가 기다리고 있던 기질에게 잡혔다. 그제야 채영후는 아차 싶었으나 때는 늦었다.

기질이 채영후의 머리를 베어 초왕에게 보냈다. 초나라 궁궐 정문에 채영후의 머리가 매달렸고 아래에 초왕의 글씨가 적혀 있었다.

'어떤 제후든 초나라에 충성하지 않으면 이런 모습으로 죽으리라.'

초왕은 대만족하며 기질을 채후蔡候에 봉하고자 했다. 그때 대부 신무우申無宇가 극구 만류했다.

"귀인을 나라 안 큰 도읍에 두거나 변방에 두어도 변고가 일어날 수 있습니다. 하물며 한 나라를 맡기다니…. 가지가 너무 굵으면 부러지고(말대필절末大必折), 꼬리도 너무 굵으면 흔들지 못합니다(미대부도尾大不掉)."

그러나 영왕은 "기질은 절대 나를 배신하지 않을 거야"라며 채나라를 맡긴 뒤, 주변 소국을 계속 병합해 나갔다.

이런 영왕 앞에 세후들이 숨을 죽이자 영왕은 자기 위상에 맞게 천하제일의 궁궐을 짓기 시작했다. 그만큼 부담이 커진 백성들이 다른 나라로 잇달아 망명했다. 이를 막고자 망명하다 걸리면 무조건 처형했고, 그 가족과 친인척까지 궁전 공사에 징발되어야 했다.

진평공晉平公(557~532)도 초나라의 왕궁 공사 소식을 듣고 "남쪽 오랑캐한테 뒤질 수 없다"며 더 멋진 궁실을 지으려 했다. 그러자 진나라 최고의 현자인 양설힐羊舌肹(굴무와 하희의 사위)이 만류했다.

"덕으로 천하를 다스린다는 말은 들었어도, 궁궐로 다스린다는 말은 듣지 못했나이다(백자지복제후伯者之服諸侯 문이덕聞以德,　불문이궁실不聞以宮室)."

평공은 이 말을 무시하고 곡옥曲沃의 분수汾水 근처에 사기궁虒祁宮을 지었다. 양 강국의 제후가 경쟁적으로 초호화판 궁전을 경쟁하듯 건축한 것이다.

물론 천하 과시용이었으며 그 고통은 오롯이 백성의 몫이었다. 춘추시대에 화려한 궁전을 지은 제후들마다 말로가 비참했다. 머지않아 두 제후도 같은 운명에 처하게 된다.

초나라 장화대의 별명은 둘이었다. 워낙 높아 꼭대기까지 오르려면 세 번 쉬어야 한다며 삼휴대三休臺, 영왕이 허리가 가는 여인만 모았다 하여 세요대細腰臺라고도 했다.

한편 채후가 된 기질은 초영왕이 장화대에서 향락에 빠져 지낸다는 것을 알고 관종을 불렀다.

"왕이 국정을 방치하고 주색잡기에 빠져 있소. 저러다가 나라 운명이 어떻게 될 것 같소?"

기질이 넌지시 묻는 뜻을 관종은 충분히 짐작했다. 그러지 않아도 진즉부터 반골 성향의 기질을 이용해 반란을 도모할 궁리를 하고 있는데 기회가 찾아온 것이다. 내심 기뻐하며 영왕과 기질을 벌려 놓기 위한 말을 꺼냈다.

"말씀드리기 조심스럽습니다만, 왕께서 주군을 채후로 내보내신 데는 다른 뜻이 있사옵니다."

"다른 뜻이라니……."

"주군이 도성에 계시면 민심이 왕을 떠나 주군에게로 모일까 염려해서 채후로 멀리 내보낸 것입니다. 그리고……."

"그리고라니…. 기탄없이 말해 보시오."

"채후로 보냈다가 핑계를 잡아 제거하려는 것입니다."

"너무 심한 억측 아니오?"

"아닙니다. 오사와 장군 천봉술에게 직접 들은 이야기입니다."

물론 거짓말이었다. 하지만 기질은 전쟁을 반대했던 오사나 천봉술과 사이가 어색해 확인해 볼 수도 없었다.

"자고로 왕권 다툼에는 친형제도 가차없는 법입니다. 더구나 왕과 주군은 배다른 형제가 아닙니까."

이 말에 기질은 모골이 얼어붙는 것 같았다.

"그렇다면 나도 뭔가를 해야 되지 않겠소? 그동안 형이라 딴 맘을 품지 않으려 했는데…. 함께 대사를 도모합시다."

기질이 먼저 관종에게 역모를 하자는 엄청난 제안을 한 것이다. 관종은 속으로 기뻐하면서도 염려스럽다는 표정을 지었다.

"하오나 주군, 주군을 위해 제 목숨을 바치기로 이미 각오는 했으나 너무 엄청난 일이라 엄두가 나지 않사옵니다."

관종이 슬쩍 한발을 빼자 기질이 더 애가 탔다.

"원래 대사란 성공하면 영웅이요, 실패하면 역적이 되는 것이오. 그러나 대장부가 한 번 죽지 두 번 죽겠소? 그러니 내 청을 거절 마시오."

그럼에도 관종은 한참을 머뭇거리다가 일어나 두 번 절을 올리며 바짝 엎드렸다.

"소신과 가문의 명운까지 주공께 바치옵니다."

기질도 앉아 있던 자리에서 내려와 관종을 일으켜 안았다.

"내가 왕이 되면 그대를 2인자로 삼아 대대로 부귀영화를 누리게 하리다."

"소신이 수일 내에 천하를 도모할 방책을 마련해 오겠습니다."

며칠 뒤 관종이 기질을 찾아왔다.

"하늘을 기만하고 바다를 건너야 합니다."

"만천과해瞞天過海 하자는 것인데 구체적으로 얘기해 보시오."

"주군께서는 지금처럼 왕이 긴장하지 않도록 충성스러운 신하로 보이셔야 합니다. 그래야 왕이 지금처럼 자주 도성을 비울 것입니다."

"그런다고 정녕 내가 왕위에 오를 수 있겠소?"

얼마 지나지 않아 영왕이 비빈들과의 놀이에 지쳤던지 오나라를 따르는 작은 나라 서徐를 빼앗겠다며 도성 영郢을 비웠다. 그때 자기의 무용을 과시할 목적으로 비빈들도 함께 데리고 갔다. 이 전갈을 받고 기질과 관종이 조련해 둔 군대를 일으켜 단숨에 도성을 점거했다.

그리고 민심을 고려해 이복형 자비를 왕으로 앉히고, 각지에 포고문을 붙여 영왕의 폐위와 신왕의 등극을 알렸다. 포고문에는 영왕의 죄상까지 낱낱이 열거했다.

그 시각에 영왕은 서를 점령한 뒤 건계乾谿로 가서 비빈들과 승전 놀이를 즐기고 있었다. 그 자리에 포고문이 날아들자 영왕이 깜짝 놀랐다.

"뭣들 하느냐, 당장 역적을 잡아오라!"

영왕이 서슬 퍼렇게 날뛰었으나 그 많던 부하들이 슬금슬금 빠져나가고 수십 명만 남는다.

한편 기질은 관종에게 이러다가 자비가 평생 왕 노릇 할 것 같다고 걱정했다. 관종이 빙그레 웃으며 "생각이 있으니 조금만 기다려 주시라"고 했다. 얼마 뒤 관종은 영왕의 태자 녹祿을 공개 처형하고 영왕에게 보냈다. 아들의 시신을 본 영왕이 땅을 치며 울부짖었다.

"자식을 잃는 슬픔이 이런 것인가(인지애자역여시호人之愛子亦如是乎), 내가 남의 자식을 많이 죽였으니(여살인지자다의余殺人之子多矣), 어찌 이런 지경을 당하지 않겠는가(능무급차호能無及此乎)."

그리고 큰 나무에 올라가 목을 매 자결했다.

진평공은 사기궁을 지은 지 3년 만에 죽었고, 3년 뒤 초영왕도 뒤를 따랐다. 이에 사람들은 "화려한 궁전을 짓는 요기妖氣가 씌인 탓"이라고 수군댔다.

그 사이에 벌써 자비가 왕노릇한 지 열흘이나 지났다. 조급해진 기질이 자비를 무작정 죽이려 들었다. 하지만 관종이 또 막았다.

"당장 자비를 죽이면 왕을 살해했다고 민심이 떠납니다. 자비가 스스로 죽도록 만들어 보겠습니다. 일이 다 되었으니 조금만 더 기다려 주십시오. 다행히 자비는 영왕이 자결한 줄 모릅니다."

관종이 투자기를 불렀다.

"극비리에 병사를 모아 오늘 밤 삼경에 영왕이 돌아왔다고 함성을 지르며 대궐로 달려가거라."

그날 삼경 즈음 한참 자고 있던 자비는 함성 소리에 놀라 깨어났다.

"무슨 일이냐?"

때맞춰 투자기가 헐레벌떡 뛰어오며 외쳤다.

"대왕, 폐왕廢王이 대왕을 죽이겠다고 오고 있습니다."

"큰일 났구나. 기질은 어디 있느냐. 얼른 기질을 찾아오라."

"폐왕이 이미 기질을 죽였습니다. 대왕, 속히 피하셔야 합니다."

"기질도 죽은 마당에 나 혼자 어디로 피한단 말이냐."

멀리서 들리던 함성 소리가 벌써 내전 밖에서 분명하게 들렸다.

"만고의 역적 신왕을 찢어 죽여라!"

"왕은 무슨 왕이야, 왕 자리를 훔쳐간 도둑놈이지. 도둑놈을 우리 손으로 잡아 죽이자."

그 소리에 절망한 자비가 단도를 꺼내 자기 심장을 찔렀다. 이 소식이 알려지자, 관종이 미리 정한 각본대로 신하들이 모여 기질을 왕으로 추대했다. 그가 초나라 29대 평왕平王(529~516)이다.

오자서 가문에 이는 피바람

한편 만천과해로 왕위를 찬탈한 초평왕은 새로이 조정을 구성했다. 관종을 국정을 총괄하는 중군모주中軍謀主에, 오사를 동궁태부東宮太傅, 비무극을 동궁소부東宮小傅에 임명했다.

이때 오사는 몇 번이나 사양했다. 천하의 모사꾼 관종이 정국을 주도하는 것도 싫었거니와 함께 일할 비무극도 싫었던 것이다.

하지만 관종이 평왕에게 민심을 모으려면 백성의 노역과 세금을 대폭 줄여주고 오사도 반드시 등용해야 한다고 하자, 평왕이 오사에게 벼슬을 강권해 따르지 않을 수 없었다. 그 덕에 민심이 수습되었다. 이처럼 관종이 거시적 차원에서 두뇌 회전이 빨랐지만, 목전의 이익에 맹목적인 비무극의 치밀함은 따르지 못했다.

동궁소부가 된 비무극은 벌써 자기 몸값을 높일 궁리부터 시작했다. 초나라가 안정을 찾자 평왕도 슬금슬금 천하에 존재감을 드러내고 싶어 신하들에게 물었다.

"우리가 잠시 혼란했을 때 진나라, 오나라 등 일부 강국이 군대까지 점검하며 우리를 노렸다는데, 그러지 못하도록 미리 대책을 세워야 할 것이오.”

이때 중신들의 뒷자리에 서 있던 비무극이 앞으로 나서며 기발한 꾀를 내었다.

“진애공秦哀公(536~501)에게 애지중지하는 딸 맹영孟嬴공주가 있사옵니다. 태자와 이 공주가 결혼만 한다면, 진나라에 대한 걱정은 하지 않으셔도 됩니다. 더불어 오나라도 딴마음을 품지 못할 것입니다.”

진나라가 국력을 더 길러 쳐들어오기 전 미리 공주를 태자비로 삼아 인질로 두자는 것이다. 평소 얍삽한 비무극을 싫어하던 중신들도 이 의견만큼은 이구동성으로 찬성했다.

얼마 뒤 비무극이 청혼사가 되어 진애공을 만났다. 갑작스런 청혼에 진왕이 어리둥절해하더니 결국 청혼을 받아들였다. 두 나라 간 국혼 절차가 진행될 때 맹영을 보게 된 비무극은 깜짝 놀랐다.

‘세상에 예쁘다, 예쁘다 해도 저렇게 예쁠 수가….’

그 순간 억울하다는 생각이 들었다. 그동안 태자 건建이 자기를 얼마나 무시했는데 절세미인과 살게 하다니…. 배가 아팠던 것이다. 여기서 비무극이 기상천외한 흉계를 꾸민다.

‘초평왕이야말로 내로라하는 호색한이 아니더냐. 저 맹영의 모습을 미리 알려주면…. 어쩌면 좋은 기회가 올 수도 있다.’

그래서 진 왕실의 화가에게 맹영의 초상화를 부탁했다. 과연 이 그림을 본 초평왕이 입을 다물지 못했다.

“외람된 말씀입니다만, 저런 미녀는 대왕이 차지하시는 게…….”

“이 사람아, 아들 며느리 될 사람인데 말이 되는가?”

“아직 태자께서는 맹영공주의 모습을 모릅니다. 다행히 맹영공주의 시녀 중 외모도 반듯하고 귀인이 될 상을 지닌 여인이 있으니 태자비로 삼으면 될 듯합니다만……."

그제야 꺼림칙해하던 평왕이 얼굴이 펴졌다.

"이 일은 무덤에 갈 때까지 너와 나만 아는 비밀이어야 한다."

비무극이 다시 진나라로 달려가 국혼을 준비하는 척하며 맹영공주의 시녀와 단둘이 만났다.

"보아하니 너는 장차 왕비가 될 관상이라. 이제부터 내 말을 잘 들을 거라. 두 나라가 국혼을 맺는 과정에 여러 말못할 사정이 있다. 맹영공주 일행이 초나라 왕궁에 도착하는 대로 공주는 초왕과 혼인하고, 네가 태자의 부인이 될 것이다. 이 일은 혼자만 알고 있어야 한다."

놀란 시녀가 한동안 입을 다물지 못했지만, 왕비가 될 수 있다는 말에 자신도 모르게 고개를 끄덕였다.

다음 날 비무극이 먼저 초나라로 떠났고, 맹영공주 일행이 뒤따랐다. 이미 날이 어두웠다. 비무극이 미리 조치를 취해 놓은 대로, 맹영은 왕궁 깊숙한 곳으로 안내 받았고, 맹영의 시녀는 태자궁으로 갔다.

맹영은 평왕이 늙어 보이기는 했지만 태자인 줄만 알고 그날 밤을 함께 보냈다. 날이 밝아온 다음에 태자가 아니라 시아버지가 되어야 할 평왕이란 것을 알았지만, 이미 엎질러진 물이었다. 그 시각 태자 건도 맹영이 아닌 시녀를 품고 잤다는 것을 알고 이빨을 부드득 갈았다.

"비무극, 이 간사한 뱀 대가리 같은 놈, 두고 보자."

비무극도 자신이 꾸며 놓은 왕실의 패륜 때문에 좌불안석이었다. 만일 태자가 왕이 되는 날이면 자신도 끝이라, 태자를 쫓아낼 궁리에 골몰하기 시작했다.

그즈음 맹영공주가 평왕의 아들 진珍을 낳으며, 더욱 평왕의 총애를 독차지한다. 태자의 어머니인 왕비는 평왕이 채후 시절에 만난 채나라 하층민 출신으로 채후가 반해 결혼한 여인이다.

그러다 지체도 높고 아름답기까지 한 맹영공주를 만나자, 평왕은 왕비와 태자까지 자꾸만 싫어졌다. 그러다 어느 날 비무극과 만난 자리에서 속내를 털어놓았다.

"맹영공주가 고량진미膏粱珍味라면 왕비는 돈제우주豚蹄盂酒 같소."

한때나마 사랑했던 왕비를 술 한 잔에 안주로 먹는 돼지 발톱으로 비유하고 있으니, 태자도 곱게 보일 리가 없었다. 여기에 태자를 돌보는 동국소부를 지내는 비무극이 평왕에게 태자의 부정적 모습만 알려주었다.

"학문과 무예는 관심이 없사옵니다."

"여색을 워낙 밝혀 총기가 이미 흐려졌사옵니다."

여기서 한 걸음 더 나가 태자가 역심을 품고 있다는 말까지 지어냈다.

"더욱이 태자는 부왕이 맹영공주를 가로챘다며, 여기저기에 불만을 터트린답니다."

"천인공노할 패륜을 저지른 부왕을 그대로 두고 볼 수 없다며, 은근히 동조자를 규합하고 있다 하옵니다."

일종의 연환계連環計였다. 먼저 미인계를 써 왕을 홀려놓고, 태자와 이간질시켜 왕이 태자를 죽이도록 만들어 가는 것이다.

드디어 평왕이 태자를 쫓아낼 방안을 비무극에게 물었다.

"우선 태자와 스승 오사를 동북쪽 국경 지대인 성부城父 땅의 수문장으로 내보내소서."

한 달 뒤, 비무극이 평왕에게 무고를 했다.

"대왕, 성부로 간 태자와 오사가 역모를 도모한다 하옵니다. 군사를 모아 조련하는 한편 제나라와 진晉나라에까지 지원군을 요청했다 하옵니다."

"그게 정말이냐? 믿어지지가 않는구나."

"소신은 지금껏 진실만 아뢰었사옵니다."

"하긴 그래. 그대가 거짓말한 적이 없었지."

간사한 비무극의 혓바닥에 넘어간 평왕이 사마분양司馬奮揚을 불러 당장 태자와 오사를 잡아들이라 명했다. 이런 어처구니없는 분란이 비무극의 농간임을 잘 아는 사마분양이 태자에게 미리 알려 도망하게 했다.

태자가 오사에게 함께 송나라로 망명하자고 했다. 하지만 오사는 거절하고 역적의 몸으로 옥에 갇혔다. 태자가 망명했다는 것을 안 비무극은 길길이 날뛰었으나 곧 냉정을 되찾고 후속 조치에 착수했다. 우선 태자 건을 폐위하고 대신 맹영의 아들 진을 태자에 책봉되도록 했다. 그다음 오사와 두 아들을 제거하는 수순에 들어갔다.

늙은 오사는 물론 무예가 출중한 두 아들까지 없애야 후환을 미연에 방지하는 것이다. 특히 둘째 아들 오자서는 맨손으로 호랑이를 때려잡을 만큼 괴력을 지닌 데다가 지략까지 갖추었다. 이미 국보회 때 그 능력이 천하에 입증된 위험인물이었다. 그래서 비무극이 적당한 기회에 평왕을 충동질했다.

"역적 오사는 물론 그의 두 아들놈까지 죽여야 나라가 편안할 것이옵니다."

"그렇긴 한데…. 오사야 옥에 갇혀 있으니 죽이면 되지만, 두 아들 놈을 어떻게 처치한단 말이오."

"두 놈의 효심이 깊습니다. 왕께서 아비를 용서해 주는 조건으로 부르면 달려올 것이니 그때 잡아 죽이십시오."

비무극이 옥으로 오사를 찾아가 은근히 구슬렸다.

"그대 집안이 초나라에 오래된 명문가인데 역모를 꾸밀 리가 없소. 대왕께서도 이제야 이해하시고, 연로한 그대를 대신해 두 아들에게 큰 벼슬을 내리시기로 하셨으니 어서 부르시오."

오사는 단박에 자기와 두 아들까지 죽이려는 것임을 알아챘다.

"큰아들은 부르면 지옥이라도 올 것이오만, 둘째는 생각이 깊어 오지 않을 것이오."

그래도 왕명인지라 두 아들에게 호출 편지를 보냈다. 마침 두 아들은 아무래도 망명을 가야 될 것 같아 준비하던 중인데, 군졸이 건넨 아버지의 편지를 보고 당황했다. 오자서가 비무극의 함정이라고 했지만, 오상은 처량하게 말했다.

"자서야, 아버지가 위급한데 자식 된 도리로 안 가 볼 수 없다. 그 대신 너는 멀리 도망가거라. 우리 부자가 죽더라도 네가 꼭 원수를 갚거라."

이리하여 오상은 군졸을 따라나섰다. 하지만 오자서가 거부하자 군졸들이 억지로 포박하려 했다. 오자서가 피를 토하듯 고함쳤다.

"힘없는 너희들을 죽이고 싶지 않으니, 가서 전하라. 내 반드시 오늘을 잊지 않고 갚아 주겠다고……."

사색이 된 군졸들이 오상만 데리고 도망치듯 나갔다. 오자서는 형의 뒷모습이 고개 너머로 사라질 때까지 그대로 바라보았다. 황소 눈

같은 그의 두 눈에 주먹 만한 눈물이 연신 흘러내렸다.

"이대로 나와 형, 아버지는 영원한 이별이구나. 이놈, 평왕아, 비무극아, 불구대천의 원수들아. 내 기필코 네놈들을 갈가리 찢어 놓으리라."

아버지의 편지를 받고 달려간 오상은 아버지와 함께 참수당했다. 오사는 죽으면서 이런 말을 남겼다.

"내 아들 오자서로 인해 초나라는 머지않아 큰 병란에 휩싸이리라."

손무와 공자의 만남

오사가 세상을 떠나던 날 공교롭게도 향토병에 시달려 왔던 손빙이 결국 세상을 하직했다. 며칠 전부터 손무도 기분이 묘해 멀리 가지 못하고 장강을 오르락내리락거리며 주변 지세만 살피고 일찍 귀가했다.

바로 그날도 서둘러 귀가해 사립문을 여는데 안방에서 포강이 손치와 함께 흐느끼는 소리가 들렸다. 뛰어 들어가 보니 이미 손빙이 숨을 거두었다. 손무가 준 《도덕경》을 품에 안고서….

손무가 울고 있는데 포강이 손빙의 유언을 전해주었다.

"누구나 자연에서 와서 자연으로 돌아간다. 천지의 시초가 바로 무(무명천지지시無名天地之始)이거늘, 태어났다고 너무 기뻐할 일도 아니고 간다고 너무 슬퍼할 일도 아니다. 물처럼 흐르는 것이 가장 좋은 것처럼, 자연스럽게 오고 가는 것을 좋게 여겨야 한다. 손무야, 이 생에서 부자로 맺은 인연이 이제 끝나는구나. 병가를 연구하는 동안 세 가지만 기억하거라. 병법은 전쟁 종식을 위한 것이며, 전공을 세운

후에는 물러나야 한다는 것이다. 그리고 마지막 한 가지. 손무야, 칼로 흥한 자는 칼로 망하는 법이다. 칼로 승리했다 하더라도 통치는 반드시 인仁으로 해야 한다."

아버지의 장례식을 치른 뒤, 손무는 한동안 마음을 가누지 못하고 다시 《도덕경》을 읊으며 마음을 달랬다. 수시로 암송했던 것이지만 감회가 남달랐다.

그래서일까? 노자를 꼭 한 번 만나고 싶어 수소문하기 시작했지만, 그의 거처는커녕 생사조차 오리무중이었다. 답답한 마음에 함곡관의 윤희에게 달려가 물어보았는데 이렇게 권유했다.

"노자 선생은 도로써 세상 이치를 밝힌 뒤 더 이상 세상에 나타나지 않으실 것입니다. 그 대신 공자 선생을 만나보세요. 의와 인으로 세상을 교화하시려고 누구든지 만나 주십니다."

"어디 가면 뵐 수 있을까요?"

"한 달 전 진秦나라를 다녀오시며 이 함곡관을 지나가셨으니 지금 노나라 곡부曲阜에 계실 것입니다."

곡부曲阜는 공자의 고향이다.

손무가 제나라에 있을 때 공자를 먼발치서 본 적이 있었다. 그 당시도 천하주유 중이던 공자가 제나라에 오니 제경공이 신하들과 가졸들까지 모아 공자의 이야기를 듣고자 했다. 그때 손무도 있었으며 여러 신하들이 공자에게 선물을 내놓을 때 손무는 책을 묶는 가죽끈을 드렸다.

경공이 먼저 공자에게 물었다.

"정치를 어떻게 해야 하는 것이오?"

"군주는 군주답고, 신하는 신하답고, 아버지는 아버지답고, 자식은 자식다워야 합니다(군군신신부부자자君君臣臣父父子子)."

크게 공감한 경공이 공자를 등용하려 했다. 하지만 재상 안영晏嬰이 반대했다.

"유학자는 말이 많아 부리기 거북합니다. 예법 또한 성대해서 검소 질박한 우리 풍속과도 맞지 않습니다."

그로 인해 공자가 제나라에서 뜻을 펼치지 못하고 노나라로 돌아 갔다. 노나라 정공定公이 얼른 공자를 대사구大司寇에 임명했다. 그 덕 분에 노나라가 강성해지자 제나라 대부 여서黎鉏가 경공을 찾아왔다.

"노나라가 공자의 노력으로 일취월장日就月將하고 있습니다. 방치하 면 후환이 있을 것입니다. 이쯤 해서 노나라의 기를 한 번 꺾어야 합 니다."

당시 제·노 화친 조약이 있기는 했었으나 힘의 균형이 한쪽으로 지나치게 쏠리면 깨지기 쉬웠다. 노나라가 더 강해지면 근처 제나라 가 제일 먼저 곤란해질 여건이었다. 그래서 제나라는 노나라의 기를 꺾어 둘 심산으로 산동성 협곡에서 정상 회동을 갖자고 제안했다.

노정공은 별생각 없이 응락하고 단촐하게 가려 했다. 그러나 공자 가 경공의 속셈을 간파하고 만류했다.

"무사의 회동에 무사를 데리고 가고 문사의 회동에 문사를 데리고 가는 것입니다. 제후끼리 만날 때는 백관을 대동하고 가야 옳습니다."

두 나라 군주가 협곡에 마련된 단상에 앉았는데 제나라의 환영 음 악이 연주되면서 제나라 무사들이 축하 검무를 추려 우르르 올라왔 다. 공자가 벌떡 일어나 호통을 쳤다.

"두 제후께서 친선하는 자리에 오랑캐나 추는 검무라니, 당장 내려가지 못할까?"

무사들이 슬금슬금 물러갔다. 이번에는 단도를 든 난쟁이와 광대들이 갖가지 기예를 부리며 노나라 정공 옆으로 다가왔다. 공자가 또 야단쳤다.

"어디서 광대 패들이 허락도 받지 않고 지엄한 제후들을 희롱하려 드느냐?"

머쓱해진 제경공이 광대와 난쟁이를 처형하라고 명령하는 것으로 양국의 협곡회담이 끝났다. 이로써 제경공이 노정공을 겁주려던 계략이 수포로 돌아갔다. 무안을 당한 채 궁중으로 돌아온 경공이 신하들을 나무랐다.

"공자는 군자의 도로 노나라 왕을 보필했다. 그대들은 오랑캐의 도로 나를 가르쳐 결례를 범하게 했다."

누구도 대답을 못 하고 있을 때 손무가 나라의 위신을 세울 방책을 내놓았다.

"노나라가 강해졌다 하나 우리에 비해 소국입니다. 과오가 있을 때 소인은 말로만 뉘우치지만 군자는 행동을 고칩니다. 이 기회에 노나라에게 빼앗았던 땅을 돌려주고 위로해 주시어 대국의 풍모를 보여 주십시오."

경공은 손무의 제안대로 했다. 이 일로 공자가 고마워하며, 자신보다 일곱 살 적은 손무지만 친구처럼 여기고 자주 만나려 했디. 하지만 손무가 일족을 따라 오나라로 망명하는 바람에 성사되지 못했다. 그런데 손무가 찾아왔으니 얼마나 반가웠겠는가.

공자가 툭 튀어나온 이마를 끄덕이며 손무의 손을 덥석 잡았다. 반가운 사람을 만날 때면 나오는 특유의 버릇이었다. 손무를 데리고 대청마루를 지나 안방으로 들어갔다.

"앉으세요, 손무 선생. 오나라 생활은 어떻습니까? 듣자 하니 병법을 연구하신다는데 크게 기대됩니다."

공자가 기거하는 이 방에 외인으로는 손무가 처음이었다. 공자의 제자 자하子夏가 동석했다. 공자의 책상 위에 주역 책이 펼쳐 있었고, 벽에 악기가 걸려 있었다.

"요즘 주역 책에 빠져 삽니다. 손 선생이 주신 가죽끈으로 세 번씩 묶었는데도 벌써 그 끈이 떨어졌습니다."

손무가 공자에게 가죽끈을 선물한 것을 기억하며 지금까지도 고마워하는 것이다.

오동잎 지는 소리가 들릴 만큼 조용한 밤이었다. 두 사람은 시동이 달여 온 온기가 나는 뽕잎차를 마시며 이야기를 나누었다. 공자도 열국을 주유했지만 늘 스승의 입장으로 살아온지라, 어디서 속마음을 털어놓을 데가 없었다. 손무를 만나자 자신의 어린 시절부터 꺼내 놓았고 옆에서 자하가 기록하고 있었다.

"내 고향 노나라는 주례周禮의 전통이 남아 있어 덕과 종법 제도를 중시합니다. 나도 어릴 때부터 제사 지내는 소꿉장난을 하며 자랐습니다. 나라 분위기도 덕치를 펼친 주공을 본받아 되도록 형벌을 내리지 않으려 합니다."

"네. 하지만 궁금한 것이 있습니다."

"무엇이요?"

"과연 덕이란 무엇인가요?"

"인仁과 예禮입니다."

"그렇다면 인과 예는 또 무엇인가요?"

"하하하하. 진리란 늘 평범합니다. 인이란 내게 싫은 짓은 남에게 하지 않고, 내가 원하는 것을 남에게도 해 주는 것입니다. 예란 각자 자기 신분에 맞게 행동하는 것(정명正名)입니다."

"이제야 인과 예가 무엇인지 잘 알겠습니다. 그러면 어떻게 해야 인과 예에 맞게 행동할 수 있는가요?"

"인간의 육신은 충동적이지만 본래 천성은 순수합니다. 인과 예에 따른 행동을 하려면 천성을 덮고 있는 사욕을 멀리해야 합니다. 그것이 극기복례克己復禮이며, 그런 삶을 사는 이를 군자君子라 하지요."

공자야말로 극기복례의 표상이었다. 언행도 인의에 맞았고, 식성도 단출했다. 정해진 시간에 알맞게 익힌 음식으로 정한 분량만큼만 먹었다. 사흘 지난 고기나 술은 먹지도 않았다. 음주하더라도 과하지 않았고, 밤에는 금했다. 의복도 늘 흰 속옷에는 사슴 가죽옷을, 밤색 속옷엔 여우 가죽옷을 걸쳤다.

손무가 공자를 존경하는 눈빛으로 보며 이렇게 말했다.

"누구보다 제후는 군자가 되어야만 중원의 어지러움이 바로잡힐 것 같습니다."

"그렇소. 나도 그 목적으로 천하를 돌며 제후들에게 패도정치를 버리라는 유세를 하고 다니는 중이오. 제후들이 힘으로 백성을 억누르지 말고 덕으로 교화해야 합니다. 이것이 왕도정치이며 제후가 군자의 길을 걷는 것입니다."

"하지만 공자님, 제후들의 패도정치는 나날이 더 심해지고 있습니다."

"알고 있소. 제후들이 날 만나면 왕도정치를 좋아하는 것처럼 말을 하오. 한때 나도 그 말을 듣고 믿었으나(청기언이 신기행聽其言而 信其行) 지금은 아니오. 누가 무슨 말을 하든 행실을 살피게 되었소(청기언이 관기행聽其言而 觀其行). 수많은 사람을 겪고 보니 말이 좋고 얼굴빛을 꾸미는 사람 중에 어진 이가 드물고(교언영색 선의인巧言令色 鮮矣仁), 도리어 딱딱하고 까칠하고 어눌한 사람이 인에 가깝더군요(강의목눌 근인剛毅木訥 近仁)."

공자의 설파를 들으며, 손무는 왜 맹수 같은 제후들이 칼 한 자루 없는 공자에게 고개를 숙이는지 알 것 같았다.

"선생님의 가르침은 혼자만 듣기가 너무 아쉽습니다. 그처럼 좋은 인仁이 과연 현실 정치에서도 실현될 수 있을까요?"

공자의 길, 손무의 길

손무도 공자의 가르침 대로 세상이 돌아가길 바랐지만, 현실을 보면 답답했다.

'공자의 인仁도 결국 현실적으로 강자의 아량이 전제되어야만 가능한 것 아닌가. 그런데 어떤 제후도 인의 정치를 해 보겠다고 나서는 경우가 없지 않은가. 설령 인의 정치를 하고 싶어도 혼자만 했다가 강권 정치를 하는 제후에게 굴복당할까 무서운 것이다. 그렇다면 인의 정치를 구현하기 위해서라도 우선 천하를 정리해 약육강식의 시대를 종식해야만 한다. 그 수단으로 병법을 연구해야만 한다.'

공자도 손무의 심정을 모르는 바가 아니었다.

"손 선생의 우려를 잘 알고 있소. 내가 만난 그 많은 제후들도 덕치에 대해 듣기는 좋아하면서도 정책으로 구현하지는 않았소. 그렇지만 난 아직도 인의의 세상에 대한 꿈을 접지 않았습니다. 아니 끝까지 포기하시 않을 서요.

한때 내가 이 나라 재상을 했을 때, 거리에 물건이 있어도 아무도 줍지 않고 고기 속에 다른 물건을 끼워 파는 일도 없었소. 잠시 인의 정치가 실현되며 나라도 부강해지니 제나라가 불안을 느끼고 우리 왕에게 미녀와 마차, 보물을 선물했소.

그때부터 왕이 국정을 게을리하며 나를 거북스러워하더이다. 그래서 내가 스스로 물러나, 내 뜻을 펼칠 군주를 찾으러 세상을 돌아다녔던 것이오. 덕치가 시작이 어렵지 어느 제후든 먼저 실현하면 나라가 평온해질 것이오. 이를 본 다른 제후들도 따라 하게 되어 천하가 덕치의 세상이 되는 겁니다. 그렇게 될 때까지 혼신의 힘을 기울일 생각이오."

촛불에 비친 공자의 수심에 찬 얼굴이 밤바람 따라 흔들리는 문풍지에 어른거렸다. 멀쩡했던 나라가 하룻밤 새에 사라지는 시대였다. 백성들은 전란을 피해 정든 땅을 버리고 외딴곳으로 숨는 일이 비일비재했으며, 심지어 인육까지 먹기도 해 사람 목숨이 짐승이나 다를 바 없을 정도였다.

그런 세상에 공자가 인의로 다스리는 세상을 만들자며 천하주유를 다녔던 것이다. 이를 두고 세평이 둘로 나뉘어 있었다.

'상갓집 개喪家之狗'라고 비웃는가 하면, '시시비비를 잡아 주니 난신적자亂臣賊子 같은 제후들이 두려워하는 사람'이라는 칭찬이었다.

공자가 위衛나라의 영공靈公(534~493)을 방문했을 때였다. 소심한 영공이 기가 쎈 부인 남자南子에게 꽉 잡혀 살고 있었다. 그녀는 송나라 공주 출신으로 공주 시절 이복오빠와 몰래 관계를 맺었는데, 출가한 뒤에도 이복오빠를 몰래 불러 정을 통했다. 그러다가 하인들이 눈치채고 결국 위영공까지 알게 되었다. 그럼에도 위영공은 남자에게 야단치기는커녕, 더욱 더 눈치를 보았다.

남자는 공자가 위나라를 찾아오자, 직접 만나보려 했다. 공자도 거절할 수 없어 제자들과 함께 갔더니 남자가 제자들은 밖에 머물고 공자만 거실로 들어오라 했다.

공자가 거실로 들어간 뒤 남자의 허리에 두른 옥구슬 소리가 요란하게 들리더니 한참 뒤에야 공자가 나왔다. 그래서 자로子路가 의심했다.

"군자는 유혹받을 자리에 가지 않는 줄로 압니다."

"내가 남자를 만난 것은 위나라의 예법을 따른 것이다. 만일 내가 부정한 일을 했다면 하늘이 나를 버리리라. 악인을 만나도 내게 예가 있다면, 악인이 내게 무슨 짓을 할 수 있겠느냐?"

공자의 단호한 말에 제자들이 비로소 안심하였다.

그로부터 한 달이 지났을 무렵 영공이 함께 거리를 구경하자며 초대했다. 수레 앞자리에 영공과 부인, 환관이 나란히 앉고 공자는 뒷자리에 앉았다.

중원의 스승인 공자가 무례한 대우를 받은 것이다. 이 모습을 본 백성들이 이구동성으로 말했다.

"색色이 덕德을 앞섰구나."

수레 뒷자리에서 거리를 한 바퀴 돌아본 공자는 의미 있는 한 마디를 남기며, 곧바로 위나라를 떠났다.

"나는 아직 덕을 색보다 더 좋아하는 사람을 보지 못했다(오미견吾未見 호덕여호색자야好德如好色者也)"

그 뒤에도 여러 제후들을 찾아가 '덕으로 천하를 밝히라(욕명명덕어천하欲明明德於天下)'라고 권하고 다녔다. 그럴 때마다 제후들은 공자에게

'자고로 통치의 맛이란 위엄을 부리는 데 있거늘 당신이 자비와 겸양을 유세하고 다니는 바람에 백성의 콧대만 높아졌다'며 문전박대했다.

당시 노자를 따르는 은자들도 공자의 면전에서 비웃었다.

"천하가 다 어지럽거늘 누가 바로잡는다는 거냐? 다 부질없는 짓이다. 차라리 우리처럼 속세를 떠나 자연 속에서 사는 게 낫다."

이 말을 전하던 공자의 얼굴에 쓸쓸한 기색이 역력했다.

"그래서 선생님은 은자들에게 뭐라 답해 주셨습니까?"

"음…. 사람이란 사람과 서로 무리지어 사는 것이지, 새나 들짐승하고 살 수는 없는 것이라 했소. 자, 이쯤 해서 내 얘긴 그만하고 손 선생의 지난 일을 듣고 싶소."

손무가 봇짐 안의 죽간본을 꺼내 공자에게 건넸다. 공자는 등불에 비추어 가며 찬찬히 읽더니 단숨에 노자의 사상이 배어 있다고 했다. 손무가《도덕경》을 접하게 된 계기를 말하고, 그날 꿈에서 용을 보았다고 했더니 손뼉을 치며 기뻐했다.

"내 생각과 똑같구려. 나도 오래전 낙양 수장실로 노자 선생을 찾아가 주례를 물어보았더니, 나에게 주나라 예법은 이미 썩었고 남은 것은 오직 말뿐이라며 더 이상 미련을 갖지 말라고 하더군요. 나는 그때 노자 선생을 보며 바람과 구름을 타고 올라가는 용을 본 것 같았소."

"그러셨군요. 선생님 말씀대로 이 병법을 만들 때《도덕경》의 영향이 컸습니다."

"손 선생의 병법은 핵심이 세 가지입니다. 첫째, 싸우지 말고 이겨라. 두 번째, 이겨 놓고 싸우라. 세 번째, 신속하게 승리하라. 앞으로도 땅의 도리를 이만큼 밝혀내기 힘들 것이오."

"과찬의 말씀이십니다."

"유가도 전쟁의 불가피성을 인정합니다. 선생이 전쟁을 궤도詭道라 규정한 것을 이해는 하지만, 전쟁이라도 정정당당해야 하지 않겠소?"

"그렇지가 않습니다. 전쟁이란 기만으로 시작해, 이익을 따라 나뉘고 합하며 변화가 일어나기(병이사립이리동兵以詐立以利動, 이분합위변자야以分合爲變者也) 때문입니다."

공자가 눈을 지긋이 감고 묵묵무답이자 손무가 물었다.

"선생님, 미생지신尾生之信을 아시죠?"

"그렇소. 노나라에서 일어난 일이오."

"청년 미생이 사랑하는 여인과 다리 밑에서 만나기로 약속한 뒤 먼저 가서 기다리는데, 약속 시간이 지나도 여인은 오지 않았고, 비가 내려 홍수가 밀려왔죠. 그런데도 청년은 여인을 무한정 기다리다가 익사했습니다. 그 청년이나 홍수지전에서 인의를 외치다가 죽은 송양공이나 다를 게 무엇입니까? 더 심하게 말씀드리자면 그 청년이나 홍수에 떠내려가는 돼지나 무엇이 다를까요. 사람이라면 화평을 추구할 때와 목숨 걸고 싸워야 할 때를 구별해야 하지 않겠습니까?"

손무가 조심스럽게 공자에게 융통성을 요구하고 있었던 것이다. 공자가 고뇌 어린 표정이지만 부드럽게 대답했다.

"충분히 이해하오. 하지만 세상일을 힘으로만 해결하려 들면, 결국 모두가 소멸하고 말 것이오. 그래서 나는 세상이 관중을 큰 그릇이라 평가해도 작은 그릇으로 보고 있소. 관중이 환공을 천하의 두목으로 만들 때, 인의가 아니라 무력으로 했기 때문이오.

썩은 나무에 조각할 수가 없고(후목불가조야朽木不可雕也), 더러운 흙으로 만든 담을 가다듬을 수 없소(분토지장불가오야糞土之牆不可杇也).

미생이 비록 어리석기는 하나 썩지는 않았소. 어리석은 것은 고쳐 쓸 수 있으나 썩은 것은 고칠 수조차 없소."

공자의 말을 들을수록 손무는 저절로 고개가 숙여졌다. 비록 시대가 아둔해 공자를 다 받아 주지 못하지만, 장차 세계적 스승이 되리라 확신할 수밖에 없었다. 공자도 역시 손무의 관점을 보며, 자신에게 부족한 현실 감각을 많이 깨닫는다.

사실 두 사람은 똑같이 한 방향을 바라보고 있었다. 천하의 안정과 다 함께 평화로운 소강 사회小康社會였다. 차이라면 그 목적지에 다가가는 방법이었다.

공자는 천인감응天人感應의 도덕주의적 신념을 가졌다. 그러나 손무는 인간의 피로 써 가는 춘추역사의 현장을 보며 천명이니 천도니 하는 신화적 사상을 버리고, 인인감응人人感應의 전략전술적 신념을 지녔던 것이다. 그래서 인간의 도리를 운운하기보다 비극적 현장을 한시바삐 끝낼 전술 전략에 골몰하고 있었다.

그럼에도 두 사람이 어울릴 수 있었던 것은 공자에게도 천天이란 인격적 신神이 아니라 인간의 선한 본성과 연결되는 미지의 우주적 원리였기 때문이다.

이 천도는 편애가 없으며 자연히 착한 사람과 함께한다(천도무친 상여선인天道無親 常與善人). 따라서 사람이 도를 넓히는 것일 뿐, 도가 사람을 넓히지 않는다(인능홍도 비도홍인人能弘道 非道弘人).

그날 공자는 자로에게 이렇게 일렀다.

"오늘 우리의 대화 말미에 이렇게 적거라. 여기 손무 선생을 보며 느낀 대로 너에게 이르는 말이니라. 군자 같은 선비가 되고(여위군자유

汝爲君子儒), 소인 같은 선비는 되지 말거라(무위소인유無爲小人儒)."

원리에 매달리는 선비는 소인이고, 목적이 같으면 방법이 달라도 이해하는 선비가 군자라는 것이다. 이런 공자 앞에서 손무는 바닥을 모르는 심연 앞에 선 느낌이었다.

공자도 역시 손무와 대화를 나누며 대지에 단비가 내리는 기분이었다. 두 사람이야말로 춘추시대에 화이부동和而不同의 전형이었던 것이다.

해거름에 시작된 둘만의 이야기는 삼경三更(밤 11시~새벽 1시)이 지나서야 끝났다. 그날 사랑방에 자러 가는 손무는 등 뒤에서 공자가 혼잣말처럼 털어놓는 이야기를 들었다.

"언젠가 동쪽 나라로 가고 싶소. 거기 동이족들에게 내 뜻을 펼쳐 보고 싶소. 그들은 천성이 어질고 호생지심好生之心(남이 잘되기 바라는 마음)이 있어, 쉽게 도道로 다스릴 수 있으니, 한 번 군자의 나라를 만들 수 있소. 뗏목을 타고라도 그곳에 가서 요순시대를 펼쳐 보고 싶소……."

여덟 번 절하고 친구를 얻다

　한편 초평왕은 오자서가 도망쳤다는 말을 듣고 노발대발했다. 천하제일의 맹장 오자서를 다른 제후가 데려가면 큰일이라, 즉시 전군에 비상을 걸어 사방에 오자서를 그린 종이를 붙이게 하고 수배령을 내렸다.

　'오자서를 보는 대로 즉시 신고하라. 잡거나 죽이는 자는 천금을 줄 것이지만 숨겨주면 죽음을 면치 못하리라.'

　초나라 병사들이 사력을 다해 오자서를 뒤쫓기 시작한다. 그러기를 3년째 되던 해, 도망 다니기에 지친 오자서가 둘도 없는 친구 신포서申包胥를 찾아갔다.

　신포서는 외국에 사신으로 갔다가 귀국하던 중이었다. 행색이 남루한 오자서를 보고는 선뜻 도피자금을 건네주었다. 오자서가 서둘러 돌아가며 이를 갈았다.

　"내 반드시 초나라를 뒤엎어 내 아버지와 형님의 원한을 갚을 것이네."

　이에 신포서가 이렇게 응대했다.

"비무극의 농간으로 자네가 이리된 것을 알지만, 자네가 만일 초나라를 멸망시킨다면 내가 다시 세우고야 말겠네."

먼 훗날에 오자서는 손무와 함께 오나라를 세워 초나라를 박살 냈고, 다시 신포서는 진秦나라를 설득하여 초나라를 겨우 살려낸다.

신포서와 작별한 오자서는 송나라로 건너가 태자 건을 만났다. 마침 송나라에 내분이 일어나 함께 두 사람이 정나라로 갔다. 정나라는 두 사람에게 봉읍封邑까지 주며 대접했으나, 정나라가 워낙 약소국이라 도움을 받기에는 한계가 있었다. 그래서 태자 건이 강대국인 진晉나라의 경공頃公을 찾아간다.

경공은 좋은 기회라 보고 태자 건에게 정나라를 치는 데 협조해주면, 초나라를 되찾아 주겠다고 했다. 건이 승낙하고 다시 정나라 봉읍지로 돌아와 몰래 무사를 기르며 병기를 확충하기 시작했다. 이때 오자서가 말렸다.

"정나라의 신의를 저버리면 안 됩니다. 얍삽한 것이 서툰 것만 못하옵니다(교불약졸巧不若拙)."

그러나 태자 건이 듣지 않고 봉읍지 시종들을 조련한다며 거칠게 다루기 시작했다. 시종 중 하나가 앙심을 품고 정나라 왕에게 진경공과 태자 건이 내통했다고 일러바쳤다.

그날로 태자 건은 잡혀가 죽었고, 오자서만 겨우 도망쳤다. 정나라에서도 오자서를 수배하는 영을 내렸다. 각 고을과 국경의 관문마다 오자서의 얼굴이 그려진 전단지가 나부꼈다.

오자서는 워낙 덩치가 큰 데다가 두 눈썹 사이가 한 뼘이나 되어 사람들 눈에 쉽게 띄었다. 할 수 없이 낮에는 산속에 숨었다가 밤에만 몰래 움직였다. 수십 차례 죽을 고비를 넘기며 간신히 국경에 이를 때였다. 나라 보초가 보더니 고개를 개우뚱했다.

"야! 너 오자서 같은데, 가까이 와 봐."

오자서는 재빨리 등을 돌려 달리기 시작했다.

"맞다. 오자서다. 저놈 잡아라."

보초가 소리치자 경비부대원들이 우르르 몰려들었지만 이미 국경을 넘어갔다. 그리고 며칠 뒤 초나라 땅으로 들어갔다. 이미 초나라에서도 수배를 받고 있던 몸이라 산골 오지를 이용해 장강으로 가는 마지막 관문인 소관昭關(안휘성 함산현)에 이르렀다.

이른 아침부터 강을 건너가거나, 이미 건너와 초나라로 가려는 사람과 마차가 줄지어 있고 경비병들이 일일이 검문하고 있었다. 오자서는 짐을 높이 쌓은 마차 뒤에 서 있다가 검문 받을 차례가 되자 소관에 매여 있던 경비병의 말에 올라탔다. 소관에 일대 소란이 일고 경비병들이 우왕좌왕하는 사이 오자서는 자취를 감추었다.

장강은 소관에서 150리 떨어져 있었다. 이곳에 오자서가 도착했을 때 농가 굴뚝에 저녁밥 짓는 연기가 오르고 있었다. 비상이 걸린 초나라 병사들도 달려와 수색하고 있었다. 오자서는 무성한 갈대밭에 엎디어 있다가 날이 어두워지고 초병이 철수한 뒤에 일어섰다. 하지만 머물만한 농가에는 초병들이 지키고 있어 갈 곳이 없었다.

"어디로 가야 하나.

이 어둔 밤 강가에서

갈 곳 없어 방황하는 이, 그 누구런가.

아무리 찾아봐도 보이는 것은 강물에 일렁이는 달빛뿐인데 어디로 가야 하나.

장강에 빠졌던 수많은 원혼冤魂이 켜켜이 쌓인 물결 따라 춤추는 이 밤에

그대 어찌 홀로 배회하는가.”

강 쪽에서 들려오는 소리였다. 모골이 송연해진 오자서가 미간을 모아 바라보니 작은 어선에서 나는 소리였다.

“오대부, 얼른 타세요.”

“뉘신지요?”

“진작부터 오대부를 존경하는 늙은 어부올시다. 도망 다니는 오대부를 지켜보며 초나라 병사가 돌아가기만 기다리고 있었소.”

오자서가 뛰어오르자, 어부가 장대로 강변을 힘껏 밀었다. 평생을 장강을 벗 삼아 살아온 어부였다. 달빛만 교교한데도 환한 대낮처럼 방향을 잃지 않고 노를 저었다. 어선이 강 건너 맞은편 오나라 언덕에 다다른 시각은 다음 날 동트기 직전이었다.

오자서가 육지에 내리려다가 등에 차고 있던 칼을 뽑아 뱃사공에게 건넸다.

“제 목숨을 구해 주셔서 감사합니다. 초왕이 제 조부께 드린 보검을 드리오니 받아 주십시오.”

보검에 박힌 진주 보석 일곱 개가 먼동에 반짝였다.

“이 늙은이는 평생 장강의 물고기만으로도 잘살고 있습니다. 지금 초나라 곳곳에 오내부를 붙잡는 사에게 천금과 재상 자리를 준다는 방이 붙어 있소. 내가 욕심을 부린다면 어찌 그 상과 이 칼 한 자루를 비교할 수 있겠소. 어서 내리시오.”

어부가 손을 내저으며 거절했다. 그 앞에서 오자서가 무릎을 꿇고 어부에게 큰절을 올렸다.

오자서가 오나라 도성으로 가는 도중에 당읍堂邑에 이르렀을 때였다. 건달 20여 명이 시장 사거리에서 거구의 사내를 둘러싸고 있었다. 건달의 두목 철환鐵絅이 칼을 들고 호통쳤다.

"네가 아무리 쎄다 해도 우리를 이길 수 있겠느냐?"

오자서가 구경꾼들의 이야기를 들어보니 일전에 건달 십여 명이 저 사내와 붙었다가 깨진 뒤 20명으로 늘려 다시 도전하는 것이었다. 한 상인이 오자서에게 둘러싸인 사내에 대해 알려 주었다.

"전제專諸(전설제轉設諸)라는 농사꾼인데 힘이 천하장사입니다. 이 고을뿐 아니라 나라 전체에서도 전제를 이길 사람이 없습니다. 누구든 전제만 꺾으면 오자서처럼 유명해질 것입니다."

물론 상인은 오자서인 줄 모르고 한 말이지만, 그만큼 오자서는 국보회 이후 중원에 모르는 사람이 없었던 것이다. 그런 오자서를 각국 제후들이 등용하고 싶어 안달이었고, 백성 중에 오자서를 숭배하는 사람까지 생겨나고 있었다.

전제가 웃통을 벗어 던지고 철환이 앞으로 한 발, 한 발 다가섰다. 철환이 칼을 휘두르는 것을 신호로 싸움이 시작되었다. 하지만 싱겁게 끝났다. 전제가 몸을 돌려 철환의 등 뒤로 붙어 철환의 칼날을 피하는 동시에 철환을 불끈 들어 덤벼드는 건달들을 후려쳤기 때문이다.

다시 전제가 철환을 높이 들었다가 무릎으로 철환의 허리를 꺾으려는 순간, 골목에서 작은 여자가 소리 지르며 달려왔다.

"당신, 또 쌈박질이야? 당장 그만두지 못해!"

이 한 마디에 전제가 철환을 내려놓았다.

"저놈들이 먼저 덤볐단 말이야."

"그렇다고 또 싸워? 빨리 따라와."

전제가 철환을 놓아주고 여인에게 끌려가다시피 따라갔다. 그제야 숨어 있던 건달들이 나와서 비웃었다.

"에이, 천하의 겁쟁이야. 마누라에게 잡혀 사는 주제에……."

"네깟 놈이 무슨 대장부라고……."

아무리 조롱해도 전제는 꿀 먹은 벙어리처럼 마누라의 뒤를 쫓아 갔다. 그 뒤로 오자서가 따랐는데, 저만한 장사라면 사귈 필요가 있 다고 보았던 것이다.

전제의 집은 시장에서 오 리 정도 떨어진 농촌이었다. 시냇가를 건 너면 늙은 버드나무 한 그루가 서 있고 서른 가구 정도의 마을이 나 왔다. 그중 제법 번듯한 집으로 전제 부부가 들어갔다.

오자서는 담장 밖에서 망설이다가 대문을 두드렸다.

"뉘십니까?"

"예. 오자서라는 사람입니다. 이 나라로 망명 왔는데 쉴 곳이 없어 실례되지 않으시다면 하룻밤 신세 져도 되겠습니까?"

오자서라는 말에 전제가 뛰어나왔다.

"저는 전제라고 합니다. 국보회 이후 대부의 이름을 모르는 사람이 없습니다. 초나라 간신에게 모함을 받고 필시 오나라도 오셨을 것이 라는 소문이 돌더니 사실이군요. 이런 누추한 곳을 찾아주셔서 영광 입니다. 어서 안으로 드세요."

오자서를 사랑방으로 안내한 전제는 잠시 뒤 밥상을 차려왔다. 술 과 안주까지 곁들였는데, 잘 구운 팔뚝만 한 농어도 있었다.

전제가 술잔을 들어 오자서에게 권했다.

"사실 저는 태호太湖에서 물고기 장사를 했는데, 아내를 만나 이리 이사 왔습니다. 지금도 집안 요리는 제가 맡아서 합니다."

단숨에 술잔을 비운 오자서가 농어 한 점을 찍어 먹으며 말했다.

"싸움도 잘하시고 요리도 잘하시고, 재주가 많으시구려. 한 가지 궁금한 것이 있습니다. 보아하니 천하에 무서울 것이 없는 분이 부인이 부른다고 건달들이 조롱해도 꼼짝 못 하고 따라가더군요."

그때까지 고분고분하던 전제가 오자서를 금방이라도 내칠듯한 기세로 돌변했다.

"그렇소. 나는 한갓 가녀린 아녀자인 내 아내에게 쩔쩔매는 놈이오. 허나 잘 들어보시오. 굽혀야 될 사람에게 굽힐 줄 알아야 만인 위에 서는 법도 아는 것이오. 내게 아내는 옥황상제보다 더 위엄 있는 존재요."

이 말에 감동한 오자서가 일어나 절을 했다.

"지금까지 스승이라 자처하는 사람들을 만나봤소만, 당신처럼 사리에 밝은 분은 처음이오."

전제도 엉겁결에 일어나 맞절을 했다.

"어찌 그런 과분한 말씀을…. 오늘부터 형님으로 모시고 무슨 일을 분부하든 따르겠습니다. 필요하면 제 목숨도 드리겠습니다. 대신 제 늙으신 어머니와 아내, 어린 네 명의 자식들을 돌보아 주십시오."

그때부터 두 사람이 의기투합하기 시작했다.

다음 날 오자서가 도성으로 가려는 것을 전제가 만류하여 3일간을 더 머물며 팔배지교八拜之交(여덟 번 절하고 사귄 친구)를 맺었다.

오왕 요와 오자서를 분리하는 희광공자

오나라 도성은 지금의 소주蘇州로, 울창한 수풀 사이로 궁전이 높이 솟아 있고 연못과 수로가 잘 정비되어 있었다. 도성의 성루에 물소 뿔 모양의 조각상이 있어 도성의 위엄을 더했고, 그 아래 성문으로 많은 사람들이 들락거렸다. 오자서도 그 틈에 끼어 들어가려다가 수문장이 제지했다. 오자서가 평소 낯익은 모양이 아닌 데다가 골격이 워낙 컸던 것이다.

"야, 너 이리 와 봐. 보아하니 오나라 백성이 아닌 것 같은데 어디서 왔느냐?"

"희광공자姬光公子(훗날 합려)를 뵈러 왔습니다."

"그래…. 나를 따라와라."

수문장이 직접 오자서를 희광공자에게 데리고 갔다. 희광공자는 오왕의 사촌형이며 오나라의 2인자였다. 첫눈에 오자서임을 알아본 희광공자가 반색을 하며 물었다.

"국보회의 영웅 오자서께서 왜 이리 행색이 초라해졌소?"

오자서가 도망 다니게 된 사연을 털어놓았다.

"고생이 심했구려. 오늘은 푹 쉬시고 내일 나와 함께 왕을 뵈러 갑시다."

다음 날 오자서는 희광공자를 따라가 오왕 요僚를 만났다.

"와우, 국보회에서 제후들의 생명을 구한 영웅이 오셨군요. 과연 명불허전名不虛傳이라더니 온 나라에 한 명 있을까 말까 한 풍채를 지니셨구려."

첫눈에 오자서가 마음에 든 오왕은 매일 불렀다. 오왕이 무엇을 묻든 오자서가 시원하게 대답해 주었는데, 오나라 최대 숙적인 초나라의 상황과 현 정세, 중원의 과거와 현재, 각 나라의 속사정, 미래 예측까지 모르는 것이 없었다.

오왕이 오자서에게 간절히 부탁했다.

"내 곁에 머물러 주시면 그대의 원수를 갚아 주겠소. 오늘부터 상대부上大夫를 맡아 주시오."

때맞춰 오나라와 초나라 사이에 희한한 분쟁이 일어났다. 두 나라 아가씨들이 국경 지대에서 서로 뽕잎을 따 가려다가 싸웠다. 이 다툼이 양국 고을간 분쟁으로 번져 여러 사상자가 발생한 것이다. 결국 나라 간 전쟁으로 번질 기세였다.

오왕은 이 기회에 오자서를 활용해 초나라를 눌러 보고자 했다. 오자서도 오왕에게 초나라 지형과 공략한 지점, 내부 사정 등을 조언해 주며 오왕의 의욕에 불을 질렀다. 이로써 오왕이 초나라 공격을 결심했다. 그 상황에서 희광공자가 오왕을 찾아왔다.

"대왕, 오자서에게 원수를 갚아 주겠다고 하셨습니까?"

"그렇소. 그는 천하의 영웅이오. 그런 영웅을 붙들려면 그만한 약속쯤은 해 주어야 하는 것 아니겠소."

"하오나 오자서는 초왕에게 부형이 죽고 복수심에 불타고 있을 뿐입니다. 나라를 다스리다 보면 예기치 않게 신하의 원한을 살 일이 많습니다. 그럴 때마다 신하가 군주에게 원한을 풀겠다면 어찌 나라가 유지되겠습니까. 충신이란 군주를 위해 가족은 물론 자기 목숨도 초개처럼 버리는 것입니다. 오자서의 저런 원한은 결코 충신의 도리가 아니라 역신일 뿐입니다. 그런 오자서를 돕는다면 누가 전하께 충성하겠습니까?"

귀가 얇은 오왕이 금세 마음이 변했다.

"음…. 듣고 보니 내가 성급했구려. 사실 나도 오자서가 나랏일에 개인 원한을 지나치게 앞세운다고 보기는 했소."

이후 오왕이 오자서를 냉랭하게 대한다. 영문을 알 리 없는 오자서가 당황해하다가 희광공자 때문이라는 것을 알았다. 그때부터 두문불출하던 오자서를 희광공자가 어느 날 늦은 밤에 찾아갔다.

"공자님, 제게 무슨 원한이 있으셔서 왕이 저를 멀리하게 하셨습니까?"

그날에야 오자서는 왕위와 관련된 비밀을 알게 되었다.

"따지고 보면 왕 자리는 내 것이었소. 그런데……."

그렇게 시작한 희광공자의 이야기는 조부인 오왕 수몽壽夢에게로 거슬러 올라간다. 수몽은 네 아들—세번諸樊, 여제餘祭, 여매餘昧, 계찰季札— 중 가장 현명하고 효심이 깊은 넷째 계찰에게 왕위를 줄 뜻이 있었다. 다행히 장남 제번도 아버지 뜻을 존중했다. 하지만 계찰이

왕 되기 싫다며 도피하는 바람에 할 수 없이 제번이 왕위에 올랐다.

재위 13년 되던 해, 제번이 임종을 맞이해 아우인 여매와 여제를 불렀다.

"여제가 먼저 왕을 하고, 다음에 여매가 하거라. 그러면 계찰도 어쩔 수 없이 왕위에 올라야 할 것이다. 이래야 내가 구천에 가도 계찰을 세우고자 했던 부왕을 뵐 면목이 선다."

이 유언대로 여제가 왕이 된 뒤 3년 만에 죽으며 여매가 왕을 이었다. 여매도 즉위 5년째 죽어 계찰이 왕 될 차례인데, 이번에도 계찰은 밭이나 갈고 살겠다며 끝내 거절했다.

그렇다면 다음 순서는 제번의 큰아들인 희광공자의 차례였다. 그럼에도 여매의 아들 요僚가 가로채 버린 것이다. 희광공자는 그때부터 반역의 뜻을 품었다. 하지만 요왕 앞에서는 태연자약하게 왕실의 안위를 위해 충성을 다하는 모습을 보여주고 있었다.

요왕도 역시 희광공자가 왕가의 종손인데다가 백성의 신망이 두터워 우대할 수밖에 없었다. 왕가의 복잡한 사정을 털어놓은 희광공자는 후련하다는 듯 한숨을 내쉬었다.

"요왕의 자리는 본디 내 것이오. 그런데 오대부가 요왕 곁에 있으면……."

감히 입 밖에 낼 수 없는 이 말에 오자서는 오싹해졌다. 이제 희광공자에게 충성 맹세를 하든, 요왕에게 희광공자의 역심을 고변하든, 둘 중에 하나를 선택해야만 할 입장이 되어 버렸다.

누구를 선택해야 하나. 순간적인 고민 속에 희광공자의 그릇이 요왕보다는 크다는 것을 깨닫는다. 우선 요왕은 옹졸한 데다가 의심이 너무 많고 변덕이 심했다. 이런 자들은 가까이할수록 위험한 것이다.

여기까지 생각이 미친 오자서가 일어나 희광공자에게 큰절을 올렸다.

"어떤 결정을 내리든 신명을 바치겠나이다."

그날로 오자서는 오왕의 객관을 나와 희광공자가 마련해 준 안가安家로 옮겼다. 마침 그 부근에 손가둔이 있었던 것이다.

오자서가 희광공자의
반란을 돕다

오자서가 희광공자를 도울 방법을 찾는 데 골몰하는 가운데, 손가 둔에 병법가가 있다는 소문을 들었다.

'도대체 누가 이런 시골에서, 무엇 때문에 병법을 연구한다는 말인가.'

이런 궁금증을 안고 손가둔을 찾았다. 손무는 출타 중이었고, 포강이 집을 지키고 있었다.

오자서야 이미 국보회의 영웅으로 천하에 알려진 인물, 더욱이 정나라와 초나라가 뿌린 수배지가 모든 나라에 돌 정도로 널려 있었던 것이다. 그 수배지에 오자서의 화상이 그려 있어 누가 봐도 오자서를 식별할 정도였다.

포강도 한눈에 오자서를 알아보았다.

"손무 아내 포강입니다. 멀리 가지 않으셨으니 곧 오실 것입니다."

당시 손무의 하루는 아침이면 오리를 강가에 풀어 놓고 저녁이면 오리를 우리에 몰아넣는 일로 보내고 있었다.

포강이 오나라의 명차 벽라춘碧螺春을 가져왔다. 태호太湖의 동정산洞庭山에서 생산하는 엽차였다. 오자서가 이 차를 다 마실 즈음 손무가 왔다. 손무도 오자서가 오나라로 피신했다는 것을 알고 만나고 싶은 마음이 간절했던 터라, 오랜 벗을 만나듯 반가워했다.

손무를 따라 서재로 간 오자서는 손무가 정리한 병법서를 펴보기 시작했다. 읽을수록 입을 다물지 못하고, 이렇게 뛰어난 인재가 왜 세상에 알려지지 않았는지 애석한 생각마저 들었다.

"실로 신기神技에 가깝습니다. 선생의 지혜를 빌어 난세를 정리해보고 싶소이다."

손무는 어떻게 하든 초나라를 짓밟으려는 오자서의 속을 알고 거절했다.

"저는 병법 연구자이지 전쟁하는 장수가 아닙니다."

이날 오자서는 손무의 병법서를 읽고 눈앞이 환해진 경험을 했다. 그 뒤 틈날 때마다 손무를 찾아와 담소하는 것이 일과처럼 되었다. 역사에 밝은 오자서가 먼저 초나라 등 각국 역대 제후들의 이야기를 하면, 거기에 맞춰 손무가 나라 간 전쟁사를 풀어 놓았다. 전적지를 돌며 그려 놓은 지도와, 각 전쟁마다 동원된 전략도 곁들여가며….

오자서도 누구 못지 않은 전략가였지만 손무는 차원이 달랐다. 오자서가 전쟁 중심이라면 손무는 전쟁 이전과 그 뒤에 미칠 여파까지 조망할 줄 알았다. 전체와 부분을 번갈아 보며 전쟁 현장을 조율할 줄 일었던 것이다.

'나의 용맹과 손무의 지략만 합해진다면 초나라쯤은 가볍게 짓밟을 수 있으리라.'

이런 확신이 들자 오자서는 한시바삐 손무와 손을 잡고 초평왕을 죽여 원수를 갚을 마음이 더 간절해졌다.

이런 오자서를 더 조급하게 만드는 소식이 들렸는데, 초평왕이 병으로 죽고, 태자 진珍이 초소왕昭王(515~489)이 되었다는 것이다.

'내 손으로 평왕의 목을 부러뜨리려 했는데, 이렇게 가다니. 이러다가 평왕을 부추겨 내 가족을 몰살한 놈들까지 사라질라. 그 전에 내 손으로 죽여야 한다.'

오자서가 이를 부득부득 갈며 조바심을 내었다. 이를 본 손무가 한 가지 방책을 냈다.

"용병에 능한 자는 남을 조종하되 남에게 조종당하지 않습니다(치인이부치어인致人而不致於人). 내일 공자를 찾아가 이리저리 말해 보시오."

다음 날 오자서는 희광공자를 찾아가 손무가 일러준 대로 말했다.

"초나라에 새로 즉위한 왕이 미숙해서 노회한 대신들 속에서 헤맨다고 하옵니다. 이럴 때 초나라를 쳐야 합니다."

그러나 희광이 '아직은 때가 아니다'며 고개를 가로저었다. 그리 나올 줄 알고 손무가 미리 일러준 대로 오자서가 다음 말을 이어 갔다.

"지금 초나라를 공격해야 소원을 이룰 수 있습니다."

"무슨 말이오, 내 왕위를 찾을 수 있다는 말이오?"

"그렇습니다."

"초나라를 공격해 이겼다 합시다. 어차피 요왕 주변에 경기慶忌(왕의 아들)와 엄여掩餘와 촉용燭庸(왕의 친동생)이 병권을 쥐고 버티고 있소. 경기는 나는 새도 떨어트리는 명사수이며 엄여와 촉용은 귀신도 물리친다는 계책을 지녔소. 이들이 있는 한 요왕을 제거하기 어렵소."

"바로 그것 때문입니다. 기러기를 잡으려면 기러기 날개를 부러뜨려야 하듯, 왕을 잡으려면 왕의 날개를 부러뜨려야 합니다. 초나라의 관례대로 전쟁이 터지면 왕의 아들들은 물론 두 동생과 모든 공자들까지 싸움터로 가야 합니다. 그러면 혼자 남게 될 왕을 제거할 수 있습니다."

이 말에 귀가 번쩍 뜨인 희광공자가 오자서에 다가와 귓속말로 물었다.

"나도 역시 전쟁에 참여해야 되는데 누가 뒤에 남아서 일을 도모한단 말이오?"

"물론 공자님은 남으셔야죠."

"어떻게 나만 남으란 말이오. 왕족들이 다 싸우러 가야 할 판인데……."

"이렇게 하십시오. 전쟁하기로 결정될 즈음 공자님은 드러누워 중병에 걸린 것처럼 하셔야 합니다. 오·초 전쟁이 개시되면 왕족은 물론이고 장수들까지 전공을 세우려 모두 출정할 것입니다. 도성에 왕을 지켜줄 장수 하나 남지 않을 것입니다. 그때 자객을 보내 왕을 시해하면 됩니다."

"왕이 워낙 건장해서 죽이려면 웬만한 자객으로는 어림도 없네."

"염려 마십시오. 준비해 놓은 사람이 있습니다."

"누구인가."

"전제라고 하는데 황소 열 마리의 꼬리를 묶어 끌고 다니며, 호랑이노 맨손으로 때려잡는 천하장사입니다."

"오! 가히 만력사萬力士라 할 만하구려."

"다행히 저와 호형호제하는 사이인데다가, 의리도 두터워 위중한 일을 해내기에 적합합니다."

그제야 희광공자가 초나라를 침략하는 국론 조성에 동의하고, 은밀히 여론 선동을 시작했다. 어느새 조정 대신들 사이에서 초나라가 국상을 당해 어수선할 때 공격하자는 의견이 나왔다. 도성 내 민가에서도 동조하는 분위기가 형성되었다. 얼마 못 되어 조정 내에 초나라를 공격하기만 하면 금세 점령할 것 같은 기운이 가득했다.

그 상황에서 조회가 열렸으니 초나라 침공이 만장일치로 결정되었다. 물론 조회 자리에 희광공자는 중병을 핑계로 참석하지 않았다. 그 바람에 오나라 군대의 선봉은 엄여와 촉용이 맡았다.

장수들도 전쟁의 공명심에 들떠 너도나도 출전을 자원하는 바람에 도성에 쓸 만한 장수가 하나도 남지 않았다. 오자서를 통한 손무의 계략에 요왕과 조정이 말려들며 나타나는 현상이었다.

농어 속의 검

그해 1월 중순, 오나라의 대군이 초나라를 향해 출격하기 시작했다. 요왕은 모든 용사들을 전쟁터에 내보내고도 위기를 느끼기는커녕 무료하고 허전하기만 했다.

그때 오자서가 요왕에게 측근을 통해 천렵川獵(개천에서 물고기 잡는 것)을 권했다. 천렵하기에는 강을 끼고 있는 희광공자의 별장이 최고였다. 그에 맞춰 희광공자가 기력을 차린 것처럼 하고 별장에 머물며 왕을 위해 잔치를 벌이기로 한다. 이 역시 오자서 뒤에서 손무가 세운 기획이었다. 이제 남은 것은 과연 누가 요왕을 살해하느냐였다.

왕의 잔치 자리라 호위무사들이 눈을 부라리고 지켰고, 누구도 무기를 가지고 참석할 수 없었다. 오자서와 희광공자는 궁리 끝에 전제를 요리사로 둔갑시켜 자객으로 활용하기로 했다.

천렵하기로 한 날, 요왕이 아침부터 희광공자의 별상에 왔다. 왕과 일행이 그물을 들고 강으로 뛰어갔다. 숭어 떼가 올라오는 계절이라 제법 많은 물고기를 잡고 점심때가 되어 연회실로 향했다.

왕이 입장하자 기다리고 있던 무희들이 춤을 추기 시작했다. 한참 흥이 오를 때 희광공자가 시종에게 일렀다.

"대왕을 위해 준비한 농어찜을 가져오라고 전하거라."

"오호, 역시 내 입맛을 잘 아는구려."

"마침 태호의 농어 요리를 잘하는 요리사를 데려왔습니다."

부엌에서 전제가 커다란 은쟁반에 팔뚝만 한 농어찜을 들고 왔다. 연회장 입구에서 호위병들이 전제의 몸을 수색한 뒤 들여보냈다.

전제는 왕 앞에 무릎을 꿇고 은쟁반을 내려놓으며 동시에 농어의 뱃속에서 단도를 빼내 왕을 찔렀다.

"아악!"

순식간의 일이라 곁에 선 호위병조차 손쓸 틈이 없었다. 어장검魚腸劍에 심장이 찔린 요왕이 일어나려다가 꼬꾸라졌다.

연회장이 아수라장이 된 가운데 오자서는 재빨리 희광공자의 손을 끌고 밖으로 나갔다. 뒤이어 전제는 창문을 훌쩍 뛰어넘었다. 그제야 호위병들이 소리쳤다.

"모반이다!"

이 소리에 연회장 밖을 지키던 호위대장 투소鬪巢가 뛰어들어와 왕이 숨을 거둔 것을 보고 고함쳤다.

"희광공자, 저놈이 꾸민 일이다."

"저놈들 모조리 잡아라!"

별장 주변에 포진해 있던 수비대가 희광공자 일행을 뒤쫓기 시작했다. 전제가 오자서에게 말했다.

"형님, 뒷일은 제게 맡기시고 공자님을 모시고 빨리 궁정으로 가십시오."

"알았네. 내 자네와의 약조를 꼭 지키겠네."

전제는 즉시 말머리를 돌려 별장 입구를 막아섰다. 강으로 둘러싸인 희광공자의 별장은 이곳이 유일한 출구였다. 과연 전제는 용사였다. 호위병들이 몰려오는 대로 베어내었다. 뒤에서 바라보던 투소가 "우리 군사가 아무리 많아도 전제를 백병전으로 당해내기는 어렵겠다. 더 이상 지체할 시간이 없다"며 화살을 날렸지만 전제가 칼로 막아냈다.

다시 투소가 화살을 쏘아 전제의 목에 적중시켰다. 목에서 피가 솟구치는데도 전제는 사력을 다해 호위병들을 막아섰다. 투소가 이번에는 전제의 다리에 화살을 쏘았다. 호위병들의 말발굽이 고꾸라진 전제의 시체를 밟고 궁궐로 향했다.

그 시각에 이미 오자서는 희광공자를 모시고 궁전에 들어가 신료들 앞에서 열변을 토했다.

"모두들 잘 알고 계시듯, 원래 왕 자리는 희광공자의 것인데 요가 찬탈했습니다. 여기에 의분을 느낀 천하장사 전제의 손에 요왕이 유명을 달리했습니다. 오늘에야 왕실의 굽은 역사를 바로잡았으니 사필귀정 아닙니까. 따라서 이 왕좌에 본래 주인인 희광공자를……."

이때 희광공자가 오자서를 제지시켰다.

"왕위에 있던 여매 숙부가 서거하면 당연히 계찰 숙부가 이어야 했지만 고사했으니 다음은 제번왕의 맏아들인 내 차례인 것이 맞다. 그런데도 요가 왕위를 찬탈했다. 그래서 요는 역적인 것이다. 왕권의 정통성을 확보하기 위해 내가 전제를 시켜 요를 제거했다. 이의가 있으면 말하라."

어떤 신하도 이의를 제기하지 못했다. 기백 있는 장수들은 모조리 전쟁터에 나가서 자리에 없고, 나약한 신하들만 왕궁을 지킨다고 남아 있었던 것이다. 그들 중 하나가 벌떡 일어서 외쳤다.

"대왕마마 만세!"

덩달아 모두 일어나 만세를 따라 외쳤다. 이렇게 희광공자가 오나라 24대 합려왕闔閭王(515~496)이 되었다.

다음 날, 오자서는 드디어 원한을 풀 수 있다는 희망에 부풀어 손무를 찾아갔다.

"일전에 손 선생이 가르쳐 준 대로 요왕의 맹장들을 전쟁터로 내보낸 것이 합려왕의 등극에 큰 공을 세웠습니다."

"별말씀을. 제 전략이 성사된 것은 암살을 감행한 오대부의 용맹 때문이옵니다."

서로 상대의 공적을 더 치하하였다. 손무는 오왕 등극 과정이 소리장도笑裏藏刀의 계략이라 했다. 겉으로 미소 지으며 속에 칼을 품고 접근했다는 것이다.

"사람은 겉모습을 보고 판단합니다. 속에 비수를 품어도 겉으로 웃으면 방심하는 것이죠. 방심하면 허虛가 드러납니다. 그 허를 치고 실實을 피하는 것(피실격허避實擊虛)이 승리의 요체입니다. 따라서 승리란 자연적인 것이 아니라 인위적입니다."

오자서가 물었다.

"만일 적에게 허가 없다면 어떻게 합니까?"

"오대부, 그 질문 자체가 모순입니다. 세상에 완벽한 것은 없습니다. 아무리 완벽하다 해도 필연적인 허가 있습니다. 그래서 승리란 상대의 강점을 피하고 허를 치는 자의 몫인 것입니다."

"그러하오나 손 선생, 강력한 적일수록 허점이 적기 마련이오. 그들의 틈을 알아낼 방도는 무엇이오?"

"다섯 가지가 있습니다. 먼저 주도권을 잡아야 합니다. 그래야 내 의도대로 적을 몰아갈 수 있습니다. 그러려면 적보다 먼저 전장에 나가, 적이 뒤늦게 도착하여 경황이 없게 해야 합니다. 그래야 적이 동요하며 허를 노출합니다. 적이 다가오길 바란다면 미끼를 던져야 하고, 적이 오지 않길 바란다면 적의 보급로를 차단하는 등 적이 불리하다고 판단하게 만들어야 합니다. 항상 적을 능동적으로 유인해야지 아군이 피동적으로 끌려가서는 안됩니다.

둘째, 적의 오판을 유도해야 합니다. 적이 어디를 수비해야 할지 모르게 만들고(적부지기소수敵不知其所守), 적이 어디를 공격해야 좋을지 알 수 없게 해야 합니다(적부지기소공敵不知其所攻). 적이 아군을 파악하지 못하도록, 아군의 실속은 갖추되 겉으로는 무형無形과 무성無聲이어야 합니다. 그래야 적이 오판합니다.

셋째, 아군은 집중하고 적은 분산시켜야 합니다(아집적분我集敵分). 이는 아군의 형세를 감추는 대신 적의 형세를 드러냄으로써 가능합니다. 군사력의 강약은 결코 숫자에 있지 않습니다. 아군이 적의 어디를 공격할지 모르게 해야 적이 방어할 곳이 많아져 병력을 분산배치합니다. 그렇게 분산된 적을 아군이 집중공격할 수 있으니, 이것이 열로 하나를 치는 것입니다(시이십공기일야是以十攻其一也).

넷째, 승리란 만드는 것(승가위야勝可爲也)입니다. 언세 어니서 누구와 싸워야 할지 미리 알고 있다면 천 리를 행군해 가서도 이길 수 있습니다. 싸울 때와 장소를 모르면 지리멸렬합니다. 싸울 날짜와 장소를 주도적으로 정해야 합니다. 불리하면 적이 접근치 못하게 방해물을 놓고, 아군이 원하는 유리한 때와 장소에 미끼를 던져 유인해야 하는 것입니다.

다섯째, 군대의 형세란 물과 같아야 합니다(병형여수兵形如水). 흘러간 물로 방아를 돌릴 수 없듯, 같은 적과 싸울 때는 사용했던 병법을 다시 써서는 안 됩니다. 고인 물은 썩기 마련입니다. 흐르는 물은 높은 곳은 피하고 낮은 곳으로 흐르는 것처럼, 적과 싸울 때도 적의 강점을 피하고 약점을 쳐야 합니다. 누가 '용병의 신'일까요. 싸우는 방법을 무형의 물처럼 상황에 따라 조절하는 자입니다. 모든 형形의 궁극窮極은 바로 무형입니다."

등판하는 손무

오자서는 손무가 설파하는 허와 실의 병법을 경청하던 중 자신도 모르게 손무의 양손을 잡았다.

"선생, 나와 함께 초나라를 칩시다. 내가 합려에게 선생을 추천하겠소."

"……."

손무가 묵묵부답으로 나오자 오자서도 더 이상 권하지 않고, 이 병법의 귀재를 초나라와의 전쟁에 끌어들이리라 결심한 채 귀가했다.

다음 날 합려는 오자서를 불러 상대부로 등용하고 죽은 전제의 아들 전의專毅를 하군대부下軍大夫에 임명했다. 당시 초나라와 싸우던 엄여와 촉용은 합려가 쿠데타를 일으켜 집권했다는 소식을 듣고, 초나라 군대를 내팽개쳐 둔 채 다른 나라로 망명했다.

이제 남은 것은 국경 지대인 예성汭城으로 가서 복수를 준비하는 태자 경기였다. 아직도 경기를 지지하는 백성들도 많아 합려에게 큰 골칫거리였다.

오자서가 경기를 제거할 자객으로 합려에게 요리要離를 추천했다. 요리는 오자서가 오나라에 와 사귄 협객이었다.

오자서가 마련한 전략은 고육책苦肉策. 우선 요리가 오자서에게 억울하게 당해 오른팔까지 잘려 옥에 갇히게 했다. 그리고 극적으로 탈출한 것처럼 꾸며 경기에게로 거짓 투항했다. 아무것도 모르는 경기는 요리를 경호대장으로 중용했다. 그 뒤 경기가 뱃놀이할 때 함께 배에 탄 요리가 경기의 등을 단칼로 찌르며 익사시켰다.

한편 엄여와 촉용이 사라진 뒤 오나라 군대는 그야말로 오합지졸로 전락했다. 초나라 육군 대장 백극완佰郤宛과 수군 대장 낭와囊瓦의 군대와 싸워 보지도 못하고 추풍낙엽처럼 쓰러진 것이다.

그 덕분에 초소왕이 백극완과 낭와를 공신에 봉하며 상을 내렸다. 특히 육군 대장 백극완의 공이 더 크다며 전리품—오나라 장수의 갑옷, 검 등—의 대부분을 주었다. 이 때문에 백극완과 낭와가 어색해졌다.

이 상황에 대해 불편해하는 사람이 또 있었다. 바로 비무극.

그는 백극완과 낭와가 별 노력도 없이 전공을 세웠다며 득세하는 것을 보고 시기심이 일었던 것이다. 그래서 남의 칼로 적을 없애는 차도살인借刀殺人을 구상한다. 그 첫 단계가 백극완과 낭와를 이간질시키는 것이었다. 먼저 백극완을 찾아가 이리 말했다.

"백 장군, 영윤 낭와께서 장군의 집에서 우리 셋이 술 한잔하자고 합디다."

그렇지 않아도 왕이 자신만 편애하자 불편했던 육군 대장 백극완도 좋아했다.

"좋습니다. 내일이라도 모시고 오세요. 혹 영윤께서 무엇을 좋아하시는 것을 아십니까?"

"오나라의 갑옷과 명검을 좋아하십니다. 바로 내놓지 마시고 술이 얼큰하게 취한 뒤 내놓으시면 더 기뻐할 것입니다."

당시 제후국 중 오나라의 코뿔소 갑옷과 청동검이 제일 인기가 있었다. 그중 코뿔소 가죽으로 만든 갑옷은 가벼우면서도 화살을 퉁겨내 최고의 보물이었다.

백극완이 비무극이 보는 앞에서 종을 불러 연회장을 준비하라 이르고 연회장 병풍 뒤에 코뿔소 갑옷과 청동검 50개를 놓아두라고 했다. 백극완의 집을 나온 비무극이 낭와를 찾아갔다.

"백 장군이 웬일인지 저를 불러, 내일 영윤을 초대한다고 하십디다."

"못 갈 건 없소만……."

낭와의 대답이 시큰둥했다.

"그러면 제가 지금 백 장군 댁에 가서 내일 영윤께서 오시기로 했다고 전하겠습니다."

비무극은 백극완의 집에 다녀올 것처럼 하고 밖으로 나갔다가 사람들 눈에 띄지 않게 빙빙 돈 다음, 다시 들어가 경악하는 표정으로 호들갑을 떨었다.

"영윤, 큰일 날 뻔했습니다. 백 장군이 연회장 병풍 뒤에 중무장한 무사를 숨겨 두고 있습니다."

"설마 그럴 리가……."

"확인해 보십시오, 제가 듣기로 백 상군이 영윤 자리를 탐낼 뿐 아니라 오자서와도 내통하고 있다고 합니다."

낭와가 부하를 시켜 몰래 확인해 보니 과연 병풍 뒤에 병기가 있었다.

"이놈이 왕의 총애를 좀 받는다고 감히 나를 죽이려 하다니…. 내가 먼저 너를 죽이리라. 당장 나와 함께 왕을 만나러 갑시다."

두 사람이 왕을 찾아가 백극완을 무고했다.

"백극완이 초나라로 도망간 오자서와 내통하고 있다 하옵니다. 이번 전쟁도 백극완을 키우려고 오나라가 일부러 져 주었다고 합니다."

이 말에 초왕이 백극완을 의심하기 시작한다.

'합려가 왕이 되도록 오자서가 요왕을 시해하는 데 개입한 것은 천하가 다 아는 것이고….'

이런 생각을 하는데 비무극이 왕을 더 자극하는 말을 했다.

"합려가 등극하는 바람에, 우리와 싸우던 엄여와 촉용이 도망갔습니다. 그 때문에 강력한 오나라의 육군이 허약해졌고 백극완이 손쉽게 이길 수 있었던 것입니다."

"뭐야, 그렇다면 오자서가 백극완을 오나라 실세로 만들어 놓을 심산이었단 말이냐. 백극완 이놈이 오자서의 간첩이었구나."

그날 초소왕의 명령으로 언장사鄢將師가 백극완과 주변 인물들까지 소탕했다. 백극완은 집과 함께 연기가 되었고, 백극완과 가까운 극씨郤氏, 진씨晉氏, 양씨陽氏 등도 몰살당했다. 백극완의 아들 백비白嚭만 간신히 살아 오자서를 찾아갔다.

울먹이는 백비를 보며 오자서도 자기 처지를 생각하며 같이 울었다. 그 뒤 오자서가 백비를 친동생처럼 여기고 합려에게 천거했다. 이에 대해 대부 피리被離가 조심스럽게 입을 열었다.

"오대부는 다 좋은데, 누구든 한 번 마음에 들면 너무 믿는 것이 단점입니다."

"제가 그런 성향이긴 합니다만…. 아무래도 백비를 너무 믿지 말라는 말씀 같습니다."

"그렇습니다."

"피리 대부, 〈하상가河上歌〉를 들어 보셨소?"

"아다마다요, 장강의 어부들이 부르는 노래요."

"내가 한 번 읊어 보리다.

같은 아픔으로 서로 불쌍히 여기고(동병상련同病相憐)

같은 근심으로 서로 도와주네(동우상구同憂相求).

같이 놀랜 새는 함께 날아올라(경상지조驚翔之鳥)

더불어 날아간다네(상수이비相隨而飛).

여울물도 아래로(뇌하지수瀨下之水)

더불어 흘러간다네(인복구류因復俱流).

지금 백비를 대하는 내 심정과 꼭같은 노래요."

"오대부의 애달픈 심정은 이해합니다. 허나 백비를 보니 눈은 매와 같고 걸음걸이는 고양이 같아, 남의 공을 가로채고 은혜를 원수로 갚을 관상입니다. 감정에 치우쳐 대사를 그르치지 않기를 바랄 뿐이오."

"지나친 걱정이오. 호마胡馬는 북풍에 울고, 월조越鳥의 둥지는 남쪽을 향합니다. 나나 백비나 비명에 간 혈족의 원한에 사무쳐 있습니다. 비록 백비가 배은망덕할 상이라도 내가 성심으로 대해 주기만 한다면 큰 공을 세울 사람입니다."

그날 오자서가 피리의 충고를 무시하는 바람에 훗날 월越나라에 매수된 백비로 인해 목숨을 잃는다. 아무리 오자서 같은 영웅이라도 감정이 앞서면 분별력을 잃을 때가 있다. 물론 당시 오자서 입장에서 백비의 인성을 따질 만큼 마음이 여유롭진 못했다. 그만큼 한 사람이라도 더 모아 한시바삐 초나라를 짓밟고 싶었던 것이다. 그래서 백비도 필요했던 것이고…. 또한 누구보다 손무를 끌어내야만 했다.

오자서는 피리를 만난 지 열흘 뒤 손무를 찾았다. 늘 그렇듯 손무는 오자서를 객실로 안내했다.

"오늘따라 대부의 행색이 유달리 남루합니다."

"대부의 벼슬이 내게 무슨 소용이오? 내 가문을 짓밟은 초나라가 멀쩡한데…. 손 선생이 나서야만 초나라를 이길 수 있으니 도와주시오."

"저는 그리 뛰어난 인물이 아닙니다. 어디까지나 병법을 연구하는 백면서생에 불과합니다. 또한 나라들의 승패에 그다지 관심이 없습니다."

물론 손무도 출사하여 병법의 위력을 검증해 보고 싶었지만, 병법이 오로지 천하 지배의 도구로만 사용될까 우려해 참고 있었다. 그런 우려만 없어진다면? 전쟁을 진두지휘할 수도 있었다. 손무의 심정을 아는 오자서가 그날만큼은 손무의 출사를 권하지 않았다. 대신 이런 제안을 했다.

"선생의 글이 주로 죽간본에 적혀 있어, 널리 알리고 오래 보존하는 데 어려움이 있습니다. 제가 비단과 가죽끈, 먹과 붓 등을 넉넉히 보내 드리겠습니다."

"고맙습니다."

다음 날 손무의 집에 여러 수레가 당도했다. 왕실에서 보낸 것이었다. 수레마다 죽간, 비단, 먹, 다람쥐 꼬리털로 만든 붓, 명주실 등이 가득 실려 있었다. 모두 병법서를 만드는 데 필요한 물품이었다.

손무는 아차 싶었다. 저 물품은 오자서가 보낸 것이 아니라 왕이 보낸 것이다. 이러면 출사는 피하기 어렵게 된다. 한편으로 출사할 생각도 있었던 터라, 마음을 다스리고 그간 단편적으로 기록한 병법을 일목요연하게 정리해 나갔다.

그렇게 적은 죽간은 가죽끈으로 묶고, 비단은 명주실로 엮어 병법서를 만들었다. 그중 두 권을 둘둘 말아 왕에게 한 권, 오자서에게 한 권을 보냈다.

오자서가 펴 보니 시계始計, 작전作戰, 모공謀攻, 군형軍形, 병세病勢, 허실虛實, 군쟁軍爭, 구변九變, 행군行軍, 지형地形, 구지九地, 화공火攻, 용간用間의 병법 13편이 명쾌하게 정리되어 있었다.

이전에도 몇 번 손무에게 듣기도 하고 읽어 보기도 했으나 전부 단편적이었다. 그때도 충격이었으나 체계적으로 완성시킨 병법을 보니 두려운 마음까지 들었다.

'만일 이 사람이 초나라와 손을 잡았다면….'

생각만 해도 소름이 돋았다. 이런 천재는 어느 편에서든 상대 허점을 정확히 찍어낼 수 있다. 그러기에 특정 조직에 얽매이기를 싫어한다. 어쩌다 참여했다 해도 오래 남아 있지 않는다. 이런 인물은 내 편으로 만들지 못할 바에는 제거해야만 하는 것이다. 그러나 곧 오자서는 고개를 흔들며 중얼거렸다.

'손 선생은 병법 못지않게 사상도 훌륭하다. 대의명분을 내팽개친 전쟁이나 잔인무도한 왕을 위해서 일할 사람은 아니다.'

같은 날 병법 책을 받은 합려도 몇 장 넘겨 보더니 바로 어명을 내렸다.

"천하를 다 얻은 듯 머리가 다 맑아지는구나. 오대부에게 가서 지금 당장 손무를 데려오라 일러라."

손무, 왕의 애첩을 베다

손무는 오자서와 합려에게 자신의 병서를 보낸 뒤, 합려가 곧 부르겠다는 예감이 들어 점괘를 뽑아봤더니 손위풍巽爲風이었다.

위아래에 다 바람이 부니 순풍에 돛단 듯 풀려갈 것이나, 후에는 신념을 지키기 위해서 은거해야 하는 운세였다. 역시 평소 신념 대로의 점괘였다.

'이 시대가 바람이 이리저리 부는 시절이라 아무리 공을 세워도 결국 은거해야만 지조를 지켜 살 수 있다. 공자나 노자야말로 얼마나 뛰어난 현자더냐. 그럼에도 노자는 주나라 도서관에서 은퇴해선 은거해 도가를 창시했고, 공자도 현실 정치에서 손을 떼는 바람에 자신의 웅지를 유가로 집대성한 것 아니더냐. 적이 있어야 진가가 드러나는 병법가라면 더더욱 끝까지 영달을 누릴 수 없는 노릇이다. 이번에 한 번 출사한 뒤 반드시 은거하리라.'

그렇게 생각하니 편안해졌다. 아니라 다를까. 며칠이 못 되어 오자서가 나타났는데, 이번에는 소박한 행색이 아니었다. 대부의 위용을 갖추어 화려한 마차를 타고 있었고, 마차 앞뒤로 백여 병사들이 경호

했으며 다섯 수레가 따라왔다.

오자서의 마차가 손무의 집 앞에 머물자, 병사들이 수레마다 가득한 비단과 진귀한 보물을 집 안으로 날랐다. 금세 창고를 가득 채우고 마당에까지 쌓아야 했다.

오자서가 손무에게 왕명을 전달했다.

"오늘은 개인 자격이 아니라 왕의 심부름꾼으로 왔소. 왕께서 그대를 이 마차에 모시고 오라고 분부하셨소."

이미 출사를 각오한 손무는 두말없이 오자서를 따라 마차에 올랐다.

대궐 앞까지 마중 나온 합려가 손무를 연회장으로 안내하더니 자신의 옆 상석에 손무를 앉히려 했다. 손무가 놀라며 사양했지만 합려가 권했다.

"나의 왕위는 중원 정복을 위한 것이오. 누구든 이 꿈을 이루어 줄 수 있다면 스승으로 모시고자 하오. 그러니 사양 말고 앉으시오. 한 가지만 묻겠소. 그대의 병법이 놀랍도록 정연한데 전쟁에서도 응용이 가능하겠소?"

손무의 병법 이론이 실제와 차이가 나는 것 아니냐는 것이었다. 손무가 단호하게 대답했다.

"이理와 형形이 다르면 둘 다 죽은 것입니다. 이理는 형形 속에 있어야 하고, 형形은 이理 속에 있어야 합니다. 실전에 필요 없는 이론은 쓸모없는 것이요, 이理로 이해할 수 없는 형形은 오래 가지 못합니다."

"좋소. 그럼 한 가지 부탁이 있소. 내 앞에서 그대 병법대로 실제 군사를 움직여 보시오."

"알겠사옵니다."

"궁녀도 군사로 조련할 수 있겠소?"

"네, 얼마든지 가능합니다."

아무리 손무가 뛰어난 병법가라지만 날마다 치장하고 노는 데 익숙한 궁녀들을 무슨 수로 단련한단 말인가? 합려는 물론 오자서조차 믿어지지 않았다.

합려가 즉석에서 후궁 180명을 불렀다. 이들 미희들이 오자 궁전 뜰에 화장 냄새가 진동하기 시작했다. 합려와 신하들이 높은 망루에 올라앉고, 그 앞에서 손무가 궁녀를 훈련하기 시작했다.

우선 두 부대로 나누고, 왕이 가장 아끼는 궁녀 둘을 각기 대장으로 뽑았다. 본격 조련에 들어가기 전, 손무가 몇 가지 주의사항을 일러주었다.

"너희 모두 왕을 가까이 모시는 궁녀들이다. 하지만 군사훈련이 시작되면 일개 군졸에 불과하다. 군졸의 생명은 복종에 있다. 군법에 명령 불복종은 사형이다. 잘 알아들었느냐?"

깡마른 체구의 손무가 추상같이 외치자 궁녀들이 움찔했지만 잠시 뿐, 금세 까르륵 웃어댔다. 손무가 다시 군령을 내렸다.

"북을 한 번 치면 전진인데, '직진'이라 외치면 앞으로 가고, '좌'로 외치면 왼쪽으로, '우'로 외치면 오른쪽으로 가야 한다. 북을 두 번 치면 후퇴하라는 것이니 뒤로 돌아 물러가야 한다. 북을 세 번 치면 원래 자리로 가는 것이다. 알겠느냐."

"네, 네, 대장님."

"그래야겠죠, 호호호호."

손무가 북을 한 번 울려 전진하라는 군령을 발했다. 궁녀들이 우르르 앞으로 몰려갔다.

다시 손무가 북을 치며 좌로 가라는 군령을 내렸다. 궁녀 중 일부는 왼쪽으로 일부는 오른쪽으로 나머지는 아예 그 자리에 서서 배꼽을 잡고 웃었다. 다시 손무가 북을 힘껏 세 번 쳐서 궁녀를 모았다.

"군령이 분명치 못해 전달이 잘 안 된 경우는 장수의 책임이다. 한 번 더 분명하게 군령을 내린다. 이번에도 어기는 자는 여기 왕께서 내리신 부월斧鉞로 참수할 것이다. 알겠느냐?"

이 말과 함께 북을 한 번 힘껏 치며 외쳤다.

"전진!"

이번에는 궁녀들이 앞으로 조금 가는가 싶더니 금세 수다 떨기에 여념이 없었다. 손무가 다시 북을 두 번 치며 군령을 내렸다.

"후퇴하라."

이번에는 궁녀들이 아예 들은 척도 안했다. 손무가 카랑카랑한 목소리로 외쳤다.

"군령이 확실히 전달되었는 데도 듣지 않으면 대장의 책임이다. 양편의 대장은 앞으로 나오라."

대장 궁녀 둘이 손무 앞으로 나왔다.

"나는 장수로서 분명히 군령을 전달했다. 너희는 양편 대장으로 군졸들이 군령을 거부한 죗값으로 참수당해야 한다."

손무가 새파랗게 날이 선 부월을 높이 쳐들었다. 이 광경을 내려다보던 합려가 놀라 오자서를 보냈다.

"손 선생, 두 총희寵姬가 없으면 왕은 밥맛을 잃을 정도랍니다. 부디 왕을 생각해 한 번 용서해 주시오."

"전쟁 중에 장수는 왕명이라도 들어서는 안 될 때가 있는 법입니다. 첫째가 군대가 전진해서는 안 되는데도 왕이 진격 명령을 내릴

때이고, 물러가면 안 되는데 왕이 후퇴하라 명하는 때입니다. 둘째
는, 왕이 삼군의 체제나 명령 계통도 모르며 간섭을 하는 때입니다.
셋째는, 왕이 삼군의 역할 분담을 무시하고 간섭하며 상호 분란을 조
장할 때입니다."

이 말과 함께 부월로 두 총희의 목을 쳤다. 그리고 다시 궁녀 둘을
뽑아 각기 양편 대장을 맡겼다. 이때부터 궁녀들이 손무의 말 한 마
디, 한 마디에 그대로 따랐다.

천하 평정의 이치

오왕은 손무가 궁녀를 최강의 군사들로 조련하는 과정을 보긴 했지만, 애첩을 살려주라는 왕명을 무시해 상당히 불쾌했다.

"대왕, 군사훈련을 마쳤습니다. 저들은 왕께서 명령하시면 물과 불을 가리지 않고 뛰어갈 것입니다."

손무가 그렇게 아뢰어도 시큰둥하게 대답했다.

"손무 선생, 오늘은 그만 객사로 가세요. 더 이상 얘기하고 싶지 않소."

왕이 자신을 싫어하는 기색이 완연하자, 손무도 일하고 싶은 생각이 사라졌다.

"왕께서는 병법의 내용만 좋아했지, 실제 사용하기를 좋아하지 않으십니다."

이 말만 남기고 떠나려 하자 오자서가 붙들고 먼저 왕부터 달랬다.

"대왕, 기강이 무너진 군대는 백해무익입니다. 상벌이 엄해야 군령이 서고 군령이 군대입니다. 애첩은 또 구하면 되지만, 좋은 병법가는 다시 얻기 어렵습니다. 초나라를 정복하시려면 손무가 절대적으로 필요하옵니다. 사사로운 감정을 누르시고 나라의 백년대계를 생각하옵소서."

그제서야 합려가 손무에게 눈길을 주었다.

"내가 잠시 기분에 치우쳤소."

왕이 이렇게 나오자 손무도 왕 앞에 엎디었다.

"대왕, 황송하옵니다만 전쟁에서 왕 때문에 지는 경우도 있습니다."

"무슨 말이오?"

"왕이 전선의 상황도 모르며 진격과 후퇴를 명하고, 군 내부를 모르면서 상세히 간섭하는 경우입니다. 이런 군대를 미군縻軍이라 합니다. 왕에게 재갈 물린 군대라는 뜻이죠."

합려는 속으로 뜨끔해 손무를 달랠 겸 부드럽게 물었다.

"손 선생은 용병의 상지상책上之上策이 무엇이라 보오?"

"예. 무릇 용병의 최상책은 적국을 온전히 굴복시키는 것이고, 차선은 적을 깨트리고 굴복시키는 것입니다(전국위상全國爲上 파국차지破國次之). 즉 적의 군대를 온전히 두고 취하는 것이 최선이며, 싸워서 취하는 것은 차선입니다(전졸위상全卒爲上 파졸차지破卒次之). 따라서 전쟁은 개인 감정이나 자존심으로 일으켜서는 아니 되옵니다. 불가피하게 전쟁을 해야 할 때라도 빨리 끝내야지 오래 끌어서 좋은 전쟁은 하나도 없습니다. 우선 전쟁 시작 전 모든 수단을 동원해 전쟁의 재앙을 막도록 해 보고, 그래도 안될 때 무력을 동원해야 합니다. 하지만 일단 전쟁을 시작했으면, 단기간에 승리를 낚아채야 합니다."

"손 선생, 내가 여색에 눈이 어두워 그대를 잠시 홀대했소. 오늘부터 오나라의 원수元帥가 되어 함께 패업을 이루어 봅시다."

그날로 손무가 오나라의 병권을 장악했다. 오나라는 그동안 타국

인에게 병권을 맡긴 사례가 없었다. 그만큼 합려가 손무의 인품과 실력을 높이 샀던 것이다.

손무는 원수가 되자 먼저 전국의 인구를 집계하고, 동원 가능한 인원을 확인했다. 그 뒤 지역별 민병대를 창설하고, 이들을 훈련할 교관들을 직접 조련하기 시작했다.

이를 지켜보던 합려가 어느 날 손무에게 중원의 강자 진晉나라에 대해 물어보았다. 진나라는 여섯 가문—범씨范氏, 중행씨中行氏, 지씨智氏, 한씨韓氏, 위씨魏氏, 조씨趙氏—이 권력을 분점 중이었다.

"어느 가문이 먼저 망하고, 어느 가문이 끝까지 살아남겠소?"

"먼저 범씨와 중행씨가 망할 것입니다."

"그다음은?"

"지씨 가문입니다."

"그러면 그다음은?"

"한씨와 위씨입니다. 진나라의 정권은 마지막으로 조씨가 잡게 될 것입니다."

"그 이유가 무엇이오?"

"조씨는 겸손합니다. 군자를 잘 대접하고 나라의 풍속을 귀히 여깁니다. 그 외 다섯 가문은 풍속을 무시할 뿐 아니라, 농토를 멋대로 나눠 주고 수확의 절반을 세금으로 강탈해 갑니다. 그 돈으로 사병을 마구 늘려, 사병이 농부보다 많아졌습니다. 이 때문에 조금이라도 영지를 더 늘리려고 이웃 영토를 침범하고 있습니다."

"그중에 범씨, 지씨가 제일 먼저 망하게 되는 까닭?"

"공정히 등용해야 할 벼슬자리를 돈 받고 팔기 때문입니다. 돈으로 벼슬을 산 사람은 본전을 뽑으려 백성을 더 가혹하게 다룹니다. 그래서 두 가문은 겉으로 평안한 것 같으나, 부풀어 오른 가죽 부대처럼 곧 터지게 되어 있습니다."

"다음에 한씨와 위씨 가문이 망하게 되는 이유는?"

"그들은 잔머리만 굴릴 뿐 나태합니다. 게다가 백성을 착취할 줄 아는 관리만 중용하고 있습니다. 그러나 조씨는 백성에게 땅을 공정히 분배하고 세금도 공평하게 걷습니다. 농민에게 곡식을 빌려줄 때도 듬뿍 주고, 받을 때는 훨씬 적게 받습니다. 그래서 조씨 가문이 진나라를 차지하게 되어 있습니다."

"정확히 보고 있구려. 왕이 백성의 마음을 사야 나라가 오래 가지……."

"그러하옵니다, 대왕. 흔히 병법의 요체를 싸움만 잘하는 것이라 여기기 쉬우나, 이는 편견입니다. 태곳적 황제가 네 적─동쪽 청제靑帝, 서쪽 백제白帝, 남쪽 적제赤帝, 북쪽 흑제黑帝─을 징벌해 사해四海를 평정한 이치가 바로 병법의 요체입니다."

"오우, 그 이치가 뭐요?"

"황제가 사용한 우음右陰입니다."

양陽이 불처럼 위로 타오르며 강하고 뜨겁고 요란한 것이라면 음陰은 물처럼 아래로 흐르며 부드럽고, 차가우며, 조용한 것이다. 우右에는 중요하다는 뜻이 있어, 우음이라 하면 음의 방법을 주로 사용했다는 뜻이다. 이와 같은 우음의 이치를 손무가 계속해서 설명했다.

"대왕, 황제는 부드럽고 차분하고 은밀한 방식으로 승리를 거두었습니다. 사방의 적을 토벌할 때 결코 성급하지 않았다는 뜻입니다. 중앙에 있던 황제는 숭산嵩山의 기슭에서 남쪽의 적제赤帝부터 정복해 나가기 시작했습니다. 그때 적제를 물리치고 잡은 포로를 풀어주며

7년간 백성을 쉬게 하고(휴민休民)―세금과 부역, 군역들을 면제― 나라를 부강하게 했습니다. 그다음 동쪽 청제靑帝를 정벌한 뒤에도 7년간 휴민했고, 북쪽 흑제黑帝, 서쪽 백제白帝도 그런 식으로 중앙에서 사방을 정복해 나갔습니다. 사방인 동서남북에서 동은 목木이고, 서는 금金이며, 남은 화火이고, 북은 수水입니다. 여기에 중앙의 토土가 합쳐져 만물을 이루는 기본 요소인 오행五行이 되는 것입니다."

"그러면 오행은 어디서 왔소?"

"바로 음양陰陽입니다. 그래서 음양오행이라 부르는 것입니다. 음양오행에 맞으면 천지의 도에 순順하는 것이고, 틀리면 역逆하는 것입니다. 병법에 적용하자면 정공법(양陽)으로 맞서고 기습(음陰)으로 승리하는 것입니다. 음양을 잘 구사하는 자는 천지와 같이 무궁無窮하고 강과 바다처럼 무진無盡합니다. 그러므로 대왕이시여, 천지의 도에 순하십시오."

손무의 말을 귀담아 듣던 합려가 혼잣말처럼 되뇌었다.

"천의 도에 순하라……."

손무의 신출귀몰하는 계략

오나라가 손무의 노력으로 최강에 다다르자, 합려가 신하들을 모아 잔치를 베풀었다.

"내 필생의 소원이 중원의 패자가 되는 것이오. 그러려면 먼저 초나라를 꺾어야만 하오. 다행히 손 원수의 공력으로 이제야 발판이 완료된 것 같소. 오대부 생각은 어떻소?"

오로지 부형의 원한을 갚으려는 기회만 노리던 오대부였다.

"그렇습니다. 오와 초는 역사적으로 같은 하늘 아래 살 수 없는 사이입니다. 우리 군의 사기가 손 원수의 조련으로 하늘을 찌르고도 남습니다. 지금이야말로 가장 좋은 때입니다."

신하들이 이구동성으로 찬성하는데 오직 손무만 머뭇거렸다. 합려가 손무를 지목해 물었다.

"손 원수의 생각은 어떠하오?"

"우리가 전쟁 준비를 했다 하나, 초나라도 역시 근래에 들어 영윤 낭와의 주도로 간신 비무극을 죽이고 백성을 어루만져 안정되어 있습니다. 아직은 때가 아닌 것 같습니다."

오자서와 백비는 일순 어안이 벙벙했다. 다른 사람도 아니고 손무가 전쟁에 제동을 걸다니…. 왕도 역시 기분이 상한 기색이었다. 오자서와 백비가 동시에 손무에게 전쟁 불가의 이유를 물었다.

"대왕의 웅지와 오대부의 소원을 모르는 바는 아니옵니다만, 전쟁을 감정으로 일으키기는 쉬워도 감정만으로 이길 수는 없습니다. 승산이 확실치 않은 전쟁을 일으키는 것은 불에 뛰어드는 나방과 같습니다. 전면전을 벌이기 전 우선 우리와 초나라를 다섯 가지로 살펴보아야 합니다."

이 말에 중신들도 공감하는 분위기였다. 오대부와 백비가 초나라에 악감정을 가지고 있다는 것을 잘 알고 있었기 때문이며, 국가의 존망이 걸린 전쟁을 개인적 원한 때문에 일으킬 수는 없는 노릇이었다.

오자서와 백비도 기분은 언짢았지만, 분위기를 읽고 더 이상 전쟁을 주장하지 않았다. 합려가 다시 손무의 의견을 구했다.

"다섯 가지가 무엇이오?"

"다섯 가지에서 앞서가면 승리합니다. 첫째, 싸워야 할 때와 싸워서는 안 될 때를 분명히 구분하는 자가 승리합니다(지가이전여불가이전자승知可以戰與不可以戰者勝). 둘째, 병사의 많고 적음에 따라 적절한 계책을 내는 자가 승리합니다(식중과지용자승識衆寡之用者勝). 세 번째, 상관과 부하가 하나가 될 때 승리합니다(상하동욕자승上下同欲者勝). 네 번째, 만반의 준비를 갖춘 자가 준비하지 못한 자를 이깁니다(이우대불우자승以虞待不虞者勝). 다섯째, 장수가 유능하고 왕이 사소한 것에 간섭하지 않으면 승리합니다(장능이군부어자승將能而君不御者勝). 이 다섯 가지에 비추어 적을 알고 나를 알면 백 번 싸워도 위태롭지 않다(지피지기 백전불태知彼知己 百戰不殆)고 했습니다. 나를 알고 적을 모를 때 승패를 반복하지만, 나도 모르고 적도 모르면 매번 패배합니다."

손무의 지적처럼 오나라가 전력을 정비했다고는 하나, 초나라는 한때 중원의 최강자였으며 지금도 오나라 못지않은 전력을 가지고 있어 전면전을 벌이기는 부담스러운 상황이었던 것이다.

당장 초나라를 치자고 주장했던 오자서도 머쓱해져 손무를 바라보았다.

"옛말에 사슴만 쫓는 자는 태산을 보지 못한다(축녹자 목불견 태산逐鹿者 目不見 泰山)고 했는데, 내가 그 모양이 되었구료."

그런 둘의 모습을 합려가 흡족한 표정으로 지켜보았다.

'국운이 상승하려면 유능하고 사심을 누를 줄 아는 사람들이 몰려든다더니…. 서로 의기투합한 사이인데도 불구하고 자기 견해를 분명히 하고, 다를 때 설득을 통해 입장을 통일해 가다니…. 손무와 오자서 같은 부하가 내게 있다니…. 얼마나 다행한 일이냐.'

합려가 속으로 흐뭇하게 여기고 있는데, 손무가 귀가 번쩍 뜨일 말을 했다.

"폐하, 전면전은 성급하지만 소규모의 국지전은 필요합니다."

"어디를 공격하면 좋겠소?"

"우리와 국경 지대인 초나라 서성舒城입니다. 공격해서 얻을 이익은 두 가지입니다. 첫째, 아군과 적군의 사기를 가늠해 볼 수 있고, 두 번째, 초나라로 망명해서 서성을 지키고 있는 엄여와 촉용을 제거할 수 있습니다. 초나라가 대왕께 적의를 품고 있는 두 공자에게 서성을 맡긴 것은 대왕께 대한 모독입니다. 따라서 열국의 제후들도 이번 기습공격을 공감할 것이고, 초나라로서도 무리하게 군사를 일으키면서까지 엄여와 촉용을 구하려 하지 않을 것입니다."

그렇지 않아도 합려는 두 공자가 국경에서 호시탐탐 합려의 자리를 노리는 것이 영 거북했었다.

"과연 명분와 실리를 겸한 양수겸장兩手兼將의 묘책이오. 우리 군의 용맹을 과시하고 동시에 전왕의 공자들을 없앨 수 있겠구려. 서성을 치기로 합시다."

비록 국지전이기는 하지만 손무의 진가를 발휘할 싸움이 시작되었다. 출진에 앞서 손무는 장수들에게 각별한 주의를 주었다.

"여러분, 나라를 수레로 비유한다면 왕은 차축車軸입니다. 그러면 장수란 무엇이냐. 장수는 차축을 지탱하는 보輔입니다. 이 보의 틈이 벌어지면 나라가 약해지고 보가 긴밀하면 나라가 강해집니다. 나라의 운명이 오로지 여러분에게 달려 있소이다."

오자서와 백비 장군이 선두에서 서성으로 진군했다. 오나라 군대가 서성 앞에 도달할 즈음, 손무로부터 군령을 적은 편지가 당도했다.

"서성을 치기 전, 먼저 성내의 병사들을 회유하시오. 그것만으로도 열흘 안에 무너질 것입니다."

서성을 지키는 병사들 대다수는 두 공자를 따라 마지못해 초나라로 망명한 자들로, 서성 앞에 당도한 오나라 군사 중에 친인척이나 친구가 꽤 많았다. 손무가 서성 안에 망명한 병사들을 파악하고, 이들과 연줄이 닿는 사람들을 이번 전투의 군사로 선발해 놓았기 때문이다.

오나라 군사들이 나무 위에 올라가 화살에 고국의 소식과 가족의 근황을 알리는 편지를 달고 성내로 쏘았다.

'그대들은 초나라와 싸우러 갔다가 두 공자가 망명하는 바람에 억울하게 초나라에 항복했다. 그러니 여러분의 죄를 묻지 않겠으며, 초나라 병사의 목을 가지고 오는 자에게는 큰 상을 줄 것이다.'

이런 편지가 매일 수천 통씩 날아든 지 팔일 만에 서성 안에 내홍이 일어났다. 초나라 군인들과 오나라 출신 군인들 사이에 불신이 생겼던 것이다.

이들이 크고 작은 다툼을 벌이던 중, 오나라 출신 군사들이 성문을 열어 주었다. 오나라 군대가 순식간에 성을 장악하고 도망치려는 두 공자를 잡아 죽였다.

이 보고를 받고 우쭐해진 합려가 손무에게 이 기세를 몰아 초나라의 항복을 받아내자고 했다. 그러나 손무가 또 반대했다.

"대왕, 제후들은 이번 우리의 승리를 반간계反間計의 꾀로 이긴 것으로 보고, 실제로는 초나라가 더 강하다고 여길 것입니다. 더구나 우리 뒤에 월나라가 호시탐탐 노리고 있습니다."

당시 주나라 천자는 경왕敬王(529~479)으로, 종주국으로서 힘은 없이 명망만 유지하고 있었다. 춘추 초기부터 250년 이상 벌어진 패권 전쟁의 무대도 황하 유역에서 동남쪽의 장강 유역으로 이동되었다. 장강 유역의 세 나라 중 초나라가 먼저 최강국으로 등장했고, 뒤이어 약소국이었던 오나라와 월나라도 천하 패권의 꿈을 품기 시작했다.

이런 상황이라 오나라는 초나라도 꺾어야 하지만 배후의 월나라도 간과할 수 없는 입장이었다. 이 부분을 손무가 지적하자 합려가 고개를 끄덕이며 재차 물었다.

"그럼 아예 월나라를 치면 어떻겠소?"

"오나라와 월나라 간에 아무 원한이 없습니다. 이유도 없이 공격하면 열국의 신망을 잃습니다. 그 전에 초나라의 속국 노릇을 하는 나라들부터 우리 우방으로 돌려놓는 것이 급선무입니다."

"그럼 어찌해야 하오?"

"일찍이 진晉 도공悼公이 초나라를 물리칠 때 이일대로以逸待勞 전법을 사용했습니다."

"이일대로라? 쉬엄쉬엄 쉬어가며 적이 피로해지기를 기다린다?"

"그렇습니다. 진의 병사들이 초와 싸우며 피곤해하자, 진도공에게 순앵筍罃이 사군삼분四軍三分의 용병술을 건의했습니다. 군을 셋으로 나눠 둘은 쉬게 하고 하나가 초군을 상대하는 것입니다. 이러한 치고 빠지기 전략으로 진군은 활력을 되찾았던 반면, 매 전투마다 참여한 초군은 기진맥진해지고 말았습니다. 지금 우리도 그 전략이 필요합니다."

이후 오나라는 오자서의 지휘로 6년 동안 초나라 변경을 '치고 빠지기 전략'으로 교란했다. 군대를 세 개 전투군단으로 분리하여 한 군단이 변경을 급습하다 초군이 달려오면 빠지고, 다른 군단은 다른 지역을 급습했으며, 교란작전에 출동하지 않는 군단은 휴식을 취했다. 그 바람에 초군만 우르르 몰려다니느라 허덕거렸다. 결국 강력했던 초군의 전력이 현저히 약화되었다.

그동안 손무는 두 가지 일을 했다.

첫째, 초나라 곳곳에 심어놓은 첩자를 통해 가끔씩 오나라가 곧 대대적 공격을 삼행할 것이라는 거짓 첩보를 흘렸다. 그 때문에, 초나라 전군에 자주 비상이 걸렸다. 하지만 아무 일도 없자, 초나라의 경계심이 무뎌졌다. 두 번째, 합려를 움직여 백성의 삶을 윤택케 하는

데 진력했다.

그러자 백성들이 합려에게 목숨을 내놓을 만큼 충성심이 커졌다. 드디어 때가 되었다고 판단한 손무는 초나라와 우방국을 단절시키는 작업에 돌입한다.

먼저 전격적으로 서舒와 잠灊을 점령하고 북쪽 육六까지 병합했다. 이후 초나라의 다른 속국들도 오나라의 눈치를 보기 시작했지만, 초나라의 힘도 무시할 수 없어 여전히 굽실거리는 나라가 많았다. 하지만 손무는 합려에게 중원 외교의 미래를 이렇게 예측했다.

"멀지 않아 초나라 속국 중 두 나라가 오나라에게 굴복할 것입니다."

아나나 다를까, 초나라에 제일 충성스런 당唐과 채蔡가 오나라에 사신을 보내 적극 협력할 것을 맹세하였다. 무슨 근거로 그런 예측을 했을까?

기원전 505년 늦겨울, 초나라에 채소공蔡昭公과 당성공唐成公이 조공을 바치러 갔을 때의 일이다. 당시 초소왕은 영윤 낭와에게 국사를 의탁하고 있었다.

채소공이 초나라에 올 때 하얀 패옥佩玉 한 쌍과 초피貂皮 갑옷 두 벌을 가지고 왔는데 이중 패옥만 소공에게 바쳤다. 이를 알게 된 낭와가 채소공에게 초피 갑옷을 잠시만 빌려 달라고 했다.

그러나 낭와의 탐욕은 천하가 다 아는 일, 채소공이 거절했다. 낭와는 앙심을 품고 "내 말을 무시하다니. 뜨거운 맛을 보여주리라"며 소왕을 찾아갔다.

"대왕, 근래 속국의 제후 중 일부가 오만해져서 초나라의 위신이 잘 서지 않사옵니다."

"그래요? 어느 제후가 건방지게 군다는 말이오?"

"특히 채소공이 그렇습니다. 이번에도 천하제일의 보물 두 개를 가지고 와서 일부러 하나만 왕께 바쳐도 된다며 으스댄다 하옵니다. 다른 제후들에게 경고하기 위해서라도 채소공을 억류하소서."

"그렇게 하시오."

다음 날은 당성공이 조공을 바치러 왔다. 두 필의 말이 끄는 수레를 타고 왔는데 그 말이 천하의 명마인 숙상肅霜이었다. 어찌된 일인지 당성공도 명마 한 마리만 소왕에게 바쳤다.

전날에 그랬던 것처럼 낭와가 남은 명마에 군침을 흘리며 당성공에게 빌려 달라고 졸랐다. 당성공도 거절했다. 낭와가 또 앙심을 품고 초소왕을 움직여 당성공까지 억류했다.

이렇게 해서 함께 감금된 두 제후는 낭와에게 이를 부득부득 갈았으나, 낭와는 손바닥만 한 나라의 제후들이라며 더 심하게 모멸했다. 돼지우리 옆에 기거하게 하고 돼지에게 주는 구정물을 식사로 주었다.

이들은 억류된 지 3년 만에 겨우 풀려났다. 그동안 본국에서 수없는 뇌물이 낭와에게 바쳐진 결과였다. 너무나 억울했던 채소공이 진晉정공定公(511~475)을 찾아가 호소했다.

"저도 일국의 제후인데 지난 3년 돼지 구정물을 먹고 살았습니다. 내 아들을 볼모로 내줄 테니 이 한을 풀어 주십시오."

진정공은 중원의 패권을 잡을 기회라 여기고, 천자에게 채소공의 사정을 아뢴 다음 연합국 결성의 왕명을 받아냈다.

'천사께서 신나라에게 무노한 초나라를 치라는 영을 내리셨다. 제후들은 군사를 동원하여 모이도록 하라.'

그해 늦은 봄, 그렇지 않아도 초나라의 횡포에 시달리던 제齊, 노魯, 위衛, 진陳, 정鄭 등 17개국이 군사를 동원하여 진나라로 모여들었다. 연합군의 대장에 진晉의 장군 순인荀寅이 임명되었다. 초나라의 소릉을 향해 전진하는 연합군의 모습은 실로 장관이었다. 끝없는 대지에 군마의 행렬이 지평선 너머까지 이어졌다. 이들은 속속 소릉에 도착해, 각국의 영채와 깃발을 세웠다.

중앙에 순인의 지휘소가 설치되었고, 각 나라 장수들이 모여 정벌 방식을 의논하기 시작했다. 그러나 워낙 의논이 많아 하나로 모으기가 쉽지 않았다. 매일같이 작전회의만 열다가 여름철이 되어 장마가 쏟아지기 시작했다. 거기에 학질까지 번져 병사들이 속속 쓰러졌다.

결국 변변한 싸움 한 번 못한 채 자진 철군해야 했다. 크게 실망한 채소공과 당성공이 이번에는 오나라에 찾아와 자국의 인질까지 맡기며 도움을 청하기 시작했다.

손무는 중원의 정세를 첩자를 통해 손바닥 들여다보듯 보고 있었다. 이제 초나라는 속국들이 떠나 고립무원이 되었고, 진나라도 초나라 징벌에 실패해 힘을 잃었다. 손무는 오자서를 불러 채소공과 당성공을 만나고 있는 합려를 찾아갔다.

"대왕, 여기 와 있는 채소공과 당성공은 물론 한때 초를 섬겼던 진陳, 허許, 돈頓, 호胡 같은 나라의 제후들께서도 지금은 초에 한이 사무쳐 있습니다. 이제야말로 초를 칠 때입니다. 부개夫槪(합려의 동생)공자를 선봉으로 삼으시고 당과 채를 좌우익左右翼으로 세우소서."

합려가 뛸 듯이 기뻐했음은 물론이다.

"으하하하, 이런 경우를 불감청不敢請이언정 고소원固所願이라 하지."

바람도 손무의 병법을 듣다

기원전 506년 10월.

드디어 오를 중심으로 당, 채의 세 나라가 연합군을 결성했다. 초나라 사정에 밝은 오자서와 백비가 선두에 섰고, 손무는 전후방을 오가며 전쟁을 총지휘하기로 하였다. 거국적 출병식에서 합려가 나와 직접 북을 울리며 외쳤다.

"출정하라!"

손무가 왕명을 복창했다.

"출정하라신다!"

복창 소리와 함께 3만 병사의 함성이 산하를 진동하였다. 이들을 태운 함선이 회하를 서진하여 사흘 만에 회예淮汭에 당도했는데, 한수와 장강이 합류되는 지대로 갈대숲이 무성했다. 예汭란 두 물길이 합류해 굽이쳐 흐르는 곳을 가리킨다. 즉 회예는 전략의 요충지였던 것이다. 오나라 군이 이곳을 선점한 것도 역시 손무의 전략이었다. 일단 회예를 점거한 뒤, 강변을 따라 행군하여 대별산에 진을 쳤다.

초나라에서도 심윤술沈尹戌과 영윤 낭와를 앞세워 대응에 나섰다. 심윤술은 출전하기 전 이런 전략을 세웠다.

먼저 낭와가 한수 이남으로 가서 진을 치고 강을 오르내리며 오나라 군대의 주의를 끈다. 그동안 심윤술은 본국에서 군사를 모아 대별산大別山 뒤로 돌아 회예로 가서 오군의 함선과 보급선을 모조리 소각한다. 그러면 대별산의 오군이 당황할 것이고, 이때 낭와가 오군을 정면에서 치고, 배후를 심윤술이 치기로 했다.

탁월한 구상이었다. 이 각본대로 낭와가 군사를 이끌고 먼저 한수 남쪽으로 다가갔다. 이로써 일단 한수를 사이에 두고 초군은 남쪽에서, 오군은 북쪽 대별산에서 마주보게 되었다. 낭와가 작전 계획대로 한수를 오르내리며 오군의 신경을 붙잡아 매었다. 그동안 심윤술은 본국에서 4만의 군사를 모았다.

이제 낭와는 심윤술이 회예로 와서 오나라 군선을 불태우기만을 기다렸다가, 오군을 공격하기만 하면 된다. 이대로 진행되었다면 초나라가 분명히 이겼을 텐데, 낭와 잔머리로 계획이 어긋난다.

낭와가 누구던가, 초나라 속국의 제후들을 수탈하고 초소왕의 눈을 어둡게 하던 자였다. 남의 눈을 어둡게 하는 자는 자기 눈도 어두워지는 법. 낭와도 처음에는 심윤술의 계책을 따르기로 작정하고 준비하는데 심복 사황史皇이 속삭였다.

"낭와 장군, 긴히 드릴 말씀이 있습니다."

"뭐냐?"

"장군께서는 어찌 하늘이 준 기회를 놓치고 계십니까?"

"하늘이 준 기회라니?"

"오나라의 전차는 나무입니다만, 우리 초나라 전차는 가죽입니다.

이런 늪지대에서는 시간이 흐를수록 우리 전차가 더 무용지물이 됩니다. 심윤술 장군이 적의 배후로 돌아가 적선을 불태울 때까지 기다리기는 무리이옵니다. 설령 심윤술이 적선을 불태운 다음 우리가 적과 싸워 이긴다 한들 공은 심윤술에게 돌아갑니다. 또한 대장군께서 그간 국정을 맡으시며 백성의 원망을 듣기도 했으나 심윤술은 왕과 백성의 신임이 높습니다. 그렇다면 전쟁 후 영윤의 자리도 심윤술이 차지하게 될 것입니다."

모든 공이 심윤술에게 돌아간다는 말에 낭와의 머릿속이 하얘졌다.

"그럼 어찌하면 좋아? 대책을 내놓아 봐. 대책을……."

"심윤술과 협동 작전을 펴 봐야 대장군께 아무 실익이 없습니다. 차라리 내일 동트기 전 강을 건너, 단독으로 오군을 격파해 버리십시오."

그래서 질투에 눈이 먼 낭와가 이튿날 자정이 지나자마자 곤히 잠든 병사들을 깨워 한수를 건너 대별산의 길목인 소별산小別山으로 다가갔다.

은밀한 작전이라고는 하나 대부대가 배를 타고 이동하다 보니 손무가 알아채게 되었다. 손무는 초군이 안심하고 강을 건너도록 모른 척 내버려 두고 합려의 동생 부개夫槪를 불렀다.

"낭와가 야습하러 소별산에 잠시 뒤에 올 것이오. 몰래 기다렸다가 기습해야 합니다. 2천 군사 정도면 능히 이길 수 있을 것이오."

부개가 병력을 전광석화처럼 몰고 갔다. 어둠 속에 소별산 기슭에 은밀히 진을 치려던 초군은 갑자기 횃불을 들고 달려든 오군에게 일방적으로 당해야 했다. 해가 떠오를 무렵에 초군의 시제를 모으니 작은 산처럼 되었다.

부개가 전리품을 가득 싣고 돌아오자, 손무는 다시 청발천淸發川으로 달려가라고 했다. 그 결과 청발천을 건너려던 초군의 패잔병들마저 부개에게 도륙을 당해야 했다. 이것이 백거伯莒의 결투였다.

낭와가 심윤술의 계략을 거역하고 사황의 말을 듣는 바람에 초나라 군대가 회생 불능할 정도로 대패한 것이다. 낭와는 본국에 돌아가지 못하고, 정나라로 도망쳤다가 후에 자살했다.

이후 오나라 군은 파죽지세로 전진하여 개전한 지 한 달 만에 초나라 도성 영郢까지 이르렀다. 실로 엄청난 속도전이다. 오군은 까마귀 떼처럼 도성을 에워쌌다.

마침 그날 첫눈이 내렸다. 초왕이 찬바람에 날리는 눈보라를 맞으며 성루에 올라 오군을 보더니, '저들을 물리칠 유일한 수단은 화상계火象計 밖에 없다'고 여기고, 왕궁에 사육하던 코끼리들에게 장작을 가득 실은 수레를 매달도록 했다.

며칠 뒤 새벽 일찍이, 수십 마리의 코끼리 부대가 도성 성문 앞에 섰다. 초나라 병사들이 수레의 장작에 불을 붙였다. 그 불에 놀란 코끼리들이 날뛰며 불타는 수레를 끌고 도성 밖으로 오나라 군대를 향해 질주하기 시작했다. 손무가 검은 깃발을 휘둘러 오나라 군대를 도성 앞 개울가 뒤로 물러가게 했다.

잠시 뒤 코끼리들이 불에 타 죽자, 손무가 붉은 깃발을 들며 오나라 군대를 도성 아래까지 전진시켰는데 도성 일부가 코끼리가 날뛰는 바람에 불에 타 허물어져 있었다. 더 이상 버틸 수 없게 된 초왕이 여동생 비아卑我와 왕손유王孫由를 비롯, 몇 장수만 데리고 도성을 빠져나가 초나라의 속국 수隨나라로 도망쳤다. 낭와가 전공을 독차지하려 한 욕심 때문에 초나라가 비참해진 것이다.

합려가 초나라 도성에 들어가더니 화려한 궁전을 보고 흡족해하면서 모든 장수를 불러 승전 축하 잔치를 열었다. 그 자리에서 초소왕의 화상계가 화제에 올랐다.

"하하하. 우리 오군을 불태우라 내보낸 코끼리가 불에 데어 날뛰는 바람에 초나라 성문이 불에 타 버렸지. 초왕은 하나만 알고 둘을 모르는 놈이야."

합려의 말에 오자서가 대꾸했다.

"그렇습니다, 대왕. 초나라 코끼리가 도성 앞에 쳐 놓은 장애물을 다 치워준 꼴이 되었습니다. 그 덕분에 수월하게 입성할 수 있었습니다."

장수들 또한 너도나도 코끼리가 이번 승리의 일등공신이라며 웃고 떠들었다. 이때 합려는 《손자병법》 중 12장의 '화공계'가 떠올라 손무에게 물었다.

"자, 다들 조용히 하라. 여기까지 오도록 우리가 최강 초나라를 다섯 번 싸워 전승했으니 이 얼마나 대단한 전과냐. 더구나 우리는 3만 병력이었고 적은 20만이었다. 하하하. 이 모두가 손 원수와 오 장군의 공적이로다. 그래서 손 원수에게 묻겠소. 어떻게 우리보다 훨씬 많은 적에게 매번 승리할 수 있었소?"

"군사가 많다고 꼭 이기는 것은 아닙니다. 적이 오려는 곳을 미리 안다면 소수의 아군으로도 충분히 이길 수 있습니다. 아군이 적을 때는 정면충돌을 피하고 유인책으로 적을 한곳에 몰아야 합니다. 그러면 백 번 싸워도 위태롭지가 않습니다."

"고맙구려. 그러면 초왕의 화공은 왜 실패한 것이오?"

"화공에도 때日와 시時가 있는 법이옵니다. 건조한 때, 바람이 적을 향해 부는 시간이 제일 중요합니다. 초소왕은 이를 어겼습니다. 눈이 내려 습기가 사방에 가득한 데다가 바람마저 도성을 향해 불고 있는

데, 도성 밖을 향해 화공을 쓰다니. 화공의 대상은 다섯 가지입니다. 첫째 적의 막사, 둘째 적의 식량, 셋째 적의 보급물자, 넷째 적의 창고, 다섯째 적의 운송수단입니다. 화공을 하기로 결정한 뒤에도 다음 다섯 상황에 따라 달리 대응해야 합니다. 만일 적진 내부에 불이 났는데도 적이 조용하면 불길이 더 세지길 기다렸다가 공격을 해야 합니다. 다음, 적진 밖에서 불을 지를 수 있다면 안에서 불 지르기만을 기다릴 필요가 없이 때를 맞춰 불을 놓아야 합니다. 셋째, 불 지를 때 바람을 안지 말고 등질 것이며 넷째, 도성이나 험한 지형 안에서 장기 농성전을 벌여야 할 때는 먼저 곡식을 거둬들인 뒤 들판을 불태우고 적의 보급로를 차단해 기아 상태에 빠트려야 합니다. 이것이 화공에 의한 청야전술淸野戰術입니다. 바로 초나라는 이 전략을 구사했어야 합니다. 참고로 낮에 바람이 길면 밤바람은 멈춥니다."

그날 밤 전쟁의 참화로 어지러운 왕궁에 모인 장수들은 술잔도 내려놓은 채 손무의 유려한 병법 해설에 정신이 팔렸다. 낮에 도성을 향해 거세게 불던 바람도 밤이 되니 멈췄다. 밤바람마저 손무의 병법에 귀를 기울이는 듯했다.

합려가 손무를 칭찬하며 한 가지를 더 궁금해했다.

"그대의 병법은 신산기묘神算奇妙하구려. 자, 이제 도성도 차지했고 남은 걱정이 또 무엇이 있겠소?"

"폐하, 저에게 분에 넘치는 칭찬이옵니다. 또한 아직 안심할 단계가 아니옵니다. 초나라의 맹장 심윤술이 남아 있사옵니다."

백비가 바짝 뒤를 따르며

왕을 달래는 척하며 오자서를 모함했다.

"오자서가 제나라 사신으로 갈 때

아들을 데리고 가서 제나라에 남겨두었다 하옵니다."

"설마, 그게 사실이오?"

"그렇습니다. 제나라 대부 포목에게

아들 오봉을 맡기고 성까지 왕손씨王孫氏로 바꿨습니다.

또한 손무까지 찾아내 몰래 만났다 하옵니다.

역모를 꾸밀 생각이 아니라면 자식을 성까지 바꿔가면서

제나라에 남겨둘 리가 없습니다."

곁에 있던 서시도 놀란 표정으로 한마디 거들었다.

"한 번 배신한 놈이 또 배신하는 것입니다.

조상 대대로 섬기던 초나라를 배신했던 오자서가

오나라라고 배신하지 않겠습니까? 이런 자는

독사와 같습니다. 품어주어 봐야 물릴 뿐입니다."

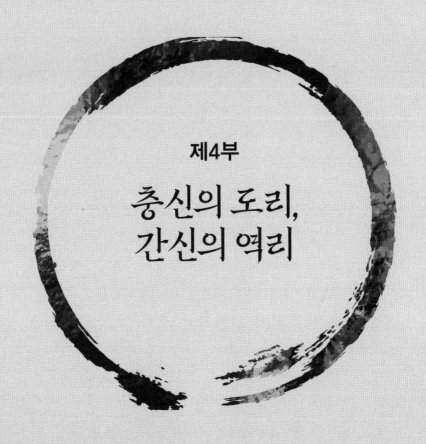

제4부

충신의 도리,
간신의 역리

서산에 해는 기우는 데
갈 길은 멀고

앞서 초군의 전략을 구상했던 심윤술은 어찌 되었을까?

심윤술은 본래 구상했던 대로 화공에 필요한 장비를 준비해 부하들과 함께 도성을 떠나 회예로 달려가고 있었다. 사흘 동안 밤낮없이 가는데 앞길에 아군의 수군들이 패잔병 모습으로 나타났다.

"어찌 된 일이냐? 한수에 있어야 할 놈들이 왜 이런 모양으로 돌아오고 있느냐?"

"대장군, 낭와 장군이 먼저 오군을 야습하다가 당하고 도성까지 함락되고 말았습니다."

"아니, 내가 갈 때까지 오나라의 이목만 끌고 있기로 했는데…. 이런 낭패가 어디 있나……."

기절초풍할 노릇이었다. 충분히 이길 수 있는 전쟁을 낭와의 과욕 때문에 망쳐 버렸다. 그래도 워낙 충절이 곧은 심윤술이라, 아무래도 도성의 초왕도 위험에 빠졌으리라 직감하고 군대를 도성으로 돌렸다. 다시 도성을 향해 이틀가량 달려가는 도중에 또 불에 탄 갑옷을 입은 장수들을 만났다.

"너희들은 또 웬일이냐. 왜 도성을 비우고 왔느냐. 갑옷이 왜 그렇게 새까맣게 그을렸느냐?"

"대장군, 도성이 손무의 화상계로 불타고 있습니다."

"어허…. 대왕은 어찌 되셨느냐?"

"대왕마저 사라졌습니다. 필시 전사하신 것 같습니다."

"대왕까지 죽은 마당에 이제 도성으로 가 싸운들 무엇하리오. 모든 것이 다 끝났도다. 나도 대왕과 목숨을 함께할 것이다."

이 말을 남기고 심윤술은 벌떡 일어나 누가 말릴 겨를도 없이 자결하고 말았다.

합려는 초왕도 종적을 감추었고 마지막 골칫거리였던 심윤술마저 죽었다는 보고를 받고 기고만장해졌다. 제일 먼저 초왕의 비빈들을 품에 안기 시작했다.

'적의 왕을 죽이고 그놈의 침대에서 그놈의 아내를 희롱하는 맛을 누가 알리오.'

합려가 혼자만 즐기기 민망했던지 장수들에게도 초나라 귀족 저택을 점거하고 그 아녀자들을 마음껏 농락해도 좋다고 허락했다. 오나라 장수들이 귀족 저택을 닥치는 대로 차지하고 향락에 빠졌건만 손무와 오자서는 휩쓸리지 않았다.

두 사람은 그토록 영민했던 합려가 초나라 도성을 점령한 뒤 돌변한 것을 보고 염려하기 시작했다. 왕이 그 모양이니 병사들까지 초나라 민가를 갈취하고 다녔다. 손무가 오자서를 만나 걱정했다.

"땅과 성을 빼앗았다고 끝이 아닙니다. 진짜 전쟁은 지금부터인

데…. 민심이 천심인지라, 참화에 시달린 백성들을 위로해야 하거늘, 더 흉흉하게 하니 큰일입니다. 주역에 서리를 밟으면 얼음이 멀지 않다고 했는데(이상견빙지履霜堅氷至) 지금 오나라의 형편이 그와 같소."

오자서도 동감하고 함께 합려를 찾아가 간언하면 어떻겠느냐고 물었다. 그러나 손무가 난색을 표했다.

"왕과 장수들, 심지어 병사들까지 나서서 작은 이익에 빠져 의를 망각하고 있어(견리망의見利忘義), 섣불리 말했다가는 모함을 받게 되오."

그래도 오자서가 '주군이 방종할 때 목숨을 걸고 직언하는 것이 도리'라며 손무를 끌고 합려를 찾아갔다.

합려가 낮술에 취해 혀 꼬부라진 소리로 반가워했다.

"과인은 두 분의 공을 잊지 않을 것이오."

"대왕, 일찍이 초평왕이 아들의 여자를 취하는 바람에 나라가 무너졌습니다. 지금 대왕과 장수들이 점령지의 처첩을 농락하다가 민심을 잃을까 두렵사옵니다. 한 번 민심이 떠나면 나라를 무엇으로 다스릴 수 있겠습니까? 이제 눈앞의 재미보다 대의를 생각하시고, 그만 초나라로 환국하시옵소서."

승리에 도취된 합려의 귀에 잔소리로 들렸다.

"나보고 대의를 생각하라 하셨소? 내가 눈앞의 이익에 눈이 멀었다구요? 참으로 무엄한 말씀들이오. 오늘은 그대들의 혁혁한 전공을 보아 못 들은 걸로 하겠소. 허나 두 번 다시 짐과 오나라를 욕보이는 말을 하면 용납하지 않을 것이오. 어서들 물러가시오."

손무와 오자서가 합려에게 충언했다가 크게 혼났다는 소문이 놀며, 그간 질펀하게 놀던 장군과 병사들이 더욱 즐기는 데만 골몰한다. 이후 손무는 실망감을 병법 연구로 달래었고, 오자서는 합려가 변한 것이 초평왕의 망령이 씌었기 때문이라는 생각까지 들었다.

'그렇지 않고야 합려가 저렇게 돌변할 수 없지 않겠는가.'

그동안 억눌렀던 복수심이 타오르며, 그날부터 초평왕의 무덤을 찾으러 다녔다. 하필 아버지와 형이 살해된 지 17년이 되던 날에 초평왕의 무덤을 찾아냈다.

'이놈. 내 불구대천의 원수가 바위 아래 석관에 고요히 묻혀 있다니….'

오자서는 시신을 끄집어내 한 발로 짓밟고, 이미 푹 꺼진 눈을 찌르며, 구리 채찍으로 삼백 대를 후려쳤다. 시체가 갈가리 찢겨 사방으로 튀며, 창공을 돌던 독수리들이 낚아채 갔다.

이 모습을 본 사람들마다 혀를 내둘렀다.

'아무리 원한이 깊기로서니 시체까지 저렇게 난도질하다니….'

오자서가 이렇게까지 표독스러워지리라고는 아무도 상상하지 못했다. 손무는 아마 합려에 대한 실망이 더해져서 그랬으리라고 보았다.

이즈음 합려는 초소왕의 어머니 맹영태후에 반해 있었다. 태후는 불혹의 나이였으나 여전히 절세가인이었다. 처음에 소왕의 처첩들과 놀던 합려는 소왕의 어머니까지 건드릴 생각은 없었다. 그런데 백비가 부추겼던 것이다.

"대왕, 꽃도 꽃 나름이듯 미녀도 미녀 나름입니다. 누구나 태후를 한 번 보면 세상 어떤 여인도 눈에 들어오지 않습니다. 해어지화解語之花란 바로 태후를 두고 한 말이옵니다."

"정히 그렇다면 한 번 데려와 보시오."

백비가 맹영태후에게 합려의 명을 전했지만 거절당했다. 그때부터 몸이 달아오른 합려가 직접 찾아갔다. 태후가 만나주지 않자 억지로 문을 열고 들어가 겁탈하려 했지만 태후가 은장도를 꺼내 드는 바람에 뜻을 이루지 못했다.

그렇지 않아도 초나라 민심이 오자서가 초평왕의 시신을 찢었다는 소식에 울분에 떨고 있었는데, 합려가 태후까지 능멸하려 했다는 소문까지 겹치며 폭발 직전이었다. 초나라 민심이 흉흉한 중에 오자서에게 편지 한 통이 왔다. 산중에 숨어 지내던 신포서가 보낸 것이다.

"자네의 원통함은 이해를 하네. 그렇다고 평왕의 시체까지 매질하다니? 한때 자네도 나와 함께 평왕을 섬기지 않았던가? 반드시 자네에게 책임을 물을 걸세. 승자가 되었다 하여 경거망동하면 적개심을 불러일으키는 법일세. 현명했던 자네의 돌변이 슬프기만 하네."

이 편지를 읽은 오자서는 좋은 친구였던 신포서와 정반대의 길을 걷게 된 것이 아쉬워 붓을 들었다.

'서산에 해는 기우는데 갈 길이 멀어(일모도원日暮途遠)
순리에 어긋난 일을 했네(도행역시倒行逆施).'

오자서의 답장을 보고 신포서는 그 길로 초소왕의 행적을 수소문한 끝에 수隨나라로 찾아갔다.

"대왕께서 이리 고초를 겪으시니 신하로서 얼굴을 들지 못하겠습니다."

"아니오. 모두가 나의 불찰이오."

초소왕이 엎드린 신포서를 일으켜 안았다. 다음 날 새벽, 소왕의 숙소에서 삿갓을 쓴 한 사내가 조용히 빠져나갔다. 지난밤 왕과 깊은 이야기를 나눈 신포서였다.

　맹영태후의 고향인 진秦나라에 도움을 청하기로 한 것이다. 진의 도성인 옹성雍城으로 향하는 그의 품속에 초왕의 사신使臣임을 증명하는 부절符節을 소중히 간직하고서.

통곡하며 달빛 어린
궁벽을 도는 신포서

수나라에서 진나라까지는 천 리가 넘는다. 이 먼 길을 신포서 혼자 뛰다시피 걸었다. 하루 백 리 꼴로, 열흘 만에 도성인 옹성雍城에 도착했으니 몰골이 어떠했겠는가.

수척한 몰골로 진애공에게 알현을 청했다. 애공도 사랑하는 딸 맹영태후의 근황이 궁금해 근위대장에게 빨리 들여보내라 명했다. 신포서가 오자 진왕이 대뜸 물었다.

"귀국의 곤경은 참으로 불행한 일입니다. 내 딸은 어찌 되었소?"

"오나라가 긴 뱀처럼 일어나 작은 나라를 삼키더니 초나라까지 재앙이 미쳤습니다. 주군께서는 초의 도성을 떠나 유랑하시는 신세가 되셨습니다. 앞으로 오나라가 큰 멧돼지처럼 진나라를 쳐들어올 것입니다. 맹영태후께서도 합려의 행패를 겨우 견뎌내고 있사옵니다. 부디 어신 마음으로 초나라를 구해 주옵소서."

진왕이 심각한 표정을 짓더니 냉담하게 말했다.

"국가의 대사를 사사로운 정으로 결정할 수는 없는 법이오. 더욱이 오나라는 꾸준히 국력을 길러 하늘을 찌를 기세요. 초나라 소왕이 수나라에 망명했다고는 하나 이미 초나라는 죽은 것과 같소. 천하의 명의도 죽은 자를 되살리지는 못하오."

신포서는 예상외로 절망적인 답변을 듣고 객사로 돌아와, 그 시각부터 물 한 모금, 밥 한술 입에 대지 않았다. 그 대신 날마다 대궐 담벼락을 돌며 탄식과 통곡으로 보냈다.

"신하 된 도리를 못해 주군이 광야의 날파리 신세가 되셨는데, 내 어찌 이 큰 죄를 다 갚을까."

이런 신포서의 행위는 곧 도성 안에 퍼졌다. 모두가 만고의 충신이라며 입이 마르도록 칭찬했다. 진왕도 보고를 받고, 달밤에 신포서가 궁벽을 기대듯 돌며 울부짖는 모습을 훔쳐보고서는 감동을 받았다.

"저런 신하를 둔 초나라는 반드시 일어난다. 부럽도다. 내 나라에도 저런 충신이 있을까?"

덩달아 합려에게 곤욕을 치르고 있을 딸이 자꾸만 떠올랐다. 내 딸이 제일 신임했던 인물이 저 신포서였다. 왕실로 돌아온 진왕은 신포서를 불러 손을 잡고 즉흥시 '무의無衣'를 읊었다. 신포서는 진왕이 '그대 어찌…'라며 한 구절을 읊을 때마다 이마에 눈물이 흘러내릴 만큼 머리를 땅에 조아리며 '왕께서…'라고 응수했다.

그대 어찌 옷이 없다 하느냐(개왈무의豈曰無衣)
이 두루마기를 함께 입자꾸나(여자동포與子同袍).
: 왕께서 군사를 일으키시면(왕우흥사王于興師)
저도 창과 방패를 갈고 닦아(수아과모脩我戈矛)
함께 원수를 갚기 위해 싸우겠습니다(여자동구與子同仇).

그대 어찌 옷이 없다 하느냐(개왈무의豈曰無衣)

이 내 속옷도 함께 입자구나(여자동택與子同澤).

: 왕께서 군사를 일으키시면(왕우흥사王于興師)

언월도를 갈고 닦아(수아모극脩我矛戟)

함께 나가겠습니다(여자해작與子偕作)

그대 어찌 옷이 없다 하느냐(개왈무의豈曰無衣)

이 바지를 함께 입으면 되느니(여자동상與子同裳).

: 왕께서 군사를 일으키시면(왕우흥사王于興師)

갑옷과 칼을 손질하여(수아갑병脩我甲兵)

함께 달려가겠나이다(여자해행與子偕行).

신하들도 왕과 신포서가 애달픈 심정을 시로 주고받는 것을 들으며 눈물을 훔쳤다.

진왕은 결단이 빨랐다. 즉시 군사를 일으켜 선봉에 공자 자포子浦, 중군에 공자 자호子虎를 임명하고 5만 군사를 동원했다.

늦은 봄에 옹성을 떠난 군대는 회수를 따라 오나라가 점령 중인 초나라 도성이 있는 동쪽으로 진격했다. 여기에 흩어졌던 초나라 패잔병 3만이 진나라 군대에 합세하며 진초 연합군이 결성되었고, 초 군대가 앞서고 진 군대가 따르는 식으로 행군하기 시작했다.

합려도 장수들을 불러 대책을 물었다. 손무와 오자서는 왕이 너무 오래 본국을 비웠다며, 자신들이 남을 테니 귀국하라고 종용했다. 그러나 합려는 거절했다. 초나라를 떠날 마음이 전혀 없어, 동생 부개

에게 "네가 정예부대를 데리고 가 진초 연합군을 무찔러 버리라"고
했다.

왕궁을 나오며 손무가 오자서에게 걱정스럽게 말했다.

"진나라가 초나라 군대를 앞세웠다는 것은 그만큼 신중하다는 것
입니다. 하지만 부개는 너무 성급해서 진나라에게 말려들 것입니다."

"그런데 왜 부개의 출전을 말리지 않았소?"

"부개가 지면 필시 우리가 철수해야 할 상황이 벌어질 것입니다.
지금 왕에게 급한 것은 한시라도 본국으로 돌아가는 것입니다. 왕에
대한 초나라 민심이 워낙 흉흉하기에 이곳이 머물수록 위험하기 때
문입니다."

"음…. 더 큰 것을 얻기 위해 일부러 져 주자는 것이군요."

"……."

그날 진초 연합군을 향해 달려간 부개는 진을 친 뒤 미리 보낸 척
후병을 불렀다.

"맨앞에 초나라 기병과 일부 보병이 여러 겹으로 서 있고 중앙에
진나라 전차부대가 포진해 있었습니다."

척후병의 보고를 듣고 부개는 성급하게 승리를 장담했다.

"그래, 어린진魚鱗陣이로구나. 물고기 비늘처럼 기병을 전차부대 앞
에 세워 놓은 것이다. 이제 물리치는 것은 시간문제다."

부개는 천하의 맹장이라 스스로 자부하던 사람이라 이 기회에 용
맹을 보여주리라 결심하고, 밤이 으슥해지길 기다려 진영에 모닥불
을 환하게 폈다. 군사들이 야영한 것처럼 위장한 것이다.

그 뒤 말발굽에 무명천을 씌우고, 조용히 진초군이 내려다보이는
곳까지 다가갔다. 과연 진나라 본진이 중앙에 오밀조밀 모여 있었다.

이대로 들이치면 독 안에 든 쥐처럼 섬멸할 수 있을 것 같았다. 부개가 회심의 미소를 지었다.

"진군하라. 적은 독 안에 들어 있다."

부개가 군령을 내리며 앞장서서 창을 꼬나들고 돌격했다. 진초군은 그제야 잠에서 깨어나 대응하는 것처럼 부산을 떨며 자서가 말을 타고 달려 나왔다. 달 밝은 밤 양군이 지켜보는 가운데 두 장수가 부딪쳤다.

몇 합을 겨루더니 자서가 부개에게 밀리며 말머리를 돌려 연합군에게 퇴각명령을 내렸다. 신명이 난 부개가 앞장서서 연합군을 추격하는데, 얼마 지나지 않아 숲속 좌우에서 초나라 군사들이 함성을 지르며 몰려나왔다. 그제야 부개가 지형을 살펴보니 적이 매복전을 펴기에 적합한 곳이었다.

"아이쿠, 당했구나. 모두 멈춰서라."

연합군이 진군만 오목한 지형에 모아 놓고, 초군은 근처 숲속에 숨겨 둔 다음 오군을 유인했던 것이다. 부개가 혈투를 벌이며 가까스로 탈출은 했지만 오나라 병사 태반이 목숨을 잃었다. 합려를 뵐 면목이 없어진 부개가 엉뚱한 도모를 한다.

'형에게 총애받지 못할 바에 쫓아내면 되는 것 아닌가. 합려도 요왕을 죽이고 찬탈하지 않았던가. 나라고 왕 되지 말라는 법은 없지.'

여기에 생각이 미친 부개는 패잔병 천여 명을 이끌고 곧바로 본국으로 향했다. 소주에 남아 있던 파태자와 둘째 아들 산山, 셋째 부차夫差가 힘껏 막나가 패배하고 연릉延陵 지역의 계찰에게로 피했다. 도성을 장악한 부개는 스스로 왕이 되었음을 선포했다.

그동안 합려는 부개가 진초 연합군에게 대패하고 종적을 감춘 줄로만 알고 있었다. 그런데 부개가 본국에 돌아가 찬탈했다는 전갈을 듣고 망연자실했다. 함께 모인 장수들도 모두 낙담했지만 손무는 달랐다.

"대왕, 이대로 머무시다가는 가까이 다가오는 연합군과 소주를 장악한 부개 사이에서 진퇴양난이 될 수 있습니다. 하지만 귀국하시면 전화위복이 되실 것입니다."

그래도 합려가 귀국을 머뭇거리자 오자서가 단호하게 권했다.

"이번 싸움은 설령 우리가 패한다 해도 초나라만 내주면 그만입니다만, 부개의 반역은 우리 뿌리가 잘리는 일입니다. 이곳은 제가 지킬 터이니 왕께서는 귀국하셔서 부개 무리를 분쇄하옵소서."

그제서야 합려가 동의했다. 다음 날 합려는 손무와 백비를 대동하고 선발 부대 만 명과 함께 함선에 올랐다. 흔들리는 배 위에서 합려가 손무에게 물었다.

"부개를 쉽게 격파할 수 있겠소?"

"아직 부개와 그의 병사들은 패전의 상처가 남아 있어 수성만 할 것입니다."

"지구전으로 가면 안 되는데……."

"대왕, 지켜보십시오. 저들을 성 밖으로 끌어낼 계책을 궁리하고 있습니다."

한수의 물결을 따라 내려간 합려의 함대가 태창太倉 유역에 상륙했다. 이 소식을 듣고 연릉으로 피신했던 파태자, 산과 부차도 함께 달려왔다.

이들이 도성으로 달려가니, 부개는 성문을 잠그고 성루에 올라왔다. 기가 막힌 합려가 꾸짖었다.

"야, 이놈아. 내가 너를 얼마나 귀하게 여겼는데 형인 나를 배반했느냐?"

"너도 요왕을 죽이고 왕 자리를 차지한 것 아니냐? 나라고 못 하라는 법이 있다더냐?"

"이놈, 나와 네 경우는 다르다. 나는 요왕이 가로챈 왕위를 원래대로 가져온 것이지만 너는 반역이다."

그렇게 외치고 서쪽에 있는 태호로 물러나 본영을 설치했다. 아직도 분이 안 풀려 씩씩대는 합려에게 손무가 일렀다.

"대왕, 마음을 푸십시오. 도성 안에 부개 쪽 사람은 패잔병 천여 명뿐입니다. 그 외 대부분이 대왕의 녹을 먹던 사람들입니다. 유적지계誘敵之計로 부개를 도성 밖으로 빼내겠습니다."

"적의 공격을 유인해서 적을 친다?"

"부개만 도성 밖으로 나오면 백성들이 대왕을 환영할 것이옵니다."

"그대의 모략은 무궁무진하구려. 내 진즉 그대의 말을 귀담아듣지 못한 것이 한이로구나. 그대로 시행하시오."

부개의 역모는 일찍이 손무가 합려더러 귀국하라 했던 말을 듣지 않아 생긴 일이었다. 이를 두고 합려가 자책한 것이다.

귀신들의 불꽃놀이

손무는 태자 파에게 2천 군사를 주며 말했다.

"태호의 어선들을 모조리 모으세요. 밤이면 배마다 횃불을 켜고 호수를 돌게 하세요."

때는 9월 초, 저녁이면 한낮에 뜨거웠던 대지의 열기가 안개로 변해 태호를 덮었다. 어선 3,000척이 매일 밤이면 안개 자욱한 밤 깊은 태호에 불을 매달고 호수에 떠다니기 시작했다.

요란한 풀벌레 소리가 더욱 묘한 분위기를 자아냈다. 손무가 구상한 '귀신 불꽃놀이'였다.

물론 부개도 심리전이라는 것을 알고 한 달만 잘 견디면 될 줄로 알고 버렸다. 하지만 도성 사람들은 달랐다. 그렇지 않아도 인심이 흉흉한데, 밤마다 흐릿한 호수에 수 없는 붉은빛이 어른거리자 불길하게 여겼던 것이다.

그런 데다가 도성에서 제일 신령하다는 무당 천마무天馬巫가 밤이면 성루에 올라 태호의 불빛을 향해 절을 올리며 푸닥거리를 했다. 저

불빛이 이번 전쟁에서 억울하게 죽은 원귀寃鬼들이라는 것이다.

도성의 백성 태반이 아들이나 남편이 전사했다. 이들이 몰려나와 무당에게 원귀를 달래 달라며 돈을 바쳤다. 어떤 사람은 원귀가 도성을 맴돈다며 몰래 도성을 빠져나가기도 했다.

이 소식에 놀란 부개가 천마무를 공개 처형했다. 그래도 민심이 진정되지 않았다. 손무는 드디어 작전을 개시할 때가 되었다고 보고 합려에게 부탁했다.

"대왕께서는 병사로 위장해 여기에 남아 계십시오. 부개가 도성을 나오거든 대왕의 깃발을 들고 입성하시면서 기병대 천여 명을 협곡으로 보내십시오. 지금 도성에 뛰어난 군사도 없고 백성들 모두 대왕을 반길 것이기 때문에 쉽게 탈환하실 것입니다. 부개의 일은 제가 알아서 처리하겠습니다."

그리고 손무는 '합려와 함께 병사를 모집하러 간다'는 헛소문을 내고, 특등 사격수만 모은 전차부대를 데리고 태창太倉 쪽으로 물러났다.

한편 부개는 민심도 진정시키고 아군의 사기도 진작시키려면 도깨비 놀이를 중단시켜야 되겠다고 결심하던 찰나에, 합려와 손무가 태창으로 가서 병사를 10만 명이나 모았다는 첩보까지 받았다. 손무의 역정보에 당한 것이다. 부개로서 더 이상 공격을 늦출 수 없는 상황이었다.

"이 피래미 같은 새끼들, 합려와 함께 모조리 수장시켜 주겠다."

그날 야심한 시각, 부개가 특공대원 오천 명을 데리고 도성을 쏜살같이 빠져나갔다. 태창과 소주 사이의 유일한 통로가 30리가량 뻗어 있는 협곡이다. 부개는 이곳에 살쾡이처럼 숨어 있다가 합려의 본대가 들어오면 전후좌우에서 박살낼 요량이었다.

부개가 도성을 빠져나간 뒤, 합려는 손무의 계책대로 왕의 깃발을 앞세우고 성문을 향해 나갔다. 여기저기서 닭 울음소리가 들리는 새벽이었다.

역시 손무의 말처럼 남녀노소 모두가 도성의 사대문을 활짝 열고 연신 엎드리며 합려를 맞이했다. 그런 줄도 모르고 부개는 협곡으로 깊이 들어가 매복 장소를 물색하고 있었다.

"합려야, 네가 오죽 멍청하면 손무 같은 놈을 책사로 쓰겠느냐. 오늘 밤이 두 놈의 제삿날이니라. 으하하하하."

이 말이 채 끝나기 전 저 멀리 계곡 끝자락에 먼지가 뭉게구름처럼 일어나는 것 아닌가. 손무의 부대가 달려오고 있었던 것이다. 부개는 언뜻 작전이 누설된 것 아닌가 싶어 고개를 갸우뚱했지만, 지금 머뭇거릴 입장이 아니었다.

"얼른 대오를 정비해 사격하라."

부개의 군사들이 사격을 개시했다. 그럴 줄 알았다는 듯 손무가 선봉부대 앞에 재빨리 방패 부대를 세우며 계속 근접해 왔다.

"여기는 좁아서 기마대로 맞서기는 곤란하다. 후퇴해서 넓은 곳으로 가자."

부개의 기마대가 협곡을 겨우 빠져나가는데 그 앞에 합려가 입성하면서 보낸 기병대가 떡 버티고 서 있었다. 협곡 안에 갇히게 된 부개의 기마대는 양쪽의 협공에 무너졌고, 부개만 겨우 30명을 데리고 탈출했다.

딱히 갈 곳이 없어진 부개는 팔순이 훌쩍 넘은 왕실의 큰 어른 계찰季札을 찾아 연릉延陵으로 도망갔다.

손무는 협곡의 전투를 가볍게 끝내고 도성으로 가 합려를 만났다. 합려가 치하하며 금번 전쟁에 동원된 진법을 궁금해했다.

"군대의 힘을 '세勢'라 한다면, 이 세를 펼치는 것이 진형陣形입니다. 진형에 일곱 가지가 있습니다.

첫째, 원진圓陣입니다. 군사를 원형으로 배치하는 것으로 넓은 곳에서 돌연 적과 마주치거나 사방 경계가 필요할 때, 병력을 집결할 때 유용합니다.

둘째는 방진方陣입니다. 사각 모양으로 병력을 배치하는 것입니다. 중앙 병력은 적게, 양옆은 많은 병력을 배치하고, 지휘부는 뒤쪽에 자리 잡습니다. 정면 대결할 때 요긴한 진법으로, 양옆의 병사들이 긴 창으로 적을 찌르며 중앙부로 유인합니다.

셋째로 추행진錐行陣이 있습니다. 돌파할 때 사용하는 진법으로, 삼각추처럼 병력을 배치합니다. 추의 꼭짓점에 배치하는 선봉부대는 최정예 기마부대여야 합니다. 이들이 적진에 들어가 추풍낙엽처럼 분산시켜 놓으면 보병들이 들어가 적을 낙엽 치우듯 청소합니다.

넷째가 장사진長蛇陣입니다. 뱀 모양으로 병사들이 늘어서는 것입니다. 적을 포위하는 등 기동력이 필요할 때 쓰는 진법이나, 양 끝에서 공격받거나 중간 허리가 끊기면 전멸당할 수 있습니다.

다섯째, 안행진雁行陣입니다. 공중의 비둘기 떼처럼 팔八자형, 또는 역팔자형입니다. 기동력은 떨어지나 궁병 위주로 사격전을 벌이거나 공성전을 벌일 때 필요합니다.

여섯째, 어린진魚鱗陣입니다. 기병과 보병을 혼합해 물고기 비늘처럼 배치해 놓는 것입니다. 추행진과 마찬가지로 공격형 진법이나, 차이점은 추행진은 기병 위주이고, 어린진은 보병 위주입니다. 공격력은 추행진에 비해 조금 떨어지나 적의 기병과 아군이 밀접해 있을 때 아군의 보병이 적 기병을 괴롭힐 수 있다는 장점이 있습니다.

일곱 번째가 학익진鶴翼陣입니다. 학이 날개를 펴듯, 적이 치고 들어올 때 양 날개로 전진하고 중앙은 뒤로 빠지는 진법입니다."

"부개가 패한 이유도 진법 때문이오?"

"그렇습니다. 첫 번째 진초 연합군과의 전투에서 부개는 적이 지형을 이용해 학익진을 놓았는데도 달려들다가 졌습니다. 두 번째 협곡 전투에서도 오로지 매복할 심산으로 장사진 모양인 횡으로 늘어서서 급하게 달려왔습니다. 저는 추행진으로 맞섰습니다. 앞에 기마부대 서고 방패부대가 뒤따르다가 부개군이 말에서 내려 화살을 쏘려 할 때, 방패부대를 앞세워 막은 뒤 바로 기마부대로 밀어붙였습니다. 부개가 견디지 못하고 도망쳤지만, 대왕께 미리 부탁해 달려온 기병대가 가로막고 짓밟았던 것입니다. 적장의 성격과 더불어 지형지물을 보면 적이 어떤 진형을 펼지 가늠할 수 있습니다. 여기에 대응해 아군의 진형을 짜야 합니다. 하지만 부개는 용맹만 앞섰지 지략이 없어, 지형을 살피지 않고 덤벼드는 바람에 지고 말았습니다."

"진형의 운용이 이렇게 교묘할 줄은 미처 몰랐소."

합려와 손무가 주력군을 데리고 본국으로 떠난 뒤에 남아 있던 오자서는 어떻게 되었을까? 진초 연합군도 오자서가 잔류병만 데리고 있음을 알고 나서 나날이 거세게 도전하고 있었다. 각지에 숨어 있던 초나라 병사들까지 연합군에 속속 가세했다.

초나라 백성들도 눈에 띄게 오자서에게 저항했다. 오자서도 도저히 버틸 수 없어, 그해 겨울 도성에서 나와 장강의 얼음을 딛고 초 왕실의 수렵지였던 운몽雲夢으로 물러갔다.

운몽까지 초나라 군사들이 쫓아와, 장강에서 운몽으로 바람이 불 때 화공을 가했다. 메마른 운몽의 숲이 활활 타오르는 가운데 오자서 일행이 새까만 연기를 뒤집어쓴 채 동북쪽 공서公壻로 또 후퇴했다.

그곳까지 초의 군대들이 따라붙었으나 오자서는 대응하지 아니하고 피해 다니며 합려에게 병사를 보내 구원병을 요청했다.

초군이 집요하게 쫓아다닌 이유는 자국 안에 천하의 영웅 오자서가 머무른다는 것이 큰 부담이었기 때문이다. 합려가 오자서 군대의 옹색한 처지를 듣고 손무를 불렀다.

"지금 초나라의 지역을 전전하는 오자서가 구원을 요청해 왔소. 곧 손 원수께서 가주셔야겠소."

"대왕, 제가 가더라도 달라질 것은 없습니다. 방대한 초나라를 얻으려면 민심을 다독였어야 했습니다. 이미 늦었습니다. 사방에서 초나라 백성이 항거하고 진, 초군은 오자서를 압박하고 있습니다. 지금으로선 무사히 철수하는 것만이 유일한 방책입니다."

"그러나 이대로 철군하면 몇 년간 공들였던 우리 노력은 허사가 되는 것 아니오."

합려가 못내 아쉬운 듯 입맛까지 쩝쩝 다셨다.

"그것은 아닙니다. 대왕, 우리는 한때 중원의 패권국이었던 초의 수도를 점령했습니다. 이번 일로 초나라의 위세는 이미 꺾였고, 우리는 천하에 위명을 드높였사옵니다. 잠시 물러났다가 초나라가 정비될 즈음에 다시 한 빈 쳐서 초나라의 국경 일부를 병합하십시오."

그 말이 맞았다. 지금 명분을 세워 물러나는 것이야말로 열국 앞에 자신의 체면을 지키는 길이었다. 합려까지 초나라 전국민까지 저항

하는데 싸우다가 곤욕을 치른다면 오나라의 명성이 다시 땅에 추락할 수밖에 없다. 그래서 합려는 오자서의 철군을 허락했다.

손무가 남긴 말,
"오자서여, 부차는 소인배라네"

그로부터 2년 뒤 오나라는 손무의 계책대로 부차를 시켜 초나라를 치고 초의 영토를 많이 차지했다. 겁먹은 초나라는 아예 도성을 북쪽의 약郡으로 옮겨 갔다. 이리 되자 열국이 앞다퉈 합려에게 친선 사절을 보내 진상품을 바쳤다.

그러나 유일하게 제나라만 아무 소식이 없었다. 기분이 상한 합려가 제나라를 칠 뜻을 내비치자 손무가 당황스러워했다.

지금 자신이 합려에게 몸을 의탁하고 있으나 제나라는 어디까지나 조국이었다. 그렇다고 무작정 반대만 할 수도 없었다. 그랬다가는 몸만 오나라에 있고, 마음은 제나라에 두고 있다고 오해받는다. 손무가 곤혹스러워하는 것을 본 오자서가 꾀를 내었다.

"대왕, 그동안 나라가 전쟁을 치르느라 지친 상태입니다. 제나라와 싸우지 않고 이길 수민 있다면 더없이 좋을 것입니다."

합려가 불만에 찬 목소리로 물었다.

"싸우지 않고 이길 수만 있다면야…. 그 방법을 내놓아 보시오."

"예. 제경공齊景公에게 애지중지하는 고명딸 소강少姜공주가 있습니다. 그 공주를 파태자의 비로 보내라 하소서."

"그거 좋은 생각이로다."

합려가 손뼉까지 치며 기뻐했다.

"우리 태자도 장가가야 할 때가 되었지. 제나라가 강태공의 나라라며 은근히 우리를 오랑캐로 얕보는데 청혼을 받아 줄까? 만일 그리만 된다면야…. 굳이 싸울 필요가 없지."

그래서 제나라에 청혼사로 백비와 대부 왕손락王孫駱을 보냈다. 경공은 마음이 내키지 않았지만 오나라와의 전쟁을 막으려면 소강공주를 시집보내야만 했다. 이제 16세인 딸을 나라의 평화를 위해 머나먼 남쪽 나라로 보내고, 그날부터 제경공은 6개월을 비탄에 잠겨 지냈다.

한편 파태자는 공주를 처음 보는 순간부터 빠져들었다.

"공주여, 그대는 봄의 시냇가에 피어오르는 아지랑이 속의 제비꽃 같소."

그러나 공주는 파태자가 아무리 사랑해도 고국의 부모를 잊지 못해 날마다 흐느껴 울다가 숨을 거두었다. 너무나 공주를 사랑했던 태자도 역시 매사에 흥미를 잃더니 공주의 뒤를 따라갔다.

제나라 공주를 태자비로 세웠다가 태자까지 잃게 된 합려는 음주가무에 몰두하며 상실감을 잊으려 한다. 그러면서 태자의 빈자리도 내버려 두었는데, 평소 부차를 옹졸하고 과격하다고 못마땅하게 여겼기 때문이었다. 그렇다고 산을 태자로 삼기에는 너무 유약했다.

부차는 형이 죽고 곧 자신이 태자가 될 줄 알았다. 하지만 합려가 전혀 내색을 하지 않자, 태자가 못 될 것 같아 안달이 났다. 고민 끝에 자신에게 입안의 사탕처럼 구는 백비를 찾아갔다.

"백비, 태자의 자리가 오랫동안 비어 있어 걱정이오."

"당연히 그 자리는 공자님의 것입니다. 제가 왕을 찾아뵙겠습니다."

백비는 합려가 상심에 더 깊이 빠져 지낼 때를 노렸다. 어느 날 합려는 백비 앞에서 술에 취해 장탄식했다.

"제일 쓸만한 장남은 죽고, 제 몸 하나 건사할 수 없는 둘째와, 표독하기만 한 셋째만 남아 있다니…. 왜 이리 자식 복이 없는가…….."

"어차피 공자 산께서는 나라를 운영하기 어려우니 부차 공자밖에 없습니다. 하루라도 빨리 태자에 임명하십시오. 태자의 자리가 오래 비면 나라가 시끄러울 수 있습니다."

만사가 귀찮아진 합려가 "알았다. 부차를 태자로 세우라"고 허락했다. 부차가 태자가 되던 바로 그날 손무가 오자서를 따로 만났다.

"오 장군, 이제 조용히 살고 싶습니다."

오자서가 놀래서 만류했지만 손무는 그만두는 까닭을 분명히 한다.

"합려는 조강지처를 버리지는 않을 사람입니다. 함께 고생한 사람과 더불어 부귀를 누릴 사람입니다. 부차는 다릅니다. 자기를 위해서라면 같이 고생한 사람도 가차 없이 내칠 사람입니다. 노자가 말했듯 큰 나라는 생선을 조리하듯 다스려야 합니다(치대국治大國 약팽소선若烹小鮮). 생선을 익힐 때 마구 뒤집으면 부서지고 맙니다. 부차처럼 은혜도 모르고 안하무인 격인 인물이 큰 나라를 다스리면 곧 망가집니다. 그러니 오공께서도 부디 조심하십시오."

이 말을 남기고 자리에서 일어선 손무를 오자서가 붙들려다가 그만두었다. 평소 유연한 손무였지만 한 번 결단 내리면 누구도 막지 못한다는 것을 잘 알기 때문이었다.

그러나 어떻게든 손무를 붙잡아 두고 싶어 합려에게로 달려갔다. 왕의 힘을 빌리고 싶었던 것이다. 그럴 줄 알고 손무는 미리 백비를 통해 합려에게 사직을 허락받은 뒤라 오자서가 헛걸음을 한 것이다.

사전에 손무가 백비를 만나 사직서를 건넸을 때, 백비는 내심 좋아 죽을 지경이었다. 그러지 않아도 오자서와 손무 때문에 왕의 최측근이 되지 못하는 것이 불만이다. 손무가 스스로 그만둔다 하니 하늘이 준 기회로 본 것이다.

"귀신도 부린다는 손무만 없다면 오자서쯤이야 얼마든지 가지고 놀 수 있지. 으흐흐흐."

이런 생각을 감추고 손무를 위로했다.

"손선생이 더 계시면 좋으련만 물러나신다고 하니……. 대왕께 잘 말씀드려서 큰 상을 내리도록 하겠습니다."

손무는 백비의 응큼한 속을 알지만 오나라를 조용히 떠나려면 달리 방법이 없었다. 손무의 사직상소를 손에 쥔 백비는, 합려가 사냥 도중에 쉴 때 내놓았다.

"폐하, 손 원수의 사직서입니다."

합려가 놀라며 손무를 붙들어야 한다고 하자 백비가 손무를 생각하는 듯 말했다.

"손 원수는 왕과 국가를 위해 진력을 다하며, 심신이 너무 지쳐 있습니다. 쉬고자 하는 것이오니 허락해 주옵소서. 혹 국가에 중대한 일이 생기면 그때 부르시면 되옵니다."

"그건 맞소. 오늘 오나라가 이렇게 강해진 것도 손 원수의 노고가 컸기 때문이오."

"폐하, 휴식을 떠나는 손 원수에게 큰 상급을 내려 위로하옵소서."

"그렇게 하시오."

손무의 은퇴가 확정된 이후 오자서는 아무 일도 손에 잡히지 않았다. 그렇게 며칠간을 서성이다가 어느 날 일찍이 손가둔을 찾아갔다.

이사 준비 중이던 손무가 반색을 하며 거실로 안내했다. 방안 한쪽에 칡넝쿨로 묶어놓은 책 더미가 차곡차곡 정돈이 되어 있었다.

"손 선생이 떠난다 하니 내 몸의 반이 무너지는 것 같소."

"저도 같은 심정입니다. 그래서 간곡히 당부드립니다. 오대부도 이쯤 오나라를 떠나세요."

"지난번 부차에 대해 하신 말씀을 생각해보니 맞는 것 같구려. 허나 아직은 선생과 제가 공들여 세운 합려가 왕이오. 차후에 부차가 왕이 된다 해도 선생과 제가 힘을 합한다면 잘 헤쳐나갈 수 있으니 지금이라도 마음을 돌려주시오."

하지만 손자는 고개를 저으며 자신이 오나라를 떠나야 하는 이유를 댔다.

"첫째, 나는 제나라 출신입니다. 이곳에 남아 오나라를 더 강하게 해 줄수록 오나라가 제나라까지 지배하려 할 것입니다. 두 번째, 합려는 신하로 살면서 산전수전을 다 겪고 왕이 된 사람이라 신하의 입장을 조금은 살필 줄 압니다. 그러나 부차는 다릅니다. 아버지와 시류를 잘 만나 태자가 되었을 뿐, 본디 도량이 좁고 덕이 없어 소인배에 불과합니다. 이런 사람이 왕이 되면 결국은 왕과 나라가 함께 망하게 됩니다."

손무가 오나라에 혁혁한 공을 세우고도 은둔을 택한 것은 노자를 따르는 아버지 손빙의 영향도 컸다. 손빙은 늘 손무에게 노자의 사상을 바탕으로 하고 공자의 윤리로 골격을 세우라고 했다.

"아들아, 일찍이 노자께서 공자 선생을 만나 '유능한 장사꾼은 좋은 물건은 깊이 감춰두고(양고심장약허良賈深藏若虛), 군자는 덕을 갖추고도 어리석은 듯(군자성덕용모약우君子盛德容貌若愚) 행하거늘 그대는 인위人爲가 너무 강하니 다 해로울 뿐'이라 하셨다고 한다."

"저도 그 얘기를 공자 선생께 들었습니다."

"그랬구나. 공자께서 노자 선생의 지적에 어떤 반응을 보이셨다고 하시더냐?"

"제자들을 만나 노자 선생에 대해 '내가 새나 짐승은 잡을 수 있지만 노자는 용과 같아 잡을 수가 없구나. 그러나 사람이란 무릇 짐승과만 살 수 없는 노릇 아니냐'라고 대답하셨답니다."

"공자의 말씀은 사람이 무리를 이루는 한 인의예지仁義禮智가 필요하다는 것이고, 노자께서는 그런 인위적인 예의 이전의 무위로 돌아가라는 말씀이로다. 너도 인위적인 병법을 통해 천하의 안녕을 세우도록 노력한 뒤엔 반드시 무위의 자연으로 돌아가거라. 그것이 두 선생의 가르침을 따르는 길이니라."

손무는 이 가르침 대로 실천하는 일환으로 일단 합려의 천하를 만들어 중원에 평화가 깃들게 했다. 그런데 엉뚱하게 오나라 궁정에서 권력 쟁투가 재연될 조짐이 보여 이런 싸움에 끼어들고 싶지 않아 오나라를 떠난 것이다.

손무가 제나라로 향해 올라가는 길에 전쟁이 남긴 참화가 널려 있었다. 허물어진 성곽, 불에 탄 집터와 가재도구, 앙상한 패잔병들의 시체, 이들을 덮고 자라나는 풀 등. 이를 보며 손무는 깊은 회의감에 빠졌다.

'아무리 전쟁에서 이겼다 한들 무슨 의미가 있을까.'

손무가 자취를 감춘 지 6개월 뒤에야 오자서는 손무 일족이 제나라 외진 시골에 숨어 산다는 소문을 들었다.

장작더미에 누워 다짐한 복수

손무가 오나라를 떠났다는 소문은 금세 열방에 퍼졌다. 어느 나라가 제일 반겼을까? 오나라와 국경을 마주한 월나라였다. 이 나라는 오나라 남쪽의 절강성과 광동성에 자리잡고 있어 언젠가 오나라와 국운을 건 싸움을 해야 할 처지였다.

지리적으로 그랬지만 역사적으로도 두 나라는 견원지간이었다. 원래 월인들은 나무 덩굴 속이나 바닷가 갈대숲 속에서 살았다. 뱀을 종족의 상징으로 삼고 단발머리에 문신을 하고 다녀 오나라인들에게 야만인이라 멸시당했다.

이들을 월왕 윤상允常(510~497)이 단합시켜 강력한 나라로 만들었다.

윤상은 자신이 우禹임금의 20대 후손이라며 자부심이 대단했으며, 오나라를 정복하겠다는 야심을 품고 수시로 공격했다.

하지만 오나라 합려가 손무와 오자서를 기용해 중원의 패자가 되는 바람에 윤상이 한을 품고 죽었다. 여기에 아들 구천句踐(496~465)이 오나라 정벌을 필생의 염원으로 삼는다. 합려는 월나라에 구천이 왕으로 등극했다는 소식을 듣고 생각이 복잡해졌다.

'호부虎父 아래 견자犬子 없다고 구천도 윤상 못지않은 기개가 있다. 이미 월나라란 윤상이 탄탄하게 자리잡아 놓았다. 여기에 구천이 왕으로 경륜을 더 쌓는다면…. 음, 그 전에 월나라를 잡아야 한다.'

신하들을 불러 자신의 의중을 내비쳤더니 왕의 간지러운 곳을 잘 긁어 주는 백비가 월나라를 치자고 선수를 쳤다. 그런데 오자서가 반대하고 나섰다.

"폐하, 월왕 윤상이 우리를 호시탐탐 노렸다고는 하나 이미 죽은 사람입니다. 오나라는 패권국입니다. 패권국이 상중喪中의 나라를 침략하면 다른 제후들의 신뢰를 잃어버리는 것이옵니다."

이때부터 백비는 오자서를 증오하기 시작한다. 이전까지는 동향인으로 경쟁의식 정도만 가졌지만, 왕 앞에서 자기 의견을 공개리에 묵살했다고 느끼면서 제거할 대상으로 찍은 것이다.

백비가 보기에 손무는 지능형 전략가로 쉽게 다룰 인물이 아니었지만, 오자서는 달랐다. 지략이 있어 일의 전후좌우를 보기는 하지만 너무 대나무처럼 곧았다. 그래서 손무와 달리 어떤 사안의 이면까지 꿰뚫지는 못했다. 이런 사람을 함정에 빠트리기란 식은 죽 먹기보다 쉽다. 이런 생각을 하며 백비는 더 부드러운 목소리로 합려에게 아뢰었다.

"폐하, 맹수는 새끼 때 잡아야지 크고 나면 반드시 후환이 따릅니다. 죽느냐 사느냐의 전쟁에 무슨 인륜 도덕입니까? 오히려 월나라가 국상 중이라 우리에게 절호의 기회입니다. 이런 기회는 두 번 다시 오지 않습니다. 이 기회를 버리면 월나라가 우리를 치게 될 것입니다."

그 말에 합려의 신경이 곤두서며 월나라를 공격하기로 결정을 내렸다. 전쟁을 반대한 오자서는 도성에 남아 있기로 하고, 합려가 직접 3만 군사의 선봉에 서서 남쪽으로 내려갔다. 이들이 용문산에 집결할 때쯤 월왕 구천도 전군 소집령을 내리고 대응책 마련에 분주했다.

"오나라 놈들이 먼저 전쟁을 일으켰소. 아직 선왕의 상중인데 난감하오."

대부 범려范蠡가 "고금을 통틀어 국상 중인 나라를 치는 것은 결례"라며 "오나라의 결례를 되돌려 줄 방법이 있다"고 했다.

"어떻게 할 것인지 어서 말해 보시오."

구천의 독촉에 범려가 응했다.

"나라의 사형수들을 모아서 자살 특공대를 조직할 것입니다."

"자살 특공대라?"

범려를 깊이 믿는 구천은 뭔가 짚이는 게 있는지 고개를 끄떡이며 국내 사형수들을 한자리에 모으도록 했다. 사형을 선고받을 정도인 이들 흉악범은 토굴 속에 갇혀 처형받을 날만 기다리고 있었다. 범려는 이들 중 기골이 장대한 육백 명을 선발했다.

"너희들은 어차피 죽을 몸이다. 이번 전쟁에 목숨을 바치면 남은 가족들에게 큰 상급을 내리겠다."

월나라 군대가 절강을 건너 다가온다는 보고를 받고, 오나라 군대도 용문산을 나와 근처 취리檇里에 진을 쳤다. 양측이 팽팽하게 대치하며 하루에도 몇 번씩 공방전을 벌였으나 사흘이 지나도록 피장파장이었다.

4일째 되던 날 아침이었다. 월나라 진영에서 묘한 장면을 연출했다. 하얀 소복에 뱀 모양 가면을 쓴 군인들이 앞으로 나오더니 제1열 백 명, 제2열 이백 명, 제3열에 삼백 명으로 줄지어 섰다. 모두 갑옷과 투구를 벗고 맨손이었다.

전쟁하려는 군인이라기보다 조문객 모습이었다. 그 모습이 하도 괴이해 오나라 군사들이 넋을 잃고 구경하고 있는데, 1열 백여 명이 오나라 진 앞까지 터벅터벅 오더니 일제히 외쳤다.

"국상 중인 월나라를 욕되게 했으니, 하늘이 오나라를 가만두지 않으리라."

동시에 각자 품속의 단검을 꺼내 자신들의 목을 동시에 찔러 일시에 붉은 피가 하늘로 솟구쳤다. 이어 제2열의 이백 명이, 다음에 3열의 삼백 명도 똑같은 방식으로 피보라를 날리며 쓰러졌다. 오나라 병사들은 진영 앞에서 벌어진 희대의 장면을 보면서 웅성거렸다.

"국상 중이라더니. 얼마나 슬펐으면 자진해 죽을까?"

"월나라 군인들은 죽음도 무서워하지 않는다더니 저 정도까지 드셀 줄이야."

오나라 군대가 온통 자살하는 월나라 병사들에게 집중할 때, 월나라 기병대가 급습했다. 범려가 마련한, 동쪽에서 소리 지르며 서쪽을 경격하는(성동격서聲東擊西) 전략이었다. 순식간에 오나라 진영이 쑥대밭이 되었다. 합려까지 나서서 독려해도 별 효과가 없었다.

동분서주하는 합려를 월의 장수 영고부靈姑浮가 발견하고 달려들었다. 두 사람이 수십 합을 겨루는데, 막상막하였다. 이를 본 월 병사들이 합려를 잡겠다고 우르르 몰려와 합려는 말머리를 돌려야만 했다.

그 순간 영고부가 쏜 독 묻은 화살이 합려의 왼쪽 발뒤꿈치에 꽂혔다. 그 상태로 합려는 월군의 추격을 피해 10여 리를 내리 달려야 했다. 그 위를 오나라 군사들이 방어했는데, 형陘 지역까지 철수하고서야 겨우 안정되었다. 하지만 합려가 중태에 빠졌다.

도성에 있던 오자서와 부차가 부랴부랴 달려왔지만, 합려는 이미 임종 직전이었다. 합려가 풀린 눈동자를 겨우 깜박이며 부차의 손을 잡았다.

"태자야, 이 아비를 죽인 구천을 잊겠느냐?"

"하늘에 맹세코 잊지 않을 것이옵니다."

아들의 다짐을 받은 합려가 이번에는 오자서를 바라보았다.

"뒷일을 잘 부탁하오……."

합려의 고개가 옆으로 돌아가며 숨을 멈추었다.

도성으로 돌아온 부차는 그날부터 장작더미 위에 자면서(와신臥薪), 복수를 다짐한다. 궁정의 인사말까지 바꾸었다. 신하들이 자신을 볼 때면 "부왕을 죽인 월 구천을 잊지 마십시오"라 하게 했다.

부차는 부왕의 복수를 다짐하는 한편 오자서와 백비에게 "선왕을 잘 보필했듯 나도 잘 보필하라"며 보물을 하사했다. 백비는 얼른 챙 겼지만 오자서는 '선왕의 원수를 갚은 다음에 받겠다'며 사양했다. 이 때도 백비는 속으로 '오자서 이 새끼는 꼭 혼자 깨끗한 척한다'며 비 웃었고, 부차도 역시 내심 '늙은 신하가 왕의 호의를 무시했다'며 싫 어했다.

그래서일까. 그다음 날로 수상 자리인 태재太宰는 오자서를 대신해 백비로 교체되었다. 대신 오자서는 손무가 했던 군사 조련을 맡았다. 부차 입장에서 오자서가 부왕의 중신인 데다가 왕에게까지 사리분별 을 따지는 것이 부담스러웠지만, 백비는 늘 왕의 입장을 고려해주어 훨씬 편했던 것이다. 그래도 오자서는 자리에 연연하지 않고 묵묵히 《손자병법》을 숙독하며 군사력 강화에만 진력했다.

오나라가 국력을 쏟아 복수전을 준비한지 3년째 되던 해, 월 구천은 먼저 오나라를 공격할 뜻을 신하들에게 내비쳤다.

"부차가 밤낮 지 애비 원수를 갚는다고 칼을 갈고 있다 하니, 우리가 먼저 치면 어떻겠소?"

범려가 일어나서 만류했다.

"소신이 듣기에 전쟁은 자연을 거스르는 것이고, 무기는 흉기라 했습니다. 싸움이란 피할 수 없을 때 해야 합니다. 출병하지 말고 조금 더 기다리소서. 저들이 먼길을 떠나 나라 안까지 쳐들어와도, 우리가 성을 굳게 지키고(고수부전固守不戰) 적의 보급로를 끊으면 쉽게 이길 수 있사옵니다."

범려의 말에 대부 문종도 동의했다. 그랬더니 구천이 길길이 날뛰었다.

"내가 부차의 애비 합려도 이겼거늘, 애송이 부차 따위가 덤비길 기다렸다가 방어나 하란 말이오?"

젊은 데다가 성격까지 급한 구천이 버럭 역정을 내며 전쟁을 결정했다.

구천은 기원전 494년, 전쟁을 반대한 범려와 문종을 도성에 남겨두고 10만 대군 앞에 서서 기세 좋게 태호를 향해 달려갔다. 그런데 태호로 가는 길목 부초夫椒산에서 오자서가 나타나는 게 아닌가.

그제야 구천은 범려가 아직 오나라와 정면 대결할 때가 아니라고 했던 말이 떠올랐으나 이미 엎질러진 물이었다. 오자서의 조련으로 천하무적이 된 오군 앞에 주눅이 든 월군이 싸우기를 주저주저했다. 화가 치민 영고부가 뛰쳐나와 고함쳤다.

"3년 전, 합려를 죽인 고부이다. 오늘은 그 아들 부차 놈의 목을 베러 왔다."

"네 이놈, 주둥이가 상당히 거칠구나. 다시는 나불거리지 못하게 찢어 놓을 것이다."

오자서가 맞고함을 치며 달려 나왔다. 양군이 지켜보는 가운데, 두 장군이 수십 합을 겨뤄도 승부가 나지 않았다. 말발굽이 일으키는 흙먼지 속에 칼날이 번득였다. 칼을 든 영고부는 창을 든 오자서를 근접 공격하려 애썼다.

오자서가 말을 돌리는 척하자 영고부가 바짝 달라붙어 오자서의 허리를 자르려 했다. 잽싸게 말 등 옆으로 눕듯이 피한 오자서가 창으로 영고부의 왼쪽 발뒤꿈치를 깊이 찔렀다. 그대로 말에서 떨어진 영고부가 쩔뚝거리며 돌아갔다.

이 장면을 보고 구천이 실망하고 있는데, 또 하나의 절박한 소식이 전달되었다. 월나라 서북쪽을 경계하는 군사가 달려와 오나라 정예 기병 6,000명이 절강浙江 기슭을 오르락내리락하고 있다는 것이다.

월나라의 도성 소흥紹興 근처에 절강과 회계會稽가 있다. 구천은 자신이 소흥을 비운 사이 오나라 기병이 덮치려는 것이라고 판단했다. 월나라 장수와 병사들까지도 도성이 빼앗기면 나라가 망하는 것 아니냐며 흔들리기 시작했다.

이 또한 손무가 오자서와 작별할 때 손무가 월나라와의 대전이 벌어질 것이라며, 미리 내놓았던 계책이 적중한 것이다. 그 계책대로 오자서가 부대를 둘로 나누어 전차와 보병부대는 부초산에 배치하고, 기마부대는 절강 기슭으로 보내 시위하게 했던 것이다.

다급해진 구천이 회군할 방안 마련에 골몰하는데, 벌써 오군의 전차부대가 사격을 가하며 다가왔다. 구천이 대책 없이 물러나야 했는데, 퇴각로의 요지마다 이미 오군의 보병이 기다리고 있었다. 후퇴도 쉬운 일이 아니었던 것이다.

구천은 어디를 수비해야 할지도 모른 채 막무가내로 도망쳐야 했다. 바로 이 장면은 오자서가 손무의 군형편을 응용한 것이다. 아군을 지키며 완전한 승리를 얻는 것(자보이전승自保以全勝)은 적의 착오를 일으켜 아군이 이기기 쉽도록 만들어 놓았기 때문이다.

이런 전략하에 오자서는 월의 퇴로를 열어 주고 요충지마다 기습부대를 배치해둔 것이다. 이로써 오군은 별 희생 없이 고스란히 월을 제압했다. 구천이 오자서의 계략에 말려 정신을 잃고 헤매는데, 범려와 문종이 구원병 오천 명을 이끌고 달려왔다. 이들의 분투로 그나마 구천이 도성의 남쪽 회계산會稽山 속으로 깊숙이 도망칠 수 있었다.

백비를 꼬드겨 풀려난
월왕 구천

회계산은 골이 깊고 봉우리가 높았다. 안으로 들어갈수록 울창하여 한 번 숨으면 누구도 찾지 못했다. 그 안에 종적을 감춘 구천 일행을 찾아 오나라 군사 5만이 산 아래를 이중 삼중으로 포위했다.

구천 일행은 가지고 간 식량이 다 떨어지자, 포위망을 뚫으려고 특공대를 보냈으나 번번이 실패하고 산속 열매나 풀뿌리로 연명해야 했다. 아무래도 활로를 찾기 어렵다고 본 구천이 장탄식을 했다.

"아, 나의 운명은 여기까지인가."

문종이 왕을 달랬다.

"탕왕도 한때 하대夏臺에 갇혀 지냈고, 문왕은 유리羑里에 구금되어 있었으며, 진나라 중이重耳는 망명객의 세월을 보냈지만 세 분 다 끝내 패왕霸王이 되셨습니다. 이를 볼 때 대왕의 지금 상황이 복이 될 수도 있습니다."

"고마운 말씀이오. 진즉 범려 대부의 말을 들었어야 했는데……."

이에 범려가 장탄식을 하며 한 가지 방안을 내놓았다.

"이제부터가 중요합니다. 입으로만 복종하고 속으로 복수를 노려야(구밀복검口蜜腹劍) 합니다. 절망의 벽 앞에서는 아래를 보아 절제하고 옆을 보아 위기가 무엇인지를 살펴야, 하늘의 기회가 오는 법입니다. 부디 몸을 낮추시어 오왕에게 예를 갖추어 신하가 되겠다고 자처하십시오. 구차하지만 현재로서는 달리 방도가 없습니다. 그것만이 기사회생할 수 있는 길입니다."

"내가 항복한다고 부차가 자기 아비를 죽인 나를 살려주겠소."

"그 점은 과히 염려하지 마소서. 부차가 제일 신임하는 신하가 백비입니다. 백비는 탐욕스런 인물로 뇌물과 미녀를 보내면 얼마든지 우리 뜻대로 움직일 수 있습니다."

"하지만 부차 곁에 오자서 같은 명장이 버티고 있소."

"대왕, 부차는 어리석어 현명한 오자서보다 간신 백비를 더 좋아합니다. 이것이 바로 하늘이 대왕에게 주시는 기회가 될 것입니다. 이미 우리 도성에 사람을 보내 여덟 미녀와 옥대, 보검 등을 비롯해 월나라의 진기한 보물을 준비하게 했습니다. 이 뇌물을 가지고 대부 문종이 백비를 만나면 됩니다. 그 뒤 백비의 간교한 혓바닥이 부차를 설득하는 자리로, 왕께서 가셔야 합니다."

그리하여 우선 오나라 왕실에 공물을 보냈고, 그다음 문종이 뇌물을 들고 은밀히 백비를 찾아갔다. 순간적으로 백비의 입이 딱 벌어졌다가 닫혔다. 일단 체통을 지키기 위해서 호통을 쳤다.

"월나라는 곧 망할 나라이거늘, 이까짓 걸로 나를 움직여 보려 하느냐?"

"전쟁에서 이기고 지는 것은 흔한 일입니다. 월왕이 비록 회계산에 갇혀 있다 하나 지금도 도성에 약간의 군사와 넉넉한 군량미가 비축

되어 있습니다. 이 공물과 보물도 다 도성에서 보낸 것입니다. 이제 월왕이 항복하고자 하니 도와주십시오. 만일 거절하신다면 월왕의 신민들이 목숨을 바쳐 거국적으로 오나라에 저항할 것입니다. 그런 상황이 되면 오나라의 배후에 초나라가 치고 들어올 것입니다."

"그 정도는 나도 안다. 여하튼 이 많은 선물을 가져오느라 수고했으니 물러가 쉬어라. 내가 우리 왕을 만나는 날, 미리 연락할 테니 찾아오거라."

문종이 속으로 '그러면 그렇지 개가 고기를 싫어하겠느냐'며 물러나왔다.

며칠 뒤 백비가 부차를 만났다.

"구천이 화해하자며 엄청난 공물을 보내왔소."

"다 폐하의 덕입니다. 이제 폐하도 환궁하셔서 편히 지내셔야 합니다."

"회계산 속에 숨어 있는 구천은 어떻게 하고…?"

"산이 너무 깊고 먹거리도 많습니다. 구천을 찾아다니려면 3년은 족히 걸립니다. 그동안 월나라 도성의 군대가 다가오고 배후에 초나라까지 가세하면 난처해집니다. 만약 월왕이 폐하께 복종한다고 하면 못이기는 척하시고 받아 주십시오. 지금 문밖에 문종이 와 있습니다."

오왕도 마침 야전 생활을 그만두고 포근한 왕실로 가고 싶던 참이었다.

"그렇다면 일단 문종을 한번 만나봅시다."

부차가 접견을 허락하자 문종이 무릎으로 기어들어와 부차에게 항복문서를 바쳤다.

"구천은 대왕께 감히 덤벼드는 큰 죄를 졌사옵니다. 그 대가로 지금 첩첩산중에서 혹독하게 고생하고 있습니다."

어깨에 힘이 잔뜩 들어간 부차가 항복 문서를 훑어보더니 물었다.

"여기 보니 구천이 월나라 땅뿐 아니라, 구천 스스로도 내 신하가 되고, 왕비와 시녀까지 모두 내게 바친다 했는데…. 정말 이행하겠느냐?"

"예. 저희의 생사가 대왕께 달렸거늘 어찌 거짓을 말하겠습니까?"

"음…. 구천의 죄를 생각하면 이가 갈리지만…. 백비의 부탁도 있고 하니 구천의 항복을 받아들이겠노라."

부차가 구천의 숨통을 틔워주기로 했다는 소식이 금세 오나라 전국에 퍼졌다. 그제야 알게 된 오자서가 오왕에게로 달려와 막 떠나려던 백비와 문종을 째려보았다.

"이놈들, 너희들의 시커먼 속을 모를 줄 아느냐."

다시 문종을 정면으로 응시하며 다그쳤다.

"선왕을 죽인 만고의 죄인들이 어찌 잔꾀로 살아남기를 바라느냐?"

그 뒤 부차에게 격한 어조로 따지듯 아뢰었다.

"저놈들이 화를 면하고 후일을 도모하려는 위계를 쓰고 있습니다. 맹수는 잡은 먹이를 놓치는 법이 없습니다. 이번에 구천을 죽여야만 후환이 사라집니다."

부차는 속으로 생각했다.

'오자서 이놈이 감히 내 앞에서 백비와 문종을 꾸짖고, 나에게까지 강요하다니 오만불손하기 그지없구먼. 지난번 초평왕의 시체까지 갈가리 찢는 것으로 보아 필시 제후들에게 무슨 반감이 있는 것 아닐까.'

"오 장군, 그까짓 날개 꺾인 새 한 마리 살려준다고 뭘 후환이 있다는 말이오?"

부차가 이마를 찌푸리며 말하자 백비가 거들고 나섰다.

"오 장군의 말도 일리는 있습니다만, 싸우다가 상대 왕을 죽일 수는 있어도 항복한 적의 왕은 죽이지 않는 법입니다. 항복한 왕을 죽이면 그 왕의 신민이 따르지 않기 때문입니다. 승패란 병가지상사라. 항복한 왕들만큼은 살려 주는 것이 열국의 묵계처럼 되어 있습니다. 더구나 월은 이미 나라 구실 하기에 틀렸습니다. 왕 하나 살아 있다고 해서 아무 힘도 쓸 수 없습니다. 그런 왕을 죽여 봐야 민심만 사나워집니다. 차라리 항복한 왕에게 대왕의 인덕을 베풀어 만천하에 과시하소서."

이때였다. 밖이 월나라 왕 구천이 회계산에서 내려왔다며 소란스러웠다. 잠시 뒤 초췌한 모습으로 죄수복을 입은 구천과 그의 신하들이 부차 앞에 무릎을 꿇었다. 일국의 왕이 죄인을 자청해 눈물, 콧물을 쏟으며 땅바닥에 엎드리다니.

부차는 구천이 이렇게까지 비굴하게 나올 줄은 상상도 못했다. 부차는 한때 겨루었던 왕으로 불쌍한 생각까지 들어 혀를 찼다.

'비록 내 부왕이 월과의 싸움에 죽었다 해도 전쟁터에서는 흔한 일이 아니던가.'

구천은 자신들을 바라보는 부차에게 연이어 절을 올리며 아뢰었다.

"신, 구천이 대왕께 용서를 구합니다. 철이 없어 과오를 저질렀습니다. 여기 속죄의 뜻으로 선물을 마련했사옵니다. 가납하여 주소서."

오나라 왕 옆에 서 있던 백비가 나서서 거들었다.

"대왕, 월나라는 이미 우리의 영토이고 구천은 왕의 신하가 되었습니다. 신하는 왕을 충심으로 모시고 왕은 신하를 애휼로써 다스린다 하옵니다. 이들도 대왕의 식솔이오니 따스하게 대해 주옵소서."

부차는 왕이 된 뒤 오늘처럼 보람을 느끼는 날이 없었다. 장난감으로는 이빨과 발톱이 다 빠진 호랑이만한 것도 없다지 않는가. 일국의 제왕인 구천을 살려두고 마음대로 부리는 것 또한 큰 즐거움이리라.

그래서 부차가 입을 열었다.

"구천은 이제 그만 얼굴을 들라. 용서해 주겠으니 앞으로 신명을 바쳐 오나라에 충성을 다하라."

구천을 비롯한 월나라 신하들이 일제히 일어나, 부차에게 다시 감사의 절을 올렸다. 구천이 눈물로 범벅이 된 머리를 다시 조아렸다.

"천하의 죄인인 저에게 대왕을 모실 기회를 주시니 감사하옵니다. 오늘부터 월나라는 지도에서 사라졌습니다. 지금부터 대왕을 손과 발로 수종해야 마땅하나, 월의 종묘를 불사르도록 잠시 시간을 주옵소서."

이 말을 듣더니 부차가 정신을 차리는 듯했다.

"뭐라? 시간을 달라니? 그 무슨 해괴한 소리냐."

"도성의 종묘를 불사르지 않는 한 월나라를 사모하는 민심을 막을 수 없사옵니다. 대왕의 군사가 불 지르면 원한이 쌓일 것이니 제가 직접 불살라 월나라 신민이 오왕께 평생 심복하도록 하겠습니다."

오자서는 이때다 싶어 먼저 구천을 크게 꾸짖으며 부차에게 간청했다.

"네 이놈, 선왕을 죽인 불구대천의 원수 놈아. 네 잘못을 안다면 자결해야 마땅하거늘 요사한 혀를 놀려 후일을 도모하려느냐? 대왕, 저 구천의 얍삽한 눈물에 속지 마십시오. 저놈이 지금 종묘사직을 불사른다는 핑계로 시간을 벌려 합니다. 월나라가 앞으로 10년만 준비해도 오나라를 능가할 수 있습니다. 그러니 지금 구천을 죽여야 합니다."

오자서의 강경한 발언에 부차가 잠시 흔들렸다. 그러자 백비가 나섰다.

"대왕, 구천이 종묘를 불사른다는 것을 보면 거짓 항복은 아닙니다. 구천이 자기 조상의 혼백이 담긴 사당을 직접 태워 없앤다면, 월나라 사람 누가 나라에 미련을 갖겠습니까? 오 장군은 10년이면 월나라 국력이 우리를 능가한다고 보지만 이 또한 어리석을 것입니다. 그 10년 동안 우리는 가만히 있습니까? 월의 전력은 이미 망가져 회생불능이라 족히 30년은 전력투구해도 우리를 따라잡기 힘듭니다. 구천에게 3개월을 주서서 월나라 도성에 있는 사직의 흔적을 직접 지우도록 하소서. 사실 우리가 명령해야 할 일을 본인이 알아서 한다니 얼마나 다행입니까. 목숨보다 더 소중한 것이 종묘사직 아닙니까?"

부차는 오자서와 백비의 서로 다른 견해를 놓고 골똘히 생각에 잠겼다.

"구천이 권토중래捲土重來를 꿈꾼다면 최소한 종묘사직만은 보존하려 할 것이다. 종묘사직을 앞장서서 불사른다니 그보다 더 확실한 항복이 어디 있으랴."

부차가 최종 결정을 내렸다.

"좋다. 구천에게 3개월의 말미를 준다. 그 안에 월나라 도성은 물론 전 지역에 월의 흔적을 지워, 오의 문화가 꽃피우도록 조치하고 돌아오라. 만일 3개월에서 하루라도 지체하면 다시 대군을 일으켜 월을 철저히 짓밟을 것이다. 장군 왕손웅이 구천을 따라가 모든 과정을 감시하라."

구천이 부차의 똥 맛을 보다

구천이 귀국한다는 소식을 듣고 성문 앞에 백성들이 인산인해를 이룬 가운데 높이 솟은 성루의 종이 아홉 번 울렸다. 왕이 곧 노착한 다는 신호였다. 저 멀리 왕 일행이 다가오는데 선두에선 오나라 장군 왕손웅만 개선장군처럼 당당할 뿐 구천과 부하들은 그 몰골이 너무 초라해 백성들이 일제히 통곡했다.

그날부터 왕손웅이 점령군 사령관 노릇을 하며 나랏일에 사사건건 간섭했다. 그 뒤 귀국한 지 두 달이 지난 뒤부터 구천에게 일주일 내 에 오나라로 갈 준비를 하라고 재촉했다.

구천은 다시 오나라로 가기가 죽기보다 싫었다. 하지만 거절했다 가는…. 그걸로 월나라는 끝이었다. 범려가 구천을 달랬다.

"대왕, 가셔야 합니다. 우리에게 오나라와 대항할 힘이 없습니다. 만일 대왕이 머뭇거리시면 오나라에서 오자서가 득세하여 우리를 짓 밟으려 할 것입니다. 그동안 부차와 백비가 혹할만한 뇌물을 준비해 두었으니 크게 걱정하지 마십시오."

구천이 오나라로 떠나는 날 신하들 앞에서 한탄했다.

"한 번 싸움에 나라가 바닥에 떨어지더니, 왕이 포로 신세가 되어 또 가야 하는구나. 이번에 가면 다시 돌아올 수는 있을까?"

참 서글픈 말이었다. 신하들도 어쩔 줄 몰라 하는 가운데 문종이 구천을 달랬다.

"왕이시여, 진문공도 19년 망명객으로 각국을 떠돌다가 62세에 왕이 되어 천하의 패자가 되었나이다. 이에 비하면 아직도 왕께서는 봉황 털같이 많은 세월이 남아 있사옵니다. 훗날을 위해 부디 심신을 보전하소서."

구천은 나랏일을 문종에게 부탁하고, 범려와 함께 오나라로 향했다. 그 뒤로 월나라 특산물을 실은 수레 70대가 뒤따랐다. 50대의 수레는 부차, 10대의 수레는 백비, 나머지 10대의 수레는 그 외 관리들 몫이었다. 여기에 미녀를 부차에게 300명, 백비에게 30명을 따로 더했다. 모두 범려가 미리 준비해 둔 것이다.

구천 일행이 닷새가량 북상하니 저 멀리 오나라 소주가 보였다. 언덕만 넘으면 바로 성문이었다. 여기서부터 구천과 범려가 부차 앞에까지 웃통을 벗고 무릎으로 기어가 절을 올렸다. 고대로부터 적국의 왕이 항복할 때 취하던 육단肉袒의 예였던 것이다.

"천하의 역적 구천이 대왕께 명한 기일을 지켜 돌아왔습니다. 여기 진상품 목록과 미녀의 명단을 올리옵니다."

부차가 흐뭇한 얼굴로 구천이 올리는 서류를 훑어보았다.

"오느라 수고했으니 그만 가 쉬거라."

구천 일행이 어전을 나간 뒤 부차가 중신들에게 물었다.

"저놈들을 어찌해야 할까. 죽이는 것은 쉽지만 별로 도움이 될 것 같지 않다. 지금처럼 저놈들이 석 달에 한 번씩 월나라에 다니며 관리하게 하고, 올 때 조공을 받는 것도 괜찮을 것 같은데…. 어떻겠소?"

오자서가 또 펄쩍 뛰었다.

"대왕, 구천은 그 속을 알기 어려운 인물입니다. 여우처럼 교활하고 표범처럼 사악한 놈입니다. 살려두면 반드시 대왕을 물어뜯으려 할 것입니다. 당장 죽여 없애소서."

부차의 얼굴이 일그러졌다.

'오자서, 네가 내 기분을 알겠느냐. 일국의 왕을 노예처럼 부리는 이 맛을 네가 어찌 알리오. 이 쾌감은 본래 신분이 낮은 자들의 복종과는 비교할 수 없느니라.'

부차의 이런 생각을 알 리 없는 오자서가 구천을 죽여야만 한다고 끈질기게 주장하고 있는 것이다. 벌써 왕의 기분을 읽은 백비가 나섰다.

"대왕 구천은 항복함으로 이미 죽은 목숨과 마찬가지입니다. 오대부처럼 사람을 의심하기 시작하면 한이 없습니다. 구천이 항복한 이후로 단 한 차례도 대왕의 뜻을 어긴 적이 없습니다. 이로 보아 믿을 만합니다. 그렇지만 한 번 더 확인하는 차원에서 선왕의 무덤을 돌보게 하십시오. 그러면 구천의 속마음이 확실히 드러날 것입니다."

백비의 제안은 묘안이었다. 그렇지 않아도 선왕을 죽인 구천을 살려주려니 찜찜하긴 했다. 구천이 선왕의 묘지기가 된다니 이 얼마나 후련한 방책인가!

"그 말이 옳소. 오대부는 사람을 너무 의심하오. 의심이 많으면 원한 갚는 일에는 능하나, 백성을 편안케 하는 데는 부족하게 되오. 내 아비를 죽인 구천인데 나라고 그가 곱겠소? 하지만 속국이 된 월나라에 자비를 보이고 군주로서 덕을 쌓고자 개인의 원한을 묻어 두고

자 하는 것이니 그리 아시오."

구천을 살려두는 것은 뇌물과 아부에 혹해서가 아니라 군주의 덕성임을 강조한 말이다.

그날부터 구천은 호구산虎丘山에 있는 합려의 무덤을 돌보아야 할 신세가 되었다. 웅장한 무덤에 비해 구천의 초막은 초라하기 그지없었다. 나무로 진흙으로 얼기설기 만들어 벌레와 바람이 들락거렸다.

구천이 아침저녁이면 무덤의 풀을 뽑고 돌보는데, 부차가 가끔씩 사람을 보내 동태를 살폈기 때문에 범려나 다른 신하를 대신 시키지도 못했다. 범려는 부차가 보내는 사람을 매수해 두고 궁중의 인물들에게는 따로 선물을 보냈으며, 본국의 문종과 내통해 백비에게 끊임없이 뇌물을 주도록 했다.

그렇게 1년 정도 지나니 효과가 나타났다. 구천에게 부차가 원망 없이 선왕의 묘지기를 충실히 한다는 보고가 계속 올라갔던 것이다. 부차는 구천에게 직접 묘를 돌보지 말고 묘지기들을 관리하라고 했다.

그리고 2년 뒤, 부차가 병석에 누웠다. 백비로부터 이 소식을 들은 범려는 직감적으로 기회라 여기고 구천을 설득했다.

"대왕, 오왕 부차가 병으로 3개월째 누워 있답니다. 제가 보기에 오래지 않아 나을 병이니, 지금 문병을 가서서 왕자 시절 의술을 익혔다 하시고 부차의 똥 맛을 보며 진찰하는 척하십시오."

"뭐요? 부차의 똥 맛을 보라구요? 아무리 내가 인질이라지만 한 나라의 왕이오. 남의 똥을 혀에 대라니…?"

"군왕의 위엄은 한 번 떨어지면 되돌리기가 어렵습니다. 되찾으려면 이보다 더한 모욕도 견뎌내야만 합니다. 옛적 문왕은 제후 시절 상나라 주왕紂王에게 감금당해, 그의 아들 백읍고를 삶은 국물까지 마셔야 했습니다. 그 바람에 풀려나 상나라를 무너뜨렸던 것입니다. 일시의 굴욕을 견뎌내셔야 귀국하실 수 있습니다. 언제까지 묘 관리만 하고 있을 수 없는 것 아닙니까? 다행히 오왕은 줏대가 없는 인물입니다. 정성만 보이신다면 금세 감동할 것입니다."

구천도 달리 방도가 없었다.

"좋소, 부차의 똥 맛을 보겠소."

그 말에 범려도 가슴이 아려 왔다.

"대왕을 잘 받들지 못한 소신을 용서하소서. 백비가 전해 준 부차의 몸 상태를 보니 중병이 아닙니다. 무더운데 주색을 밝혀 허해진 것이라 찬바람이 나면 일어날 것입니다. 이미 더위가 한풀 꺾이기 시작했으니 어서 가셔야 합니다. 사흘 뒤면 쾌차할 것이라 하십시오."

구천이 마음을 독하게 먹고 부차를 찾아갔다.

"대왕의 옥체가 약해지셨다기에 왔나이다. 소신이 어렸을 적 환자의 변 냄새와 맛을 보면 병세를 알 수 있는 의술을 배웠습니다."

"그래? 그렇다고 한때 일국의 왕이던 그대가 내 똥을 맛볼 순 없지 않은가."

"아니옵니다. 신하는 왕이 위중하면 함께 근심하는 법이옵니다. 폐하의 건강이 곧 저의 목숨과 같사오니 무엇인들 못 하오리까?"

"아…. 이것 참… 자식도 못 할 일이거늘…. 그러면 잠시 나가 있으시오. 여봐라, 변기통을 들여오너라."

구천이 나가 있는 동안 부차가 변기통에 똥을 누고 구천을 불러 건네주었다. 구천이 편한 얼굴로 똥을 살피며 냄새를 맡고 손가락으로 찍어 맛까지 보았다.

다른 신하들은 모두 코를 막고 고개를 돌렸다. 이 광경만 봐서는 구천이 부차의 제일 충성스런 신하였다.

"변에 신 냄새(산취酸臭)와 쓴맛(고미苦味)이 납니다. 만물이 태어나는 봄엔 나무에 신 냄새가 나고, 만물이 생장하는 여름이면 쓴맛이 나는 것입니다. 이로 보건대 폐하의 병세는 삼 일 안에 완쾌할 것입니다. 감축드리옵니다."

구천이 부모 자식 간에도 못할 짓을 해낸 데다가, 100일이 다 되도록 차도가 보이지 않던 병이 3일 안에 낫는다고 해 주니 부차가 감동에 복받쳐 눈물이 날 지경이었다. 어느덧 병이 다 나은 듯 힘주어 말했다.

"내 아무리 강대국의 제왕이라지만 면목 없는 일이오. 그대의 충심을 결코 잊지 않고 갚아주리다."

구천이 원수의 똥 맛까지 보며 복수의 발판을 마련했다 하여 구천상분句踐嘗糞이라 했다. 이와 달리 출세를 위해 똥까지도 핥는 것은 상분지도嘗糞之徒라 한다. 구천이 부차의 똥 맛을 본지 3일째 되던 날, 부차의 병이 거짓말처럼 깨끗이 나았다. 그 뒤 부차가 연 첫 아침 회의에 구천을 초대했다.

구천이 죄수복을 입고 들어오는 것을 보고 부차가 시종을 불렀다.

"여봐라, 어이해 아직도 구천이 죄수복을 입고 있는가? 어서 목욕을 시켜드리고 관복을 입혀 드려라."

구천이 사양하다가 부차가 재차 명령을 내리자 시종을 따라가 관복을 입고 엎드렸다. 부차가 황급히 내려가 구천을 일으켜 자기 옆자리에 앉히며 말했다.

"그대야말로 만고의 충신이거늘 너무 오래 욕을 보였구나. 이제 그대의 모든 죄를 용서하고 귀국을 허락하노라."

이 말에 오자서가 경악하며 또 나섰다.

"대왕, 호랑이가 자세를 낮추는 것은 먹이를 물려는 것이며 독수리가 하강하는 것도 먹이를 덮치기 위함입니다. 구천이 대왕의 똥 맛을 본 것은 장차 대왕을 죽이기 위한 것입니다. 더구나 구천은 속을 감추고 고생을 잘 참는 놈입니다. 저놈을 살려두면 국파군망國破君亡하게 될 것입니다."

급기야 오자서가 나라도 망하고 임금도 망한다는 말까지 하자, 부차 입장에서 듣기가 대단히 거북했다.

"오대부 말이 지나치구려. 그간 오대부의 공적과 선왕의 충신이었음을 참작하여 이번은 그냥 지나가겠소."

그래도 오자서가 발끈해 자리를 뜨자, 백비가 왕에게 달착지근한 친근한 어조로 말했다.

"비교해 보세요, 폐하. 구천은 폐하의 대변까지 맛보고도 이렇게 겸손한데, 오자서는 무례하게 망령된 말을 하고도 자리를 박차고 나갔습니다."

범려는 백비가 오자서를 질투하는 것을 직접 보며 속으로 쾌재를 불렀다.

'월나라에 가장 위협적인 인물이 오자서인데, 자기들이 알아서 정리해 주는구나.'

쓸개 맛에 커가는 복수심

오왕 부차는 구천이 월나라로 환국하는 날, 친히 구천을 부축해 수레에 태워 주었다. 구천은 황망하다는 듯 연신 허리를 굽신거렸다.

"대왕의 은혜를 죽어서도 잊지 않겠습니다."

문종을 비롯한 문무백관이 절강나루까지 달려와 구천을 맞이했다. 구사일생으로 귀국한 구천은 이를 부득부득 갈며 범려에게 물었다.

"지난 3년 오나라에서 당한 수모를 생각하면 온몸의 털이 다 곤두서는 것 같소. 언제나 부차에게 복수할 수 있겠소?"

"대왕, 최소한 10년은 걸리십니다. 그때까지는 일절 내색하지 마옵소서."

이어 문종이 복수를 위한 일곱 가지 계책을 내놓았다.

"첫째, 오왕 부차와 그 신하들까지 계속 뇌물을 보내 혼미케 하고 두 번째, 오나라 곡물을 비싼 가격에 매입하여 오나라 창고가 텅 비도록 해야 합니다. 셋째, 미녀를 보내 부차를 방탕하게 하고 넷째, 오나라 국고를 탕진하도록 유능한 목수와 최고급 목재를 보내 궁궐을 초호화판으로 짓게 해야 합니다. 다섯째, 오나라의 국론이 분열되도록 교활한 신하를 보내고 여섯째, 오자서 같은 충신은 궁지로 몰아 제거하도록 해야 합니다. 마지막으로, 오나라가 계속 대외 원정을 하도록 부추겨야 합니다. 그렇게 하면 국력이 약화되어 우리가 점령할 수 있습니다."

"그렇게 합시다. 나라 재정은 문종이 맡고, 군대는 범려가 맡으시오. 나는 오직 부차를 망가뜨릴 궁리만 하겠소."

그날 이후 구천이 주색은 멀리하고 인재를 귀히 여기니 나라가 나날이 부강해졌다. 또한 친히 수레에 양식과 과일을 싣고 어려운 백성을 찾아가 주었다. 그때 왕비도 손수 만든 옷을 나누어 주었다.

왕이 솔선수범하니 왕족과 귀족들도 농사철이면 농부들과 같이 농사 짓고 추수철이면 수확하는 일을 했다. 그러면서도 구천은 부차에게 수시로 조공을 보내고, 백비에게도 몇 수레씩 선물을 보내 조심스럽게 관리했다.

하지만 구천은 식사 때면 쓰디쓴 곰의 쓸개를 먼저 빨며(상담嘗膽) 외쳤다.

"구천아, 부차 놈에게 당한 치욕을 잊지 말라."

부차의 와신이 끝난 뒤 구천의 상담이 시작된 것이다. 이 둘을 합쳐 와신상담臥薪嘗膽이라 한다. 구천은 차가운 겨울에도 얼음물에 목욕하고, 잠도 냉방에서 잤다. 꿈속에서까지 오직 복수, 복수를 다짐하는 바람에 잠꼬대까지 했다.

더운 여름날에는 왕실에 화로를 피워 이열치열以熱治熱로 견뎌냈다. 식탁에도 고기 한 점도 올리지 못하게 할 만큼 검소하면서도 노인들은 지극 정성으로 보살폈다.

구천의 헌신적 치세가 계속되자 나라를 위해 목숨을 바쳐야 한다면서 병사가 되려는 사람이 폭증했다. 이런데도 오왕 부차는 구천이 보내주는 조공에만 감격해 월나라에 많은 영토까지 하사해 주었다.

그렇지 않아도 부차가 열국의 맹주 지위를 누리며 교만해졌는데, 구천까지 종처럼 굴자 마음 놓고 사치와 향락을 부리기 시작한다.

마침 월나라에 심한 흉년이 들었다. 월나라는 중국 최초로 벼를 재배하고 돼지를 가축화하여 식량은 늘 넘쳤는데 이 가뭄으로 곡물이 부족해졌다. 이 소식을 들은 오나라 부차가 직접 나서서 충실한 종과 같은 구천을 도와야 한다며 엄청난 양의 곡식까지 빌려주었다.

그다음 해 월나라에 대풍년이 들었다. 구천은 범려의 계책대로 제일 좋은 쌀을 약간 쪄서 오나라에 되돌려 주었다.

이를 먹어 본 부차는 "쌀은 역시 월나라 쌀이 최고"라고 칭찬하고, "이 쌀을 종자로 쓰라"고 했다. 그래서 월나라 쌀로 농사를 지었는데 거의 수확을 하지 못했다.

그래도 부차는 깨닫지 못하고 "오나라와 월나라가 토질이 달라서"라고 했다. 열 길 물속은 알아도 한 길 사람 속을 모른다고, 부차는 구천의 속을 전혀 몰랐던 것이다.

범려는 이러한 부차를 계속 농락하기 위해 구천에게 권했다.

"맹수는 맛있는 먹이를 탐내다 덫에 걸리고, 물고기는 미끼를 물려다가 낚입니다. 계속해서 오나라 왕실의 창고가 차고 넘치도록 물품을 보내 주어야 합니다."

월나라의 풍성한 선물 공세에 길들여진 부차는 흥청망청 향락으로 보냈다. 그런 세월이 어느 정도 흐르자, 범려가 마지막 계책을 꺼내 들었다. 바로 미인계.

춘추시대의 월나라야말로 색향色鄕이었다. 중원 천지에 어느 나라 여인도 자그마하고 다부진 체구에 눈은 둥글고 초롱초롱한 월나라 여인의 자태를 따라오지 못했던 것이다. 그중에서 제일 **빼어난** 여인을 발굴해 냈으니 바로 서시西施였다. 월나라 저라산苧蘿山 속에 살던 나무장수의 딸로, 도성으로 오던 날 소문을 듣고 몰려든 사람들로 인해 도성으로 가는 길이 인산인해를 이루었다.

서시가 탄 수레가 사람들 틈을 헤치며 도성문 앞에 이르렀을 때이다. 서시를 발굴한 범려는 3년간 제후들의 심리와 조절하는 법, 가무, 음률, 서화와 예법 등을 익히게 했다. 소위 미인계였다.

그 결과 서시는 어떤 제후라도 애타게 할 만한 경지에 올랐다. 가흥현의 남쪽 백 리쯤의 어아정語兒亭에서 서시를 훈련하던 범려조차 서시에게 **빠져** 은밀히 아이까지 낳았다. 서시 역시 범려를 좋아해 북쪽 연나라로 도망쳐 살자고 해 볼까 고민했지만, 개인의 애정으로 대사를 그르치는 것 같아 그만두었다.

서시의 생각을 알 리 없는 범려는 서시가 군왕을 사로잡는 기교를 충분히 갖추었다고 보고, 구산龜山의 최상품 목재를 실은 100여 대의 수레에 태워 부차에게 보냈다. 오나라는 대들보용 나무가 항시 부족했다. 그래서 부차는 아름드리 목재를 보고 입을 다물지 못하는데 목재 가운데서 서시가 나타나자 꿈을 꾸는 기분이었다.

서시는 피부가 산골 태양에 그을려 현녀玄女(황제가 치우蚩尤와 싸울 때 병법을 가르쳐준 신녀神女)처럼 검었다. 그래서 부차는 자신이 전설의 황제가 된 듯한 착각에 빠지기 시작했다.

'서시는 현녀인 게야, 현녀⋯. 이 여인은 말희, 달기, 포사와는 다르다. 그런 요부는 만나는 사람마다 다 망가트린다. 그러나 현녀는

승리와 쾌락, 건강과 장수도 함께 준다. 이런 여인을 난옥온향暖玉溫香이라 한다지, 흠.'

서시에게 넋 나간 부차가 어느 날 백비에게 넌지시 물었다.

"이제 사방이 다 태평하니 신궁을 짓는 것이 어떻겠소?"

"지당하십니다. 이 나라 최고의 명승지 영암산靈巖山에 초영왕의 장화궁, 진평왕의 사기궁보다 멋진 별궁을 지으시고 낙이망우樂以忘憂하옵소서."

낙이망우란 자신을 갈고닦는 즐거움으로 시름을 잊는다는 뜻으로 공자가 유세하면서 했던 말이다. 이 멋진 말을 백비는 부차에게 쾌락에 도취해 군왕이 감당해야 할 부담감까지도 잊으라고 왜곡한 것이다. 역시 백비답다. 이러니 왕이 백비를 볼 때마다 흐뭇하지 않을 수가 없었다.

이리하여 월나라의 목재로 거대한 별궁을 짓고 보니 어울리는 전망대도 만들 욕심이 생겨, 천하를 내려다볼 요량으로 전후좌우 각기 백 리 이상이 보이도록 드높은 고소대姑蘇臺를 짓기 시작했다. 여기 쓸 목재를 구한다는 소문을 월왕이 듣고 신하들에게 물었다.

"오왕이 고소대를 짓는다는데 어찌하면 좋겠소?"

"대왕, 오왕은 지금 자멸의 길로 가고 있습니다. 크고 단단한 목재를 많이 보내 주셔서 실컷 고소대를 건축하며 국고를 바닥나게 하옵소서."

그때부터 월나라의 모든 벌목공이 총동원되어 크고 좋은 나무만 잘라내 오나라에 계속 바쳤다. 월의 속셈을 오자서가 간파하고 부차를 찾아와 간절히 호소했다.

"옛적 하나라 걸왕은 영대靈臺를 짓고, 상나라 주왕도 녹대鹿臺를 짓느라 나라 살림을 탕진해 망했나이다. 둘 다 현명한 왕이었지만 주색에 탐닉하고 사치를 부리다가 후세에 하걸은주夏桀殷紂라며 폭군의 대명사가 되었습니다. 부디 자중하십시오."

"오대부는 매사에 왜 그렇게 부정적이시오? 그러니 사람들이 그대를 멀리하는 것이오. 그만하고 물러가시오."

부차는 오자서를 비웃기라도 하듯 별궁의 난간은 옥돌로, 대들보와 모든 기둥은 옥구슬로 더욱 화려하게 장식했다. 게다가 서시만 다닐 수 있는 향섭랑響屧廊이라는 기상천외한 복도까지 만들었다.

땅을 깊이 파서 큰 옹기그릇을 줄줄이 묻고, 그 위에 매끔한 송판松板을 깐 다음 비단으로 덮었다. 그 위로 서시가 걸을 때마다 어디서도 들을 수 없는 부드러우면서도 아늑한 소리가 났다.

그런 서시에게는 가슴앓이 병이 있어 손을 가슴에 얹고 찌푸리는 습관이 있었다. 이를 본 궁녀들이 따라 했고 차츰 오나라 처녀들의 유행이 되었다. 이에 얼굴을 찌푸리면 서시처럼 아름다워진다고 생각하는 것을 서시빈목西施矉目이라 했다.

부차는 서시의 뜻이라면 무조건 따랐다. 뱃놀이를 좋아한다고 하자, 농사철인데도 농부들을 동원해 채련경採蓮涇과 금범경錦帆涇이라는 두 개의 호수를 파고 구리로 만든 운하로 연결했다.

부차와 서시는 비단 돛을 단 배를 타고 금범경에서 놀다가 채련경으로 가 연꽃을 따며 희희낙락했다. 그래서 서시를 오나라 백성들은 '장강의 물고기'라 비꼬았다.

"장강에 미인어가 있네. 그 이름이 서시라 서시어라고도 부른다네. 서시어의 살이 얼마나 부드러운지 먹어 본 사람만 알지. 한 번 그 맛을 보면 다른 고기는 맛이 없어 못 먹는다네. 서시어의 색깔은 하루에도 열두 번 바뀌어 보는 사람의 넋을 **빼앗아** 간다네."

이런 서시에게 넋이 나간 부차에게 백비와 왕손웅이 그림자처럼 붙어 다니며 비위를 맞췄다. 그나마 오자서가 하나라의 말희, 은나라의 달기, 주나라의 포사를 예로 들어 서시를 멀리하라며 종종 제동을 걸었다. 그때마다 부차는 오만상을 찌푸리며 지겨워했다.

그동안 월나라는 구천을 중심으로 온 나라가 하나 되어 복수의 칼날을 갈고 있었다.

사람마다 쓰임새가 다르다

오부차가 월구천의 조공을 받으며 강자 노릇에 취해 있던 중, 중원의 정세는 엉뚱한 데서 꼬이고 있었다. 산동성의 제나라였다.

조정의 권력을 쥐고 있던 전田씨가 다른 유력 씨족을 약화시키기위해 이들에게 노나라를 점령하라고 압력을 넣었다. 나라 내부의 권력 다툼이 다른 나라와의 전쟁으로 비화되는 하나의 사례였다.

공자는 조국 노나라를 구하기 위해 제자 중에 유세객을 물색했는데, 자로子路가 나섰다.

"제가 나서서 제후들을 만나 노나라를 구하겠습니다."

"자로야, 지금은 용기가 아닌 지혜가 필요하다."

공자가 거절하자, 자공子貢이 그러면 제가 가겠다고 했다.

공자가 고개를 끄덕이며 한 가지만 당부했다.

"자공아, 지금 필요한 것은 임기응변이다. 오직 제나라가 노나라를공격하지 못하게 막기만 하면 된다."

자로가 예의범절이 엄격하고 올곧아 공자의 총애를 받지만, 외교에는 정치적 수완과 언변이 뛰어난 자공이 더 어울린다는 뜻이다. 그래서 자공이 열국을 순방하는 중에 오나라에 들러 부차를 만난다.

"지금 강대국 제나라가 약소국 노나라를 치려 문수汶水까지 진출해 있습니다. 문수는 제나라에서 남서쪽이고, 노나라에서 북쪽입니다. 이곳에 제나라 군대가 집결해 있으니, 제나라 동북쪽을 공략하십시오. 오나라가 제나라를 꺾어야만 진정한 중원의 패자가 되실 수 있습니다. 만일 제나라가 노나라를 정복하게 방치해 두면, 제나라는 노나라에 이어 오나라를 공격할 것입니다."

귀가 솔깃해진 부차가 장강 너머 북쪽 하늘 쳐다보더니 물었다.

"혹시라도 내가 도성을 비운 사이 월나라가 움직이면 어떡하오?"

"염려하지 않으셔도 됩니다."

"좋은 방법이 있소?"

"제가 월에 가서 구천을 만나 대왕을 도울 응원군을 보내도록 하겠습니다. 더욱이 오나라같은 대국이 작은 나라 월이 무서워 중원의 전쟁을 수수방관한다면 어느 나라가 대왕을 따르겠습니까."

"그렇지. 구천이야 내 입의 혀처럼 굴고 있지. 한때 나를 진료해 준다며 내 똥 맛도 보았었지…. 하하하…. 그래도 혹 모르니 선생이 찾아가서 응원군을 보내게 해 주세요."

부차는 정욕만큼이나 명예욕도 강했다. 서시에 빠져 지내면서도 자기 과시를 위한 전쟁을 일으키고 싶었다.

'이미 남방의 월나라는 굴복시켜 톡톡히 재미를 보았고, 남은 것은, 북방 황하 하류의 제나라만 누른다면…. 내가 명실공히 천하의 패주覇主가 되는 것이다.'

그래서 제나라 공격을 결심하고 전군에 소집령을 내렸다. 이번에도 반대하는 신하는 오자서뿐이었다.

"대왕, 오나라 입장에서 월나라와 제나라를 비교해 본다면, 월나라는 오나라 뱃속의 큰 병(심복지질心腹之疾)이라 할 수 있고, 제나라는 오나라의 작은 상처에 불과합니다. 그런 제나라를 치겠다고 장강을 건너시다니요. 월에게 도성을 거저 내주는 것과 같습니다. 왕께서 부왕의 원한을 갚고자 한때 장작더미 위에서 주무셨듯, 지금 월왕도 쓸개를 빨며 치욕을 갚겠다고 군사를 조련하고 있습니다. 제 말이 미덥지 않으시다면 은밀히 사람을 보내어 알아보소서."

평소 오자서가 무슨 말만 하려 하면 인상부터 찌푸리던 부차였지만, 이날만큼은 오자서의 말이 귀에 들어왔다. 부차가 물러간 뒤 따로 백비를 불렀다.

"오자서가 저렇게 월나라를 의심하는 까닭도 있을 것 같소."

"대왕, 지난 10년간 구천은 일심으로 대왕을 섬겼습니다. 변하려면 진즉 변했을 것입니다. 딴마음을 먹었는지는 자공의 말대로 월왕이 우리에게 응원군을 보내는지, 안 보내는지 보면 알 수 있습니다. 출전을 앞둔 지금 오자서가 군심을 어지럽히는 말을 하고 다니는 바람에 민심이 흉흉합니다."

이 말을 듣고 보니 부차는 잘하고 있는 월왕을 괜히 의심한 것 같아, 오자서가 더 괘씸해 보였다.

"오자서, 이놈이 점차 늙은 늑대가 되어 가는구나. 선왕 때 공신이랍시고 내 일에 사사건건 반대하더니, 이제 드러내놓고 불길한 말을 퍼트리고 다니는구나. 분명코 지난번에 경고했는데도 통하지 않는구나. 더 이상 두고 볼 수 없다. 이 늙은이를 죽일 방도는 없겠는가?"

백비가 몸을 낮추어 주위를 살피며 말했다.

"아직은 오자서의 인망이 높습니다. 대왕께서 친히 손대시면 제왕의 덕에 손상이 갑니다. 제나라가 죽이도록 하소서."

"어떻게?"

"대왕께서 오자서를 통해 제나라에게 항복을 권유하는 통첩을 보내시면 제나라 왕이 대노해서 오자서를 죽일 것입니다."

그제야 부차가 한 손은 입을 가리며 웃고, 다른 손을 백비를 향해 까닥였다.

"하여튼 그대는 적으로 적을 제압하는(이이제이以夷制夷) 데는 달인이구려."

이리하여 오자서는 부차의 최후통첩을 들고 제나라로 갔다. 오자서도 부차의 속셈을 알고 아들 오봉伍封을 데리고 갔다. 오왕의 최후통첩을 본 제齊간공簡公이 분노를 참지 못하고 오자서를 당장 죽이려 했다. 그때 오자서와 친구였던 대부 포식鮑息이 말렸다.

"이는 필시 부차의 계략입니다. 오자서의 성격으로 보아 부차에게 직언을 많이 했을 것입니다. 듣기 싫은 부차가 차마 자기 손으로 죽일 수 없어 대왕의 손을 빌리려는 것입니다. 그냥 놓아 주십시오. 부차가 결국 오자서를 죽일 것이고, 부차는 만고의 충신을 죽인 잔인무도한 왕이 될 것입니다."

그 말을 옳게 여긴 간공이 오자서를 후하게 대접했다. 오자서는 이미 자신과 오나라의 운명이 얼마 남지 않았음을 알았고, 제나라에 체류하는 동안 꼭 한 번은 손무를 만나고 싶었다.

그 일념으로 온 나라를 샅샅이 뒤지다시피 하여 손무의 거처를 알아냈다. 오자서가 성큼성큼 큰 걸음으로 찾아오자, 손무도 감개무량해했다.

그간의 이야기로 회포를 푼 뒤 손무가 신신당부했다.

"오대부, 자고로 제후들이란 그 속을 예측할 수 없는 존재들입니다. 그래서 현명한 이는 공을 세우면 뒤로 물러납니다(공성신퇴功成身退)."

"초나라 출신인 제가 오나라에 있는 것은 부귀영화를 바라서가 아닙니다. 고향을 떠나 다른 나라를 한 번 도왔는데 또 오나라를 떠나면 다른 나라를 도와야 하는 신세가 되는 것이 싫어서입니다. 다만 나와 달리 내 아들은 살려야 하겠기에 이리로 데리고 온 것입니다."

"아들을 어떻게 하기로 했소? 제가 맡아 드리리다."

"제 아들은 포식의 아버지 포목鮑牧이 길러주기로 했습니다."

그 말을 남기고 오자서는 오나라로 떠났다. 그 뒷모습을 보며 손무는 말없이 눈물을 훔치고 있었다.

자공의 세 치 혀,
중원의 판도를 뒤바꾸다

그즈음에 자공은 구천을 만나러 월나라로 갔다. 자공이 온다는 연락을 받은 구천이 몸소 교외에 나가 영접했다.

"어인 일로 현자께서 이 나라까지 오셨습니까?"

"여기 오기 전에 오왕 부차를 만났습니다. 제나라가 노나라를 침략하려고 하니, 오나라가 제나라를 공격해 달라고 했습니다."

"부차께서는 어떤 반응이셨습니까?"

"혹시 월나라가 딴마음을 품을까 봐 출전하지 못하겠다고 했습니다. 더구나 그 자리에 있던 오자서가 부차에게 제나라를 치기 전 먼저 월을 쳐서 확실하게 잡아 놓아야 한다고 부추겼습니다."

구천의 얼굴이 새하얗게 질렸다.

"자공, 내가 젊었을 때 만용을 부려 오나라를 침공했다가 대패했소. 그때 3년간 치욕을 당하고 이제 겨우 기틀을 닦고 있소. 자공, 지금은 월이 오와 싸울 만큼 강하지 못하오. 무슨 대책이 없겠소?"

"오왕이 국정을 농단해 국력이 기울었다 하나 아직은 건재합니다.

제가 보기에도 월이 오를 상대하기는 버거워 보입니다."

"잘 알고 있소. 그러한데 오왕이 나를 의심하고 있다면서…. 어떻게 해야 그 의심을 풀어 줄 수 있겠소?"

"왕께서는 오나라가 출병하면 오의 뒤를 칠 것입니까?"

"……."

"오왕의 군대가 장강을 건너간다 해도 오자서는 이번 전쟁을 반대해 도성에 남을 것입니다. 오자서가 오나라에 있는 한 어떤 나라도 넘보지 못합니다. 그러니 오왕이 출병하면 월의 군대를 보내 도와주십시오. 그래야 오왕이 의심하지 않습니다. 오자서 없이 오왕이 제나라를 이기게 해 줘야 기고만장해져 오자서를 죽일 것입니다. 그 뒤라야 오나라를 칠 기회가 올 것입니다."

"오, 이제야 어찌해야 할지 확실하게 알겠소."

월나라에서 구천의 확답을 받은 자공이 다시 오나라로 가 부차를 만났다.

"구천은 지금도 대왕의 은혜를 감지덕지하고 있습니다. 다시는 무모한 전쟁을 벌이지 않을 것이며 남은 여생을 조용히 살고 싶답니다. 하지만 대왕께서 제나라를 공략하려 하신다면 미력하나마 응원군을 보내겠다고 약조했습니다."

"하하하하. 그래요. 수고하셨습니다. 이제 한시름 놓겠구려."

드디어 부차는 오자서를 따돌리고, 10만 대군과 함께 제나라를 공격하러 나섰다. 직접 중군을 맡고, 부장에 백비, 우군에 전여展如, 하군은 공자 고조姑曹가 지휘하도록 했고, 선봉에 장군 서문소胥門巢를 세웠다. 월의 구천도 3천 군사를 보내 또 한 번 깊은 신임을 얻었다. 이래서 오, 월 두 나라 병사가 한 배를 타는 오월동주吳越同舟가 되었다.

오월 연합군이 장강을 건너 애릉艾陵(산동성)에 도착했을 때 제나라 군대가 기다리고 있었는데, 상군은 고무비高無丕, 중군은 국서國書, 하군은 종루宗樓가 지휘했다. 이들의 결사항전 의지가 하늘을 찌르는 가운데 국서가 북을 치며 외쳤다.

"우리에게 진격 신호인 북소리는 있어도, 퇴각 신호인 쇠金 소리는 없다."

북소리와 함께 제나라 중군이 장례식 때 부르는 슬픈 노래를 부르며 오나라 선봉대를 죽을 각오로 공격했다. 이에 오나라 선봉대가 밀려나기 시작했다. 이를 지켜보던 제나라 상군이 환호성을 지르며 방심한다.

그럴 때 언덕 위에서 부차가 깃발을 흔들어 오나라 중군에게 제나라 상군를 덮치도록 했다. 그래서 제나라가 대패하며 10만 대군이 전멸하다시피 했다. 패전으로 나라가 망할 형편이 되자, 간공이 부차에게 많은 예물을 바치며 화평을 간구했다. 부차가 흡족해하며 다시는 노나라를 침략하지 말라고 점잖게 타일렀다.

의기양양하게 귀국한 부차는 오자서 없이도 제나라와 싸워 이겼다며 우쭐대기 시작했다. 자공이 예측한 그대로였다. 문무백관들에게 승전을 축하하는 하례를 받는 자리에서도 오자서에게 거드름을 피웠다.

"이거 봐요, 오대부. 당신이 반대한 전쟁에서 크게 이겼소. 그대가 싫어하는 월의 구천은 이번 전쟁에 큰 공을 세웠으나 그대가 세운 공은 무엇이오?"

오자서가 조용히 있었으면 좋았을 것을, 이미 죽기를 각오한 터라 정색을 하며 대꾸했다.

"하늘이 사람을 망가트리려 할 때 작은 승리를 주어 취하게 한 뒤 큰 재앙을 내립니다. 왕께서 방심하신다면 구천에게 반드시 당하실 것입니다."

승전의 기쁨에 들떠 있던 부차에게 얼음물을 퍼붓는 것과 같은 말이었다. 부차의 안색이 획 바뀌더니 안으로 냉큼 들어가 버렸다.

백비가 바짝 뒤를 따르며 왕을 달래는 척하며 오자서를 모함했다.

"오자서가 제나라 사신으로 갈 때 아들을 데리고 가서 제나라에 남겨두었다 하옵니다."

"설마, 그게 사실이오?"

"그렇습니다. 제나라 대부 포목에게 아들 오봉을 맡기고 성까지 왕손씨王孫氏로 바꿨습니다. 또한 손무까지 찾아내 몰래 만났다 하옵니다. 역모를 꾸밀 생각이 아니라면 자식을 성까지 바꿔가면서 제나라에 남겨둘 리가 없습니다."

곁에 있던 서시도 놀란 표정으로 한마디 거들었다.

"한 번 배신한 놈이 또 배신하는 것입니다. 조상 대대로 섬기던 초나라를 배신했던 오자서가 오나라라고 배신하지 않겠습니까? 이런 자는 독사와 같습니다. 품어주어 봐야 물릴 뿐입니다."

부차가 눈을 흘기며 열변을 토하는 서시를 보다가 백비에게 눈을 돌렸다.

"그럼 큰일 아니오? 오자서를 어떻게 없애면 좋겠소?"

"전하의 촉루검蜀樓劍을 보내시옵소서. 오자서는 역모가 들통난 줄 알고 자결할 것입니다."

부차가 "그렇게 하라"며 백비에게 촉루검을 주었다. 백비는 촉루검을 비단에 싸서 군졸을 통해 오자서에게 보냈다. 촉루검을 받은 오자서는 자결하라는 것임을 알아차렸다. 이미 죽음을 각오했기에 두렵지 않았다. 그러나 충심을 다한 대가로 죽어야 한다니 억울해 촉루검을 빼 들고 외쳤다.

"나와 손무가 신명을 바쳐 세운 오나라는 부차가 백비와 서시에 홀린 바람에 결국 망하리라. 내 시체의 두 눈을 빼내 동문 위에 걸어 두라. 월나라 군사가 밀려오는 것을 지켜볼 것이니라."

기원전 484년 늦가을에 춘추시대 최고의 영웅 오자서가 그렇게 자결했다. 부차는 백비로부터 오자서의 유언을 전해 듣고 분을 삭이지 못해 펄쩍펄쩍 날뛰었다.

"이놈의 자식이 죽으면서까지 악담을 퍼붓다니. 개가죽 부대에 오자서의 시체를 쑤셔 넣은 뒤 매장하지 말고 강물에 던져 버려라. 악어가 씹어 먹도록……."

하지만 오자서를 흠모하던 사람들이 강물에 떠내려가는 가죽 부대를 건져내 깊은 산속에 장사 지냈다.

이 모든 일이 자공의 세 치 혀에서 비롯되었다. 자공의 유세로 노나라가 위기에서 벗어나고, 오나라는 망국의 길로, 제나라는 혼돈으로, 월나라는 강국으로 나아가게 된 것이다.

자공은 말재간뿐 아니라 장사에도 밝아 많은 재산을 모았다. 그 돈으로 공자를 후원했으며, 공자의 사후 자신이 유세할 때는 기품 있는 사두마차를 타고, 제후들을 만날 때면 선물까지 듬뿍 안겨 주었다.

빛바랜 회맹의식

손무는 아들 치, 명, 적과 함께 병법에 관해 이야기를 나누던 중, 오자서가 자결했다는 소식을 들었다. 이리될 줄 짐작은 했으나 막상 듣고 보니, 병법서를 보완하던 일조차 손에 잡히지 않았다. 지켜보던 아내가 말했다.

"당신이 오왕 합려에게 등용되던 날 참으로 기뻤습니다. 그런데 어느 날 합려의 아들 부차에게 실망하여 관직을 버리고 온 당신을 보고 제가 얼마나 놀랐겠습니까? 그날 당신이 내게 해 준 이야기가 있죠?"

"그렇소. 새로 태자가 된 부차와 나눈 이야기였소. 부차가 향후 어떤 나라가 번성할 것이냐고 묻길래, 군주가 겸손하고 검소하며 백성을 부요롭게 해 주는 나라라고 했소. 이 말에 부차의 얼굴에 찬바람이 돌았소. 그렇지 않아도 부차가 백비처럼 달콤한 말을 하는 신하만 선호하는 것을 알고 있던 터라, 미련 없이 사임을 결심했었소. 왕이 지나치게 부요하고 거만하면 장수들도 덩달아 허풍을 떨며, 온 나라가 망하는 길로 가게 되는 것이오."

"맞아요. 당신이 교만한 부차를 도와줄수록 백성만 더 도탄에 빠질 것이라고도 하셨어요. 그런 왕이니 오대부를 죽였겠죠. 당신의 병법서가 왕도를 구하는 왕이 패권을 구하는 왕을 이기는 데 도움이 되도록 만들어 보세요."

"고맙소. 나도 그리 생각하고 있었소."

이후 손무의 가족은 더 한적한 마을로 떠났다.

오나라에서는 오자서가 사라지자, 더 이상 부차에게 바른말을 할 사람이 없었다. 부차의 교만이 하늘을 찔렀고, 그런 부차를 백비와 서시가 부채질하기에 여념이 없었다.

어느 날 서시가 엄청난 말을 부차에게 속삭였다.

"폐하, 월나라는 이미 우리의 속국이 되었고 초나라는 아직 힘을 못 씁니다. 이 기회에 저도 후后 소리를 듣고 싶사옵니다."

주나라에서는 천자의 비를 '후(천자지비왈후天子之妃曰后)'라 부르고 있었다.

"네가 후가 되고 싶다고. 그럼 나보고 천자가 되라는 말이로구나."

"얼마 전 제나라도 크게 이겼으니 이제 진晉나라만 평정하면 대왕께서 천자에 오르지 못할 이유가 무엇입니까?"

천자란 말에 솔깃해진 부차가 백비를 불렀다. 천자가 되고 싶단 말은 차마 못 하고 오나라 위세를 천하에 떨칠 방법을 물었다. 부차의 속뜻을 알아챈 백비가 말했다.

"진晉나라와 가까운 북쪽 황지黃池(하남성 봉구현)에 제후를 모두 불러 회맹을 여십시오."

"회맹을 열라? 그것도 진나라 가까이서……."

진나라는 문공 때 패권국으로 오나라에 비해 군사력이 뒤지기는
했지만 여전히 강대국이었다.

"예. 바로 그곳에 우리 대군을 결집시켜 놓고 열국에 격문을 보내
면 어느 제후도 무시 못 할 것입니다."

기원전 482년 봄, 부차가 보낸 격문이 모든 제후들에게 전달되었
다. 내용이 협박에 가까워 누구라도 회맹에 참석하지 않을 수 없었
다. 부차는 도읍의 청장년 중심으로 정예군을 편성해 황지로 올라가
진을 쳤다. 그 바람에 도성에 노인만 남게 되었다. 이 상황을 서시가
월나라의 범려에게 알렸다. 범려는 구천을 만나 때가 왔음을 알렸다.

"회계산의 치욕 이후 12년 만에 절호의 기회가 왔습니다."

이를 알 리 없는 부차는 황지에서 회맹의식을 거행했다. 삽혈의식
歃血儀式부터 시작했다. 우이牛耳(소의 귀)를 잘라 제단에 놓고, 맹주부터
순서대로 소의 피를 마시는 것이다. 부차가 먼저 소피를 마시려 하
자, 진정공晉定公이 달려와 먼저 마시겠다고 하며 다툼이 일었다.

"정공이 이러시면 군대를 동원하겠소."

부차가 엄포를 놓자 정공이 물러났다. 황지에 온 진晉나라 병력이
오나라의 절반가량에 불과했던 것이다. 소피의 냄새를 맡은 독수리
떼들이 창공을 집요하게 배회하고 있었다. 이날 부차는 맹주의 자격
으로 제후들에게 술을 따라 주며 떠들어댔다.

"내가 일찍이 초와 제, 월을 다 눌렀단 말이오. 그러니 내가 아니면
누가 맹주 노릇을 하겠소? 허나 나는 여기서 멈출 생각이 없소. 지금
천자는 이름뿐이니 내치고 내 친히 천자에 오르려 하는데, 내 뜻과
다른 분이 있다면 지금 말하시오."

부차가 이토록 참람한 소리를 해도 중무장한 오나라 장수들이 주연장을 둘러서 있어, 누구 하나 따지질 못했다. 더 흥이 난 부차가 힘주어 말했다.

"자, 이제부터 여러 제후들은 오나라를 종주국처럼 받들고 예의를 다 해주기를 바라오."

부차가 천자나 다 된 듯한 착각에 빠져 만면에 웃음을 띠고 있을 때였다. 백비가 달려와 부차의 귀에 무슨 말을 속삭였다. 그 순간 부차의 얼굴이 돌처럼 굳어지더니, 제후들에게 복통을 핑계 대고 일어섰다. 밖으로 나가 뒤따라오던 백비를 보고 다그쳤다.

"이 무슨 해괴한 소리요? 그대는 구천이 절대 배신할 인물이 아니라고 했잖소? 대답해 보시오."

그사이 무슨 일이 일어났단 말인가. 월나라가 소주를 급습하고 태자까지 살해했다니. 이 급보를 백비에게 들은 부차의 얼굴이 샛노래졌다.

백비의 등줄기에 식은땀이 쭈욱 흘러내렸다. 하지만 그가 누구던가. 임기응변의 귀재 아니던가.

"대왕, 진정하소서. 제가 먼저 구천을 만나 물러나도록 타일러 보겠습니다."

부차도 지금 백비의 책임 문제를 따져 자중지란을 일으킬 형편이 아니었다. 그랬다가는 제후들이 월나라가 오나라 도성을 점령한 줄 알게 될 것이고, 당장 진나라부터 시작해 다른 제후들까지 오나라를 공격하려 들 것이다.

"어떻게 하든 이 소문이 번지기 전에, 월나라를 소주에서 물러나게 해 보시오."

부차의 명을 받은 백비가 도성으로 정신없이 달려갔다. 그 사이에 벌써 월나라가 소주를 점령했다는 소문이 나돌았다.

진정공은 오나라 부차를 대신해 자신이 맹주가 될 기회라 여기고, 오나라의 군대를 겨누기 시작했다. 부차가 당황해서 갈피를 못 잡고 도주하려는데, 왕손락이 진정시켰다.

"대왕, 여기서 우리 도성까지는 멀고도 멉니다. 돌아가려면 목숨 걸고 싸워야지 도망가면 추격당해 크게 지고 맙니다. 우리가 용기를 내면, 여기서 자기들 고향이 가까운 진나라 병사들이 굳이 위험한 싸움을 하고 싶지 않을 것입니다. 그러니 대왕께서 병사들 앞에 포상과 형구를 보여주며 진 군대를 공격하십시오. 병사들이 혼신을 다해 싸울 것이고 진 병사들은 도망가기에 바쁠 것입니다."

왕손락의 말대로 오나라 군대가 먼저 진 군대를 향해 함성을 지르며 진군했다. 기세가 눌린 진나라 병사들은 정공이 아무리 독려해도 항전하려 하지 않아 철수하고 말았다.

그 시각에 도성 소주로 내려온 백비는 구천을 찾아갔다. 구천이 어깨를 뒤로 젖힌 채 백비를 내려 보았다.

"지난 20년간 오늘이 오기만을 고대해 왔다. 어서 부차 놈이 내 앞에 와 무릎을 꿇게 하라."

"대왕, 비록 부차께서 도성을 떠나 있다 하나 30만 대군을 거느리고 있습니다."

"그래서 나와 한번 겨뤄 보겠다는 것이냐?"

"그 뜻이 아니라, 대왕께서 이쯤 해서 물러나 주시면, 우리도 감사히 여기고 지난날 월이 그랬듯 우리가 월을 지극정성으로 섬기겠다는 것입니다."

백비가 그 말만 남기고 조용히 물러가니, 구천이 범려에게 의견을 구했다.

　"우리는 5만 병력이지만 사기가 충천해 있어 저들이 30만이라 하나 죽기로 싸운다면 이길 수는 있습니다. 다만 그 피해도 클 것입니다. 더구나 여기는 오나라 도성 아닙니까? 이쯤 해서 귀국하시되, 대신 감시관을 남겨 오나라가 군사훈련을 못 하도록 막으십시오. 그러면 오나라 군사력은 더 약화될 것이고, 백비도 생색을 내게 되어 더욱 우리를 도와야 할 것입니다."

　부차가 흔쾌히 받아들이고 장수들을 불렀다.

　"오늘부로 오나라와 휴전하되 부차의 일족과 대신들은 모두 볼모로 끌고 갈 것이다."

　이때부터 구천이 중원에 새로이 떠오르는 강자로 부상한다. 황지에 천자로 등극하러 갔다가 구차한 모습으로 소주로 돌아온 부차는 구천에게 뒤통수를 맞은 것도 괴로웠지만 초라해질 대로 초라해진 자기 모습을 견딜 수 없어 주색으로 달래려 한다.

토끼를 잡으면
사냥개가 쓸모 없어진다

황지회맹 이후, 오나라에 충신들은 사라지고 간신들만 남는다. 이들이 설치는 데다 흉년까지 겹쳐 나라가 뒤숭숭했다. 그렇게 4년이 지나자 오나라 국력이 추락할 대로 추락했다.

구천이 이 순간을 얼마나 기다려 왔던가. 소흥의 무성한 버드나무와 꽃이 만발한 가운데 구천이 소집한 십만 대군이 회계산과 맞닿은 넓은 들판에 모였다. 출전에 앞서 한 장수가 구천에게 승리를 기원하는 술잔을 올렸다. 구천은 그 술잔을 높이 들고 회계산 계곡에서 내려온 강물에 부으며 외쳤다.

"병사가 마실 물이 없는데 장수만 마셔서는 안 되며, 병사가 쉴 막사가 없는데 장수만 쉬려 해서는 안 된다. 장수도 병사와 동고동감同苦同甘해야 한다. 자, 모두 달려와 이 냇물을 마셔라."

감동 받은 병사들이 함성을 지르며 냇물로 달려가 물을 마셨다. 구천이 중군을 이끌고 선봉에 섰고, 우군은 범려, 좌군은 문종이 맡았다. 월나라 군대가 한수漢水 근처에 다다를 때 오나라 군도 기다리고 있었다.

오나라 군 앞에서 월나라 수군 특수병 30여 명이 그들의 장기인 뗏목 위의 무예를 과시했다. 부차는 군의 사기를 살려주려 궁수들에게 사격을 명했다. 그럼에도 30여 특수병은 뗏목을 육지처럼 뛰어다니며 화살을 피했다.

양군이 대치한 첫날, 한밤중이었다. 구천이 중군을 데리고 강을 거슬러 올라가 오나라 중군을 기습했다. 부차는 막사에서 자고 있다가 잠옷 차림으로 3일 밤낮을 도망쳐 소주로 들어갔다.

그 뒤를 쫓아온 월군이 소주를 꽁꽁 에워쌌다. 성문을 굳게 닫은 부차는 일절 대응을 하지 않았다. 그러기를 한 달쯤 지나자 생필품이 부족해져 백성들이 동요하기 시작했다. 대궐에서 살다시피 하던 백비조차 병을 핑계로 나오지 않았다. 초조해진 부차가 왕손락을 불렀다.

"이러다가 굶어 죽겠소. 구천을 찾아가 화평을 청해 보시오."

다음 날 왕손락이 태양이 이글거리는 대낮에 웃통을 벗고 성 밖으로 기어나가 구천 앞에 엎드렸다.

"감히 엎드려 대왕의 신하 된 부차의 입장을 전하고자 합니다. 지난날 회계산에서 대왕께 대죄를 지었지만, 화평을 받아 주신다면 목숨을 바쳐 대왕을 섬길 것이옵니다."

구천도 부차를 죽이기보다 살려두고 서서히 괴롭히는 것이 낫겠다 싶었다.

"그래? 내가 어떤 벌을 내리든 달게 받을 것인가?"

"그러하옵니다."

그때 범려가 극구 반대했다.

"대왕, 이날을 위해 지난 20년간 절치부심한 것을 잊지 마소서. 지난날 하늘이 회계산에서 월을 오에 주려 했으나 오가 받지 않았습니다. 그 일로 하늘이 오늘 오를 월에 주려 하는데 거절하시렵니까? 도끼로 나무 밑둥을 자르다 놓아두면 다시 자라 도끼 자루가 될 것입니다. 마땅히 부차를 죽여 화근을 없애야 합니다."

"그대 말이 맞소."

범려 때문에 왕손락은 끝내 화평을 얻지 못하고 소주성으로 되돌아갔다. 더욱 절망한 부차는 파탄이 예정된 사랑이라 그런가, 오로지 서시에게만 집착한다. 그렇게 부차가 만사를 내팽개쳐도 오나라가 3년을 더 버티어냈다. 그만큼 강국이었던 것이다.

월나라도 전쟁을 무한정 끌기 어려웠다. 범려는 그간 줄기차게 공격하던 남문 대신 다른 곳을 모색하기 시작했다. 범려의 머릿속에 오자서의 유언이 떠올랐다.

'그렇지. 오자서가 내 눈알을 동문에 걸어 두라고 했다면 필시 동문의 약점이 있을 것이다. 왜 진즉 그 생각을 못했을까.'

그래서 구천을 모시고 동문을 둘러보니 태호가 가까이 있어 공성전을 펴기는 어려웠다. 구천이 실망하고 돌아서는데 범려가 멈춰 세웠다.

"대왕, 잠깐만 여기를 보십시오. 공성전은 어렵지만 수공을 펼치기에 최적입니다. 태호의 둑을 허물면 이 동문은 거센 물살에 그냥 휩쓸려 나갑니다."

"와우, 그렇소…? 기가 막힌 전략이오."

그날부터 월나라 병사들이 밤낮을 가리지 않고 태호의 둑을 허물기 시작했다. 며칠 뒤 거센 비까지 쏟아졌다. 균열을 낸 둑이 삽시간에 터지며, 거센 물결이 동문의 모퉁이부터 무너뜨리기 시작했다.

지켜보던 월나라 병사들이 함성을 지르며 몰려갔다. 기아에 지친 오나라 병사들은 도망치기에 급급했다. 부차도 고소산으로 숨었다가 곧 촉루검으로 자결했다. 그 촉루검을 백비가 챙긴 뒤, 얼른 성루로 달려가 백기를 내걸었다.

성내로 들어온 구천이 조정에 앉았다. 오나라 문무백관이 달려와 하례를 올리는데 그 자리에 백비도 끼어 있었다. 구천이 백비를 꾸짖었다.

"네 이놈, 여기가 어디라고 나타났느냐? 오나라와 부차를 망하게 하고도 부끄러운 줄 모르는구나."

백비가 부들부들 떨며 비단에 싸인 것을 바쳤다.

"여기 부차의 촉루검을 바치옵니다."

"이놈이 나에게까지 간사한 짓을 하는구나."

"대왕, 소신도 지난날 대왕을 몰래 도와주느라 맘고생이 심했습니다. 어여삐 보아 주소서."

"저런 야비한 놈이 월나라에 나타날까 두렵다. 내 친히 백비의 모가지를 베어 후세의 교훈을 삼으리라."

구천이 촉루검을 들어 백비의 목을 내리쳤다. 백비의 머리가 뎅강 잘린 채 굴러가자 오나라 신하들이 더 얼어붙었다.

그러자 구천이 부드럽게 달랬다.

"백비 외에는 누구에게도 벌을 주지 않을 것이니 오늘부터 모두 월나라의 충신이 되도록 하라. 또한 나라의 창고를 열어 백성들에게 나누어 주어라."

오나라 도성을 점령한 뒤, 구천은 회수 건너 제나라의 남쪽에 있는 낭야琅琊까지 진군했다. 그곳에서 주 왕실에 사신을 보냈다.

'낭야에서 회맹하고자 하니, 제후들에게 조서를 보내 모이도록 해 주십시오.'

서시, 몸은 부차에게
마음은 범려에게

　천자의 조서를 받은 제, 진, 송, 노 등의 제후들이 달려왔다. 이들의 추천으로 월나라 구천이 춘추오패의 마지막 제후로 등장했다. 당시 범려는 구천을 따라가지 않고 소주에 남아, 서시를 애타게 찾아다녔다. 그러나 허사였다.

　다시 돌아온 구천이 잔치를 벌인 가운데 문무백관들은 구천 앞에서 연신 범려와 문종의 공을 칭찬했다. 그럴 때마다 구천의 안색이 달라졌다. 범려가 속으로 탄식했다.

　'아! 왕이 신하를 질투하는구나. 왕이 혼자 모든 공을 차지하려 하면 신하를 의심할 수밖에 없다. 이래서는 충신이 설 자리가 없다.'

　그러고 보니 지금의 월왕은 지난 20년 수모를 견딜 때 절치부심하던 사람이 아니었다. 천하의 맹주가 되더니 전혀 딴사람으로 변해 있었다. 문득 범려는 이런 생각이 들었다.

　'아…. 왕이 나와 문종을 '화살받이'로 여겼구나.'

　그제야 구천의 두상이 눈에 들어오는데, 목이 길고 주둥이가 튀어

나온(장경조훼長頸鳥喙) 상이었다.

'저런 관상은 가여공환란可與共患難, 불가여공락不可與共樂이라.'

고생은 같이할 수 있어도 부귀영화는 같이 누리지 못한다는 뜻이
다. 왜 진작 구천이란 인물을 꿰뚫어 보지 못했을까?

'구천이 복수심으로 한때나마 나라의 부강을 위해 온힘을 쏟았기
때문이리라. 목적을 이룬 뒤 원래 관상대로 돌아온 것이겠지.'

여기까지 생각이 미친 범려는 미련 없이 사직서를 냈다. 그래도 고
락을 같이했던 문종에게만큼은 구천의 인물됨을 알려줘야 하겠기에
붓을 들었다.

"새를 잡고 나면 활을 꺾고(비조진蜚鳥盡 양궁장良弓藏), 토끼사냥이 끝나
면 사냥개를 삶아 먹는답니다(교토사狡兔死 주구팽走狗烹). 이제 구천도 적
을 쳤으니 굳이 참모가 필요 없을 것입니다(적국파모신망敵國破謀臣亡). 더
구나 구천은 공을 나눌 줄 몰라, 신하를 실컷 부려먹기만 하고 내칠
사람이오. 그러니 지금 떠나야 화를 입지 않을 것입니다."

이 편지를 읽고도 문종은 범려가 지나치게 소심하다고 여기고 듣
지 않았다. 범려는 야인으로 돌아가는 데 아무 미련도 없었다. 하지
만 서시만 생각하면 괴로웠다. 순박한 산골 처녀를 데려다 나라를 위
한다는 명분으로 오나라에 간첩으로 보냈고, 이제 그 생사여부조차
모르다니….

그녀를 만나지 않고는 도저히 발길이 떨어질 것 같지 않았다. 마지
막으로 서시가 오왕과 놀던 영암산 자락의 고소대를 찾았다. 태호를
내려다보던 곳으로 이미 불에 타고 없었다.

그 잔해 위를 범려가 허전한 맘으로 둘러보고 있는데, 태호에서 삐
걱거리는 소리가 났다. 바라보니 작은 배 위에 한 여인이 넋이 나간

듯 앉아 있었다. 눈동자를 집중해 바라보니 서시였다. 범려가 한걸음에 달려갔다.

"미안하오, 내가 그대 인생을 너무 힘겹게 만들었소."

강물만 향해 있던 서시의 눈길이 범려를 향했다.

"아닙니다. 평생 산골 아낙네로 살 저를 대부께서 불러내 이런 일도 겪게 하셨습니다."

"그랬지. 내가 자네에게 부차를 미혹하게 하려고 미인계를 가르쳤지. 그러다가 우리 서로 사랑에 빠졌으나, 나라를 구한다고 기약도 없이 그대를 부차에게 보냈지."

"대부께서 기약이 없으셨군. 내 몸은 부차에게 있어야 했지만, 마음은 대부께 두었습니다. 언제든 다시 함께할 날만 고대하고 있었습니다."

"그랬었구려. 그러면 오나라가 망한 날 왜 날 찾아오지 않았소?"

"내가 나타나면 월나라에서야 큰 상급을 주겠지만…. 내가 한 일로 오나라가 망했습니다. 또한 부차가 그랬듯 구천도 날 차지하려 할 것인데…. 그러면 대부와 함께할 희망은 영원히 사라집니다. 한 번 맘에 없는 남자하고 산 것도 지겨운데 두 번 다시 그러고 싶지 않았습니다."

사실이었다. 구천도 소주에 들어오면서부터 서시를 찾았다. 천하의 패자 부차가 품었던 여인을 새로 패자가 된 자신이 차지해야 한다고 여겼던 것이다.

"그럼 왜 배를 타고 있소?"

"대부께서 벼슬에서 물러났다는 얘기를 듣고, 반드시 고소대를 찾으리라 여겼기 때문입니다."

"만약 내가 오지 않았다면 어쩌려고…?"

서시가 배에 깔고 앉았던 비단을 들고 일어섰다.

"그랬다면 저는 이 비단을 몸에 감고 호수에 빠질 작정이었습니다."

더 이상 눈물을 참을 수 없었던 범려가 통곡하면서 배 위로 뛰어올라 서시를 와락 껴안았다. 태양은 쨍쨍한데 하늘의 조각구름이 일엽편주—葉片舟 위에 한몸이 된 서시와 범려 위에 그림자를 드리워 주고 있었다. 그 길로 두 사람은 제나라의 한적한 해변가로 떠났다.

그 뒤 범려는 이름까지 치이자피鴟夷子皮—말가죽으로 만든 자루—로 고쳤다. '자유자재로 적응하며 산다'는 뜻이다. 소금 제조법을 개발해 거부를 이루었지만 이웃들에게 나누어 주었다. 그러기를 거듭하자 제나라 왕까지 알게 되어 출사를 권유한다. 하지만 범려는 서시에게 이렇게 말했다.

"초나라의 평민으로 태어나 월나라에서 재상을 지냈고, 이곳에 와서 마음껏 부를 쌓아 보았다. 가 볼 데까지 다 가본 것이다. 또 높은 자리로 부르는 것은 나쁜 조짐이다. 오직 당신과 남은 인생을 해로하기만 바랄 뿐이다."

서시도 같은 입장이었다. 이들은 몸을 숨기기 좋은 대도시 도陶로 이주했다. 여기서도 범려는 장사 수완을 발휘해 큰 수익을 남겨 여전히 어려운 사람들을 몰래 도왔다.

범려의 본명을 알지 못하는 사람들은 도주공陶朱公이라며 칭송했다. 꽃 같은 아내를 거느리고 천금을 지녔지만, 이때는 이미 연로해 뭇사람의 시기를 받지 않았다. 그는 춘추시대를 통틀어 천자나 어떤 제후, 영웅들보다 끝까지 유복하게 살았다.

한편 범려의 충고를 무시하고 월나라에 남아 있던 문종은 어떻게 되었을까?

당시 월나라는 구천이 눈에 띄게 공신들과 직언하는 충신들을 멀리하여 간신들만 남게 되었다. 그나마 문종이 나라를 생각해 버티고 있었지만, 그런 문종을 구천이 자꾸만 부담스러워했다. 견디다 못한 문종이 병을 핑계 대고 두문불출하기 시작했다.

그러던 어느 날 구천이 직접 찾아왔다.

"그대는 왜 병을 핑계 대고 입궐하지 않는 것이오? 뜻 있는 선비는 생사를 두려워 않고, 자기 신념이 흔들릴 것만을 걱정한다더니 그런 것인가?"

이 말을 남기고 구천이 돌아가며 허리에 찬 검을 풀어 놓았다. 촉루검이었다. 오자서가 자결하고 백비를 죽였던 바로 그 칼, 그 칼로 문종이 자결하며 한탄했다.

"범려가 그랬지. 신하가 너무 공이 크면 옹졸한 군주는 부담스러워한다고…. 그 말을 듣지 않다가 나도 오자서의 뒤를 따르는구나."

"잠깐 멈추고 횃불을 켜라."

병사들이 송진 가루를 묻힌 횃불을 켰다.

그중 한 기병이 놀란 목소리로 외쳤다.

"장군, 앞에 커다랗고

하얀 장승 같은 것이 서 있는데

무슨 글씨가 적혀 있습니다."

방연이 직접 횃불을 들고

흰 천에 적힌 문장을 읽어 내리는데

어디선가 피리 소리가 들려왔다.

그 순간 계곡의 좌우에서

불화살이 날아오기 시작했다.

기병대가 고슴도치가 되어

속속 쓰러지는 가운데

방연은 스스로 목을 찌르며 한탄했다.

"수성수자지명遂成豎子之名."

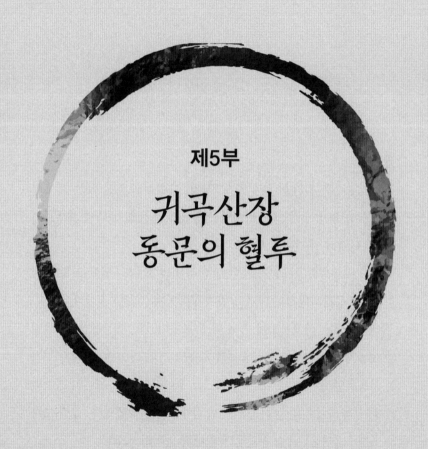

제5부

귀곡산장
동문의 혈투

죽음도 전략적으로

월왕 구천은 제환공, 진문공, 초장왕, 오합려의 뒤를 잇는 춘추시대 최후의 승자가 되었다. 이때의 전쟁 양상은 황하 유역의 제후들이 군림하던 춘추 초반과는 확연히 달랐다.

주나라 예법에 구애받지 않던 장강 유역의 초, 오, 월이 연속해 맹주국으로 등장하면서 수단과 방법에 구애받지 않았던 것이다.

이런 추세는 전국시대에 와서 더 가속화되었다. 곧 세력만이 유일한 예법처럼 여겨졌고, 주 왕실의 기능도 거의 상실했다. 원체 천자만 사용하던 왕 칭호라, 춘추 초기에는 초나라 제후만 왕이라 자처했었다. 그래서 초나라는 더욱 남방 오랑캐로 취급당했었다. 그런 초나라가 맹주국이 된 뒤 각 제후들이 앞다퉈 왕이라 칭했다.

전국시대에 이르렀을 때 춘추오패 중 초나라와 제나라만 살아남았을 뿐이었다. 이 두 나라와 함께 신흥 강국으로 부상한 나라가 연燕, 조趙, 위魏, 진秦, 한韓이었다. 이들이 전국시대 7웅七雄으로 활개를 쳤다.

어떻게 이런 세력 재편이 촉발되었을까?

진晋나라의 극심한 내분 탓이었다. 진문공 때 대륙을 호령했던 나라가 어쩌다 그리 되었을까?

문공이 패권을 잡는 과정에서 여섯 가문—지智, 범范, 중행中行, 한韓, 위魏, 조趙—이 도왔다. 세월이 흐르며 이들이 권문세가로 발전해 소위 육경六卿이 되었다.

이들 육경의 힘이 나날이 커지더니 진정공晋定公(512~475) 때부터, 왕을 꼭두각시로 부릴 정도가 되었다. 그 결과 육경 사이에 권력다툼이 일어나는데, 기원전 458년 출공出公(475~452) 때였다. 네 가문—지, 한, 위, 조—이 연대해 범씨와 중행씨의 땅을 멋대로 빼앗았다.

출공이 '기가 막힐 노릇'이라며 네 가문을 토벌하려 했지만 역습 당하고 제나라로 도망치던 중 살해당했다. 후계자를 찾을 때 네 가문의 실세인 지씨 가문의 수장 지백智伯이 힘을 써 소공(531~526)의 증손자인 교驕를 옹립했다. 그가 애공哀公(452~434)이다.

지백은 애공을 조종하는 한편, 노골적으로 조씨, 한씨, 위씨에게 영토를 내놓으라고 압박했다. 한씨와 위씨가 굴복하려는데 조씨 수장 조양자趙襄子만 완강히 거절했다. 지백이 한씨의 수장 한강자韓康子와 위씨의 수장 위환자魏桓子를 따로 불러냈다.

"우리 셋이 조씨 땅을 빼앗아 함께 나누어 가지자."

혼자 고립된 조양자가 장맹담張孟談을 한강자와 위환자에게 보냈다. 마침 위환자와 한강자가 한자리에 있었다. 그 자리에서 장맹담이 걱정을 했다.

"지백이 두 분께 조씨를 함께 정복해 그 땅을 셋으로 나누자고 했다지만, 그의 욕심으로 보아 독차지할 것이 분명하고 더 나가 두 분의 땅까지 노릴 것입니다. 일찍이 손무 선생이 말씀한 순망치한脣亡齒寒의 이치를 기억하십시오."

"우리도 그 점을 의논하고 있던 중이오."

"한씨, 위씨가 존속하려면 우리 조씨와 손을 잡아야만 합니다."

이래서 한씨와 위씨가 조씨와 손잡고 지백을 공격하게 되었다. 수세에 몰린 지백이 도망치다가 조양자에게 잡혔다.

조양자는 그 자리에서 지백을 때려죽이고 그 해골로 똥바가지를 만들었다. 지백의 충복 예양豫讓이 해골로 변한 주인을 보더니 반드시 복수하겠다며 이를 갈았다.

그 뒤 예양이 조양자의 변소 아래 숨었다. 그러나 조양자의 종이 변소의 똥을 푸러 왔다가 예양을 발견하고 소리를 지르는 바람에 병사들이 몰려와 잡히게 되었다. 조양자는 예양의 충성이 가상하다며 풀어 주었다.

그런데도 예양이 다리 아래서 문둥이 행세를 하며 조양자의 행차가 오기를 기다리는 도중에 또 조양자의 위병들에게 잡혔다. 조양자가 혀를 차며 물었다.

"네놈은 처음에 범씨와 중행가를 섬겼다가 지백이 그들을 죽인 뒤 지백을 섬겼다. 그러면 내가 지백을 죽였으니 나를 섬겨야 하는 것 아니냐. 왜 나를 죽이려는 것이냐?"

"범씨와 중행씨는 나를 차별했지만 지백은 나를 우대했다. 선비는 알아주는 이를 위해 목숨을 내놓고(사위지기자사士爲知己者死), 여자는 사랑하는 이를 위해 화장을 하는 것이다."

이 말을 남기고 자결했다.

이런 일을 겪으며 세 가문이 진나라 영토를 삼등분했다. 그때가 기원전 453년으로 나라 이름도 각기 가문을 따라 조趙, 한韓, 위魏로 정했으며 50년 뒤에 주 왕실이 세 나라를 공인했다. 이것이 전국시대의 형성 과정이다.

전국시대에 위衛나라에서 유별난 영웅 오기吳起가 태어났다. 그 위나라가 기원전 330년에 위魏나라에 합병되었다. 아직 위衛나라가 존속하고 있을 때였다.

어린 오기는 골목대장 노릇을 하며 이웃에 힘쎈 아이가 이사 오자 시비를 걸어 싸웠지만 실컷 두들겨 맞았다. 그러나 여기서 포기할 오기가 아니었다.

다음 날 해 뜨기 전부터 이웃집 대문 앞에 가서 기다렸다가 아이가 나오자 싸움을 걸었다. 하지만 또 두들겨 맞았고, 그다음 날도, 또 그다음 날도 계속 찾아가 싸웠지만 여전히 두들겨 맞아야 했다. 그렇게 10일을 계속하자, 이웃집 아이가 못 견디고 '내가 졌다'며 혀를 내둘렀다. 이처럼 오기는 어려서부터 승부욕과 공명심이 무척 강했다.

청년이 되더니 벼슬을 얻고 싶다며 집안의 재물을 모아 도성으로 가서 귀족들을 만나고 다녔다. 그러나 이용만 당하고 빈털터리로 귀향했다. 이 바람에 아버지가 홧병으로 세상을 떠났다. 그날 동네 친구들이 오기를 '주제 파악도 못 하고 벼슬한다고 집안 재산만 말아먹은 놈'이라며 비웃었다.

오기는 아버지의 장례를 치른 뒤 자신을 놀렸던 친구들 30여 명을 일일이 찾아가 죽였다. 이 일로 더 이상 고향에 살 수 없어 어머니에게 하직 인사를 드렸다.

"어머니, 맹세코 한 나라의 재상이 되어야만 돌아오겠습니다."

이번에는 뇌물이 아니라 실력으로 벼슬해 보겠다며 노나라로 가서 증자曾子의 문하생이 되었다. 학문에 정진하던 중 어머니의 부고訃告를 받았지만, 공부에만 몰두했다.

증자가 의아해했다.

"오기야, 모친상에 가지 않는 이유가 무엇이냐?"

"저는 어머니께 재상이 되어야 고향 땅을 밟는다고 맹세했습니다. 돌아가신 어머니도 이해하실 것입니다."

증자가 누구던가? 공자의 제자인 데다가, 효와 충을 제일 덕목으로 삼는 사람 아니던가. 그래서 《효경孝經》까지 썼던 것이다. 당연히 오기를 크게 꾸짖을 수밖에.

"효를 모르는 너에게 학문이 무슨 소용이냐? 학문은 물과 같다. 이 물을 소가 먹으면 젖이 되지만 뱀이 먹으면 독약이 되느니라. 너는 학문을 배우기 전 먼저 덕성을 갖추어야 한다. 더 이상 제자로 둘 수 없다."

그날로 파문당한 오기는 학문을 포기하고 노나라의 수도 곡부로 갔다. 거기서 손무의 병법 열세 편을 구해 병법을 터득한 뒤 제나라 처녀를 만나 결혼했다.

그 무렵 노나라와 제나라 사이에 전쟁이 터졌다. 노나라 왕이 병법을 익힌 오기를 쓰려 했으나 신하들이 오기의 부인이 제나라 출신이라 믿을 수 없다며 반대했다.

꼭 장군이 되고 싶었던 오기는 아내를 죽여, 머리를 쟁반에 담아 노왕에게 바쳤다. 이것이 살처구장殺妻求將이다. 이렇게까지 해서 대장군이 된 오기는 제나라 군사와 싸워 연전연승했다.

오기가 개선장군이 되어 노나라에 돌아왔지만 사람들이 환영하기는커녕 등을 돌렸다.

"장군이 되려고 아내까지 죽인 놈이야."

"제 어미가 죽어도 모른 척했던 불효자야."

어느 나라보다 예의범절을 중시하는 노나라 사람들이었다. 오기가 견디지 못하고, 위魏나라 문후文侯(403~387)에게로 간다.

위나라는 전국 칠웅 중 제일 먼저 부상한 나라로 문후가 야심이 컸다. 오기가 찾아오자 슬쩍 떠보았다.

"어떤 군주를 어질다고 보는가?"

"귀족에게 엄하고 백성에게 인자한 군주입니다."

"그렇다면 어질지 못한 군주는 어떠한가?"

"전쟁에 지고 나서야 죽은 병사를 안고 우는 군주입니다."

"알았다. 잠시 물러가 있거라."

오기를 내보낸 문후가 이극李克에게 물었다.

"어때? 쓸 만한 사람인가?"

"오기가 공명심이 강하긴 하지만, 군사를 운용하는 데는 손무에 버금 갑니다."

"그래. 그렇다면 오기를 장군에 임명하라."

오기는 여느 장군들과 달리 행동했다. 사병들과 침식은 물론 같은 옷을 입었고, 말을 타지 않고 걸어 다니며 직접 짐을 들고 다녔다. 어느 병사가 등에 종기 났을 때, 고름을 입으로 빨아 주면서까지 치료해 주었다.

병사의 어머니가 이 소식을 듣고 서럽게 울었다. 동리 사람들이 의아하게 여겼다.

"천하의 대장군이 당신 아들의 종기를 빨면서까지 고쳐주었거늘 왜 슬퍼하느냐?"

"지난 전쟁 때 출전한 내 남편도 종기 나자 오기 장군이 빨아 주었다. 남편이 감격해서 앞장서 싸우다가 죽었어. 아들놈도 목숨을 걸고 싸울 것이오."

여기서 연저지인吮疽之仁이란 말이 나왔다. 연吮은 빤다는 것이고, 저疽는 종기이다. 연저를 하는 오기 장군에게 병사들은 신명을 바칠 수밖에 없었다. 오기는 증자에게 배웠던 인仁을 군대를 통솔하는 수단으로 삼은 것이다.

오기의 노력으로 위나라는 강대국 진秦나라의 성을 한꺼번에 다섯 개씩 뺏으며 위용을 떨치기 시작했다. 그 뒤 문후의 총애를 오기가 독점하자 신하들이 시기하는데, 문후가 죽고 무후武侯(395~370)가 즉위했다.

오기는 신하들의 참소를 견디다 못해 초나라 도왕悼王(401~381)에게로 간다. 도왕 역시 전쟁의 영웅 오기를 대대적으로 환영하고 재상에 임명했다. 초나라 조야에 오기의 추상같은 개혁의 바람이 불기 시작했다. 특히 왕족을 비롯한 귀족과 관료가 주요 대상이었다.

이들에게 먼저 법 준행을 엄정하게 했고, 나라 재정을 낭비하던 공족功族을 정리했다. 나라가 눈에 띄게 부강해지며 백성도 좋아했지만, 왕족과 귀족들의 불만이 상상 이외로 컸다.

이들은 도왕이 죽자마자 벌떼처럼 일어난다. 도왕의 유해가 안치된

빈궁殯宮에 머물고 있던 오기를 죽이려고 군사를 동원해 쳐들어왔다. 절체절명의 상황에서 오기는 도왕의 시신을 껴안았다.

그 위로 화살이 쏟아져 오기는 물론 도왕의 시신마저 고슴도치 모양이 되었다. 도왕의 아들 숙왕肅王(381~370)은 고슴도치가 된 부왕의 장례식을 끝낸 뒤 영윤을 불러 절규했다.

"부왕의 시신에 화살을 쏜 놈들은 물론 그 일족까지 도륙하라."

그 일로 무려 70여 가문이 멸문지화를 당했다. 오기가 죽음으로 초나라는 중원 통일의 기회를 놓치고 말았다.

오기는 아내도 죽이고 어머니의 장례에도 가지 않으면서까지 일인지하만인지상一人之下萬人之上인 재상이 되고자 했으며, 그 꿈을 노나라와 위나라에서 이루려다 실패했지만, 마지막에 초도왕을 만나 이루었다. 그런 자신을 죽이려는 부패 세력을 도왕의 시신을 온몸으로 껴안고 죽으면서 일거에 제거했던 것이다.

역시 '필생즉사 필사즉생必生卽死必死則生'이란 말을 했던 천하의 승부사다웠다. 그의 전적은 76전 중 64승이었고, 나머지는 무승부였다. 단 한 번의 패배도 없었던 것이다.

도는 형상을 낳되
형상은 도를 낳지 못한다

오기가 전략적 죽음을 선택할 무렵, 손무의 5대손인 손빈孫臏(382~316)이 자라고 있었다. 오기가 전쟁을 마다 않는 불퇴전의 영웅이라면 손빈은 할 수 있다면 싸우지 않으려 했고 꼭 싸워야 한다면 이겨 놓고 싸우는 전략을 구사했다. 이런 원칙은 물론 손무의 병법에 기인한 것이었다.

잠시 손무에서부터 손빈의 가계를 살펴보자.

손무가 은거한 뒤 차츰 그의 신출귀몰한 병법이 세상에 알려졌다. 각 나라 왕들이 손무를 등용하려 필사의 노력을 기울였으나 허사였다. 본디 손무가 이름을 떨치는 것에 관심이 없었던 데다가, 자신이 오자서와 함께 오나라를 패권국으로 만들어 보았으나 그 여파가 참혹하다는 것을 알고부터 더더욱 패권 다툼을 멀리했다. 그래서 왕이나 장군들이 찾아오면 피해 다녔으며 후손들에게 단단히 일렀다.

"어떤 싸움이든 피치 못할 경우에만, 충분히 계산을 세우고 싸워

라. 싸우기 좋아하는 자는 싸움으로 망하느니라. 싸움에 이겼다고 해도, 승리에 도취하면 치욕을 당하게 된다는 것을 명심하라."

이래서 손무의 가문에 병법을 연구하되 전쟁에 참여하지 않는다는 문화가 형성된 것이다.

그렇게 어언 150년이 흘러 가풍을 깨는 후손이 나타났다. 바로 손빈이었다. 손무의 세 아들 치馳, 명明, 적敵 중에 둘째인 명이 손빈의 고조부이다. 이 명에게 오나라 왕이 손무의 공을 기린다며 부춘후富春侯라는 칭호를 하사했다. 그 외 증조부 손순孫順, 조부 손기孫機, 아버지 손조孫操의 행적은 알려진 바가 없다.

손빈이 태어난 곳은 산동성의 양산박梁山泊. 《수호전》의 영웅 송강宋江이 108명의 호걸들을 데리고 관官과 맞서던 지역이었다. 늦가을이면 이곳에 강남 가는 철새들로 장관을 이루고 초봄에는 북쪽으로 가는 철새들로 붐비며, 마치 천자의 대부대가 이동하는 듯했다.

철새가 이동할 때면 손빈은 새벽마다 들녘과 늪지에 갈고리를 단 말뚝을 줄줄이 세워 두었다. 갈고리마다 철새가 좋아하는 미끼가 달려 있었다. 저녁이면 손빈이 그 갈고리에 걸려 있는 철새들을 걷어갔다. 이처럼 어려서부터 수렵도 전략적이었고, 골목대장 노릇 하면서 다른 동네 아이들과 패싸움할 때면 꼭 진법을 사용해 이겼다.

이를 지켜본 아버지 손조가 당대 최고의 전략가인 귀곡자의 문하생으로 보냈다. 귀곡자의 출신과 본명은 아무도 모른다. 다만 구름이 넘나드는 귀곡鬼谷에 은거한다는 사실만 알려져 있었다. 송곳은 주머니에 감추어도 드러난다(낭중지추囊中之錐)고 했던가.

뛰어난 인걸은 아무리 심산유곡에 숨어도 빛이 나게 마련이다. 처음에 귀곡자는 약초 캐는 심마니들에 의해 조금씩 알려지더니 금세 제나라를 위시해 사방에 소문이 번졌다. 그때부터 제자가 되겠다며 찾아오는 사람이 많아졌다. 이들 중에 귀곡자는 싹수가 있는 자들만 골라 각기 성향에 맞게 가르쳤다.

물론 다음과 같은 세 가지 원칙 아래였다.

첫째, 도는 형상形象을 낳지만 형상은 도를 낳지 못하므로 도를 알면 형상을 알게 되고 도를 따르면 결국 형상을 이겨낼 수 있다. 따라서 유연한 것이 경직된 것을 이기고, 약한 것이 교만한 것을 이긴다.

두 번째, 적을 이기려면 그대로 두어 실수하게 하고 기회를 보아 제거하라.

셋째는, 벼슬의 색色은 각기 다르니, 오래 머물러 좋을 리 없다. 벼슬의 정점에 이르기 전에 조용히 내려가야 한다.

손빈이 귀곡산장을 찾은 날, 이미 와 있던 방연龐涓을 만났다. 첫눈에 호감을 품고 서로 여덟 번 절을 하여(팔배지교八拜之交) 생사를 같이 하기로 맹세했다. 이때만 해도 두 친구는 훗날 서로를 죽여야만 하는 사이가 될 줄 몰랐다. 두 친구야말로 귀곡자가 가장 아끼는 수제자였고, 그다음이 종횡가인 소진蘇秦과 장의張儀였다.

귀곡자가 가르쳐 보니 둘 다 뛰어났지만 다른 점이 있다면 손빈은 지조가 있었고, 방연은 질투가 많았다. 귀곡자는 방연에게 누차 주의를 주었다.

"방연아, 성정性情이 바르지 못하면 도보다 형상에 집착하게 되고, 결국 전체를 보지 못한다."

귀곡자가 볼 때 방연이 도리에 충실하기보다 이익에만 관심이 많아 보였던 것이다. 그래서 기본 도리를 잊지 않아야 거시적 안목을 확보할 수 있다는 뜻으로 주의를 준 것이다.

한번은 아침부터 귀곡자가 방 안에 앉아 기만술에 관한 과제를 내주었다.

"누구든지 나를 밖으로 나오게 만들어 보라."

제자들이 온갖 방법을 동원했으나 허사였다. 점심때가 되어 귀곡자가 식사를 마친 뒤 다시 방 안으로 들어갔는데, 방연이 달려왔다.

"선생님, 맹자와 왕이 천자를 모시고 오셨습니다. 어서 맞이하소서."

귀곡자가 방연을 한심하다는 듯 쳐다보았다.

"그걸 나 보고 믿으라고?"

방연이 뒤통수를 긁으며 물러갔다.

한참 뒤, 손빈이 방으로 조용히 들어와 앉았다.

"선생님은 누가 무슨 말을 해도 속이려 한다고 보고 믿지 않습니다."

"상대가 속이려 한다는 것을 알고 있는데 어찌 속겠느냐."

"더구나 천문과 사주에 통달하신 선생님을 누가 속일 수 있겠습니까? 누구도 선생님을 밖으로 나오게 할 수는 없습니다."

"네가 잘 보았다."

"하지만 선생님이 밖으로 나가시면, 제가 선생님을 다시 방 안으로 들어오시게 할 수는 있겠습니다."

"이런 건방진 놈, 네가 날 들어오게 할 수 있다고? 어디 한번 해 봐라."

발끈한 귀곡자가 밖으로 나갔다. 그때 손빈이 펄쩍펄쩍 뛰었다.

"선생님이 밖으로 나오셨다!"

그제야 귀곡자는 손빈의 기만술에 당했음을 깨달았다. 이처럼 손빈은 방연보다 늘 한발 앞섰다. 이때부터 방연은 손빈이 싫었지만 내색하지 않았다. 이를 알 리 없는 손빈은 여전히 방연을 귀한 친구로 대했다.

기억력이 좋은 방연이 이론에만 충실했다면 손빈은 응용력이 탁월했다. 응용력이란 누가 가르쳐 줄 수 없고 스스로 터득해야만 하는 것이다. 귀곡자도 이론에만 곧이곧대로 강한 방연은 장수로 적합하지 않다는 것을 잘 알았다. 그래서 자기 뒤를 이어 스승이 되라 해도 굳이 장수로만 나가려 했다. 그만큼 방연의 공명심이 컸고, 중원 최고의 영웅이 되는 것이 꿈이었다.

귀곡자의 수제자,
손빈과 방연

당시 중원의 정세를 좌우하던 오기가 초도왕과 함께 죽은 직후였다. 각 나라 왕들도 오기와 같은 영웅을 구해서 천하를 도모할 야욕을 드러내기 시작했다. 위나라 혜왕惠王(371~335)도 그중 하나였다. 방연이 귀곡자의 만류에도 불구하고 혜왕을 찾아갔다.

"대왕, 위나라를 북쪽의 조나라와 연나라, 남쪽의 한나라와 초나라, 동쪽의 제나라, 서쪽 진나라가 둘러싸고 있습니다만, 저를 장군으로 삼으신다면 걱정할 필요가 없습니다. 내가 누굽니까? 귀곡자의 수제자입니다."

혜왕은 귀곡자의 수제자라는 말에 방연을 등용한 뒤, 맹자孟子(372~289)를 불렀다.

"천 리 길을 오셨으니, 어떻게 하면 위나라를 더 강해질 수 있는지 가르침을 주시죠."

"제 관심은 어느 나라가 더 강해지느냐에 있지 않습니다. 어느 나라가 더 인간의 선성善性을 길러주는가에 있습니다."

"나처럼 백성을 돌보는 왕도 없을 것이오. 하동에 흉년이 들면 그곳 백성을 하내로 옮겨주고, 하내에 흉년이 들어도 그와 같이 해줍니다. 이렇게 관심을 보이면 이웃 나라 백성이 줄고 내 나라 백성이 늘어나야 하는데 그러지 않으니 무슨 까닭이오?"

"왕께서 좋아하시는 전쟁으로 비유를 들겠습니다. 전쟁 개시의 북소리가 울리자, 두 병사가 도망갔습니다. 오십 보 도망간 병사가 백보 도망간 병사에게 비겁한 놈이라고 비웃었습니다. 어떻게 생각하십니까?"

"말 같지도 않은 소리요. 오십 보나 백 보나 도망친 것은 똑같소."

"그렇습니다. 왕들이 서로 다른 왕보다 내가 나라를 더 잘 다스린다고 하나, 패도를 추구하는 한 비슷비슷합니다."

혜왕의 얼굴이 벌게졌지만 맹자의 유세는 계속되었다.

"대왕, 어느 왕이든 창고가 넘쳐 진수성찬에 비단옷을 입고 살찐 말을 탑니다. 그러는 동안 들에는 굶어 죽은 시체가 널려 짐승의 밥이 되고 있습니다. 이런데도 왕들은 구휼미를 조금 나눠 주고는 자신들이 백성의 부모라 합니다. 부디 대왕만이라도 패도를 버리고 왕도를 쫓으옵소서."

"패도는 뭐고, 왕도는 뭐요?"

"힘으로 굴복시키는 것이 패도이고, 덕으로 감화하는 것이 왕도입니다."

"그렇다면 덕은 어떻게 쌓는 것이오?"

"백성을 근본으로 삼는 것입니다."

혜왕의 얼굴이 찡그려졌다. 이를 본 방연이 말했다.

"대왕, 맹자 선생의 주장은 모든 것이 차고 넘치는 하늘의 말에 불과합니다. 땅에서는 왕이 근본입니다. 왕은 치治하고 백성이 충忠해야 나라가 섭니다. 덕치德治란 허구에 부과하며 부국강병만이 실제이옵니다."

그제야 혜왕의 얼굴이 펴졌다. 맹자는 두 사람을 한참 쳐다보니 미련없이 떠나며 한 마디를 남겼다.

"불원이천리不遠而千里하고 달려온 사람에게 첫 마디부터 이익을 구하는 왕은 처음 보았다."

맹자가 떠난 뒤, 형명학形名學의 대가인 상앙商鞅(390~338)이 찾아왔다. 재상 공숙좌公叔座가 혜왕에게 권했다.

"상앙을 중용하든 아니면 제거해야 합니다."

그러나 혜왕이 상앙을 대수롭지 않은 인물로 보고 무시했다. 그래서 상앙이 위나라를 떠나 진효공秦孝公(361~338)에게 갔다. 그동안 서쪽 오랑캐로 취급받던 진나라였다. 상앙이 찾아오자 바로 재상에 임명했다.

훗날 공숙좌의 말대로 위나라가 상앙을 붙들거나 없애지 않았던 탓으로, 상앙의 계략에 말려 도성 안읍安邑을 포기하고 대량大樑으로 도망가야 했다.

형명학이란 패권정치의 교본과 같았다. 나라는 권력과 식량으로만 유지될 수 있기에 덕치가 아니라 법치로 통치해야 한다는 것이다.

형명학에 정통한 상앙은 진나라에서 봉건제를 군현제로 대체해 중앙에서 관리를 임명했다. 납세와 군역제도를 정비했고 백성들의 상호감시 체제를 만들었다. 그때부터 진나라에서 범죄가 말끔히 사라졌다. 상앙의 엄정한 법 집행이 10년 이상 지속되자 백성은 만족했지만 귀족들의 불만이 엄청나게 심했다. 그래도 효공이 상앙을 강력하게 후원해 버렸다.

효공이 죽고 혜문왕惠文王(338~311)이 집권하면서 상황이 돌변한다. 그동안 눌려 지냈던 귀족들이 상앙을 죽이려 했던 것이다. 이들을 피해 상앙이 함곡관으로 도망쳐 객관에 머물고자 했다. 하지만 호패가 없어 고발 당하고 말았다. 이때 상앙이 이렇게 탄식했다.

"내가 만든 법에 내가 걸리다니. 이럴 줄 알았더라면 형벌을 면제하는 법도 만들 것을……."

어처구니없이 잡힌 상앙은 혜문왕 앞에서 사지가 찢겨 죽는 거열형車裂刑을 당했다. 그의 말로가 비참하기는 했으나 상앙 덕분에 진나라는 부국강병의 기틀을 다져 장차 진시황제秦始皇帝(246~210) 때 천하를 통일할 수 있게 된다.

한편 혜왕은 덕치를 권하는 맹자도, 법치를 권하는 상앙도 버린 뒤, 더욱 방연만 의지한다. 그나마 다행으로 위나라도 방연의 노력으로 강성해졌다. 그 힘으로 주변국 진나라, 송나라, 조나라를 침입하여 영토를 조금씩 늘려갔다.

위나라 위상이 올라가며 더불어 방연의 명성도 제법 높아졌다. 혜왕과 방연은 위나라도 중원의 최강자를 노려볼 때가 되었다고 생각하고, 우선 비옥한 황하 하류 지역과 황해를 끼고 있는 제나라를 꺾을 준비를 한다.

위나라가 제나라와 대회전을 치를 준비를 진행하는 가운데 방연에게 말 못할 걱정이 하나 있었다. 바로 손빈이었다. 언제나 자신보다 한 수 위였던 손빈이 바로 제나라에 있었던 것이다.

'어떻게든 손빈을 먼저 없애야만 내 꿈을 이룰 수 있다. 어떻게 해야 하나.'

방연은 날마다 손빈을 제거할 방안을 찾았다.

당시 약육강식의 사회라 친구도 적이 되기는 했지만 방연과 손빈은 결의형제까지 맺은 사이였다. 그래서 손빈은 이 맹세에 충실했다. 방연은 달랐다. 귀곡자 아래서 함께 배울 때부터 두 마음을 품고 있었다. 나름대로 이유는 이러했다.

자신은 첩의 자식으로 태어났지만 손빈은 명문가 출신으로 귀곡산장에서도 부러움을 받는 존재였다. 그런 데다가 역량까지 방연을 앞섰다. 처음에 손빈을 부러워하기만 했던 방연은 언제부턴가 질투를 넘어 증오심까지 품으며, 어떻게 하든 손빈보다 더 출세해야 한다는 강박관념을 갖게 되었다. 물론 겉으로는 둘도 없는 친구처럼 대했지만.

귀곡자의 만류를 뿌리치고 위나라에 가서 먼저 출세한 것도 그 때문이었다. 위나라의 군권을 쥐고서 손빈을 제거할 궁리를 하며 찾아낸 책략이 조호리산調虎離山이었다. 호랑이를 잡으려면 일단 산속에서 끌어내서 덫으로 유인해야 한다.

방연은 손빈에게 우정이 듬뿍 담긴 초대장을 썼다.

"국사가 바빠 자네와 연락은 못 했으나 한시도 잊지 않고 있다네. 어찌 죽마고우를 잊겠는가. 우리야말로 관포지교보다 더한 우정이 아니던가. 이 서한을 보는 즉시 위나라로 오게나. 함께 지난 즐거웠던 시절의 회포나 풀어보세."

편지를 읽고 손빈이 방연을 찾아가는 길에 귀곡산장을 들렀다. 마침 겸애설兼愛說을 가르치던 묵자墨子의 제자 금활리禽滑厘 등이 와 있었다. 이들은 나막신이나 짚신을 신고 짐승 가죽옷이나 베옷을 입고 유무상통有無相通하는 생활을 했다. 이런 모습을 볼 때마다 깨닫는 점이 많았다. 주로 출세하려 모인 귀곡자의 제자들에 비해, 신분 질서를 타파하고 평등하게 살겠다는 묵자의 제자들이 풍기는 분위기가 사뭇 달랐던 것이다.

금활리와 담소 중이던 귀곡자는 손빈이 내민 방연의 편지를 읽더니, 안색이 어두워지며 눈을 감고 점을 쳤다.

'지화명이괘地火明夷卦.'

건괘乾卦인 땅地이 이괘離卦인 불火 위에 올라와 온 것으로 땅속에 태양이 들어간 모습이다. 명이明夷 또한 밝은 것이 사라졌다는 뜻이다.

"아무래도 네 앞길에……."

그리고 눈을 뜨더니 손빈을 훑어보다가 다시 눈을 감고, 방연의 얼굴을 떠올리며 손빈의 관상과 비교해 보았다.

"방연이 돼지상(저안猪眼)이라면 너는 봉황의 상(봉안瑞眼)이로다."

"선생님, 무슨 뜻입니까?"

"저안은 눈의 흰자위가 흐리고 산만한 데다가 식탐이 많고 포악하다. 일시 귀하게 될 수 있으나 결국 재앙을 만난다. 그래서 내가 방연에게 누차 정치하지 말고 선생 노릇만 하라고 했던 것이다. 봉안의 눈은 흑백이 명쾌하며 눈알을 돌리지 않는다. 눈빛이 안정되어 학식과 응용에 뛰어나 역경을 만나도, 결국 용이 여의주를 물듯 나라의 동량이 된다."

귀곡자의 말에 금활리가 웃으며 참견했다.

"귀곡 선생, 사주불여관상四柱不如觀相 아니겠소?"

사주가 관상만 못하다는 것이다. 귀곡자도 환한 얼굴로 연신 끄덕였다.

"그렇소, 금활리 선생. 관상이란 심상心象에서 나옵니다. 관상이 심상만 못한 것입니다. 마음을 덕스럽게 쓰면 심상이 도道와 가까워집니다. 도가 사주를 지배하기 때문에, 설령 사주가 나빠도 도와 가까우면 불행을 극복하는 것입니다."

두 사람의 대화를 어리둥절해하는 손빈에게 귀곡자가 탁자 위의 구리 꽃병에서 국화꽃을 뽑아 주었다. 찬 서리를 이겨내고 꽃을 피운 국화처럼 되라는 뜻일 것이다.

"손빈아, 남을 해하려 들면 결국 자신을 해하게 된다. 이 말은 네가 아니라 방연이 들어야 할 말이다. 머지않아 네 이름을 빈續에서 빈臏으로 고쳐 부르리라. 꼭 기억하거라. 잃는 것이 있으면 얻는 것도 있다. 너와 방연의 관계는 너에게 전화위복이 될 것이니라."

이 말에 손빈은 더 아리송해졌다. 자신의 이름이 왕성하다는 뜻의 빈續에서 무릎 연골을 뜻하는 빈臏으로 바뀔 것이라니…. 무슨 뜻인지 알 수 없어 난감해 있는데 금활리가 이런 교훈을 주었다.

"세상의 소란은 욕심 때문이다. 서로 사랑하며兼相愛, 서로 이롭게 해야交相利만 세상에 평화가 오지. 겸애의 마음을 품고 의義를 따르면 결국 천지의 도움을 받을 것이야."

"어떻게 해야 하는 것입니까?"

"본本과 원原과 용用, 이 세 가지가 중요하네. 매사에 그 근본을 보고, 원인을 분석한 뒤에 용用, 즉 실천해야 하네."

"삼가 두 분의 가르침을 가슴에 새기겠습니다."

그때만 해도 손빈은 두 스승의 말이 정확히 무엇을 뜻하는지 몰랐다. 그만큼 방연을 너무 믿어 의심하지 않았던 것(신지무의信之無疑)이다.

앉은뱅이가 된 손빈

방연은 자신을 믿고 찾아온 손빈을 반갑게 맞이했다.

"우선 편히 쉬고 왕을 만날 시간을 만들어 보세."

며칠 동안 손빈은 출세한 친구 덕에 난생처음 극진한 연회를 즐겼다.

그동안 위나라 조정에서 혜왕과 방연 사이에 심각한 대화가 오고 갔다. 혜왕은 손빈을 등용하고 싶어했고, 방연이 이를 만류하고 있었던 것이다.

"대왕, 손빈은 손무의 후손입니다. 손무가 누굽니까? 오나라 합려를 도와 초나라를 이겼지만, 그 뒤 오나라가 제나라를 치려 하자 제나라로 숨어 버렸습니다. 그만큼 손씨 가문은 애국심이 강합니다. 지금 제나라 위왕威王(356~320)과도 본래 같은 가문으로 아주 절친합니다. 우리는 결국 제나라와 건곤일척의 승부를 내야만 합니다. 그런데 손빈을 책사로 썼다가 손빈이 제나라를 도와주기라도 한다면 어찌 감당하시렵니까?"

"하⋯. 그러면 어찌하면 좋겠소?"

"덫 안으로 찾아온 맹수를 놓아줄 수는 없습니다. 제거해야 합니다."

"죽이자는 말인가?"

"그렇게까지 하면 제나라와 다툼이 일 수 있습니다. 아직 그럴 때가 아니니 손빈을 제나라의 첩자로 몰아 불구의 몸으로 만드옵소서. 다시는 세상에 나가 활동하지 못하도록……."

그나마 친구로서 일말의 양심이 작용한 탓일까? 손빈을 죽이는 것만큼은 피하려 했다.

"좋소. 그대로 하시구려."

다음 날 손빈이 숙소에서 혜왕을 만날 채비를 하는데 병사들이 우르르 몰려왔다.

"뭐 하는 짓들이냐. 나는 대장군 방연의 초대로 여기 왔느니라."

영문을 모르는 손빈이 호통을 쳤다. 병사들은 대꾸 없이 손빈을 포박해 혜왕 앞으로 끌고 갔다. 그 자리에 형구가 놓여 있고 방연은 없었다.

"네 이놈, 제나라 놈이 오나라에 온 이유가 무엇이냐?"

그 순간 손빈은 자신이 건넨 방연의 편지를 읽고 안색이 어두워졌던 귀곡자가 떠올랐다. 그때 귀곡자가 언급한 '남을 해하려 한 자'는 바로 방연이었던 것이다.

"너를 죽여 마땅하나 대장군 방연의 막역한 친구임을 참작하여 빈형臏刑으로 감하노라."

혜왕은 손빈이 변명할 틈도 주지 않고 형벌을 언도했다. 군졸이 칼로 손빈의 연골을 잘라내고, 이마에 '간첩'이라는 글씨(자문刺文)를 새겨 넣었다. 그 상태로 옥에 갇힌 손빈은 자괴감에 빠져 식음도 전폐

한 채 누워만 지냈다.

'마른하늘에 날벼락도 유분수지…. 내 죄라곤 친구를 믿은 죄밖에 없건만, 이런 흉한 꼴을 당하다니…. 이런 몰골로 살아서 뭐 해.'

그러다가 분하고 억울한 기분이 솟구쳐 복수해야겠다고 생각을 바꾸었다. 그때에야 귀곡자가 네 이름이 바뀌겠지만 전화위복이 되리라고 했던 말이 또렷이 떠올랐다.

'내 반드시 살아서 처절하게 복수하리라. 왜 방연이 날 죽이지 않았을까? 친구를 죽였다는 비난도 피하고, 나를 오갈 데 없게 만들어 필요할 때 자문이나 해 주는 신세로 만든 것이다.'

아니나 다를까, 사흘 뒤 방연이 찾아와 손빈의 몰골을 보고 능청스레 통곡했다.

"손빈아, 간첩으로 몰린 너를 살려내느라 나도 많이 힘들었다. 민가에 네가 살 집과 시중들 사람도 준비해 두었다."

손빈이 들것에 실려 새로운 거처로 옮겨졌다. 시중 들러 온 사람은 방연의 심복 단륜段輪이었다. 손빈은 단륜 앞에서 입버릇처럼 말했다.

"방연이 때문에 내 목숨이 붙어 있소."

어떤 경우에도 원한을 표내지 않고 오직 병법 연구만 몰두하는 모습을 보여 주었다. 이런 손빈의 모습에 단륜이 감복하고, 차츰 위나라 궁중 깊은 곳의 일까지 알려준다.

손빈이 앉은뱅이가 된 지 반년이 지난 그해 겨울에 위나라와 조나라 간에 전쟁이 터졌다. 방연이 단륜을 통해 손빈에게 자문을 구했고, 손빈은 지도까지 펴놓고 전략을 가르쳐 주었다. 그 전략대로 방연이 대승을 거두고 개선장군이 되어 온 나라의 축하를 받았다.

손빈의 지략에 방연이 또 한 번 경악을 금치 못하고, 후환을 없애려면 죽여야 되겠다는 결심을 한다. 그래서 단륜을 불러 "마지막으로 손빈의 상태를 보러 가겠다"며 날짜를 정해 주었다.

이 소식을 들은 손빈은 '적을 잡으려면 적이 원하는 대로 따른다'는 욕금고종慾擒故縱의 계책을 세웠다.

'방연이 이놈, 네놈이 조호리산의 계략을 폈다면 나는 욕금고종으로 응수하겠다.'

약속한 날짜에 방연이 탄 마차가 손빈의 거처 앞에 멈췄다. 방연이 둘러본 손빈의 거처는 돼지우리 같았다. 더럽고 역한 냄새까지 풍겨 도저히 들어가지 못하고 방문 앞에서만 보았다. 손빈이 머리는 산발을 하고 히죽댔으며 눈동자가 풀려 있었다.

"대왕 폐하신가, 오랑캐인가, 히히히히. 아니, 천자신가 보네. 제기럴, 서왕모가 주 왕실을 잡아먹고 오작교를 타고 고조선으로 날아가는구나."

손빈이 방연도 몰라보고 종잡을 수 없는 말만 늘어놓았다. 방연이 코를 막고 단연에게 물었다.

"언제부터 저리 되었느냐?"

"대장군께서 조나라에 대승하고 돌아오신 날부터입니다."

"음…. 이놈이 제 신세를 비관하다 못해 완전히 돌았구나."

"대장군, 제가 쭉 지켜봐도 완전히 돌았습니다."

"잘됐다. 저 미친놈은 죽일 가치도 없다. 내 손으로 죽였다가 친구 죽였다는 욕만 먹는다. 저놈을 멀리 내다 버려라. 저절로 죽게 될 것이다."

그 자리에서 손빈이 도성에서 멀리 떨어진 폐가로 옮겨졌다. 그 동네 사람들은 웬 정신 나간 젊은이가 외딴집에 살러 왔다며 불쌍히 보고 가끔씩 먹을 것과 입을 것을 던져 주었다. 이제 손빈은 완전히 광인이었다. 굳이 방연도 관심을 가질 필요가 없다고 보고 감시병도 철수시켰다.

비로소 방연의 감시를 벗어난 손빈이 기어다니며 마을 사람들과 친분을 쌓았다. 이즈음에야 손빈은 귀곡자가 그렇게 강조했던 '형체도 없고, 집착도 없는 대도(대도무형무집착大道無形無執著)'가 무엇을 뜻하는지를 깨닫는다. 믿었던 친구에게 배반 당해 불구가 된 뒤에야 대도를 이해하게 된 것이다.

'만물이 형체가 있다 하나 본디 형체가 어디 있었으랴. 형체로 차별하니 법이 생겼고, 결국 형체가 썩듯 법도 썩기 마련이다. 형체에 미련을 두지 않는 것이 곧 대도이다.'

이처럼 대도를 깨달은 손빈은 불구가 된 몸과 달리 정신은 어느 때보다 자유로워졌다.

왕의 특명,
"손빈을 찾아와라"

　오래전 손무 일족이 제나라를 떠난 뒤에도 전씨 가문은 손씨 가문을 한집안 출신이라며 각별하게 여겼다. 하지만 손무가 오나라에 출사出仕하면서부터 관계가 어색해졌다. 그래도 오나라가 제나라를 공격하려는 때 손무가 오자서와 함께 막았다는 것을 제나라 왕실에서는 잘 알고 있었다.

　그 뒤 손무가 제나라로 와서 어딘가로 은거해 병법서를 쓰고 있으며, 오자서는 처형을 당했다는 사실까지 알려지면서 제나라에서는 손무를 전쟁의 신처럼 여기는 분위기가 남아있었다.

　그러다가 기원전 391년부터 제나라 왕실이 적극적으로 손무의 후손을 찾아 나선다. 그해에 전화田和가 여상 강씨姜氏인 제강공齊康公을 머나면 해변가로 쫓아내고 제위왕齊威王이 되었다. 즉 손씨와 같은 혈족인 전씨가 집권하면서 손무의 후손, 그중 귀곡자의 수제자가 되었다는 손빈에 대한 관심이 고조되었던 것이다.

　제위왕은 환공 이후 나라를 가장 강하게 만든 왕으로 즉위 조서가 이러했다.

"왕의 잘못을 직접 말하면 최고의 상을 주고, 상소를 올려 지적하면 중간 상을 주고, 거리에서 지적만 해도 작은 상을 주겠노라."

이날부터 궁궐 문은 직언하려는 사람들로 북새통을 이뤘다. 육 개월 정도 빗발쳤으나 일 년 지나며 뚝 끊겼다. 더 이상 직언 거리가 없어졌기 때문이다.

제나라가 나날이 나라가 부강해지니, 위왕을 알현하려고 각 나라 사신들이 줄을 섰는데 위나라만 예외였다. 첩보에 의하면 위나라가 방연을 대장군으로 삼고 제나라를 노린다는 것이다.

제나라의 장군 전기田忌가 방연의 자료를 수집했더니, 귀곡자의 제자였으며 뜻밖에 손빈과 동문이라는 것이 밝혀졌다. 이를 보고받은 왕은 전기에게 특명을 내렸다.

"손무의 후손 손빈을 데려와라."

손무가 앉은뱅이가 된 지 3년째였다. 전기가 손빈을 찾으러 직접 귀곡산장에까지 찾아갔을 때는, 이미 방연의 초대를 받아 위나라로 떠나고 없었다. 다시 전기가 위나라에 있던 첩보망을 통해 알아본 결과 손빈이 방연으로 인해 불구가 된 채 행방불명이 되었다는 정보를 받았다.

전기는 위왕에게 보고한 뒤, 위나라 사신단의 일원으로 가겠다고 자청했다. 나라들 사이에 사신의 왕래야 빈번한 일이지만, 이번 제나라 사신은 여느 때와 달랐다. 겉으로는 사신이었지만 전기가 은밀히 손빈의 거처를 알아내도록 배려해주어야 했다.

'감히 주 왕실도 제환공의 눈치를 봐야 했던 그 시절로 가야 한다.

그러기 위해서 나라를 하나로 묶고 위왕의 총기를 지켜주어야 한다. 지금 그 일을 할 사람이 바로 손빈이다.'

전기는 이런 다짐을 하며 위나라 수도에 도착했다.

당시 제나라와 위나라가 일촉즉발의 상태라 극비리에 손빈의 자취를 찾아야 했다. 그러다 보니 쉽지 않았다. 어느새 귀국일을 하루 앞두고 낙담에 빠져 있는데 단륜이 찾아왔다.

그날 야심한 밤에 두 거인이 손빈을 번갈아 업고 어디론가 떠났다.

다음 오후가 되어서야 마을 사람들은 강가에 널린 손빈의 옷가지를 발견하고 손빈이 자살한 것으로 보았다. 그 시각 전기의 귀국 행렬이 국경 넘어 제나라 영토 안으로 들어가고 있었다.

그제야 전기의 수레 안쪽 상자에 숨어 있던 손빈이 전기 옆으로 나왔다. 손빈은 전기의 집에 머물며 목발을 짚는 등 재활 운동을 시작했다.

한 달 뒤 전기가 손빈을 데리고 경마장에 갔다. 귀족들이 돈을 걸고 자기 말을 내보내 잘 달리는 말 주인에게 그 돈을 주는 게임이 벌어지고 있었다. 게임의 방식은 말 세 필을 차례로 내보내 그중 두 번 이기면 승리하는 것이다. 전기의 말이 번번이 져서 거액을 잃었다. 손빈이 한 가지 계책을 내었다.

"이번에 이기도록 해 드리겠습니다."

"어떻게 하란 말인가?"

"쭉 지켜보니 상대는 항상 처음에 상마上馬를 내보냅니다. 이때 장군은 하마下馬를 내세우십시오. 물론 질 것입니다. 그다음 상대는 중마中馬를 내보내더군요. 이때 장군은 상마上馬를 내보내시면 이깁니다. 마지막으로 상대가 하마下馬를 내놓을 때 장군은 중마中馬로 경주하면 또 이기게 됩니다."

이것이 손빈의 유명한 삼사법三駟法으로, 훗날 삼십육계 중 11계인 이대도강李代桃僵(자두나무가 복숭아나무를 대신해 죽는다)에 차용된다. 원리는 간단하다.

싸우다 보면 손해도 보아야 하는데, 그럴 때 부분을 버리고 전체를 얻으라(세필유손勢必有損, 손음이익양損陰以益陽)는 것이다. 그래야만 소탐대실小貪大失하지 않고 사소취대捨小取大할 수 있다.

작은 것을 먼저 주고 뒤에 큰 것을 얻으라는 손빈의 지혜대로 전기가 경마를 했더니 2대 1의 승리를 거두었다. 화가 난 귀족들이 더 큰 돈을 걸고 경기를 했지만 결과는 마찬가지였다. 그날로 전기는 억만금을 벌었다.

손빈에게 감탄한 전기는 바로 다음 날 왕 앞에 손빈을 데리고 갔다. 평소 손빈에게 기대가 컸던 위왕이었다.

"오오, 천하의 손무 장군 후손에다가 귀곡자의 수제자를 이렇게 뵙다니 참으로 기쁘오. 군사를 맡아주시오."

드디어 제나라의 군권이 손빈의 손아귀에 들어온 것이다. 왕궁을 물러 나와 왕이 새로 마련해준 자택에서 밤이 늦도록 상념에 잠겼다.

'내가 친구를 믿은 죄 아닌 죄로 불구의 몸이 되는 바람에 아버지가 쓰러지고 어머니도 뒤따라가셨다. 그렇게 고아 아닌 고아가 되어 그동안 뼈저린 고독의 세월을 보내 왔다. 돌고 도는 별들과 달리 그 자리에 홀로 있는 북극성처럼, 어둠이 짙을수록 길을 찾으려면 북극성을 보아야만 한다. 내가 이 어두운 시대의 북극성이 되자. 비록 불구

의 몸이지만….'

그제야 손빈은 군사軍師로 임명되는 순간 복수의 힘을 가졌다고 전율했던 기분이 차분해지며, 그동안 익혔던 병법의 대원칙을 세 가지로 정리할 수 있었다.

첫째, 할 수 있으면 싸우지 말고 이겨라(부전이굴인지병不戰而屈人之兵 선지선자야善之善者也).

두 번째, 싸워야 한다면 이겨 놓고 싸워라(선승이후구전先勝而後求戰).

세 번째, 싸움을 시작했다면 빨리 끝내라. 어떤 전쟁이든 속결해야지, 오래 끌어서 좋을 것이 없다(병문졸속兵聞拙速 미도교지구야 未睹巧之久也).

이상으로 손무의 병법서를 읽으며 깨달은 것을 정리한 뒤 귀곡자의 가르침을 적었다.

'적에게 이익을 주어 본심이 드러나게 하면서도, 적을 두렵게 해서 실수하게 해야 한다.'

'상대의 강점을 피하며 기회를 타 약점을 쳐라.'

'자신을 덜 노출하고, 적을 더 많이 노출시켜라.'

다음, 마지막으로 묵자의 교훈을 적어넣었다.

'천하의 이익을 독점하려는 자는 천하를 잃고, 함께 누리려는 자가 천하를 얻는다.'

이렇게 손무, 귀곡자, 묵자, 세 사람의 교훈을 비단에 적어 벽에 걸어 두었다.

닷새 뒤 전기가 찾아왔다. 이 족자를 보더니 그 차이를 궁금해했다.

"제 조상 손무께서는 멀리 보되 치밀하게 시작하는 법(착안대국着眼大局 착수소국着手小局)을 강조했으며, 스승 귀곡자는 어떤 경우에도 흔들리지 않는 평정심을 가르쳐 주셨고, 묵자께서는 독점욕을 버리면 무용의 용으로 천하를 얻을 수 있다고 했습니다."

"손 군사께서는 여러 개를 하나의 이치로 꿰뚫어 보는(일이관지一以貫之)의 재주를 지니셨구려. 과연 손무 선생의 후손답구려."

"과찬의 말씀입니다."

손빈이 붓을 들어 《황제내경》의 한 구절을 적어 주었다.

"하늘과 땅이 다시 생겨나 만물을 갖춘다 해도 사람보다 귀한 것은 없다(천복지재天覆地載 만물실비萬物悉備 막귀어인莫貴於人)."

전기가 떠난 뒤 손빈은 침대에 누워 이마에 새겨진 '간첩'이라는 두 글자를 만지며 손무시대와 현시대의 전쟁 양상을 비교해 보았다. 그 시대는 주로 공성전이었으나 전국시대엔 성뿐 아니라 전 영토에서 공방전이 벌어지고 있다. 청동제 무기도 철기로 바뀌었으며 병사들 출신 신분도 달라졌다.

춘추시대엔 주로 귀족 자제들이 3~5마리의 말이 끄는 전차에 올라 전차전을 벌였다. 이때 노역부들이 따라붙어 잔심부름을 했다. 하지만 전국시대에는 국민 병역의무가 부과되면서 병사들이 주로 평민 출신이며 일시에 백만대군이 동원되었다.

그나마 춘추시대는 자존심 강한 귀족끼리 싸우며 전쟁의 예법이라는 것도 있었다. 미리 전쟁 일시를 정하고, 그날이 되면 양측이 전차를 타고 와서 대치했다. 부대 규모는 보통 전차가 3~5천 승, 병사가 3~5만 명 정도였다.

전쟁을 알리는 북이 울리면 양측 전차가 돌진하며 사격전이 시작되었다. 그야말로 장관이었다. 도중에 한쪽 대장군이 잡히거나 대장군의 깃발이 빼앗기면 거기서 끝났다. 더 이상 추격해 잔혹하게 죽이지는 않았다는 것이다.

춘추의 전쟁 예법 중에 다음과 같은 것이 있었다.

전쟁 중이라도 적국에 재앙이 발생하면 멈춘다(부인흉不因凶).
약속장소와 시간에 대치해서 정면으로 싸운다(편전偏戰).
늙은 포로는 풀어 준다(부금이모不擒二毛).
부상한 적을 다시 공격하지 않는다(부중상不重傷).

대장군들은 이 원칙과 함께 다음 다섯 경우에도 공격 명령을 내리길 꺼렸다.

첫째, 지나가서는 안 될 길이 있다(불유不由). 복병이 있거나 함정을 파 놓은 길이다.

둘째, 공격해서는 안 되는 적이 있다(불격不擊). 부상 당하거나, 늙었거나, 재앙을 당한 병사는 공격하지 않아야 한다.

셋째, 공격해서 안 될 성이 있다(불공성不攻城). 전략상 공격하지 말아야 할 성을 말한다.

넷째, 빼앗지 않아야 될 땅이 있다(부쟁不爭). 모든 땅을 다 얻으려 할 필요가 없다. 오히려 적에게 내어주는 것이 좋은 곳도 있다.

다섯째, 왕의 명령이라도 어겨야 할 명령이 있다(불수不受). 아무리 지엄한 왕명이라도 경우에 따라 거절해야 될 때가 있다.

이처럼 춘추의 전쟁은 낭만적 요소도 있었는데, 주나라 예법의 영향과 당대 정신적 기둥 역할을 한 공자와 노자의 역할이 컸던 것이다. 그 영향으로 춘추의 전쟁 교본인 손무의 병법에는 인본주의가 깊이 깔려 있다.

하지만 전국시대에 쇠뇌(살상력이 강한 기계식 활)가 발명된 뒤 전차의 사격전은 무용지물이 되었다. 병사들이 쇠뇌와 쇠칼을 들고 어디든 출몰하며 무자비한 백병전이 벌어지고 있었으며, 누가 이겼든 전화가 남긴 상처는 오직 백성들의 몫이었다.

손빈이 밤새 이런저런 생각을 하다가 깊은 잠이 들었다.

위나라를 공격해
조나라를 구하다

그로부터 4년 뒤인 기원전 354년. 위나라는 여전히 사방에서 위협을 받고 있어, 활로를 찾으려면 어느 쪽인가는 뚫어야 했다. 서쪽 진나라, 동쪽 제나라, 남쪽 초나라, 북쪽 조나라 중 제일 만만한 나라가 조나라였다.

위혜왕과 방연은 조나라 도성 한단邯鄲을 공격하기로 결정했다. 외국에 사신으로 가 있던 위나라 대신 계릉季陵이 이 소식을 듣고 급히 돌아왔다.

"대왕, 귀국길에 태행산太行山에서 초나라로 간다며 수레를 타고 북쪽으로 가던 사람을 만났습니다."

"무슨 말이오? 초나라는 남쪽에 있거늘……."

"그래서 그에게 '왜 반대 방향으로 가느냐?'고 물었더니 '내 말은 뛰어나오'라고 했습니다. 다시 '아무리 말이 좋아도 그 길은 초나라로 가는 길이 아니오'라고 했지만, 그 사람은 '나는 내 말을 믿소'라며 계속 갔습니다."

"어허, 참으로 어리석은 자로구나."

"대왕께서 천하의 맹주가 되고자 하십니다. 그런데 한단을 공격하면 제후들의 신망을 잃어 맹주의 길과는 더 멀어질 뿐입니다. 마치 남쪽 초나라로 가야 한다며 북쪽으로 가는 것(지초북행至楚北行)과 같습니다."

그래도 혜왕이 무사하고, 방연에게 10만 대군을 주며 조나라를 치게 했다. 신바람이 난 방연이 변경의 성들부터 추풍낙엽처럼 쓰러트리며 삽시간에 한단을 포위했다.

약소국 조나라는 자체 방어가 불가능함을 알고 제나라에 도움을 요청했다. 제나라 왕이 긴급회의를 소집해 한참 군사 조련 중이던 손빈도 달려왔다. 왕이 신하들의 의견을 물었다.

"그동안 우리와 위나라 사이에 조나라가 있어 완충 역할을 해왔소. 만일 위가 조를 삼키면 그 위세가 더 커져 우리를 압도하려 할 것이오. 지금 조나라가 간절히 구원병을 요청했는데 어쩌면 좋겠소?"

당시 천하제일의 미남으로 왕의 총애를 받던 재상 추기鄒忌가 굳이 이웃 나라의 싸움에 말려들 필요 없다고 했지만, 다른 신하들이 모두 위나라가 조나라를 점령하면 다음 차례는 제나라라며 예방을 위해서라도 참전해야 한다고 주장했다.

왕도 이에 동의하고 손빈을 구원군의 대장군으로 임명했다. 그러나 손빈이 극구 사양했다.

"저는 형벌로 불구가 된 몸입니다. 대장군을 맡기에는 부적합하오니, 전기 장군을 대장군에 임명하옵소서. 곁에서 힘껏 돕겠습니다."

제왕은 손빈의 말을 옳게 여겼다. 전기는 곧바로 위와 조가 다투고 있는 한단으로 가려 했으나 손빈이 두 손을 흔들었다.

"대장군, 엉클어진 실타래를 힘으로 풀 수 없습니다. 한창 뒤엉켜 싸우고 있는 현장을 치면 격렬한 저항을 받습니다. 《손자병법》에 여덟 가지 경우에는 싸움을 피하라 했습니다.

첫째, 언덕에 높이 있는 적을 공격하지 마라(고릉물향高陵勿向).

둘째, 언덕을 등지고 있는 적을 공격하지 마라(배구물역背丘勿逆).

셋째, 거짓 퇴각하는 적을 공격하지 마라(양배물종伴北勿從).

넷째, 적의 사기가 매서울 때 공격하지 마라(예졸물공銳卒勿功).

다섯째, 유인병을 공격하지 마라(이병물식餌兵勿食).

여섯째, 귀국하는 적을 막지 마라(귀사물알歸師勿遏).

일곱째, 적을 포위할 때 도망갈 길을 열어두라(위사필궐圍師必闕).

여덟째, 궁지에 몰린 적을 몰지 마라(궁구물박窮寇勿迫).

이 모두를 하나로 정리하자면, 적의 빈틈을 치라는 것입니다."

"지금 적의 빈틈이 어디란 말이오?"

"위나라의 정예부대는 모두 한단에 나와 있습니다. 위나라의 수도 대량大樑에 남은 병력은 노약자들뿐입니다. 바로 대량이 적의 허점입니다. 우리가 대량을 치면 방연이 당황하여 한단의 포위망을 풀고 대량으로 회군할 수밖에 없습니다. 자고로 훌륭한 장수는 아무리 화가 나도 나아갈 곳과 멈출 곳을 분별합니다만, 방연이라는 놈은 성미가 급해 화가 났다 하면 물불을 안 가리고 덤벼듭니다. 그놈이 회군할 때 우리 군을 요충지에 숨겨 놓으면 가볍게 이길 수 있습니다. 이로써 우리는 싸우지도 않고 조나라를 구원함과 동시에 위나라를 흔들 수 있습니다. 일석이조一石二鳥인 셈입니다."

"아아, 참으로 놀라운 계략이오."

이것이 그 유명한 위위구조圍魏救趙로 '조나라를 구하기 위해 위나라를 친다'는 것이다.

제나라 군대 앞에 백마를 탄 대장군 전기와 포장마차에 앉은 손빈이 앞장서서 위나라의 대량으로 진군했다. 이 소식을 들은 방연은 조나라의 포위를 풀고 돌아서야만 했다.

조나라에서 대량으로 가려면 반드시 계릉桂陵이라는 험한 지형을 지나야만 했다. 이를 그냥 놓아둘 손빈이 아니다. 미리 계릉의 언덕에 군사를 포진해 두었다가 성급하게 달려오는 방연의 군대를 향해 화살을 날리고 바윗돌을 굴렸다.

방연의 군사 태반이 쓰러졌다. 마차 한 대가 언덕 위에 올라와, 방연이 바라보니 손빈이 부채를 부치고 있었다. 깜짝 놀란 방연이 줄행랑치며 이를 갈았다.

"아니, 죽은 줄로만 알았던 놈이 용케도 살아났구나. 두고 보자, 이 다리 병신아."

손빈은 방연의 뒤통수에 일갈했다.

"하하하. 방연, 이 무식하고 성질만 더러운 놈아, 여기까지 달려오느라고 얼마나 힘들었느냐. 우리는 여기서 편안히 네놈이 오기만을 기다리고 있었다. 상대를 공격할 때 좌우를 살펴야지 무작정 덤비느냐. 그러다가 호랑이 아가리로 들어갈 수가 있느니라."

위혜왕과 방연은 계릉에서 대패한 뒤에도 여전히 한나라, 진나라 등과 싸움을 벌였다. 둘 다 성격이 준비 없이 덤벼들기를 좋아해 잘 어울렸다.

그 까닭에 혜왕이 덕치로 나라를 세우자는 맹자나 법치로 나라의 다스리자는 상앙을 멀리하고 당장 야욕을 채워주겠다는 방연을 총애한 것이다. 그 바람에 국고가 현저히 줄어들며 백성의 원성이 고조되었다. 타개책으로 위혜왕과 방연은 눈엣가시 같은 제나라를 정복할 계획을 세웠다.

당장 제나라를 치기에는 부담스러워 우선 진나라, 조나라, 한나라에 많은 뇌물을 주어 같은 편으로 끌어들여 제나라를 고립무원으로 만들려 했다. 그러나 유독 한나라만 따라주지 않았다. 이때도 좀 더 차분하게 한나라를 끌어들일 노력을 기울여야 했는데 혜왕과 방연은 당장 한나라를 침략부터 했다.

당시 제나라는 2년 전 위왕이 죽고 아들 선왕宣王(342~324)이 즉위해 있었고, 한나라 소후昭候(362~333)는 신불해申不害를 등용해 국력이 크게 신장하던 때였다.

신불해는 관리란 군주의 손과 발일 뿐 독자적 사고나 행동을 해서는 안 된다고 보았으며, 이에 비추어 관리에게 상과 벌을 주었다. 이를 술치주의術治主義라 불렀다. 훗날 한비자 신불해의 술術과 상앙의 법法, 조나라 학자인 신도愼到의 세勢를 합쳐 법가사상으로 정리한다.

한나라가 신불해의 노력으로 발전 중이기는 했지만, 워낙 약소국이라 위나라가 조나라까지 설득해 연합군으로 쳐들어오자 맞서는 한편 제나라에 구원을 요청했다.

제나라에서는 추기가 지난번 출병을 반대했던 것과 달리 적극 출병을 주장하며 전기를 대장군으로 추천하기까지 했다. 선왕은 추기가 경쟁상대인 전기를 추천하자 대견하게 여기며 더욱 총애했지만,

추기의 속셈은 달랐다.

'만일 전기가 패전하면 그 책임을 물어 제거하고, 승전하면 내가 추천한 덕분인 게지. 흐흐흐흐.'

선왕은 구원군을 편성하고 전기를 대장군으로, 손빈을 군사로 임명했다. 이들 구원군이 도성 임치를 출발해 위나라와 한나라의 국경 부근까지 진격했다. 이곳에 머물며 향후 전략을 가다듬는데 지난번 위위구조 전략으로 재미를 본 전기가 손빈에게 제안했다.

"손 군사. 이번에도 한나라로 가지 말고 위나라로 쳐들어갑시다."

"물론입니다. 장군. 그러나 이번에 직접 대량을 치기는 쉽지 않습니다. 지난번에 당한 위나라가 대량을 방비할 병력은 남겨 놓았을 것입니다."

"그럼 어째야 하오?"

"이겨 놓고 싸워야 합니다."

"이겨 놓고 싸우라니? 세상에 그런 병법도 있소?"

"이겨 놓고 싸운다는 것은 반드시 이길 수밖에 없는 형세를 갖추어 놓고 싸우는 것을 말합니다."

이런 말을 처음 듣는 전기는 신기해하며 물었다.

"도대체 승리의 형세란 무엇이오?"

"임기응변의 주도권을 갖는 것입니다."

"어떻게 해야 주도권을 쥐는 것이오?"

"유리한 조건을 확보해야 합니다. 그러려면 양측의 지형度, 자원量, 병력數, 전투력稱을 비교해 보아야 합니다. 도는 량을, 량은 수를, 수는 칭을, 칭은 승리를 낳기 때문입니다(도생량度生量 량생수量生數 수생칭數生稱 칭생승稱生勝). 도량수칭을 비교했을 때, 우세하면 솔개가 병아리를 낚아채듯 속히 공격하고, 열세라면 땅속 두더지처럼 적이 아군의 동향을 파악하지 못하게 해야 합니다."

"우리와 적을 비교하면 어떻소?"

"아쉽게도 우리 전력이 위나라에 미치지 못합니다."

"그럼 두더지처럼 피해 다니자는 말이오? 도망만 다녀서 언제 적을 이긴단 말이오?"

"무서워 도망 다니는 것이 아닙니다. 전략적으로 후퇴하자는 것입니다."

"전략적 후퇴라?"

"예, 공격에 두 배의 힘이 든다면, 수비는 절반의 힘으로 가능(객배이주인客倍以主人 반연후적半然後敵)합니다. 위나라 군대는 천하가 인정하는 강군인 데다가 그중에서도 최정예부대가 한나라를 침공했습니다. 그들은 평소에도 제나라 군사를 약졸이라고 비웃었습니다."

"그렇다면 큰일 아니오?"

"장군, 바로 위나라 군대의 그 교만을 이용해야 합니다."

"어떻게 이용하자는 말이오?"

"교만한 자는 항시 남을 얕보고 전략을 무시합니다. 도망하는 척하며 유인해놓고, 우리에게 유리한 '형세'를 만들어 놓으면 큰 힘을 들이지 않고 승리할 수 있습니다.

병법에 '적을 100리나 쫓아다니며 이익을 얻으려 하면 대장군을 잃고, 50리를 쫓아다니면 군사의 반을 잃어버린다(백리이취리자百里而趣利者 궐상장蹶上將, 오십리이취리자五十里而趣利者 군반지軍半至)'고 했습니다. 이를 이용하려면 위나라가 우리를 뒤쫓도록 해야 합니다. 아군이 위나라 영토에 들어가 첫 숙영지에 10만 개의 부엌을 만들고, 다음 숙영지에서는 5만 개, 또 다음 숙영지에서는 2만 개로 점차 줄여나가야 합니다."

"그게 무슨 뜻이오?"

"적은 그것을 보면 우리 군사가 매일 줄고 있다고 착각할 것입니다. 그러면 방연의 성격상 앞뒤 안 가리고 우리를 쫓아올 것입니다. 그 틈을 보아 일격을 가하면 됩니다."

"이제야 알겠소. 도망하는 척하며 거칠게 쫓아오는 자의 다리를 걸자는 것이구료. 당장 이 작전을 개시합시다."

"아직은 이릅니다. 우선 위와 한이 싸우도록 놓아두십시오. 현명한 사냥꾼은 호랑이끼리 싸우면 지켜보다가 한 마리가 죽고 다른 한 마리는 상처를 입었을 때 다 잡습니다. 일거양득一擧兩得이죠. 지금은 두 나라가 사력을 다해 싸우도록 놓아두어야 합니다."

어두운 계곡에 펼쳐진 글귀

    제나라 군대는 국경 지대에 3개월을 머물며 위와 한의 싸움을 관망만 하고 있었다. 처음에 한나라가 위나라의 공세를 잘 버텨내더니 차츰 밀리며 급기야 항복해야 할 상황까지 왔다. 이제야말로 제나라 군대가 움직일 때가 된 것이다.

    그동안 손빈은 위조 연합군에 심어둔 첩자를 통해 방연의 전략을 들여다보았으며 가끔씩 이중간첩을 이용해 방연을 혼돈에 빠트렸다.

    손빈의 용간책用間策이 얼마나 현란했던지 지켜보던 전기가 혀를 내둘렀다.

    "용간책으로 적의 사정을 손바닥 들여다보듯 하고 적의 책략을 조종하다니…. 그 비결이 궁금하오."

    "전쟁의 목표가 무엇입니까?"

    "그야 이기는 것 아닙니까?"

    "그렇기는 합니다만 전쟁 한 번 치르는 데 10만 명 이상이 동원되고, 하루에 천금이 소비되는데, 부담은 고스란히 백성의 몫이 됩니다. 건강한 사람은 전부 전쟁에 끌려가 70만 농가는 농사를 짓지 못

합니다. 그래서 싸우지 않거나 전쟁을 최소화해야 하는데, 그 최고의 수단이 첩자의 활용인 것입니다."

"아하……."

"첩자라고 다 같은 첩자가 아닙니다. 다섯 종류―향간鄉間, 내간內間, 반간反間, 사간死間, 생간生間―가 있습니다. 향간은 적의 고을에 거주하고, 내간은 매수된 적의 관리이며, 반간은 적의 간첩을 아군이 매수한 이중간첩입니다. 첩보전략의 백미白眉는 바로 반간입니다. 그다음 사간은 적에게 거짓 정보를 주며 죽음을 각오한 간첩이며, 생간이란 적진을 정탐하고 돌아오는 간첩입니다. 이러한 첩자를 극비에 이용할 줄 아는 것이 군주의 신기神技입니다.

군주는 항시 적장보다 먼저 적의 내부를 들여다볼 수 있어야 합니다. 적의 실정은 별자리나 귀신이 알려주는 것이 아니고, 전쟁 경험을 해야만 아는 것도 아니라, 반드시 적 내부를 아는 자에게서만 얻을 수 있습니다. 그래서 절대적으로 첩자가 필요한 것입니다.

만약에 군주가 어리석으면 첩보 비용이 아까워 첩보전을 포기합니다. 그러면 결코 승리할 수 없습니다. 따라서 군주는 간첩을 고를 때 믿을 만한 사람으로 하되, 극비리에 가동하고 간첩과 은밀한 이야기를 나눠야 합니다. 또한 공이 큰 간첩에게 후한 보상을 해야 합니다."

"평상시에도 간첩을 운영해야 합니까?"

"당연합니다. 평화로워도 비상시를 대비해 향간이나 내간을 운영해야만 합니다. 나라와 나라 사이, 사람과 사람 사이란 미묘하고 미묘하니 미묘하지 않은 것이 하나도 없습니다. 그래서 전쟁뿐 아니라 모든 곳에 간첩이 쓰이지 않을 곳이 없습니다."

"그렇군요. 첩자 운용을 잘하려면 어찌해야 합니까?"

"세 가지가 필요합니다.

첫째, 분별력이 뛰어나야 합니다(비성지非聖智 불능요간不能要間).

둘째, 어질고 의로워야 합니다(비인의非仁義 불능사간不能使間).

셋째, 미묘한 변화를 감지할 수 있어야 합니다(비미묘非微妙 불능득간지실不能得間之實).

결국 군주나 장수가 분별력과 인의, 미묘함이 없으면 간첩을 두고도 활용할 수 없습니다."

전기가 침이 마를 정도로 입을 벌린 채 감탄하며 또 궁금해했다.

"만에 하나 간첩의 신분이 노출되고, 공작 중이던 일이 누설된다면 어찌해야 하오?"

"그 순간부터 적에게 역이용당할 수 있기 때문에, 그 간첩은 물론 공작과 연루된 자들도 없애야 합니다(간사미발이선문자間事未發而先聞者 간여소고자개사間與所告者皆死)."

용간에 대한 설명을 마친 손빈이 박수를 두 번 쳤다. 막사 밖에서 한 사람이 들어왔다. 손빈이 제나라의 군사를 맡은 뒤 각국에 깔아놓은 첩보망을 관리하는 융기隆琦였다. 전기도 그날 처음 보는 인물일 정도로 손빈의 첩자 관리는 극비였으며, 오직 왕 외에는 누구에게도 노출시키지 않았던 것이다. 앞으로 전개될 전쟁 기간, 전기와 함께 전략을 의논해야 하기 때문에 이날 처음으로 공개한 것이다.

전기와 손빈이 융기가 취합해 준 자료를 바탕으로 작전 계획을 세울 무렵, 한나라 도성 신정新鄭에서 공성전을 벌이던 방연도 역시 첩자를 통해 제나라 군대의 움직임을 보고 받았다. 그런데 그 보고마다 내용이 다 달랐다.

손빈이 위나라의 간첩 세 명을 이중간첩으로 만들어 놓았기 때문이다. 이들이 거짓 정보를 방연에게 보냈던 것이다. 간첩 운용에 있어서도 방연은 손빈보다 한 수 아래였다.

"제나라군이 방연의 뒤를 좇아 한나라로 들어오고 있다."

"제나라군은 이번에도 위나라 대량을 치려 한다."

"조나라의 도성 한단을 공격해 연합군을 와해시키려 한다."

세 간첩이 다른 첩보를 가져오자 방연은 어쩔 줄을 몰랐다.

"모두가 다르니 도대체 어떤 첩보를 믿으란 말이냐?"

손빈의 반간계에 방연이 농락당하고 있었던 것이다. 첩보가 혼선을 빚자 성미 급한 방연이 제나라 군대가 주둔하는 곳으로 다가왔다. 손빈이 바라던 바였다.

그제야 제나라군은 조나라의 도성 쪽으로 움직이니 방연이 좇아왔다. 방연은 제나라를 좇아가며 이상한 것을 발견한다. 제나라가 숙영했던 곳의 아궁이 수가 자꾸 줄어들었던 것이다. 첫 숙영지에 화덕이 10만 개였는데 다음은 그 반으로, 그다음은 2만 개로 자꾸 줄었다.

일부러 손빈이 그렇게 한 것이지만, 방연은 제나라 군사가 탈영하는 것이라 보았다. 방연의 심증을 부채질이라도 하듯 제나라 군사가 갈지자之字로 퇴각하고 있었다.

방연이 크게 휘파람을 불었다.

"이 애송이 같은 앉은뱅이야, 네놈이 재주가 있다 하나 내 손바닥 안에 있느니라. 감히 나에게 덤비다니, 천하의 겁쟁이야. 너 같은 놈이 천하무적 위나라 병사를 거느리는 나를 상대하다니? 보아하니 네놈 병졸들도 혼비백산해서 탈영하고 있구먼. 하하하하."

더욱 기고만장해진 방연은 날랜 기병만 따로 모았다. 속도가 느린 보병과 중기병은 남겨두고 기병들로만 제나라 군대를 추격하기 시작했다. 밤낮을 가리지 않고 달리는 바람에 탈진 상태가 되었지만 방연의 복수심 때문에 계속 돌진했다.

손빈은 방연의 속마음을 꿰뚫고 갈팡질팡 행보로 도주하는 척하며, 자신이 원하는 시간에 원하는 장소인 산속 깊은 지역으로 방연을 유인해 갔다. 그리고 시간을 계산해 보니 해질녘이면 위나라 기병이 마릉馬陵에 도착할 것이 틀림없었다. 위군의 동태를 살피는 척후병들의 보고도 손빈의 예측과 일치했다.

마릉은 이름처럼 양편에 큰 산이 솟아 있고, 그사이에 말 한 필이 지나갈 만큼의 길이 나 있었다. 지세도 험했지만 숲이 우거져 매복하기에 안성맞춤이었다. 지세를 둘러보던 손빈이 중간쯤에서 병사들을 시켜 길에 장작더미를 쌓도록 한 뒤, 거목을 위에서 아래로 쪼개 흰 천으로 덮게 하고 이렇게 적었다.

"이 나무 아래 방연이 죽다(방연사차수지하龐涓死此樹之下)."

그 아래에 손빈이라 서명하고 장작더미 위에 세운 다음, 길 좌우에 궁수 부대를 숨겨 두었다.

"해가 저 산을 넘어가면 마릉으로 들어올 것이다. 그리고 이 장작더미 앞에 멈춰 횃불을 들 것이다. 그때 내가 피리를 불 테니 나를 신호로 일제히 사격하라."

해가 산마루로 내려가는데 방연의 기병대가 마릉 입구에 왔다. 산중의 어둠이 평야보다 빨리 내려온다. 조급해진 방연은 기마부대를 다그쳤다.

"아직 제나라 군사들은 멀리 못 갔을 것이다. 더 어둡기 전에 마릉을 빠져나가자.”

마릉의 좁은 길을 허겁지겁 달리던 이들 중 선두에 선 기병이 장작더미에 걸려 꼬꾸라졌다. 방연이 오른손을 들었다.

“잠깐 멈추고 횃불을 켜라.”

병사들이 송진 가루를 묻힌 횃불을 켰다. 그중 한 기병이 놀랜 목소리로 외쳤다.

“장군, 앞에 커다랗고 하얀 장승 같은 것이 서 있는데 무슨 글씨가 적혀 있습니다.”

방연이 직접 횃불을 들고 흰 천에 적힌 문장을 읽어 내리는데 어디선가 피리 소리가 들려왔다. 그 순간 계곡의 좌우에서 불화살이 날아오기 시작했다. 기병대가 고슴도치가 되어 속속 쓰러지는 가운데 방연은 스스로 목을 찌르며 한탄했다.

“수성수자지명遂成豎子之名.”

수자는 더벅머리였던 손빈이다. 방연이 손빈을 죽이려다 도리어 손빈의 명성만 높여주었다는 것이다. 어둠 속에서 그런 방연을 보며 손빈도 울고 있었다.

“이 친구야. 우리가 왜 이리 되었나? 함께하고자 할 때 뜻을 이룰 수 있다(여중상득與衆相得)는 것을 자네가 잊었음이야.”

손빈이 ‘솥을 줄여 적을 유인(감조유적減灶誘敵)’하는 전략으로 대승한 것이다.

끝까지 잘 싸우는 자가
누구더냐

마릉의 전투에서 대승한 제나라 군대는 여세를 몰아 연전연승한 끝에 위나라 태자 신神까지 포로로 잡았다. 이로써 위나라의 전성기가 끝나고, 강국이 된 제나라와 서쪽의 진나라가 전국시대를 주도하기 시작했다.

제나라군이 회군하는 도중, 손빈이 전기와 단둘이 있게 되자 속에 있는 이야기를 했다.

"전 장군, 조심스런 말씀이지만……."

"무슨 얘기입니까? 편히 말씀하세요."

"곧 임치에 도착하면, 개선군으로 대대적인 환영을 받을 것입니다."

"당연하지요."

"그 뒤가 문제입니다."

"뭐가 문제라는 겁니까?"

전기가 어리둥절해했다.

"외부의 적이 사라지면 내부에 싸움이 생기는 법입니다. 위나라가 꺾였으니 이제부터는 궁궐 내 암투가 치열해질 것입니다. 무엇보다 지금 선왕은 위왕과 많이 다릅니다. 병가를 멀리하고 제자백가들과 토론하기를 즐깁니다. 게다가 색도 밝히고 재물을 좋아합니다. 재상 추기가 이를 이용해 자기 사람들을 왕 주변에 심어두었습니다."

전기도 동감한다는 듯 고개를 연신 끄덕이며 표정이 어두워졌다. 전기의 오랜 정적政敵이 추기였던 것이다.

"장군께서도 아시다시피 추기는 방연처럼 질투가 심합니다. 장군께서 이번에 전공을 크게 세웠지만, 수단 방법 가리지 않고 깎아내리려 할 것 아닙니까? 질투에 눈먼 아군과 다투는 것이 사나운 적과 싸우는 것보다 더 어려운 법입니다."

"그렇다고 별다른 수가 없지 않소?"

"곧바로 임치로 가지 마시고 우선 주主 땅으로 가십시오. 주 땅의 길은 전차 한 대나 지나갈 만큼 좁으니 노병들로 지키게 하고, 정예 부대만 뽑아 좌측의 제수濟水, 우측의 천당天唐을 방어벽으로 삼고 임치성의 옹문雍門으로 진격하십시오."

"나보고 반역하라는 말이오?"

"어차피 강씨의 제나라를 전씨가 빼앗은 것 아닙니까?"

"그래도… 어찌……."

전기도 손빈의 말이 맞다고는 여기지만 차마 따를 수 없었다. 임치에 다다르자, 도성 앞에 선왕을 비롯해 구름 같은 인파가 모여 열광적으로 환호했다.

선왕이 전기를 더 신임했고, 추기도 전기를 존경하는 듯해서 손빈의 염려는 한낱 염려에 그치는 듯했다. 그럼에도 손빈은 선왕에게 사직서를 냈다.

"소신의 집안은 조상 손무 때부터 촌부였습니다. 제가 대왕의 은덕을 입어 조국에 작은 공이나마 세우게 되었으니 더없는 영광이옵니다. 이 이상 아무것도 바라지 않습니다. 이 몸이 초야에 묻히도록 허락해 주옵소서."

"경은 나를 두고 어디 가려는가?"

선왕이 다른 중신들과 더불어 손빈을 만류했으나 뜻을 꺾지 못했다.

"정 그러시다면 석려산石閭山을 드릴 테니, 가서 쉬시다가 나라가 위급하면 도와주시오."

"예. 그리하겠습니다."

선왕은 많은 보물과 왕실의 마차를 하사했다. 손빈은 이 마차를 타고 집에 온 뒤 떠날 준비를 했다. 왕이 준 선물은 마차까지 그대로 남겨둘 생각이었는데, 선왕의 부인 종리춘鍾離春의 시녀였던 홍노紅奴가 찾아왔다.

"제가 함께 가겠습니다."

종리춘은 누구이던가. 모모嬤母, 맹광孟光, 완씨阮氏와 함께 중국 4대 추녀로 유명했다. 그러나 재주가 좋고 정세를 보는 안목이 탁월했다. 외모를 보지 않는 손빈은 늘 종리춘을 짝사랑해 왔지만, 종리춘은 모른 척하고 마흔이 넘도록 혼자 살며 가끔 선왕을 만나 정책을 조언해 주었다. 그러다가 뒤늦게 왕비가 되었다.

이 일도 손빈이 임치를 떠나는 하나의 이유이기도 했다. 속사정을 잘 아는 홍노가 종리춘 대신 자신이 손빈의 반려자가 되겠다고 찾아온 것이다.

손빈이 홍노의 부축을 받으며 석려산으로 갔다. 손빈이 임치를 떠난 지 7개월 만에 점쟁이가 왕에게 고변하는 사건이 일어났다.

"대왕, 며칠 전 전기 장군의 부하가 금 200냥을 복채로 내놓고, 대사를 치르려 하는데 길흉을 알려달라고 했습니다."

물론 추기가 조작한 일이었다. 그러나 전기는 딱히 해명할 방도를 찾지 못해, 야밤에 초나라로 도주해야 했다.

석려산에서 이 소식을 들은 손빈은 예상했던 일이라 놀라지는 않았다. 그러나 석려산을 떠나 아무도 찾을 수 없는 곳으로, 첩첩산중으로 들어갔다. 그곳에서 손빈은 홍노의 보살핌을 받으며 손무의 병법 13편을 보완하고 가다듬는 데 여생을 보냈다.

다음은 손빈이 병법에 보완한 객주인분客主人分이다. 침략하는 쪽이 '객'이고 방어하는 쪽이 '주인'이며 '분'은 양쪽 병력을 비교한 비율이다.

'병사의 수가 많다고 승리할 수 있을까? 그렇다면 적과 아군의 머릿수만 세면 된다. 물자가 많다고 이기는 것일까? 그렇다면 가마니 숫자만 세면 된다.'

객주인분의 요점은 병력과 물자의 우열에만 주목하지 말라는 것으로, 먼저 지형을 이용해 유리한 형세를 조성한 다음 아군은 결집시키고 적군은 분산시켜 기습하면 적은 병력과 물자로도 얼마든지 승리한다는 것이다.

실례로 손빈은 군세가 열악한데도 삼사법三駟法과 감조유적減竈誘敵 등의 전략으로 대승을 거두었을 뿐 아니라, 생애의 마무리도 성공적이었다.

춘추전국시대의 영웅들인 오자서, 오기, 상앙, 전기 등의 말로가 대개 비참했으나, 손무나 손빈은 누구도 부러울 것 없는 평안한 노년을 보냈다. 이들의 병법서가 싸워서 이기는 것은 물론이요, 그 뒤 평화로운 삶을 위한 지침서였기 때문이다.

"끝까지 잘 싸운 자가 누구더냐? 승리해도 명성과 용맹과 공적에 집착하지 않는 자들이다(선전자지승야善戰者之勝也 무지명無智名 무용공無勇功)."

—끝—

군주가 분하다고 군사를 일으키거나

장수가 화난다고 싸워서는 안 되고,

도움이 되면 움직이고

그렇지 않으면 그쳐야 한다.

분노는 희락으로 바뀔 수 있고

화도 즐거움으로 변할 수 있으나,

망한 나라는 다시 세울 수 없고

죽은 사람도 다시 살릴 수 없다.

—〈제12편 화공편火攻篇〉 중에서

부록

《손자병법》
13편과 해석

제1편

시계편 始計篇

전쟁은 국가의 중대사이다. 백성의 생사와 나라의 존망이 달려 있어 신중하지 않을 수 없다. 5대 원칙으로 헤아린 다음 7개 항목으로 아군과 적군을 비교해 보아야 한다.

兵者 國之大事 死生之地 存亡之道 不可不察也. 故經之以五事 校之以七計 而索其情(병자 국지대사 사생지지 존망지도 불가불찰야. 고경지이오사 교지이칠계 이색기정).

5대 원칙은 정치, 천하 정세, 지리 조건, 장수, 법이다.

一曰道 二曰天 三曰地 四曰將 五曰法(일왈도 이왈천 삼왈지 사왈장 오왈법).

바른 정치란 군주와 백성이 같은 뜻을 품어 생사를 같이하고 어떤 위험도 두려워하지 않는 것이다.

道者 令民與上同意也 故可與之死 可與之生 而民不畏危(도자 영민여상동의야 고가여지사 가여지생 이민불외위).

천하 정세는 낮과 밤, 더위와 추위, 계절의 변화와 연관된 천하의 흐름이다.

天者 陰陽寒暑時制也(천자 음양한서시제야).

지리 조건이란 멀고 가까움, 지세의 험함과 평탄함, 넓음과 좁음, 지형의 유불리有不利이다.

地者 遠近險易廣狹 死生也(지자 원근험이광협 사생야).

장수다움이란 지혜, 신뢰, 덕, 용기, 위엄을 갖추었느냐이다.

將者 智信仁勇嚴也(장자 지신인용엄야).

법은 의사소통 수단, 조직과 편제 단위, 군수물자 조달 방안이다.

法者 曲制官道主用也(법자 곡제관도주용야).

위 5대 기준에 대해 장수라면 들어봤겠지만, 잘 알면 승리하고 모르면 패배할 것이다.

凡此五者 將莫不聞 知之者勝 不知者不勝(범차오자 장막불문 지지자승 부지자불승).

그 뒤에 다음 일곱 가지로 아군과 적군을 비교 분석해야 한다.

故校之以七計 而索其情(고교지이칠계 이색기정).

어느 쪽 군주가 훌륭한가? 어느 쪽 장군이 더 유능한가? 기후와 지리는 어디가 유리한가? 법은 어느 쪽이 공정한가? 군사 수와 무기는 어떠한가? 병사 조련은 어느 쪽이 잘되어 있는가? 상벌은 어디가 더 공정한가? 이를 비교하면 승부를 미리 알 수 있다.

曰主孰有道 將孰有能 天地孰得 法令孰行 兵衆孰强 士卒孰鍊 賞罰孰明 吾以此知勝負矣(왈주숙유도 장숙유능 천지숙득 법령숙행 병중숙강 사졸숙련 상벌숙명 오이차지승부의).

장수가 이 계책을 따르면 승리하리니 유임시키고, 무시하면 패배하리니 해임해야 한다.

將聽吾計 用之必勝 留之, 將不聽吾計 用之必敗 去之(장청오계 용지필승 유지, 장불청오계 용지필패 거지).

계략의 이점은 형세가 되어 그 외의 것도 좋아진다는 점이다. 세력이란 유리한 조건으로 주도권을 쥐는 것이다.

計利以聽 乃爲之勢 以佐其外 勢者 因利而制權也(계리이청 내위지세 이좌기외 세자 인리이제권야).

전쟁은 속임수이다. 능력이 있어도 없는 것처럼, 일하면서도 노는 것처럼, 가까워도 먼 것처럼, 멀어도 가까운 것처럼 해야 한다.

兵者 詭道也 故能而示之不能 用而示之不用 近而視之遠 遠而示之近(병자 궤도야 고능이시지불능 용이시지불용 근이시지원 원이시지근).

미끼로 유인하고 혼란할 때 취한다. 적이 충실할 때 대비하고 강할 때 피하며, 성나게 하여 흔들어 놓고 나를 낮추어 적을 더 교만하게 한다.

利而誘之 亂而取之 實而備之 强而避之 怒而橈之 卑而驕之(이이유지 난이취지 실이비지 강이피지 노이요지 비이교지).

적이 쉬려 하면 수고롭게 하고 친밀하면 이간시킨다. 준비 안 된 곳을 공격하되 의표를 찌른다. 이것이 승리의 비결로 적이 알게 해서는 안된다.

佚而勞之 親而離之 攻其無備 出其不意 此兵家之勝 不可先傳也(일
이노지 친이이지 공기무비 출기불의 차병가지승 불가선전야).

전쟁 전, 충분히 헤아리면 승리하기 쉬우나 그렇지 않으면 어렵다.
많이 헤아리면 이기고 적으면 지거늘, 아예 헤아리지도 않는다면 어
찌 되겠는가. 나는 오사칠계五事七計로 헤아려 승부를 예견할 수 있다.
夫未戰而廟算勝者 得算多也 未戰而廟算不勝者 得算少也 多算勝
少算不勝 而況於無算乎 吾以此觀之 勝負見矣(부미전이묘산승자 득산다야
미전이묘산불승자 득산소야 다산승 소산불승 이황어무산호 오이차관지 승부견의).

제2편

작전편 作戰篇

전쟁하려면 전차 1,000대, 수레 1,000대, 갑옷 병사 10만, 천리 길 식량 수송 등이 필요하고, 여기에 안팎의 외교, 아교와 옷칠, 수레와 갑옷 등에 드는 비용이 하루에 천금이 소모된다. 이를 감안한 뒤에 군사를 거병하는 것이다.

凡用兵之法 馳車千駟 革車千乘 帶甲十萬 千里饋糧 則内外之費 賓客之用 膠漆之材 車甲之奉 日費千金 然後十萬之師擧矣(범용병지법 치거천사 혁거천승 대갑십만 천리궤량 즉내외지비 빈객지용 교칠지재 거갑지봉 일비천금 연후십만지사거의).

싸움에서 이기고 있다 해도 지구전으로 가면 사기가 꺾인다. 적의 성을 공격할 때 전력이 약화되고 국고가 비어 다른 제후들이 치고 들어온다. 그러면 설령 현자가 있더라도 뒷감당이 어렵다.

其用戰也勝 久則鈍兵挫銳 攻城則力屈 久暴師則國用不足. 夫鈍兵 挫銳 屈力殫貨 則諸侯乘其弊而起 雖有智者 不能善其後矣(기용전야승

구칙둔병좌예 공성칙력굴 구폭사칙국용부족. 부둔병좌예 굴력탄화 즉제후승기폐이기 수유 지자 불능선기후의).

그러므로 싸움을 빨리 끝내 이득을 본 경우는 있어도 싸움에 능하다며 오래 끌어 이득을 본 사례가 없다. 용병의 해로움을 알지 못하는 자는 용병의 이익도 모르는 것이다.

故兵聞拙速 未睹巧之久也 夫兵久而國利者 未之有也 故不盡知用 兵之害者 則不能盡知用兵之利也(고병문졸속 미도교지구야 부병구이국리자 미 지유야 고부진지용병지해자 즉불능진지용병지리야).

용병에 능한 자는 징집을 반복하지 않으며, 군량미를 세 번 거듭 나르지 않는다. 병사는 본국에서 충원해도 군량미는 적에게서 **빼앗** 아 넉넉히 충당한다.

善用兵者 役不再籍 糧不三載 取用於國 因糧於敵 故軍食可足也(선 용병자 역부재적 양부삼재 취용어국 인량어적 고군식가족야).

나라는 장거리 군수물자 수송으로 빈곤해지고 백성도 마찬가지다. 주둔군 근처의 물가는 오르고 재산이 고갈되어 군역과 세금의 급증으로 이어지며, 자국 내 빈집은 늘고 백성의 재산 7할이 사라진다. 나라의 재정이 파괴된 전차, 피로한 말, 갑옷, 화살, 창과 방패, 소가 끄는 큰 수레 등을 충당하는 데 6할이 든다.

國之貧於師者遠輸 遠輸則百姓貧 近於師者貴賣 貴賣則百姓財竭 財竭則急於丘役 力屈財殫 中原内虛於家 百姓之費 十去其七 公家之 費 破車罷馬 甲冑矢弩 戟盾蔽櫓 丘牛大車 十去其六 (국지빈어사자원수

원수즉백성빈 근어사자귀매 귀매즉백성재갈 재갈즉급어구역 역굴재탄 중원내허어가 백성지비 십거기칠 공가지비 파거파마 갑주시노 극순폐노 구우대거 십거기육).

따라서 지장은 적으로부터 식량을 조달한다. 적의 식량 1은 아군의 식량 20과 같고, 적의 사료 1은 아군의 사료 20과 같다.

故智將務食於敵 食敵一鐘 當吾二十鐘 其稈一石 當吾二十石(고지장 무식어적 식적일종 당오이십종 기간일석 당오이십석).

적을 죽이려면 적개심이 있어야 하듯, 적으로부터 물자를 탈취하려면 포상을 잘해야 한다.

故殺敵者 怒也 取敵之利者 貨也(고살적자 노야 취적지리자 화야).

적 전차를 열 대 이상 탈취한 병사에게 상을 주고, 적 전차의 기를 아군의 깃발로 바꾼 뒤 편입하고 포로는 전향시킨다. 이로써 적을 이기며 강해지는 것이다.

故車戰得車十乘己上 賞其先得者 而更其旌旗 車雜而乘之 卒善而 養之 是謂勝敵而益强(고거전득거십승이상 상기선득자 이갱기정기 거잡이승지 졸선 이양지 시위승적이익강).

전쟁에 승리가 귀중할 뿐, 오래 끄는 것은 피해야 한다. 이처럼 전쟁이 무엇인지 아는 장수가 백성의 목숨과 국가의 안위를 지키는 것이다.

故兵貴勝 不貴久 故知兵之將 民之司命 國家安危之主也(고병귀승 불귀구 고지병지장 민지사명 국가안위지주야).

제3편

모공편謀攻篇

용병술의 으뜸은 적국을 온전히 취하는 것이요, 다음이 깨트리는 것이다. 그처럼 전군을 온전히 취하는 것이 우선이며, 다음이 전군을 깨는 것이다. 또한 적의 여단도 그대로 뺏는 것이 최선이며, 차선이 깨는 것이며, 적의 소대, 적의 분대도 그와 같다.

凡用兵之法 全國爲上 破國次之 全軍爲上 破軍次之 全旅爲上 破旅次之 全卒爲上 破卒次之 全伍爲上 破伍次之(범용병지법 전국위상 파국차지 전군위상 파군차지 전려위상 파려차지 전졸위상 파졸차지 전오위상 파오차지).

백전백승이 최선은 아니다. 최선은 싸우지 않고 적을 굴복시키는 것이다.

是故百戰百勝 非善之善者也 不戰而屈人之兵 善之善者也(시고백전백승 비선지선자야 부전이굴인지병 선지선자야).

최상책은 적의 계략을 깨는 것이고, 그다음은 외교를 깨는 것이며,

그다음에 적군을 친다. 최하책으로 부득이 성을 공격하는 것이다.

上兵伐謀 其次伐交 其次伐兵 其下攻城 攻城之法 爲不得已(상병벌모 기차벌교 기차벌병 기하공성 공성지법 위부득이).

공성 무기와 방패를 준비하는 데만 3개월, 흙산을 쌓는데 또 3개월이 걸린다. 여기에 장수가 분노를 못 이겨 무리하게 성을 기어올라 공격하면 병사 3분의 1이 죽고, 성도 함락하지 못하는데 이것이 공성의 재앙이다.

修櫓憤轀 具器械 三月而後成 距闉 又三月而後已. 將不勝其忿 而蟻附之 殺士三分之一而城不拔者 此攻之災也(수노분온 구기계 삼월이후성 거인 우삼월이후이. 장불승기분 이의부지 살사삼분지일이성불발자 차공지재야).

따라서 용병에 능한 자는 싸우지 않고 이기고, 공격하지 않고 성을 빼앗는다. 적국을 빼앗되 장기전을 벌이지 않는다. 천하를 다투되 온전히 취하기 때문에 이를 모공이라 한다.

故善用兵者 屈人之兵而非戰也 拔人之城而非攻也 毁人之國而非久也 必以全爭於天下 故兵不頓而利可全 此謀攻之法也(고선용병자 굴인지병이비전야 발인지성이비공야 훼인지국이비구야 필이전쟁어천하 고병부돈이리가전 차모공지법야).

그런고로 아군이 적의 열 배면 포위하고, 다섯 배면 공격하고, 두 배면 분산 공격하고, 대등하면 힘써 싸우되, 적으면 후퇴하고 승산이 없을 땐 피해야 한다. 아군이 약한 데도 무작정 버티기만 하면 강적의 포로가 된다.

故用兵之法 十則圍之 五則攻之 倍則分之 敵則能戰之 少則能逃之 不若則能避之 故小敵之堅 大敵之擒也(고용병지법 십즉위지 오즉공지 배즉분지 적즉능전지 소즉능도지 불야즉능피지 고소적지견 대적지금야).

장수는 나라의 기둥으로 튼튼해야 나라가 강해지고, 약하면 나라도 약해진다.

夫將者 國之輔也 輔周則國必强 輔隙則國必弱(부장자 국지보야 보주즉국필강 보극즉국필약).

왕이 군대에 해를 끼치는 세 경우가 있다. 진격하지 말아야 하는데 돌격을 명하고, 후퇴하지 말아야 하는데 퇴각을 명하여 군대에 재갈을 물려 놓고, 또한 삼군의 일을 잘 모르면서 깊이 간섭하여 혼란에 빠트린다. 이런 군주는 병사들에게 삼군의 권한과 임무도 이해 못한다는 불신을 받는다. 삼군이 혼란과 불신에 빠지면 제후들의 난이 일어나 자중지란에 빠진다.

故君之所以患於軍者三 不知軍之不可以進 而謂之進 不知軍之不可以退 而謂之退 是爲縻軍 不知三軍之事 而同三軍之政者 則軍士惑矣 不知三軍之權 而同三軍之任 則軍士疑矣 三軍旣惑且疑 則諸侯之難至矣 是謂亂軍引勝(고군지소이환어군자삼 부지군지부가이진 이위지진 부지군지불가이퇴 이위지퇴 시위미군 부지삼군지사 이동삼군지정자 즉군사혹의 부지삼군지권 이동삼군지임 즉군사의의 삼군기혹차의 즉제후지난지의 시위난군인승).

따라서 승리 여부는 다섯 가지로 알 수 있다. 싸울 때와 싸워서 안 될 때를 알 때, 대부대와 소부대의 운용법을 알 때, 위아래가 한마음을 가질 때 승리하고, 준비한 자가 준비하지 못한 자를 이기며, 유능한 장수를 군주가 간섭하지 않으면 이긴다. 이것이 승리의 길이다.

故知勝有五 知可以戰與不可以戰者勝 識衆寡之用者勝 上下同欲者勝 以虞待不虞者勝 將能而君不御者勝 此五者知勝之道也(고지승유오 지가이전여불가이전자승 식중과지용자승 상하동욕자승 이우대우자승 장능이군불어자승 차오자지승지도야).

적을 알고 나를 알면 백 번 싸워도 위태롭지 않다. 적을 모르고 나만 알 때 일승일패이나, 적도 모르고 나도 모르면 늘 위태롭다.

故曰 知彼知己 百戰不殆 不知彼而知己 一勝一負 不知彼不知己 每戰必殆(고왈 지피지기 백전불태 부지피이지기 일승일부 부지피부지기 매전필태).

제4편

군형편軍形篇

예부터 싸움을 잘하는 자는 적이 질 수밖에 없게 한 뒤 승리를 기다렸는데, 적의 패배는 내게 달려 있고, 나의 승리는 적에게 있기 때문이다. 따라서 싸움을 잘하는 자도 적이 승리하지 못하게 할 수는 있으나, 적에게 아군의 승리를 만들게 할 수는 없다. 그래서 승리란 예측은 할 수 있으나 장담할 수는 없다.

昔之善戰者 先爲不可勝 以侍敵之可勝. 不可勝在己 可勝在敵, 故善戰者 能爲不可勝 不能使敵必可勝. 故曰 勝可知 而不可爲(석지선전자 선위불가승 이시적지가승. 불가승재기 가승재적, 고선전자 능위불가승 불능사적필가승. 고왈 승가지 이불가위).

이길 수 없으면 지키고, 이길 수 있으면 쳐라. 부족하면 수비하고, 여유가 있으면 공격하라. 수비에 능한 자는 땅속에 숨는 것 같고, 공격에 능한 자는 하늘에서 움직이는 것처럼 한다. 그래야 능히 자기를 지키고 승리한다.

不可勝者 守也 可勝者 攻也. 守則不足 攻則有餘. 善守者 藏於九地之下 善攻者 動於九天之上 故能自保而全勝也(불가승자 수야 가승자 공야. 수즉부족 공즉유여. 선수자 장어구지지하 선공자 동어구천지상 고능자보이전승야).

모두가 예상한 승리란 최선이 아니니 천하가 잘 싸웠다고 칭찬해도 최선은 아닌 것이다. 가을 터럭을 들었다고 장사라 하지 않으며, 해와 달을 본다 하여 밝은 눈이라 하지 않으며, 천둥을 듣는다 하여 밝은 귀라 하지 않는다.

見勝不過衆人之所知 非善之善者也. 戰勝而天下曰善 非善之善者也. 故舉秋毫 不爲多力 見日月 不爲明目 聞雷霆 不爲聰耳(견승불과중인지소지 비선지선자야. 전승이천하왈선 비선지선자야. 고거추호 불위다력 견일월 불위명목 문뇌정 불위총이).

옛부터 전쟁을 잘한다는 자들은 싸움에 쉽게 이겼다. 그들은 지혜롭다는 명성도 용맹하다는 공적도 내세우지 않았지만 싸웠다 하면 착오 없이 이겼다. 착오가 없다는 것은 미리 필승의 조치를 취해 적이 패할 수밖에 없게 했다는 것이다. 이들은 질 수 없는 지형에 서서 적의 패배 요인을 움켜잡는다. 이것이 승리하는 자는 먼저 이겨 놓고 싸우고, 패배하는 자는 싸움부터 벌여 놓고 이기려 한다는 것이다.

古之所謂善戰者 勝於易勝者也 故善戰者之勝也 無智名 無勇功 故其戰勝不忒 不忒者 其所措必勝 勝已敗者也 故善戰者 立於不敗之地 而不失敵之敗也 是故勝兵先勝而後求戰 敗兵先戰而後求勝(고지소위선전자 승어역승자야 고선전자지승야 무지명 무용공 고기전승불특 불특자 기소조필승 승이패자야 고선전자 입어불패지지 이불실적지패야 시고승병선승이후구전 패병선전이후구승).

용병의 귀재는 자신을 먼저 도의 원리에 부합되게 수양함으로 능히 승패를 다스릴 수 있다. 싸울 때 전쟁터의 지형, 군사력, 전략 등에서 승부가 나는데, 땅에서 지형이 나오고 지형은 군사력에 영향을 주며, 그 군사력에서 전략이 도출되니, 이를 비교 분석하면 승리를 취할 수 있다.

善用兵者 修道而保法 故能爲勝敗之政. 兵法一曰度 二曰量 三曰數 四曰稱 五曰勝 地生度 度生量 量生數 數生稱 稱生勝(선용병자 수도이보법 고능위승패지정. 병법일왈도 이왈량 삼왈수 사왈칭 오왈승 지생도 도생량 량생수 수생칭 칭생승).

승자는 무거운 것을 저울에 놓듯 하고, 패자는 저울에 가벼운 것을 놓듯 한다. 따라서 승자의 형세란 쌓인 물이 일시에 천길 낭떠러지로 쏟아 내리는 것과 같다.

故勝兵若以鎰稱銖 敗兵若以銖稱鎰 勝者之戰民也 若決積水於千仞之溪者 形也(고승병야이일칭수 패병야이수칭일 승자지전민야 야결적수어천인지계자 형야).

제5편

병세편兵勢篇

무릇 큰 무리를 잘 다스리려면 조직을 세분화해야 한다. 싸울 때는 큰 무리도 작은 무리 모양 명확한 의사소통이 필요하다. 삼군이 적과 싸워 패하지 않으려면 원칙과 변칙의 조화가 필요하다. 공격할 때 숫돌로 달걀을 치듯 하는 것이 허실이다.

凡治衆如治寡 分數是也 鬪衆如鬪寡 形名是也 三軍之衆 可使必受敵而無敗者 奇正是也 兵之所加 如以碬投卵者 虛實是也(범치중여치과 분수시야 투중여투과 형명시야 삼군지중 가사필수적이무패자 기정시야 병지소가 여이하투난자 허실시야).

전쟁이란 정공법으로 싸우고 변칙으로 이기는 것이다. 변칙에 능한 자는 무궁한 천지 같고, 강물처럼 마르지 않으며, 사라졌다가 나타나는 해와 달 같으며, 죽었다가 부활하는 사계절과 같다.

凡戰者 以正合 以奇勝. 故善出奇者 無窮如天地 不竭如江河 終而復始 日月是也 死而復生 四時是也(범전자 이정합 이기승. 고선출기자 무궁여천

지 불갈여강하 종이부시 일월시야 사이부생 사시시야).

오성五聲-궁상각치우宮商角徵羽-이 변성을 일으키면 다 들을 수 없고, 오색五色-청황적백흑青黃赤白黑-이 변색을 시작하면 다 볼 수 없고, 오미五味-산함신감고酸鹹辛甘苦-도 변화를 부리면 그 맛을 다 헤아릴 수 없다. 두 가지 전세戰勢-기정奇正-도 역시 변화하면 무궁한 승리의 비결이 나온다. 정공과 변칙이 잇달아 무한정으로 순환하니 누가 헤아릴 수 있으랴.

聲不過五 五聲之變 不可勝聽也 色不過五 五色之變 不可勝觀也 味不過五 五味之變 不可勝嘗也 戰勢不過奇正 奇正之變 不可勝窮也 奇正相生 如循環之無端 孰能窮之(성불과오 오성지변 불가승청야 색불과오 오색지변 불가승관야 미불과오 오미지변 불가승상야 전세불과기정 기정지변 불가승궁야 기정상생 여순환지무단 숙능궁지).

거센 물결에 돌이 떠내려가듯 하는 것이 기세이며, 독수리가 질풍처럼 먹이를 낚아채듯 하는 것이 절도이다. 그처럼 싸움에 능한 자는 기세는 맹렬하되 절도가 짧다. 기세란 팽팽한 활시위 같고, 절도란 활에서 쏜 화살 같다.

激水之疾 至於漂石者 勢也. 鷙鳥之疾 至于毀折者 節也 是故善戰者 其勢險 其節短 勢如彍弩 節如發機(격수지질 지어표석자 세야. 지조지질 지우훼절자 절야 시고선전자 기세험 기절단 세여확노 절여발기).

그래야 전쟁 중 불가피하게 혼란이 일어나는 와중에도 아군의 진형을 유지하며 패하지 않는다. 혼란에서 다스림이 나오고, 비겁함에서 용기가 나오며, 약한 데서 강함이 나온다.

紛紛紜紜 鬪亂而不可亂也 渾渾沌沌 形圓而不可敗也 亂生於治 怯生於勇 弱生於强(분분운운 투란이불가난야 혼혼돈돈 형원이불가패야 난생어치 겁생어용 약생어강).

질서와 혼돈은 조직편성에, 용기와 비겁함은 기세에, 강약은 진형에 달려 있다.

治亂 數也, 勇怯 勢也, 强弱 形也(치란 수야, 용겁 세야, 강약 형야).

적을 다룰 줄 아는 자는 어떤 진형에 적이 말려들지를 알아, 적절한 미끼를 놓고 기다린다.

故善動適者 形之 適必從之 予之 適必取之 以利動之 以卒待之(고선동적자 형지 적필종지 여지 적필취지 이리동지 이졸대지).

그러므로 유능한 장수는 승패를 기세에서 찾을 뿐, 군사를 탓하지 않으며 적임자를 선택하여 기세를 올려준다. 그렇게 기세가 오른 군사는 목석처럼 평탄하면 가만히 있다가 경사진 곳에서 움직이며, 모나면 정지하고 둥글면 굴러간다.

따라서 승리하는 장수의 전술은 둥근 돌이 천 길 낭떠러지로 떨어지는 기세와 같다.

故善戰者 求之於勢 不責於人. 故能擇人而任勢 任勢者 其戰人也 如轉木石 木石之性 安則靜 危則動 方則止 圓則行 故善戰人之勢 如轉圓石於千仞之山者 勢也(고선전자 구지어세 불책어인. 고능택인이임세 임세자 기전인야 여전목석 목석지성 안즉정 위즉동 방즉지 원즉행 고선전인지세 여전원석어천인지산자 세야).

제6편

허실편虛實篇

무릇 먼저 고지를 선점하고 기다리는 것이 편하고, 뒤늦게 나가면 고전한다. 적이 끌려오도록 해야지 끌려가서는 안된다. 적에게 이익을 비쳐 오게 하고 손해를 비쳐 물러가게 한다. 그래서 적이 쉴만하면 피곤하게 하고, 배부르면 굶주리게 하고, 안정되어 있으면 흔들어라.

凡先處戰地而待敵者佚 後處戰地而趨戰者勞 故善戰者 致人而不致於人 能使敵人自至者. 利之也 能使敵人不得至者 害之也. 故敵佚能勞之. 飽能飢之 安能動之(범선처전지이대적자일 후처전지이추전자노 고선전자 치인이불치어인 능사적인자지자. 이지야 능사적인부득지자 해지야. 고적일능노지. 포능기지 안능동지).

적이 추격할 수 없는 곳으로 가고, 적이 생각지 못한 곳을 쳐라. 천리를 행군해도 적이 없는 곳으로 가면 피곤하지 않다. 공격할 때마다 빼앗는 것은 적이 수비하지 않는 곳이기 때문이다. 수비할 때마다 지켜내는 것은 적이 공격할 수 없는 곳을 지키고 있기 때문이다.

出其所不趨 趨其所不意. 行千里而不勞者 行於無人之地也. 攻而
必取者 功其所不守也 守而必固者 守其所不攻也(출기소불추 추기소불의.
행천리이불노자 행어무인지지야. 공이필취자 공기소불수야 수이필고자 수기소불공야).

따라서 공격에 능한 자는 적이 어딜 지켜야 할지 혼란스럽게 하고,
수비에 능한 자는 적이 어딜 공격해야 할지 종잡을 수 없게 하니 미
묘하고 미묘해 무형無形에 이르고, 신기하고 신기해 무성無聲에 이른
다. 이래야만 적의 생사를 쥘 수 있다.

故善攻者 敵不知其所守 善守者 敵不知其所攻 微乎微乎 至於無形
神乎神乎 至於無聲. 故能爲敵之司命(고선공자 적부지기소수 선수자 적부지기
소공 미호미호 지어무형 신호신호 지어무성. 고능위적지사명).

공격할 때 막지 못하는 것은 빈틈을 치기 때문이며, 후퇴할 때 추
격하지 않는 것은 신속해 따라올 수 없기 때문이다. 이에 싸우고 싶
다면 적이 비록 망루 위나 참호 안에 있더라도 적이 지켜야만 되는
곳을 공격하면 뛰쳐나와 싸우게 되어 있다.

만일 싸우고 싶지 않다면 땅에 선을 그어만 놓아도 되는 것은 적의
공격목표를 혼미하게 해 놓았기 때문이며, 적이 싸워 봐야 소득이 없
을 것처럼 해 놓았기 때문이다.

進而不可禦者 衝其虛也 退而不可追者 速而不可及也. 故我欲戰
敵雖高壘深溝 不得不與我戰者 攻其所必救也. 我不欲戰 劃地而守之
敵不得與我戰者 乖其所之也(진이불가어자 충기허야 퇴이불가추자 속이불가급야.
고아욕전 적수고누심구 부득불여아전자 공기소필구야. 아불욕전 획지이수지 적부득여아전
자 괴기소지야).

그러므로 적의 형세는 드러내되 아군의 형세는 감춰라. 그래야 아군이 집중할 수 있고 적은 분산된다. 아군이 집중하고 적이 열로 분산되면, 열로써 하나를 상대하게 된다.

故形人而我無形. 則我專而敵分. 我專爲一 敵分爲十 是以十攻其一也(고형인이아무형. 즉아전이적분. 아전위일 적분위십 시이십공기일야).

그러면 많은 아군이 적을 상대하는 것과 같아지며 그렇게 싸우면 적이 곤경에 빠지게 된다. 아군이 공격하려는 곳을 적이 모르게 하여 수비할 곳을 많아지게 하라. 수비할 곳이 많아지면 싸울 적병의 수는 그만큼 적어진다.

則我衆而敵寡 能以衆擊寡者 則吾之所與戰者 約矣. 吾所與戰之地 不可知 不可知 則敵所備者多. 敵所備者多 則吾之所與戰者寡矣(즉아중이적과 능이중격과자 즉오지소여전자 약의. 오소여전지지불가지 불가지 즉적소비자다. 적소비자다 즉오지소여전자과의).

전방을 집중 수비하면 후방이 약해지고 후방에 집중하면 전방이 약해진다. 좌측에 집중하면 우측이, 우측에 집중하면 좌측이 약해진다. 모든 곳을 지켜야만 할 때 모든 곳의 전력이 약해진다. 그처럼 전력이 줄면 수비해야 하고, 늘면 공격하게 되는 것이다.

故備前則後寡 備後則前寡. 備左則右寡 備右則左寡. 無所不備 則無所不寡. 寡者 備人者也 衆者 使人備己者也(고비전즉후과 비후즉전과. 비좌즉우과 비우즉좌과. 무소불비 즉무소불과. 과자 비인자야 중자 사인비기자야).

싸울 장소와 시간을 미리 알면 천 리를 가서도 싸울 수 있으나 모르면 좌군이 우군을, 우군이 좌군을, 전군이 후군을, 후군이 전군을 구할 수 없다. 하물며 멀리 수십 리, 가깝다 해도 수 리나 떨어진 아군을 도울 수 있겠는가. 이를 미루어 보건대 월나라 병사가 많다고 하나 승패에 영향을 끼치겠는가. 승리란 만드는 것으로, 적이 많아도 쓸모없게 만드는 것이다.

故知戰之地 知戰之日 則可千里而會戰 不知戰地 不知戰日 則左不能求右 右不能救左 前不能救後 後不能救前. 而況遠者數十里 近者數里乎. 以吾度之 越人之兵雖多 亦奚益於勝敗哉. 故曰 勝可爲也 敵雖衆 可使無鬪(고지전지지 지전지일 즉가천리이회전 부지전지 부지전일 즉좌불능구우 우불능구좌 전불능구후 후불능구전. 이황원자수십리 근자수리호. 이오도지 월인지병수다 역해익어승패재. 고왈 승가위야 적수중 가사무투).

먼저 득실을 분석하고, 적의 동정을 살펴라. 적의 진지가 사지인지 생지인지, 또 적병이 많은 곳과 적은 곳을 파악해야 한다. 용병의 극치는 무형이다. 그러면 간첩이 아무리 깊이 침투해도 엿볼 수 없고, 유능한 적장이라도 계책을 낼 수 없다.

故策之而知得失之計 作之而知動靜之理. 形之而知死生之地 角之而知有餘不足之處. 故形兵之極 至於無形. 無形則深間不能窺 知者不能謀(고책지이지득실지계 작지이지동정지리. 형지이지사생지지 각지이지유여부족지처. 고형병지극 지어무형. 무형즉심간불능규 지자불능모).

이런 식으로 승전하면 병사들은 어떻게 이겼는지 알지 못하며, 백성들도 승전한 줄만 알뿐 어떻게 이겼는지 알지 못한다. 따라서 이미 사용한 승전의 비결을 판에 박힌 듯 반복하지 말고 상황에 따라 무궁히 변해야 하니 군의 형세는 물과 같은 것이다.

因形而錯勝於衆 衆不能知 人皆知我所以勝之形. 而莫知吾所以制勝之形 故其戰勝不復 而應形於無窮 夫兵形象水(인형이착승어중 중불능지 인개지아소이승지형. 이막지오소이제승지형 고기전승불부 이응형어무궁 부병형상수).

물이 높은 데서 낮은 곳으로 흐르는 것처럼 용병도 적의 강점을 피해 허점을 쳐야 한다. 물은 지형에 따라 흐르듯 전략도 적에 따라 달라지는 것이다. 전략에는 고정이 없고, 흐르는 물에는 형태가 없다. 적에 따라 능히 변화하며 이기는 자가 병법의 신이다. 오행도, 사계절도, 태양도, 달도 끊임없이 돌고 또 돌고 있지 않더냐.

水之形 避高而趨下 兵之形 避實而擊虛. 水因地而制流 兵因敵而制勝. 故兵無常勢 水無常形. 能因敵變化而取勝者 謂之神. 故五行無常勝 四時無常位 日有短長 月有死生(수지형 피고이추하 병지형 피실이격허. 수인지이제류 병인적이제승. 고병무상세 수무상형. 능인적변화이취승자 위지신. 고오항무상승 사시무상위 일유단장 월유사생).

제7편

군쟁편軍爭篇

용병의 시작은 장군이 왕의 명을 받아 병사를 모아 적과 대치하는 것이다. 싸움에서 유리한 위치를 선점하기 위해 다투는 것이 제일 어렵다. 우회하여 직진 효과를 내야 하고, 손해 보아 이익을 내야 할 때가 있기 때문이다.

凡用兵之法 將受命於君 合軍聚衆 交和而舍. 莫難於軍爭 軍爭之難者 以迂爲直 以患爲利(범용병지법 장수명어군 합군취중 교화이사. 막난어군쟁 군쟁지난자 이우위직 이환위리).

멀리 돌며 미끼를 적에게 주고, 뒤늦게 출발한 것 같은데 먼저 도착하는 것이 우직지계이다. 이러한 군쟁은 이로울 수도 해로울 수도 있다.

故迂其途 而誘之以利 後人發 先人至 此知迂直之計者也. 故軍爭爲利 軍爭爲危(고우기도 이유지이리 후인발 선인지 차지우직지계자야. 고군쟁위리 군쟁위위).

고지를 선점하려 전군이 함께 달려가면 제때에 이르지 못한다. 그렇다고 각 부대별로 경쟁시키면 군수물자를 잃게 되는데, 갑옷을 입고 밤낮없이 100리를 달려가 싸울 수 있지만, 장군들이 포로로 잡힌다. 이는 강한 병사만 앞섰고 약한 병사는 뒤처져 싸울 수 있는 병사래야 10분의 1에 불과하기 때문이다. 50리를 달려가 싸우면 상장군이 쓰러지는데, 군사의 절반만 도착했기 때문이다. 30리라면 군사의 3분의 2 정도는 도착한다.

擧軍而爭利 則不及. 委軍而爭利 則輜重捐. 是故券甲而趨 日夜不處 倍道兼行 百里而爭利 則擒三將軍. 勁者先 罷者後 其法十一而至. 五十里而爭利 則蹶上將軍 其法半至 三十里而爭利 則三分之二至(거군이쟁리 즉불급. 위군이쟁리 즉치중연. 시고권갑이추 일야불처 배도겸행 백리이쟁리 즉금삼장군. 경자선 파자후 기법십일이지. 오십리이쟁리 즉궐상장군 기법반지 삼십리이쟁리 즉삼분지이지).

군대에 병기가 없거나, 식량, 비축물자가 없으면 망한다.

是故軍無輜重則亡 無糧食則亡 無委積則亡(시고군무치중즉망 무량식즉망 무위적즉망).

제후국들의 정책을 모르고 친교를 맺을 수 없고, 산림, 험지, 습지 등을 모르고 행진할 수 없으니 안내인을 쓰지 않으면 지리적 이득을 얻을 수 없다.

故不知諸侯之謀者 不能豫交, 不知山林 險阻沮澤之形者 不能行軍 不用鄕導者 不能得地利(고부지제후지모자 불능예교, 부지산림 험조저택지형자 불능행군 불용향도자 불능득지리).

전쟁은 속임수로 성립되고 이익으로 움직이며 계속 이합집산을 한다. 고로 실행은 바람처럼, 쉴 때는 숲처럼, 공격할 때는 불처럼, 지킬 때는 산처럼, 은밀한 일은 밤처럼, 공격은 우레처럼 해야 한다.

故兵以詐立 以利動 以分合爲變者也. 故其疾如風 其徐如林 侵掠如火 不動如山 難知如陰 動如雷霆(고병이사립 이리동 이분합위변자야. 고기질여풍 기서여림 침략여화 부동여산 난지여음 동여뇌정).

전리품은 병사들과 나누고, 점령지도 나눌 때 저울에 달듯 공적에 맞게 나눠 준다. 우직지계를 먼저 아는 자가 이기는 것이 군쟁의 법칙이다.

掠鄕分衆 廓地分利 懸權而動. 先知迂直之計者勝 此軍爭之法也(약향분중 곽지분리 현권이동. 선지우직지계자승 차군쟁지법야).

옛 병서에 '서로 들리지 않아 북을 치고, 서로 보이지 않아 깃발을 만들었다'고 했으니 북과 깃발은 이목을 끌어 일사불란하게 지휘하려 함이다. 이리되면 용감한 자도 혼자 전진하지 않고, 겁쟁이도 혼자 도망하지 않는다. 이것이 대부대를 이끄는 용병술이다.

軍政曰 言不相聞 故爲鼓金 視不相見 故爲旌旗, 夫金鼓旌旗者 所以一人之耳目也 人旣專一. 則勇者不得獨進 怯者不得獨退 此用衆之法也(군정왈 언불상문 고위고금 시불상견 고위정기, 부김고정기자 소이일인지이목야 인기전일. 즉용자부득독진 겁자부득독퇴 차용중지법야).

야간 전투에선 횃불과 북을, 주간 전투에선 깃발을 사용해 병사들의 눈과 귀를 사로잡는다. 그래야 적의 기세도 꺾고 적장을 혼란에 빠트릴 수 있다.

故夜戰多火鼓 晝戰多旌旗 所以變人之耳目也. 故三軍可奪氣 將軍可奪心(고야전다화고 주전다정기 소이변인지이목야. 고삼군가탈기 장군가탈심).

기세란 아침에 날카롭고, 낮에 해이해지며, 저녁에 소멸된다. 용병에 능한 자는 적의 사기가 높을 때 피하고 해이해졌을 때 공격한다. 이것이 '사기를 다스리는 것'이다.

是故朝氣銳 晝氣惰 暮氣歸. 故善用兵者 避其銳氣 擊其惰歸 此治氣者也(시고조기예 주기타 모기귀. 고선용병자 피기예기 격기타귀 차치기자야).

아군을 잘 다스리며 적의 혼란을 기다리고, 고요함으로 적의 소란을 기다린다. 이것이 '마음을 다스리는 것'이다. 가까이서 멀리 오는 적을 기다리며, 쉬면서 적이 피곤하길 기다리고, 잘 먹으며 기아에 빠질 적을 기다린다. 이것이 '힘을 다스리는 것'이다. 깃발이 질서정연한 적과 싸우지 말고, 진용이 당당한 적과 싸우지 말라. 이것이 '변화를 다스리는 것'이다.

以治待亂 以靜待譁. 此治心者也(이치대란 이정대화. 차치심자야).

以近待遠 以佚待勞 以飽待飢. 此治力者也(이근대원 이일대노 이포대기. 차치력자야).

無邀正正之旗 勿擊堂堂之陣. 此治變者也(무요정정지기 물격당당지진. 차치변자야).

따라서 높은 능선에 있는 적을 향하지 말며, 언덕을 등진 적을 받아치지 말며, 거짓 도주하는 적을 쫓지 말라. 적의 정예를 공격하지 말고, 적군의 미끼를 탐하지 말며, 돌아가는 적을 막지 말라. 포위할 때 도주로를 터주고 궁지에 몰린 적을 몰지 말라. 이것이 용병법이다.

故用兵之法 高陵勿向 背丘勿逆 佯北勿從. 銳卒勿攻 餌兵勿食 歸師勿遏 圍師必闕 窮寇勿迫 此用兵之法也(고용병지법 고릉물향 배구물역 양배물종. 예졸물공 이병물식 귀사물알 위사필궐 궁구물박 차용병지법야).

제8편

구변편九變篇

용병을 할 때 장군이 왕명으로 군대를 조직한 뒤, 붕괴 위험지에 막사를 짓지 말고, 교통 요지에서는 외교를 잘하고, 외딴 지역에 오래 머물지 말고, 산이나 강으로 둘러싸인 곳에 있을 때 계책을 마련해주고, 사지에서는 목숨을 걸고 싸워야 한다.

凡用兵之法 將受命於君 合軍聚衆, 圮地無舍 衢地交和 絶地無留 圍地則謀 死地則戰(범용병지법 장수명어군 합군취중, 비지무사 구지교화 절지무류 위지칙모 사지칙전).

길도 가면 안 되는 길이 있듯 치지 말아야 할 적과 공격해서는 안 될 성이 있다. 땅도 뺏지 말아야 할 땅이 있고, 왕의 명령 중에도 따르지 말아야 할 것이 있다.

途有所不由 軍有所不擊 城有所不攻. 地有所不爭 君命有所不受(도유소불유 군유소불격 성유소불공. 지유소부쟁 군명유소불수).

이상의 구변(아홉 가지 경우)에 능한 장수가 용병을 잘하는 자이다. 구변을 활용할 줄 모르면 설령 지형을 잘 알고 있다 해도 지형의 이로움을 얻을 수 없다.

故將通於九變之利者 知用兵矣. 將不通於九變之利者 雖知地形 不能得地之利矣(고장통어구변지리자 지용병의. 장불통어구변지리자 수지지형 불능득지지리의).

장수가 구변을 모르면 다섯 지형—비지, 구지, 절지, 위지, 사지—을 잘 안다 해도 병사를 제대로 부릴 수 없다. 그러므로 지혜자는 이익과 손해를 함께 고려한다. 이익을 고려하면 하는 일에 확신을 가질 수 있고, 손해를 고려하면 환난을 미연에 막을 수 있다.

治兵不知九變之術 雖知五利 不能得人之用矣. 是故智者之慮 必雜於利害 雜於利而務可信也 雜於害而患可解也(치병부지구변지술 수지오리 불능득인지용의. 시고지자지려 필잡어리해 잡어리이무가신야 잡어해이환가해야).

이웃 제후를 굴복시키려면 해로움으로 위협하라. 만일 그를 부리려면 불필요한 사업에 매달리게 하고, 그가 달려 나오게 하려면 이익을 주어야 한다. 따라서 용병법이란 적이 오지 않으리라 기대하지 말고, 자신의 충분한 대처 방안에 기대야 한다. 적이 공격하지 않으리라 믿지 말고, 공격 못 하도록 대비해 두어야 한다.

是故屈諸侯者以害 役諸侯者以業 趨諸侯者以利. 故用兵之法 無恃其不來 恃吾有以待也 無恃其不攻 恃吾有所不可攻也(시고굴제후자이해 역제후자이업 추제후자이리. 고용병지법 무시기불래 시오유이대야 무시기불공 시오유소불가공야).

장수에게 다섯 가지 위험이 있다. 앞뒤 안 가리고 죽기 살기로 싸우기만 하면 정말 죽을 수 있다. 살려고만 한다면 포로로 잡힌다. 매사에 성미만 급하면 후회한다. 너무 결백해도 치욕을 당한다. 병사를 지나치게 아껴도 번민에 빠진다. 이 다섯 가지가 장수의 허물이고, 용병의 큰 재앙이다. 이 때문에 군대가 전멸되고 장수도 죽게 되므로 늘 경계해야 한다.

故將有五危. 必死可殺也. 必生可虜也. 忿速可侮也. 廉潔可辱也. 愛民可煩也. 凡此五者 將之過也 用兵之災也. 覆軍殺將 必以五危 不可不察也(고장유오위. 필사가살야. 필생가로야. 분속가모야. 염결가욕야. 애민가번야. 범차오자 장지과야 용병지재야. 복군살장 필이오위 불가불찰야).

제9편

행군편 行軍篇

주둔할 때마다 적의 정세를 잘 살펴야 한다. 산을 넘을 때 골짜기를 이용하고, 주둔할 때 시야가 트인 높은 곳에 있되, 높은 곳을 오르며 싸우지 말라. 이것이 산지 싸움의 원칙이다.

凡處軍相敵 絶山依谷 視生處高 戰隆無登 此處山之軍也(범처군상적 절산의곡 시생처고 전륭무등 차처산지군야).

강을 건넌 뒤, 물에서 멀리 떨어져라. 적이 강을 건너기 시작할 때 싸우지 말고 반쯤 건넜을 때 치는 것이 유리하다. 싸우려면 물가가 아니라 시야가 확보된 고지에서 공격하고, 하류에서 물길을 거슬러 상류의 적을 공격해서는 안 된다. 이것이 수상전의 원칙이다.

絶水必遠水 客絶水而來 勿迎之於水內 令半濟而擊之利. 欲戰者 無附於水而迎客 視生處高 無迎水流. 此處水上之軍也(절수필원수 객절수 이래 물영지어수내 영반제이격지리. 욕전자 무부어수이영객 시생처고 무영수류. 차처수상 지군야).

갯벌이나 늪은 속히 통과하고 머무르지 말라. 만일 이런 곳에서 싸워야 할 때는 수초를 의지하고 숲을 등져야 한다. 이것이 늪지 싸움의 원칙이다.

絶斥澤 惟亟去無留 若交軍於斥澤之中 必依水草 而背衆樹 此處斥澤之軍也(절척택 유극거무류 야교군어척택지중 필의수초 이배중수 차처척택지군야).

평지에서 편리한 곳은 고지가 우측이나 배후에 있는 곳이다. 즉 전방이 낮고 후방이 높아야 한다. 이것이 평지의 주둔 요령이다. 이상 네 가지로 황제가 사방의 나라를 제압했다.

平陸處易 而右背高 前死後生. 此處平陸之軍也. 凡此四軍之利 黃帝之所以勝四帝也(평륙처역 이우배고 전사후생. 차처평륙지군야. 범차사군지리 황제지소이승사제야).

무릇 군대가 고지를 선호하고 낮은 곳은 싫어하며, 양지를 귀히 여기고 음지를 천히 여기는 것은 군사들의 건강 때문이다. 이를 필승 태세라 한다.

凡軍好高而惡下, 貴陽而賤陰 養生而處實 軍無百疾. 是謂必勝(범군 호고이오하, 귀양이천음 양생이처실 군무백질. 시위필승).

언덕이나 제방에서는 양지에 주둔하되 이를 오른쪽에 두어야 지형이 도움 된다. 상류에 비가 내려 물거품이 거셀 때는 안정되길 기다린다.

丘陵堤防 必處其陽 而右背之 此兵之利 地之助也. 上雨水沫至 欲涉者 待其定也(구릉제방 필처기양 이우배지 차병지리 지지조야. 상우수말지 욕섭자 대기정야).

지형 중에 절벽 아래 깊은 계곡, 깊은 우물 같은 분지, 감옥 같은 곳, 그물처럼 울창한 숲, 늪지대, 좁고 험한 지대는 빨리 지나야지 가까이해서는 안 된다. 아군이 그런 곳을 멀리하면 적군이 가까이하고, 아군이 가까이하면 적군이 멀리한다.

凡地有絶澗, 天井, 天牢, 天羅, 天陷, 天隙, 必極去之 勿近也. 吾遠之 敵近之 吾迎之 敵背之(범지유절간, 천정, 천뇌, 천라, 천함, 천극, 필극거지 물근야. 오원지 적근지 오영지 적배지).

군대가 이동할 때 먼저 주변의 험한 산, 깊은 웅덩이, 갈대밭, 울창한 숲 등은 반복 수색해야 된다. 그런 곳에 적이 매복할 가능성이 높다.

軍旁有險阻潢 井生葭葦 山林蘙薈 必謹覆索之. 此伏姦之所藏處也 (군방유험조황 정생가위 산림예회 필근복색지. 차복간지소장처야).

적이 가까우면서도 조용하면 험한 지형을 믿고 있기 때문이요, 멀리 있으면서도 도전하는 것은 아군의 진격을 유도하는 것이다. 적이 군이 평평한 곳에 머무는 것도 어떤 이익이 있기 때문이다.

敵近而靜者, 恃其險也, 遠而挑戰者, 欲人之進也. 其所居易者 利也(적근이정자, 시기험야, 원이도전자, 욕인지진야. 기소거역자 리야).

나무들이 움직이는 것은 적이 오는 것이며, 숲속에 함정을 많이 파놓은 것은 아군의 의혹을 일으키려는 것이다.

衆樹動者 來也, 衆草多障者 疑也(중수동자 래야, 중초다장자 의야).

새가 날아오르면 적의 복병이 있고, 짐승이 소란을 피우면 적이 수

색 중인 것이다. 흙먼지가 빠르게 치솟을 때는 전차가 오는 것이요, 낮고 넓게 퍼질 땐 보병이 오는 것이다. 먼지가 흩어져 가늘게 일 땐 땔감을 마련 중이고, 연기가 여기저기 피어오름은 막사를 설치하는 중이다.

鳥起者 伏也, 獸駭者 覆也. 塵高而銳者 車來也, 卑而廣者 徒來也. 散而條達者 樵采也, 少而往來者 營軍也(조기자 복야, 수해자 복야. 진고이예자 거래야, 비이광자 도래야. 산이조달자 초채야, 소이왕래자 영군야).

공손하지만 단단히 준비하는 것은 공격하려는 것이다. 말만 강하게 하며 공격하려는 듯하면 실은 퇴각을 준비하는 것이다.

辭卑而益備者 進也. 辭强而進驅者 退也(사비이익비자 진야. 사강이진구자 퇴야).

경전차를 먼저 측면에 배치하는 것은 진을 펼치려는 것이며, 어렵지도 않은데 화해를 청하는 것은 다른 음모가 있기 때문이다.

輕車先出居其側者 陣也, 無約而請和者 謀也(경거선출거기측자 진야, 무약이청화자 모야).

분주히 병거를 배치하는 것은 공격 시기를 정했기 때문이다. 전진과 후퇴를 거듭하는 것은 유인하는 것이다. 지팡이를 짚고 있음은 굶주린 까닭이요, 서로 물을 마시려는 것은 가물다는 것이다. 이익을 주어도 나오지 않음은 피곤한 까닭이요, 새들이 모여드는 것은 비어있기 때문이다.

奔走而陳兵車者 期也. 半進半退者 誘也. 杖而立者 飢也, 汲而先

飮者 渴也. 見利而不進者 勞也, 鳥集者 虛也(음주이진병거자 기야. 반진반퇴자 유야. 장이립자 기야. 급이선음자 갈야. 견리이부진자 노야, 조집자 허야).

밤중 큰 소리가 나는 것은 공포에 싸였기 때문이며, 군이 시끄러운 것은 장수가 가볍기 때문이다. 깃발이 어지러우면 병영이 혼란스러운 것이고, 장교들이 화내는 것은 지쳐 있기 때문이다. 말을 잡아먹는 것은 양식이 떨어졌음이며, 취사도구를 막사로 가져가지 않는 것도 곤경에 빠진 것이다.

夜呼者 恐也 軍擾者 將不重也. 旌旗動者 亂也. 吏怒者 倦也. 殺馬肉食者 軍無糧也. 懸缶不返其舍者 窮寇也(야호자 공야 군요자 장부중야. 정기동자 난야. 이노자 권야. 살마육식자 군무양야. 현부불반기사자 궁구야).

장수가 병사들에게 간곡하게 타이름은 인심을 잃은 탓이며, 수시로 상을 주는 것도 옹색하기 때문이며, 자주 벌을 주는 것도 통솔이 어렵기 때문이다. 화부터 먼저 내고 뒤에 두려워 달래는 것은 통솔력이 부족한 탓이다.

諄諄翕翕 徐與人言者 失衆也, 數賞者 窘也, 數罰者 困也. 先暴而後畏其衆者 不精之至也(순순흡흡 서여인언자 실중야, 삭상자 군야, 삭벌자 곤야. 선포이후외기중자 부정지지야).

적이 와서 사과하는 것은 휴식을 원하는 것이다. 분노한 적이 달려왔으면서도 한동안 싸우지도 물러가지도 않을 때는 잘 살펴야 한다. 병사가 많다고 꼭 좋은 것만은 아니니 오직 힘만 믿고 진격하지 말고, 힘을 모아 적을 헤아려 제압하면 만족할 수 있다. 그러나 별생각

없이 적을 쉽게 보는 자는 적에게 사로잡힌다.

來委謝者 欲休息也. 兵怒而相迎 久而不合 又不相去 必謹察之. 兵非益多也 惟無武進 足以倂力料敵取人而已. 夫惟無慮而易敵者 必擒於人(내위사자 욕휴식야. 병노이상영 구이불합 우불상거 필근찰지. 병비익다야 유무무진 족이병력료적취인이이. 부유무려이역적자 필금어인).

장수가 초면에 병사에게 벌부터 주면 불복하게 되어 통솔하기 어렵고, 반대로 친해졌다 하여 마땅히 벌을 주지 않아도 통솔하기 어렵다. 명령은 부드럽게, 통제는 위엄으로 해야 뜻한 바를 이룬다.

卒未親附而罰之 則不服 不服則難用也, 卒已親附而罰不行 則不可用也. 故令之以文 齊之以武 是謂必取(졸미친부이벌지 칙불복 불복칙난용야, 졸이친부이벌불항 칙불가용야. 고령지이문 제지이무 시위필취).

평소 명령이 잘 서도록 가르쳤으면 복종할 것이고, 그렇지 않으면 불복할 것이다. 평소 군령이 잘 준행되는 것은 장수와 병사들 사이에 소통이 잘된다는 것이다.

令素行以教其民 則民服, 令不素行以教其民 則民不服. 令素行者 與衆相得也(령소항이교기민 칙민복, 령불소항이교기민 칙민불복. 령소항자 여중상득야).

제10편

지형편 地形篇

지형의 여섯 가지에 통형, 괘형, 지형, 애형, 험형, 원형이 있다.

地形有通者, 有挂者, 有支者, 有隘者, 有險者, 有遠者(지형유통자, 유괘자, 유지자, 유애자, 유험자, 유원자).

통형이란 아군과 적군이 모두 왕래할 수 있는 곳이다. 여기서 지대가 높고 양지바른 곳을 선점하면 병참 보급이나 전투에 모두 유리하다.

我可以往 彼可以來 曰通. 通形者 先居高陽 利糧道 以戰則利(아가이왕 피가이래 왈통. 통형자 선거고양 이량도 이전즉리).

괘형이란 나가기는 쉬우나 돌아오기 어려운 곳으로 적의 수비가 없으면 이길 수 있으나, 수비 중이면 이기기도 어렵고 후퇴도 곤란하다.

可以往 難以返 曰挂 挂形者. 敵無備 出而勝之 敵若有備 出而不勝 難以返 不利(가이왕 난이반 왈괘 괘형자. 적무비 출이승지 적야유비 출이불승 난이반 불리).

지형이란 아군이 나가도 불리하고 쳐들어오는 적도 불리한 곳이다. 지형에서는 적이 아군을 아무리 유인해도 나가지 말아야 한다. 오히려 아군이 조금 후퇴해 적을 끌어들여 공격해야 한다.

我出而不利 彼出而不利 曰支. 支形者 敵雖利我 我無出也. 引而去之 令敵半出而擊之利(아출이불리 피출이불리 왈지. 지형자 적수리아 아무출야. 인이거지 령적반출이격지리).

애형은 길이 좁은 지역으로 반드시 아군이 길목을 선점해 적을 기다려야 한다. 만일 적이 선점한 경우, 적의 수비가 튼튼하면 공격하지 말고 허술하면 공격한다.

隘形者 我先居之 必盈之以待敵. 若敵先居之 盈而勿從 不盈而從之(애형자 아선거지 필영지이대적. 야적선거지 영이물종 불영이종지).

험준한 지역인 험형은 아군이 선점하여 햇빛이 잘 드는 고지에서 적을 기다려야 한다. 만약 적이 먼저 점거했다면 공격하지 말고 물러나야 한다.

險形者 我先居之 必居高陽以待敵. 若敵先居之 引而去之 勿從也(험형자 아선거지 필거고양이대적. 야적선거지 인이거지 물종야).

원형이란 멀리 떨어져 있는 곳으로 적과 세력이 비슷할 경우 싸우기도 어렵고 불리하다. 이상이 여섯 지형을 이용하는 방법이니 장수는 세심히 살펴야 한다.

遠形者 勢均 難以挑戰 戰而不利. 凡此六者 地之道也 將之至任 不可不察也(원형자 세균 난이도전 전이불리. 범차륙자 지지도야 장지지임 불가불찰야).

또한 군사 가운데 도망자, 해이한 자, 함정에 빠진 자, 붕괴된 자, 혼란한 자, 패배자가 있다. 이 여섯 경우는 하늘의 재앙이 아니라 장수의 잘못이다.

故兵有走者, 有弛者, 有陷者, 有崩者, 有亂者, 有北者. 凡此六者 非天之災 將之過也(고병유주자, 유이자, 유함자, 유붕자, 유난자, 유배자, 범차륙자 비천지재 장지과야).

아군과 적군이 대등하다 해도 하나로 열을 치려 하면 아군이 도주한다. 군사가 강해도 장수가 약하면 기강이 해이해지며, 장수는 강하나 군사가 약할 때는 적의 함정에 빠지기 쉽다.

夫勢均 以一擊十曰走. 卒强吏弱曰弛, 吏强卒弱曰陷(부세균 이일격십 왈주. 졸강리약왈이, 이강졸약왈함).

장교가 대장군에게 화를 내며 불복하고 멋대로 적과 싸우는데도 대장군이 통솔하지 못하는 것을 붕崩이라 하며, 장수가 약하고 위엄이 없으면 조련도 안되고 장교와 사병들도 제멋대로이니 이를 난亂이라 한다. 장수가 적을 헤아리지 못하면 소수병력으로 대병력을 치고 약한 군대로 강한 군대를 치니 선봉도 없이 지게 되어 배北라 한다. 이 여섯 가지 경우야말로 패배의 길이므로 장수가 미리 살펴보아야 한다.

大吏怒而不服 遇敵懟而自戰 將不知其能曰崩, 將弱不嚴 教道不明 吏卒無常 陳兵縱橫曰亂. 將不能料敵 以少合衆 以弱擊强 兵無選鋒 曰北. 凡此六者 敗之道也 將之至任 不可不察也(대리노이불복 우적대이자 전 장부지기능왈붕, 장약불엄 교도불명 이졸무상 진병종횡왈난. 장불능료적 이소합중 이약 격강 병무선봉왈배. 범차륙자 패지도야 장지지임 불가불찰야).

지형은 용병의 보조물이다. 적을 헤아리고 지형의 험하고 좁음, 멀고 가까움을 계산해야 한다. 이를 잘하면 승리하고 못 하면 패배한다.

夫地形者 兵之助也. 料敵制勝 計險阨遠近 上將之道也 知此而用戰者 必勝. 不知此而用戰者 必敗(부지형자 병지조야. 요적제승 계험액원근 상장지도야 지차이용전자 필승. 부지차이용전자 필패).

분명히 이길 수 있다면 왕이 말려도 싸워야 하며, 패배가 분명하다면 왕이 싸우라 해도 그만두어야 한다. 이는 장수가 진격할 때 명예를 구함이 아니요, 후퇴할 때 벌을 회피하려 함도 아니라 오직 백성과 그 이익을 보존하려는 것이니 이야말로 나라의 보배이다.

故戰道必勝 主曰無戰 必戰可也, 戰道不勝 主曰必戰 無戰可也. 故進不求名 退不避罪 唯民是保 而利合於主 國之寶也(고전도필승 주왈무전 필전가야. 전도불승 주왈필전 무전가야. 고진불구명 퇴불피죄 유민시보 이리합어주 국지보야).

장수가 졸병을 아이 돌보듯 해야 깊은 계곡으로도 함께 전진하고, 사랑하는 자식처럼 대해야 목숨을 내놓는다. 하지만 장수가 너무 관대하면 병사를 부릴 수 없고, 사랑만 해서는 어지러워도 다스릴 수가 없다. 이는 마치 방자한 자식처럼 쓸모없게 된다.

視卒如嬰兒 故可與之赴深谿, 視卒如愛子 故可與之俱死. 厚而不能使, 愛而不能令, 亂而不能治. 譬與驕子 不可用也(시졸여영아 고가여지부심계, 시졸여애자 고가여지구사. 후이불능사, 애이불능령, 난이불능치. 비여교자 불가용야).

아군에게 공격 능력이 있다는 것만 알고 적의 수비 능력을 알지 못하면 승리 가능성은 절반이다. 적의 허점을 공격해도 된다는 것만을 알고 아군의 공격 능력이 없음을 몰라도 승리 가능성은 절반이다. 적이 허점이 있어 공격해도 된다는 것을 알고 아군도 공격 능력이 있음을 알지만 공격이 불가능한 지형인 줄 모르면 승리 가능성은 절반이다.

　知吾卒之可以擊 而不知敵之不可擊 勝之半也. 知敵之可擊 而不知吾卒之不可以擊 勝之半也.知敵之可擊 知吾卒之可以擊 而不知地形之不可以戰 勝之半也(지오졸지가이격 이부지적지불가격 승지반야. 지적지가격 이부지오졸지불가이격 승지반야. 지적지가격 지오졸지가이격 이부지지형지불가이전 승지반야).

병법을 아는 자는 군대를 이동할 때 오판하지 않고, 싸울 때도 막히지 않는다. 따라서 나를 알고 적을 알면 승리가 위태롭지 않으며, 땅을 알고 하늘을 알면 온전히 이길 수 있다.

　故知兵者 動而不迷 擧而不窮. 故曰 知己知彼 勝乃不殆, 知地知天勝乃可全(고지병자 동이불미 거이불궁. 고왈 지기지피 승내불태, 지지지천 승내가전).

제11편

구지편九地篇

전쟁터를 분류하면 산지, 경지, 쟁지, 교지, 구지, 중지, 비지, 위지, 사지가 있다.

用兵之法 有散地, 有輕地, 有爭地, 有交地, 有衢地, 有重地, 有圮地, 有圍地, 有死地(용병지법 유산지, 유경지, 유쟁지, 유교지, 유구지, 유중지, 유비지, 유위지, 유사지).

자기 영토에서 싸울 때 산지라 하고, 적의 영토에 들어가 싸우기는 하나 깊게 들어가지 않고 싸우는 곳을 경지라 한다.

諸侯自戰其地 爲散地, 入人之地不深者 爲輕地(제후자전기지 위산지, 입인지지불심자 위경지).

아군이든 적군이든 점령하면 이익이 되는 땅을 쟁지라 하며, 아군과 적군의 왕래가 가능한 땅을 교지라 한다.

我得則利 彼得亦利者 爲爭地, 我可以往 彼可以來者 爲交地(아득칙

리 피득역리자 위쟁지, 아가이왕 피가이래자 위교지).

여러 나라와 인접한 교통 요지의 땅으로 선점한 자가 천하 백성을 모을 만한 땅을 구지라 하고, 적의 영토 깊이 들어가 성과 마을을 등지고 있는 곳을 중지라 한다.

諸侯之地三屬 先至而得天下衆者 爲衢地, 入人之地深 背城邑多者 爲重地(제후지지삼속 선지이득천하중자 위구지, 입인지지심 배성읍다자 위중지).

산림, 험지, 늪지대처럼 행군하기 어려운 곳을 비지라 하고, 입구는 좁은 데다가 나오려면 우회해야 하는 곳으로 소수의 적이 다수의 아군을 칠 수 있는 땅을 위지라 하며, 신속히 싸우면 살고 늦으면 망하는 지역이 사지이다.

行山林險阻沮澤 凡難行之道者 爲圮地, 所由入者隘 所從歸者迂 彼寡可以擊吾之衆者 爲圍地, 疾戰則存 不疾戰則亡者 爲死地(행산림 험조저택 범난항지도자 위비지, 소유입자애 소종귀자우 피과가이격오지중자 위위지, 질전 칙존 부질전칙망자 위사지).

산지에서 싸우지 말고, 경지에서 머물지 말고, 쟁지에서 공격하지 말라. 교지에서는 연락을 꾸준히 하고, 구지에서는 외교를 잘해야 한다. 중지에서는 노획물로 조달하고, 비지는 신속히 지나가고, 위지에서는 계략을 써 빠져나오고, 사지에서는 결전해야 한다.

是故散地則無以戰, 輕地則無止, 爭地則無攻, 交地則無絶, 衢地則 合交, 重地則掠, 圮地則行, 圍地則謀, 死地則戰(시고산지칙무이전, 경지즉 무지, 쟁지즉무공, 교지즉무절, 구지즉합교, 중지즉략, 비지칙행, 위지즉모, 사지즉전).

예부터 용병에 능한 자는 적의 전후방 부대가 연결되지 못하게 하고, 대부대와 소부대가 서로 신뢰하지 못하게 하고, 장교와 병졸이 서로 돕지 못하게 하며, 상급 부대와 예하 부대가 서로 구원하지 못하게 한다. 군대가 단합하지 못하게 흐트려 놓거나 집합해도 통제되지 않게 한다. 또한 이로우면 움직이고 불리하면 중지하였다.

所謂古之善用兵者 能使敵人前後不相及, 衆寡不相恃 貴賤不相救, 上下不相救 卒離而不集 兵合而不齊. 合於利而動 不合於利而止(소위 고지선용병자 능사적인전후불상급, 중과불상시 귀천불상구, 상하불상구 졸리이부집 병합이 부제. 합어리이동 불합어리이지).

감히 묻건대 적이 대열을 정비해 장차 침략하려 한다면 어떻게 대처하겠는가? 먼저 적이 가장 아끼는 곳을 탈취하라. 그러면 적은 아군의 의도대로 따를 것이다.

敢問 敵衆整而將來 待之若何. 曰 先奪其所愛 則聽矣(감문 적중정이장 래 대지야하. 왈 선탈기소애 칙청의).

작전은 신속이 으뜸이다. 적이 미치지 못한 곳을 틈타며, 적이 생각지 못한 곳을 공격하고, 적이 경계하지 않는 곳을 쳐라.

兵之情主速. 乘人之不及 由不虞之道 攻其所不戒也(병지정주속. 승인 지불급 유불려지도 공기소불계야).

적진에 깊이 들어가면 전력을 다해야 하기 때문에 적이 막아내기 어려우니, 풍요로운 들판을 약탈해 군량을 조달하여 힘을 비축하되 계략을 세워 적이 예측하지 못하게 해야 한다. 이처럼 후퇴할 수 없는 곳에 투입하면 죽기를 각오하고 싸운다. 죽음밖에 남은 것이 없을 때 군사들이 전력을 다해 싸울 수밖에 없다는 것이다.

凡爲客之道 深入則專 主人不克. 掠於饒野 三軍足食 謹養而勿勞 倂氣積力 運兵計謀 爲不可測. 投之無所往 死且不北 死焉不得 士人盡力(범위객지도 심입직전 주인불극. 약어요야 삼군족식 근양이물로 병기적력 운병계모 위불가측. 투지무소왕 사차불배 사언부득 사인진력).

군사들이 깊은 함정에 빠지면 오히려 두려워하지 않는 것은, 출구가 없어 단결해 싸울 수밖에 없기 때문이다. 이런 까닭에 지시하지 않아도 알아서 경계하고, 요구하지 않아도 알아서 할 일을 하고, 약속 없이도 서로 잘 지내며, 명령 없이도 군율을 지킨다.

兵士甚陷則不懼 無所往則固 深入則拘 不得已則鬪. 是故其兵不修 而戒 不求而得 不約而親 不令而信(병사심함직불구 무소왕직고 심입직구 부득이직투. 시고기병불수이계 불구이득 불약이친 불령이신).

미신을 금하고 의심을 버리면 죽을 때까지 동요하지 않는다.

禁祥去疑 至死無所之(금상거의 지사무소지).

우리 병사들이 재물에 여유가 없는 것은 싫어서가 아니다. 남은 목숨을 아끼지 않는 것도 오래 살기 싫어서가 아니다. 군령이 떨어지는 날 앉은 자는 옷깃으로 눈물을 닦고, 누운 자는 그 눈물이 턱으로 흐르지만, 막다른 골목으로 몰아 놓으면 전제와 조귀―춘추시대 용사―처럼 용기를 낸다.

吾士無餘財 非惡貨也. 無餘命 非惡壽也. 令發之日 士卒坐者涕霑
襟, 偃臥者交頤, 投之無所往者 諸劇之勇也(오사무여재 비오화야. 무여명 비
오수야 령발지일 사졸좌자체점금, 언와자교이, 투지무소왕자 제귀지용야).

전투에 능한 자는 솔연과 같다. 솔연은 상산에 사는 뱀인데, 머리
를 치면 꼬리가 덤비고, 꼬리를 치면 머리가 덤빈다. 그 중간을 치면
머리와 꼬리가 즉시 덤벼든다. '과연 군사를 솔연처럼 부릴 수 있는
가?' '가능하다.'

故善用兵 譬如率然. 率然者 常山之蛇也, 擊其首則尾至 擊其尾則
首至. 擊其中則首尾俱至. '敢問 兵可使如率然乎' 曰 '可'(고선용병 비여솔
연. 솔연자 상산지사야, 격기수칙미지 격기미칙수지. 격기중칙수미구지. '감문 병가사여률
연호'. 왈 '가').

사이 나쁜 오나라와 월나라의 사람이 같은 배를 타고 가다 풍랑을
만나면 좌우 손발처럼 서로 구원할 것이다. 따라서 타고 갈 말을 묶
어버리고, 짐을 싣고 갈 수레바퀴까지 매장한다 해도 전군을 용감하
게 하나로 묶어주는 장수가 반드시 필요한 것이다. 강한 병사와 약한
병사를 함께 부리려면 지형의 이치를 살려야 하며, 용병에 능한 장수
는 이들이 부득이 하나가 되도록 하여 수족처럼 부린다.

夫吳人與越人相惡也 當其同舟而濟遇風 其相救也如左右手. 是故
方馬埋輪 未足恃也 齊勇如一 政之道也. 剛柔皆得 地之理也. 故善用
兵者 携手若使一人 不得已也(부오인여월인상오야 당기동주이제우풍 기상구야여
좌우수. 시고방마매륜 미족시야 제용여일 정지도야. 강유개득 지지리야. 고선용병자 휴수약
사일인 부득이야).

작전을 꾀할 때 심산유곡처럼 조용하고 엄정히 해야 한다. 능히 사졸들의 이목을 피해 모르게 하고, 책략을 거꾸로 바꾸는 척해 누구도 눈치채지 못하게 하며, 주둔지도 바꾸고 길도 우회하여 어디에 있는지 종잡을 수 없게 해야 한다.

將軍之事 靜以幽 正以治. 能愚士卒之耳目 使之無知, 易其事 革其謀 使人無識 易其居 迂其途 使人不得慮(장군지사 정이유 정이치. 능우사졸지이목 사지무지, 역기사 혁기모 사인무식 역기거 우기도 사인부득려).

장수가 군사와 더불어 결심할 것은 높은 곳에 오른 뒤 사다리를 치우듯, 적지 깊이 들어가서는 화살처럼 기민하게 배를 불태우고 솥을 부수면서 마치 양 떼를 몰듯 군대를 이리저리 몰고 가지만 그 가는 곳을 아무도 알지 못하게 하는 것이다.

帥與之期 如登高而去其梯 帥與之深入諸侯之地 而發其機 焚舟破釜 若驅群羊 驅而往 驅而來 莫知所之(수여지기 여등고이거기제 수여지심입제후지지 이발기기 분주파부 야구군양 구이왕 구이래 막지소지).

군대를 험지에 투입시키는 것이 장수가 할 일이다. 더불어 아홉 가지 지형 변화에 따른 후퇴와 공격의 이익과 병사의 심리를 파악해야 한다. 무릇 적지에 깊이 가면 싸움에 전념하나, 얕게 가면 흩어진다.

聚三軍之衆 投之於險 此謂將軍之事也. 九地之變 屈伸之利 人情之理 不可不察也. 凡爲客之道 深則專 淺則散(취삼군지중 투지어험 차위장군지사야. 구지지변 굴신지리 인정지리 불가불찰야. 범위객지도 심칙전 천칙산).

국경을 넘어가 싸우는 곳이 절지이다. 사통팔달의 교통 요지가 구지이고, 적진 깊숙한 곳은 중지이며, 얕은 곳은 경지이다. 배후가 험하고 앞이 좁은 곳은 위지이며, 오갈 데가 없으면 사지이다.

去國越境而師者 絶地也. 四達者 衢地也. 入深者 重地也. 入淺者 輕地也. 背固前隘者 圍地也. 無所往者 死地也(거국월경이사자 절지야. 사달자 구지야. 입심자 중지야. 입천자 경지야. 배고전애자 위지야. 무소왕자 사지야).

산지에서는 단결하고, 경지에서는 밀접하게 하고, 쟁지에서는 적의 뒤를 치며, 교지에서는 수비를 잘하고, 구지에서는 외교를 잘하고, 중지에서는 식량을 확보하고, 비지는 빨리 이동하고, 위지에서는 퇴로를 차단하고 싸울 것이며, 사지에서는 죽기 살기로 싸워야 한다.

병사들의 심리란 포위당하면 방어하고, 다른 길이 없으면 싸우고, 큰 위험을 당하면 쉽게 복종한다.

是故散地吾將一其志 輕地吾將使之屬 爭地吾將趨其後 交地吾將謹其守 衢地吾將固其結 重地吾將繼其食 圍地吾將進其途 圍地吾將塞其闕 死地吾將示之以不活. 故兵之情 圍則禦 不得已則鬪 過則從(시고산지오장일기지 경지오장사지속 쟁지오장추기후 교지오장근기수 구지오장고기결 중지오장계기식 위지오장진기도 위지오장새기궐 사지오장시지이불활. 고병지정 위칙어 부득이칙투 과칙종).

주변국의 책략을 알지 못하면 유리한 외교를 할 수 없듯 지형을 알지 못하면 행군하기 어렵고, 토착인의 안내를 받지 못하면 지형의 이로움을 취하지 못한다. 따라서 아홉 가지 지형 중 하나만 몰라도 패왕의 군대라 할 수 없다.

是故不知諸侯之謀者 不能預交 不知山林險阻沮澤之形者 不能行

軍, 不用鄕導者 不能得地利. 四五者不知一 非霸王之兵也(시고부지제후
지모자 불능예교 부지산림험조저택지형자 불능항군, 불용향도자 불능득지리. 사오자부지일
비패왕지병야).

무릇 패왕의 군대가 공격할 때 상대국이 결집 못 하게 하고, 위세
를 부려 외교도 맺지 못하게 한다. 이처럼 외교나 패권 경쟁에 밀리
지 않으므로 자신 있게 적의 성을 쳐서 무너뜨린다.

夫霸王之兵 伐大國則其衆不得聚 威加於敵 則其交不得合. 是故不
爭天下之交 不養天下之權 信己之私 威加於敵 故其城可拔 其國可隳
也(부패왕지병 벌대국즉기중부득취 위가어적 즉기교부득합. 시고부쟁천하지교 불양천하지
권 신기지사 위가어적 고기성가발 기국가휴야).

유례없는 포상이나 명령도 내려 모든 군사를 한 사람 부리듯 해야
한다. 일을 시킬 때 말로 설명하려 말고, 유리한 것은 알리되 불리한
것은 피하라.

施無法之賞 懸無政之令 犯三軍之衆 若使一人. 犯之以事 勿告以
言 犯之以利 勿告以害(시무법지상 현무정지령 범삼군지중 야사일인. 범지이사 물고
이언 범지이리 물고이해).

군대란 절망의 땅에 들어선 뒤에야 승패에 목숨을 거는 것이며, 이
때 적의 의도를 미리 알아내 한 방향으로 몬다면 천리 밖의 적장도
죽일 수 있다. 이를 전쟁의 교묘함이라 한다.

投之亡地然後存 陷之死地然後生 夫衆陷於害然後能爲勝敗. 故爲
兵之事 在於順詳敵之意 并敵一向 千里殺將 此謂巧能成事者也(투지망

지연후존 함지사지연후생 부중함어해연후능위승패. 고위병지사 재어순상적지의 병적일향 천리살장 차위교능성사야).

전쟁을 내부적으로 결성하면, 국경을 막고 사신의 왕래를 금하며 전략을 수립한다. 그러나 적국의 사신이 오거든 맞아들여 뇌물을 주고 은밀히 날짜를 도모한다. 그 뒤 침묵 속에 결전의 날을 노린다. 드디어 전쟁이 터지면, 처음에 유순한 처녀처럼 적의 방심을 유도하고, 곧 토끼처럼 민첩하게 적을 제압한다.

是故政擧之日 夷關折符 無通其使 勵於廊廟之上 以誅其事. 敵人開闔 必亟入之 先其所愛 微與之期. 踐墨隨敵 以決戰事. 是故始如處女 敵人開戶 後如脫兎 敵不及拒(시고정거지일 이관절부 무통기사 여어랑묘지상 이주기사. 적인개합 필극입지 선기소애 미여지기. 천묵수적 이결전사. 시고시여처녀 적인개호 후여탈토 적불급거).

제12편

화공편火攻篇

　화공의 대상에 다섯 가지가 있다. 첫째가 적의 병사, 둘째는 군수
물자, 셋째는 수송 차량, 넷째는 창고, 다섯째가 적의 부대이며 화공
의 조건은 발화의 도구와 시각과 날짜이다.

　凡火攻有五 一曰火人 二曰火積 三曰火輜 四曰火庫 五曰火隊. 行
火必有因 煙火必素具 發火有時 起火有日(범화공유오 일왈화인 이왈화적 삼
왈화치 사왈화고 오왈화대. 행화필유인 연화필소구 발화유시 기화유일).

　발화의 시각은 건조한 때이고, 발화의 날은 달이 '기벽익진(고대의 별
자리 중 하나)'에 있는 날이다. 대체로 이날에 바람이 인다.

　時者 天之燥也 日者 宿在箕壁翼軫也. 凡此四宿者 風起之日也(시자
천지조야 일자 숙재기벽익진야. 범차사숙자 풍기지일야).

　무릇 화공이란 다음 다섯 가지 변화에 상응하도록 대처해야 한다.
　첫째, 적진 안에 불이 일어나면 즉시 밖에서 호응하라.

둘째, 불이 났는데도 적진에 동요가 일어나지 않는다면 공격하지 말고 기다려라.

셋째, 적진 안에 난 불이 극심할 때 공격이 가능하면 하고 여의치 않으면 그만두라.

넷째, 외부에서 불을 지를 수 있다면 안에서 불이 나기를 기다리지 말고 때를 맞추어 불을 질러라.

다섯째, 바람 부는 쪽에서 불이 붙었을 경우 바람을 안고 공격해서는 안 되며, 낮에 바람이 불면 밤이면 그치는 경우가 많다.

凡火攻 必因五火之變而應之. 火發於內 則早應之於外. 火發而其兵靜者 待而勿攻. 極其火力 可從而從之 不可從而止. 火可發於外 無待於內 以時發之. 火發上風 無攻下風 晝風久 夜風止(범화공 필인오화지변이응지. 화발어내 칙조응지어외. 화발이기병정자 대이물공. 극기화력 가종이종지 불가종이지. 화가발어외 무대어내 이시발지. 화발상풍 무공하풍 주풍구 야풍지).

장수는 이런 다섯 가지 화공의 변화를 알고 헤아려 지켜야 한다. 그러므로 화공을 하는 자는 현명해야 하고, 수공을 하는 자는 강해야 한다. 물로 적을 차단할 수는 있으나 생명을 **빼앗을** 수는 없다.

凡軍必知有五火之變 以數守之. 故以火佐攻者明 以水佐攻者强. 水可以絕 不可以奪(범군필지유오화지변 이수수지. 고이화좌공자명 이수좌공자강. 수가이절 불가이탈).

무릇 싸워서 이겼으나 그 공을 다스리지 못하면 흉하니, 이를 비류라 한다. 따라서 현명한 군주는 이를 고려하고, 우수한 장수는 잘 마무리한다. 이롭지 않으면 움직이지 말고, 얻는 것 없이 용병하지 말며, 위태롭지 않으면 싸우지 말라.

夫戰勝攻取 而不修其功者凶 命曰費留. 故曰 明主慮之 良將修之. 非利不動 非得不用 非危不戰(부전승공취 이불수기공자흉 명왈비류. 고왈 명주려지 양장수지. 비리부동 비득불용 비위부전).

군주가 분하다고 군사를 일으키거나 장수가 화난다고 싸워서는 안되고, 도움이 되면 움직이고 그렇지 않으면 그쳐야 한다. 분노는 희락으로 바뀔 수 있고 화도 즐거움으로 변할 수 있으나, 망한 나라는 다시 세울 수 없고 죽은 사람도 다시 살릴 수 없다.

主不可以怒而興師 將不可以慍而致戰 合於利而動 不合於利而止. 怒可以復喜 慍可以復悅 亡國不可以復存 死者不可以復生(주불가이노이흥사 장불가이온이치전 합어리이동 불합어리이지. 노가이부희 온가이부열 망국불가이부존 사자불가이부생).

따라서 현명한 군주는 전쟁을 신중히 하고, 우수한 장수는 싸움을 경계한다. 이것이 나라가 안전하고 군대를 보전하는 길이다.

故明君慎之 良將警之 此安國全軍之道也(고명군신지 양장경지 차안국전군지도야).

제13편

용간편用間篇

　군사를 일으켜 천 리를 출정하면 백성의 부담과 국세를 하루에 천 금 이상 소모하며 나라가 소란스럽다. 군수물자 조달에 동원된 백성이 거리를 메워 생업을 중단한 집이 70만에 달하게 된다.

　凡興師十萬 出兵千里 百姓之費 公家之奉 日費千金 內外騷動. 怠 於道路 不得操事者 七十萬家(범홍사십만 출병천리 백성지비 공가지봉 일비천금 내외소동. 태어도로 부득조사자 칠십만가).

　적과 대치하고 싸우기까지 수년이 걸리나 승패는 하루 만에 다툰다. 그런데도 돈이 아까워 적의 정보를 알려는 노력을 게을리한다면 나쁜 짓이다. 이런 자는 장수도 아니요, 군주를 보좌해서도 안 되며, 승리의 주체가 될 수도 없다.

　相守數年 以爭一日之勝. 而愛爵祿百金 不知敵之情者 不仁之至 也. 非人之將也 非主之佐也 非勝之主也(상수수년 이쟁일일지승. 이애작록백 금 부지적지정자 불인지지야. 비인지장야 비주지좌야 비승지주야).

그러므로 훌륭한 군주와 현명한 장수는 군대를 움직여 만든 승리가 남보다 출중한데, 이는 먼저 적의 실정을 잘 알아냈기 때문이다. 적의 실정을 알아낼 때 귀신을 의지함도 아니요, 다른 사례를 의지함도 아니요, 어떤 경험만을 의지함도 아니요, 바로 적의 내부를 알고 있는 자에게서 얻어내는 것이다.

故明君賢將 所以動而勝人 成功出於衆者 先知也. 先知者 不可取於鬼神 不可象於事 不可驗於度 必取於人 知敵之情者也(고명군현장 소이동이승인 성공출어중자 선지야. 선지자 불가취어귀신 불가상어사 불가험어도 필취어인 지적지정자야).

간첩의 유형은 다섯 가지—향간, 내간, 반간, 사간, 생간—이다. 이런 5간을 모두 활용하되 적이 눈치채지 못하게 하는 것을 '신기'라 하여 군주의 최고 자질로 본다.

故用間有五 有鄕間 有内間 有反間 有死間 有生間. 五間俱起 莫知其道 是謂神紀 人君之寶也(고용간유오 유향간 유내간 유반간 유사간 유생간. 오간구기 막지기도 시위신기 인군지보야).

향간은 적국의 마을 사람을 쓰고, 내간은 첩보로 삼은 적국의 관리이며, 반간은 적의 첩자 중 이중첩자가 된 자이며, 사간은 허위사실을 믿고 적국에 가 유포하는 자이며, 생간은 귀국해 적의 실정을 보고하는 자이다.

鄕間者 因其鄕人而用之, 内間者 因其官人而用之, 反間者 因其敵間而用之, 死間者 爲誑事於外, 令吾間知之 而傳於敵, 生間者 反報也(향간자 인기향인이용지, 내간자 인기관인이용지, 반간자 인기적간이용지, 사간자 위광

사어외, 영오간지지 이전어적, 생간자 반보야).

　그러므로 군대의 일 중 첩자의 일보다 친밀한 것이 없으니 첩자에게 포상은 후하게, 운영은 비밀로 해야 한다. 지혜가 탁월해야 간첩을 쓰고, 인의가 없으면 간첩을 부릴 수 없다. 미묘하지 않으면 간첩의 효과를 거둘 수 없다.

　故三軍之事　莫親於間　賞莫厚於間　事莫密於間. 非聖智不能用間 非仁義不能使間　非微妙不能得間之實(고삼군지사 막친어간 상막후어간 사막밀어간. 비성지불능용간 비인의불능사간 비미묘불능득간지실).

　미묘하고 미묘하나 어떤 싸움에서도 첩자를 쓰지 않는 곳이 없다. 간첩의 일이 미리 누설되면 간첩은 물론 발설한 자도 죽여야 한다.

　微哉　微哉　無所不用間也. 間事未發而先聞者　間與所告者皆死(미재 미재 무소불용간야. 간사미발이선문자 간여소고자개사).

　적을 공격하고 성을 공략하며 적장을 죽이려 한다면, 먼저 그 성을 지키는 장수와 좌우 측근들, 문지기, 비서 등의 신상을 파악해야 한다. 그러려면 아군에 침투한 간첩을 찾아내 이익을 주며 포섭한 뒤, 다시 적지로 보내 반간으로 활용한다.

　凡軍之所欲擊　城之所欲攻　人之所欲殺　必先知其守將左右　謁者門者舍人之姓名. 令吾間必索知之　必索敵人之間來間我者　因而利之　導而舍之(범군지소욕격 성지소욕공 인지소욕살 필선지기수장좌우 알자문자사인지성명. 영오간필삭지지 필삭적인지간래간아자 인이리지 도이사지).

그렇게 하여 적의 정보를 잘 알게 되면 향간이나 내간을 더 얻어 이용할 수 있다. 더불어 그 정보를 역이용해 사간을 시켜 거짓 정보를 흘려 적의 오판을 유도할 수 있고, 생간도 계획한 대로 부릴 수 있다.

故反間可得而用也 因是而知之 故鄉間 內間可得而使也. 因是而知之 故死間爲誑事 可使告敵 因是而知之 故生間可使如期(고반간가득이용야 인시이지지 고향간 내간가득이사야. 인시이지지 고사간위광사 가사고적 인시이지지 고생간가사여기).

다섯 간첩의 일을 누구보다 왕이 잘 알아야 하고, 이 모든 것은 반간을 통해서 가능하다. 그래서 반간을 최고로 후대해야 한다. 옛 은나라가 일어날 때 반간 이지가 하나라에 있었고, 주나라가 흥할 때 강태공이 은나라에서 간첩으로 활동했다.

五間之事 主必知之 知之必在於反間 故反間不可不厚也. 昔殷之興也 伊摯在夏 周之興也 呂牙在殷(오간지사 주필지지 지지필재어반간 고반간불가불후야. 석은지흥야 이지재하 주지흥야 여아재은).

결론적으로 현명한 군주나 명장이라야 능히 탁월한 첩자를 활용해 큰 업적을 이룰 수 있다. 이것이 병법의 핵심이며, 전군이 이를 믿고 움직이는 것이다.

故惟明君賢將 能以上智爲間者 必成大功. 此兵之要 三軍之所恃而動也(고유명군현장 능이상지위간자 필성대공. 차병지요 삼군지소시이동야).

아무리 세상이 변해도
자연현상과 인간의 심리는 변하지 않는다

춘추전국시대 500년 동안 무슨 일이 있었길래, 불후의 병법서이자 승자의 바이블인 《손자병법》이 탄생했을까?

《손자병법》은 총 13장으로 약 6천여 자 분량으로 구성되어 있다. 그리 많지 않은 분량이라 마오쩌둥毛澤東(1893~1976)은 어려서부터 글자 하나하나까지 정확하게 암송했으며, 그 실력으로 중국을 석권했다. 신기에 가까운 전략가 이순신李純信(1554~1611)도 물론 《손자병법》에 통달해 있었다.

어디 그뿐이랴. 마이크로소프트(MS) 창업자 빌 게이츠(1955~)나 페이스북 창업자이자 메타의 대표이사인 마크 주커버그(1984~) 같은 기업가들도 《손자병법》을 비즈니스 모델로 참조했다. 그만큼 이 책은 단순한 전략서를 넘어서, 삶의 이치로 구성된 인간 정신 현상의 알레고리이다. 그러니 지난 2,500년 세월 동안 《손자병법》이 변함없이 애용될 수밖에.

춘추전국시대는 자고 나면 나라 하나가 사라질 만큼 한 치 앞을 내다볼 수 없었던 시기였다. 그처럼 요동치는 시기에 노자, 공자 등 제자백가들이 나와 인륜을 설파했고, 어부지리, 관포지교, 오월동주, 와신상담 등 수많은 사자성어가 나왔으며 시대를 관통하는 불후의 전략서인《손자병법》도 탄생했던 것이다.

오늘날도 그 시대와 다르지 않다. 자고 나면 전대미문의 신기술이 나오며, 여러 직종의 소멸과 생성이 거듭되고 있다. 이런 시대가 더욱더《손자병법》의 가치를 돋보이게 한다.

《손자병법》의 손자孫子는 손무孫武와 그의 5대손 손빈孫臏을 일컫는 존칭이다. 손무는 춘추시대에 오나라 합려闔閭를 도와 천하를 제패했고, 손빈은 전국시대에 제나라를 최고 강국으로 만들었다. 이들의 이야기가 바로 이 소설의 내용이다.

특히 손무는 하나라 이후 춘추시대까지의 역사적 전쟁 현장을 일일이 답사하며 병법서를 만들어 냈다.

역사가 무엇인가? 인간이 만들어 놓은 자취들이다. 모든 역사에 공통점이 있으며, 그중 춘추전국시대야말로 인간의 야망에서 비롯된 도전과 응전이 모조리 드러난 현장이었으니, 춘추 초기 180여 제후국이 말기에 14개국으로 줄어들었고, 다시 전국시대에 7대 강국으로 재편되어 갔던 것이다.

그동안 전쟁만 1,600여 차례 벌어지면서 수많은 영웅호걸이 명멸하고 온갖 전술 전략이 난무했다. 이 소설은 그 시대를 배경으로 하여 손무와 손빈의 활약상을 그려내었다.《손자병법》이 단순한 병법서만은 아니듯이, 이 책도 역시 역사소설이면서 독자들이 전략적 안

목을 갖출 수 있게 집필했다.

아무리 세상이 변해도 자연현상과 인간의 심리는 변하지 않는다. 이 두 가지 불변의 요소로 변동하는 상황에 대처하고 상황을 주도해 나간 지혜가 이 책에 가득하다.

'손자천독달통신孫子千讀達通神'이라고 하듯, 이 책을 읽고 또 읽으시 라고 권유하고 싶다. 더불어 부록에 수록된 《손자병법》 원문과 해설 을 읽기를 바란다. 그만큼 세상살이가 훨씬 더 수월해질 것이다.

2024년 4월 어느 날
이동연 드림

새우와 고래가 함께 숨 쉬는 바다

소설 손자병법 孫子兵法

지은이 | 이동연
펴낸이 | 황인원
펴낸곳 | 도서출판 창해

신고번호 | 제2019-000317호

초판 1쇄 인쇄 | 2024년 05월 17일
초판 1쇄 발행 | 2024년 05월 24일

우편번호 | 04037
주소 | 서울특별시 마포구 양화로 59, 601호(서교동)
전화 | (02)322-3333(代)
팩스 | (02)333-5678
E-mail | dachawon@daum.net

ISBN 979-11-7174-003-1 (03810)

값 · 20,000원

Publishing Club Dachawon(多次元)
창해·다차원북스·나마스테